À PROPOS DE L'AUTEUR

Holly Martin vit dans le Bedfordshire, en Angleterre, dans une charmante petite maison où elle passe le plus clair de son temps à écrire. Comme elle le dit souvent, si ses personnages font la plupart du temps exactement ce qu'elle veut, il leur arrive parfois de suivre leur propre chemin, et de donner du piquant aux histoires, pour son plus grand bonheur !

Veux-tu m'épouser ?

HOLLY MARTIN

Veux-tu m'épouser ?

Traduction française de
CHARLOTTE DEMANIE

HARLEQUIN

Titre original :
ONE HUNDRED PROPOSALS

Ce roman a déjà été publié en 2015

HARPERCOLLINS FRANCE
83-85, boulevard Vincent-Auriol, 75646 PARIS CEDEX 13
Service Lectrices — Tél. : 01 45 82 47 47

www.harlequin.fr

ISBN 978-2-2804-1828-7

Prologue

— OK, tu peux ouvrir les yeux maintenant, me dit Harry.

Il me fallut un instant pour m'habituer à l'obscurité de la grotte. La lueur du clair de lune filtrait à travers une faille de la voûte et venait se refléter dans la cascade qui se jetait dans le bassin à nos pieds. Nous n'étions en Australie que depuis quelques jours, mais déjà j'avais le sentiment que ce pays ne cesserait jamais de me surprendre. Dansant sur les parois de roche, des centaines de lucioles scintillaient comme autant de lampions sur des guirlandes lumineuses.

Malgré la beauté de ce lieu, en aucun cas je n'aurais pu imaginer ce qui allait se passer ensuite.

Petit à petit, les lucioles se regroupèrent sur les murs et des formes se dessinèrent lentement. Intriguée, je fronçai les sourcils. En quelques secondes, la phrase « Suzie, veux-tu m'épouser ? » s'éleva fièrement sur la paroi, intégralement écrite par les lucioles. Je poussai un cri de stupeur et me retournai brusquement vers Harry.

— Comment as-tu fait ça ?

Sans attendre sa réponse, je contemplai de nouveau le ballet des lucioles. Faisaient-elles parties d'un club de lucioles surentraînées ? Peut-être allaient-elles de nouveau se déplacer pour former les paroles de ma chanson préférée ? Ou en un éclair sortir leurs tenues de pom-pom girl et, grimpant sur le dos les unes des autres, former une pyramide hésitante telles de petites danseuses équilibristes ?

— Je les ai appâtées avec un jus de fruits spécial, dit Harry en souriant, elles ne peuvent pas y résister.

Je tâtonnai dans mon sac à la recherche de mon appareil photo.

— Nous devons absolument immortaliser ce moment pour le site Internet.

Tandis que je mitraillais la scène, je remarquai que d'autres touristes étaient eux aussi entrés dans la grotte et qu'ils étaient maintenant suspendus à mes lèvres dans l'attente de ma réponse. Ils pouvaient toujours courir.

— Alors, qu'en penses-tu ? me demanda Harry. Est-ce que c'est ça, la demande en mariage idéale ?

— C'est sans aucun doute l'une de tes meilleures, vraiment très romantique.

Je me concentrai sur les photos, tentant de saisir la magie du moment. Les clichés seraient incroyables, avec la cascade en arrière-plan, le halo du clair de lune et toutes ces lucioles se détachant comme des étoiles sur le bleu profond de la nuit.

— Mais ce n'est toujours pas la proposition parfaite..., dit Harry d'un ton légèrement déçu.

— Non, pas pour moi, désolée. Cela dit, je suis sûre que quelqu'un d'autre l'adorerait.

Je sentis les touristes scandalisés par ma réaction blasée et insensible.

— Nous ne sommes pas ensemble, leur lançai-je, nous sommes juste collègues.

Un couple me jeta un regard dubitatif. Je poursuivis.

— Nous avons une entreprise qui propose des idées de demandes en mariage. Ce genre de chose est notre gagne-pain, dis-je en désignant la phrase lumineuse.

Je résistai à l'envie soudaine de me jeter sur les visiteurs pour leur distribuer nos cartes de visite. Comme s'il avait lu dans mes pensées, Harry passa son bras autour de mes épaules et me retint.

Je lui jetai un regard innocent, mais il ne parut pas convaincu.

Les touristes avancèrent plus loin dans la grotte, nous laissant seuls.

— Tu fais toujours ça, me dit Harry.

— Quoi, de la publicité pour notre société ? C'est vrai mais je ne peux pas m'en empêcher. Je suis si fière de ce que nous avons accompli que j'ai envie de le crier sur tous les toits.

— Non, je ne parlais pas de ça. Tu dis toujours, *notre* société, *notre* entreprise. Mais en réalité, c'est la tienne, c'est toi qui l'as créée. Moi, je suis juste le mec en charge de la partie technique.

En effet, à la base, il n'y avait que moi. J'avais créé le site lapropositionparfaite.com deux ans plus tôt, après que mon petit ami du moment m'avait fait une demande tremblante et maladroite lors d'un dîner aux chandelles… dans un snack qui sentait la friture. Il m'avait alors paru évident que le peuple masculin avait besoin d'un sérieux coup de main dans ce domaine. Et qu'il serait d'utilité publique d'aider ces futurs fiancés à faire des demandes inoubliables, bien que ce dernier critère ne soit pas forcément le plus important — le souvenir de cette atroce et persistante odeur me hantait toujours.

Harry à cette époque était mon webmaster. A l'origine, il était censé passer chaque jour au bureau — à savoir la chambre vide au fond de mon appartement — pour mettre à jour le site avec mes nouvelles idées, des photos et des offres spéciales. Très rapidement, il m'avait semblé plus que logique de lui offrir un poste permanent. Notre site était fantastique, et comme la société vendait ses services en ligne, la présence de Harry était indispensable à notre réussite.

Mais Harry était loin de l'image qu'on se fait du geek de service. C'était le plus grand homme que j'aie jamais vu, il avait une large et puissante carrure et, pour ne rien gâcher, il était très musclé. Il avait des cheveux bruns, des yeux chocolat, portait une barbe de trois jours et était doté d'une imagination débordante. Par exemple, lorsque j'avais dû organiser la logistique d'une escapade romantique en hélicoptère, il avait eu des idées totalement délirantes.

— Tu te sous-estimes, lui dis-je d'un ton exaspéré. Je te rappelle que nous sommes maintenant associés à parts égales. Tu contribues autant que moi au succès de cette société.

Il haussa les épaules, refusant toujours d'admettre l'importance du rôle qu'il tenait dans notre entreprise, puis fit un geste vers les lucioles qui commençaient à se disperser.

— Ce n'est pas un peu trop ?

Je lâchai mon appareil photo et me penchai vers Harry. Comme chaque fois qu'il me tenait dans ses bras, j'eus la sensation que nous nous accordions parfaitement.

— Non, sincèrement Harry, j'adore. C'est tout simplement… magique. Mais je ne sais pas comment te dire, il manque toujours un petit quelque chose.

La proposition parfaite existait-elle vraiment ? Trois mois plus tôt, quelques jours avant la Saint-Valentin, Harry s'était mis en tête de relever ce défi. Seulement, au fond de moi, je savais ce que je voulais et je doutais que Harry soit capable de me l'offrir. J'aurais dû lui dire dès le départ que c'était mission impossible. Cela m'aurait épargné de nombreuses crises de larmes.

Chapitre 1

Trois mois plus tôt

Je raccrochai en soupirant. Quelle surprise ! Encore un fiancé romantique, sentimental et tellement… prévisible. On était le 11 février et je me demandais comment nous allions survivre à cette avalanche de clients, qui tous voulaient désespérément faire leur demande en mariage au sommet de la tour Eiffel, le jour de la Saint-Valentin. J'avais comme une légère envie de tout envoyer valser. J'allais encore devoir passer des heures sur le planning à faire en sorte qu'ils ne se retrouvent pas tous au même endroit à faire leur demande au même moment.

Car n'est-ce pas exactement ce dont on rêve, nous, les filles ? Sentir sa vie sur le point de basculer, les battements de son cœur ralentir en comprenant que ça y est, ce moment que l'on a tant attendu c'est maintenant, voir l'homme qu'on aime s'agenouiller pour nous dire qu'on est « la seule et l'unique » et… le partager avec une tonne d'autres couples, comme si on avait bénéficié d'un tarif de groupe.

L'originalité n'était-elle donc plus du tout à la mode ? Harry, lui, n'était jamais à court d'idées en ce qui concernait les demandes en mariage qui sortaient de l'ordinaire, mais j'avais beau proposer ses suggestions inspirées aux clients, ils voulaient tous du traditionnel et n'en démordaient pas.

— Encore une tour Eiffel ? me demanda Harry tandis qu'il téléchargeait des photos, l'air pensif, pour mettre à jour notre site Internet.

— Humm... celui-là voudrait qu'une douzaine de roses rouges soit livrée sur la plate-forme d'observation à 8 heures.

Je me massai les tempes pour chasser le sentiment d'abattement qui me guettait.

— Tu sais ce que j'ai envie de leur dire ? « Vous cherchez quelque chose de vraiment inoubliable ? Eh bien, voilà ce que je vous propose, vous pourriez aller à l'opéra ou, mieux encore, attendre quelques mois et faire votre demande avec un cornet de *churros* à la Foire du Trône. »

Harry pivota sur sa chaise et me regarda droit dans les yeux :

— Et pour toi, ce serait quoi la demande en mariage idéale ?

J'eus une vision fulgurante. Je le vis, lui, m'enlacer passionnément et me demander de l'épouser.

— Je ne sais pas... J'imagine qu'être avec le mec de mes rêves serait déjà un bon début.

— OK, alors imaginons que tu as rencontré l'heureux élu et que ce n'est pas M. Graillon.

— Une bonne fois pour toutes, Harry, c'était le restaurant qui sentait le graillon, pas lui.

De la main, il me fit signe qu'on se fichait pas mal des détails.

— Bon, supposons qu'Orlando Bloom ou n'importe quel autre beau gosse qui ne sentirait pas la friture te demande de l'épouser, raconte-moi comment il devrait s'y prendre.

Je bus une gorgée de thé et réfléchis un instant. Si l'un de mes clients, victime d'une panne d'inspiration, me demandait de l'aide, j'aurais une centaine de solutions à lui proposer. Mais en ce qui concernait ma propre demande en mariage, je devais me rendre à l'évidence : c'était la page blanche…

— J'ai une idée !

Les yeux de Harry brillèrent soudain d'excitation. Il fit trois tours sur son siège et se mit à taper frénétiquement sur son clavier. Qu'est-ce qu'il avait encore en tête ? Je jetai un coup d'œil par-dessus son épaule pour voir ce qu'il écrivait sur notre site web.

Blog des presque fiancés

Comment faire sa proposition à une spécialiste de la demande en mariage ?

C'est ce que je vais tenter de découvrir…

En combien de temps ? Cent jours.

Qui sera l'heureuse élue ? La responsable des demandes en mariage de notre agence, j'ai nommé : Mlle Suzie McKenzie !

Comment ? En lui faisant chaque jour une demande différente, surprenante et surtout, je l'espère, irrésistible !

Pour votre plus grand plaisir, je publierai ici le récit de cette folle aventure.

Mais soyez déjà sûrs d'une chose : aucune de mes demandes n'aura pour cadre le sommet de la tour Eiffel jonché de roses rouges !

— Tu ne peux pas écrire ça, on a une quinzaine de clients qui ont voulu ce type de prestation la semaine dernière ! lui lançai-je en tentant de prendre un air dégagé.

Mon rythme cardiaque s'emballait furieusement à la pensée de voir Harry me demander en mariage tous les jours pendant plus de trois mois.

— Eh bien, on dirait qu'ils vont devoir trouver autre chose.

Harry était déjà en train de télécharger la photo d'une bague en diamant sur le blog.

— Ou alors tu n'as qu'à les rembourser.

Il continuait d'écrire.

Jour 1 : La demande traditionnelle.

Lieu : Au bureau.

Il se leva brusquement, posa un genou à terre et, retirant la bague serpent de son pouce, me la tendit.

— Suzie McKenzie, tu es ma meilleure amie et je sais que tu es la personne avec qui je veux passer le reste de ma vie. Veux-tu m'épouser ?

Le monde s'arrêta subitement de tourner. Ma bouche était aussi sèche qu'une biscotte. C'était trop injuste ! Ce que je souhaitais le plus au monde, ce dont je rêvais à chaque instant était en train de se produire mais était à peu près aussi authentique que la poitrine de Pamela Anderson.

Un instant, je me vis accepter cette bague, la passer à mon doigt et partir en courant avec Harry vers la mairie la plus proche.

Au lieu de quoi, je déglutis péniblement pour essayer de faire passer la pilule.

— Trop cliché, Harry, lui répondis-je. Rien ne va, ni l'endroit ni la bague.

Il sourit en regardant son anneau et se releva, clairement indifférent à mon refus.

Il recommença à taper sur son clavier.

Atomisé, pulvérisé, rejeté ! Apparemment les murs beiges de notre petit bureau et une bague en forme de serpent avec de diaboliques yeux rouges ne sont pas assez bien pour elle. Qu'à cela ne tienne, je retenterai ma chance demain !

Hors de question. Cent jours de cette torture ? Je ne tiendrai jamais le coup.

Il jeta un coup d'œil à sa montre.

— Oh ! Je dois filer, j'ai un nouveau « sexy rendez-vous » avec Sexy Samantha ce soir.

Samantha était la première fille avec qui il sortait depuis un an. Quand j'avais rencontré Harry pour la première fois, il semblait fréquenter chaque semaine une fille différente, je n'avais donc jamais vraiment compris pourquoi il avait soudainement traversé une aussi longue période de célibat. Mais je devais reconnaître que Sexy Samantha était le genre de fille idéal pour l'aider à sortir de cette phase.

J'avais eu l'immense plaisir de la rencontrer la veille. Inquiète de la relation que pouvait avoir Harry avec sa meilleure amie, elle avait débarqué chez moi sans prévenir et exigé que Harry fasse les présentations. J'étais descendue les accueillir en legging et sweat à capuche *oversize* noir — ce qui, je le savais pertinemment, était loin d'être une tenue avantageuse. Sans surprise, donc, je ne lui avais pas fait grande impression. En me voyant, elle avait même affiché une expression évidente de soulagement. Elle, de son côté, était de ces filles qui, même habillées n'importe comment, restaient des créatures de rêve. Elle était presque aussi grande que Harry, ses cheveux étaient longs et blonds, et son corps tout en courbes avait tout ce qu'il fallait là où il fallait. Mes yeux avaient d'ailleurs été immédiatement attirés par sa poitrine généreuse, compressée dans un top objectivement trop petit. Je crois que c'est à cet instant précis que j'avais compris que Harry était irrémédiablement branché grosses poitrines. Toutes les femmes qu'il fréquentait avaient été gâtées par la nature dans ce domaine. Certaines n'avaient pas le label 100 % naturel — mais cela n'avait pas l'air de le déranger. Malheureusement, en ce qui me concernait, je me situais plutôt dans la catégorie planche à pain : aucun relief à l'horizon et des seins si petits qu'il était difficile de trouver quelque chose à dire sur eux.

A la vue de Harry qui s'empressait d'éteindre son ordinateur, manifestement très excité par la perspective de sa soirée avec Sexy Samantha, je ne pus m'empêcher de dire d'un ton décontracté :

— Eh bien, moi aussi j'ai un rendez-vous.

J'espérais ainsi surprendre dans ses yeux un quelconque scintillement de jalousie.

Il n'y en eut bien sûr aucun.

— C'est cool, Suzie !

Il avait l'air tellement content pour moi, c'était navrant.

— Tu n'as fréquenté personne depuis la disparition de Jack…, enchaîna-t-il, déjà ailleurs.

On pouvait en effet diviser ma vie en deux grandes périodes. L'avant-Jack et l'après-Jack. Je me demandais si Jules ressentait la même chose.

Harry détourna les yeux et attrapa sa veste, sûrement conscient d'avoir appuyé là où ça faisait mal.

— Je veux dire, il est grand temps que tu te remettes en selle ! On pourra débriefer demain et noter nos performances !

— Ou pas.

Même dans mon pire cauchemar, je ne pouvais imaginer une telle horreur : Harry me racontant les détails croustillants de sa nuit avec Sexy Samantha. Ce matin, déjà, je l'avais échappé belle en réussissant à le faire changer de sujet alors qu'il commençait à me décrire joyeusement leurs ébats avec des précisions dignes d'un film porno.

Car Sexy Samantha se révélait être bien plus coquine que ses yeux bleus de poupée ne le laissaient présager. Et puis de toute façon, qu'est-ce que j'aurais bien pu lui raconter ? Mon rendez-vous allait se résumer à une soirée pyjama en tête à tête avec Brad Pitt, devant un énorme pot de Ben & Jerry's. Quoi qu'il en soit, je crevais d'envie de lui montrer que, moi aussi, j'avais une soirée palpitante en perspective et que j'étais tout aussi pressée que lui. J'éteignis donc mon ordinateur et rangeai prestement mes affaires. Après tout, le film commençait dans moins d'une heure.

— Et tu l'as rencontré où, ce mec ?

Je me creusai la tête, essayant de me recoiffer dans le reflet du cadre accroché au mur. Sur la photo : Harry et moi, recouverts de neige de la tête aux pieds et souriant jusqu'aux oreilles, après une descente en luge sur une piste de ski d'intérieur. Période : avant-Jack.

— En skiant, lui répondis-je, le regrettant aussitôt.

Il se figea.

— En skiant ? Quand est-ce que tu es allée skier ?

— J'y vais tous les dimanches. Je prends des cours de ski. C'est mon prof.

Je m'enlisais.

— Mais tu as horreur du ski.

Horreur ? Oui, c'est le mot que j'avais dû employer. Cette photo avait été prise un an auparavant, à l'occasion de notre premier et dernier cours de ski. Pour commencer, j'avais passé quarante minutes à tomber sans relâche sur les fesses — profondément humiliée par les enfants d'à peine cinq ans qui glissaient devant moi sans aucune difficulté. Et quand Harry était passé dans le groupe de niveau supérieur et qu'il était parti sur les pistes d'adultes, j'avais occupé les dernières vingt minutes du cours à essayer péniblement de retrouver ma dignité en tentant de me relever. Mais c'était peine perdue : gesticulant les skis en l'air, j'étais devenue une sorte de scarabée mutant coincé sur le dos. Harry avait eu l'air si désolé pour moi que, pour me faire oublier cet échec cuisant, il m'avait emmenée faire de la luge. Activité qui s'était révélée être nettement plus dans mes cordes (pas besoin de compétences particulières pour se laisser glisser le long d'une pente sur un truc en plastique rouge).

— Eh bien, j'adore ça maintenant. Et figure-toi que je suis très douée. Il faut croire qu'il me fallait juste le bon moniteur.

— Super, on pourra peut-être y aller ensemble un de ces jours, alors.

Je plaquai un sourire sur mon visage.

— Peut-être, oui.

— Et il s'appelle comment, ce roi de la glisse ?

Je cherchai à toute allure un prénom et un adjectif pour le décrire, un peu comme Sexy Samantha.

Mais rien ne me venait à l'esprit. Le seul prénom que j'avais en tête et qui prenait toute la place était celui de Harry et, pour le coup, mon flirt imaginaire ne pouvait décemment pas s'appeler comme lui. Tandis que je fouillais mon cerveau à la recherche d'un prénom, n'importe lequel, Harry me dévisageait, attendant calmement ma réponse. Le silence s'étirait, je devais dire quelque chose.

— Tim ! criai-je tout à coup, soulagée. Mini Tim.

Top. Vraiment top. Je ne pouvais pas trouver mieux.

Harry parut interloqué.

— Mini Tim ?

— Oui.

— A cause de…

Il agita son petit doigt en l'air.

— Non, non, bien sûr que non. Non, à ce niveau-là,

il est bien. Très bien même, en réalité. Impressionnant. Pour tout te dire, c'est une sorte de surnom ironique.

— Comme moi ?

— Eh bien, je n'ai aucune idée de ton équipement dans ce domaine, mais…

Mes yeux glissèrent rapidement sur le renflement conséquent dans son jean et je sentis mes joues s'empourprer sous son regard.

— Je parlais de sa taille, dit Harry.

Je fus quasiment sûre de le voir se mordre les lèvres pour réprimer un sourire.

— Oh ! Oui, il est très grand.

— Super. J'ai un ami qui est moniteur de ski là-bas, peut-être qu'il connaît ton Tim. Quel est son nom de famille ?

— Timmings.

J'étais vraiment une très mauvaise menteuse.

— Tim Timmings ?

— C'est ça.

Un bruit de klaxon retentit soudain et Harry regarda par la fenêtre. En bas, dans la rue, Sexy Samantha l'attendait assise sur le capot de sa décapotable rouge, tout aussi glamour qu'elle. Il lui fit un signe de la main. Elle tombait à pic, je n'aurais pas pensé être un jour aussi contente de la voir.

— Eh bien, passe une bonne soirée, alors ! me lança Harry en me saluant vaguement.

Il descendit en trombe l'escalier, et une seconde plus tard j'entendis claquer la porte d'entrée.

Jetant un coup d'œil discret par la fenêtre — je ne voulais surtout pas qu'ils me voient — je vis Harry prendre Sexy Samantha dans ses bras et la faire tournoyer dans les airs, apparemment aussi heureux de la retrouver que s'il ne l'avait pas vue depuis des mois. Comme il la déposait délicatement sur le sol, elle leva les yeux et me fit un petit signe de la main. Je lui répondis par pure politesse.

Dans un crissement de pneus et de musique branchée, la décapotable rouge disparut au coin de la rue, emmenant mon cœur.

J'étais amoureuse de Harry depuis trop longtemps maintenant. Il devenait de moins en moins probable que nous puissions vivre un jour une histoire d'amour. Et chaque nouvelle journée qui passait nous enfermait un peu plus dans cette friend zone dont on ne revient jamais.

Deux ans, c'était bien trop long pour aimer sans réciprocité. Il était temps que je passe à autre chose, à quelqu'un d'autre. Je ne voulais plus être amoureuse de lui. C'était aussi simple que ça.

J'allai dans ma chambre en soupirant et décidai d'enfiler mon pyjama « réconfortant ». Doux, chaud, imprimé vache. Puis, je fis défiler ma playlist sur mon iPod jusqu'à trouver le morceau le plus entraînant possible. Quand Gloria Gaynor commença à brailler *I am what I am*, je montai le son, sautai sur mon lit et me mis à danser et bouger les fesses en rythme avec elle. Je me lançai à corps perdu dans un solo magique de batterie imaginaire et, lorsque Gloria atteignit son *crescendo*, mon imitation s'envola et frôla la perfection. Quand la partie instrumentale prit le relais, je bondis hors du lit en faisant le grand écart, suspendue dans les airs. Je sentis un de mes muscles se froisser et, alors que d'un geste théâtral je rejetai mes cheveux en arrière, je découvris tout à coup Harry, les yeux fixés sur moi, les pupilles dilatées par l'effroi. J'atterris brusquement sur lui, une de mes jambes venant s'encastrer dans son épaule tandis que mon autre pied s'écrasait violemment sur son entrejambe.

Il hurla de douleur. Je hurlai de honte, tandis qu'il titubait en arrière et tombait violemment sur le sol, ma jambe toujours enroulée autour de son cou.

Gloria continuait à chanter bruyamment en fond sonore tandis que nous nous dévisagions.

— Qu'est-ce que tu fais là ? demandai-je en essayant de reprendre mon souffle.

— Là, tout de suite, je me demande si je pourrai de nouveau avoir des relations sexuelles un jour, dit Harry d'une voix blanche. Est-ce que tu peux, s'il te plaît, essayer de te dégager ?

En tentant de me relever, je lui donnai un coup de genou au visage. Il se recroquevilla sur lui-même, plié en deux par la douleur.

— J'ai oublié mon portefeuille, réussit-il à dire en guise d'explication.

Je déglutis avec peine.

— Tu m'as vue danser ?

Il releva la tête et, cette fois, ne chercha pas à cacher son sourire.

— De l'ouverture jusqu'au bouquet final, je n'en ai pas perdu une miette.

Je gémis.

— Je ferais mieux d'y aller, Samantha va se demander où je suis. Super pyjama, au passage. Est-ce que Mini Tim en a un aussi ? Le modèle cheval ou cochon peut-être ?

Je contemplai les mamelles roses imprimées sur mon ventre et fermai les yeux, priant pour qu'à cet instant précis la terre s'ouvre sous mes pieds et m'engloutisse tout entière.

— J'imagine qu'il te trouve adorable dans ce pyjama.

Adorable ? Les chatons sont adorables. Etait-ce comme ça que Harry me voyait, comme un adorable petit chaton ?

Je le suivis tandis qu'il se dirigeait vers l'escalier.

— Et toi, est-ce que tu me trouves adorable, habillée comme ça ?

Il se retourna, remonta quelques marches et se mit à ma hauteur pour me regarder droit dans les yeux.

— Oui.

Mon cœur se serra. Voilà, j'étais si profondément enracinée dans la *friend zone* que j'avais maintenant rejoint le rayon « adorable ». Il n'allait plus tarder à me donner de grandes tapes affectueuses dans le dos et à me dire que j'étais comme une sœur pour lui.

— Adorable sexy ?

— Non.

Mon cœur, maintenant semblable à un minuscule caillou, roula à mes pieds.

— Je parie que même dans ce pyjama, Samantha, elle, aurait l'air sexy.

— J'en doute. Je ne pense pas que ce soit possible pour quiconque d'être sexy dans ce truc.

Je me sentis légèrement mieux.

— Mais ne sous-estime pas le fait d'être adorable, tu sais, c'est une grande qualité. Il se pencha en avant et m'embrassa sur le nez. Et ne te couche pas trop tard, j'ai prévu une grosse journée pour toi demain.

Il dévala l'escalier et, en un instant, avait de nouveau disparu.

Sur mon nez, je pouvais encore sentir la douceur de ses lèvres. Il trouvait que j'étais adorable… Et alors que je souriais dans le vide, je me sentis retomber éperdument amoureuse de lui.

Chapitre 2

Je me réveillai en sursaut le lendemain avec la désagréable impression d'avoir brusquement été arrachée à mon rêve. Je revivais un de ces nombreux moments heureux et complices passés avec Jack. Nous étions sur la plage et il me taquinait, essayant à tout prix de poser une algue trempée dans le bas de mon dos. En chassant les dernières bribes de sommeil, la terrible sensation de le perdre me frappa de nouveau.

Tout à coup, je sentis la présence de quelqu'un dans la chambre. Sortant ma tête de l'oreiller, je me redressai et, d'un mouvement sec, repoussai mon rideau emmêlé de cheveux châtains. Harry était assis à côté de moi sur le lit. Buvant tranquillement son café, il lisait mon exemplaire fatigué de *Bilbo le Hobbit*.

Je fronçai les sourcils. On ne peut pas vraiment dire que je sois du matin.

— Je ne crois pas t'avoir entendu frapper à la porte.

Impassible, Harry ne leva même pas les yeux de sa page.

— Tu m'as donné une clé.

— J'aurais pu être nue.

Il posa son livre et me regarda.

— Une raison de plus pour ne pas frapper.

Rougissant, je descendis du lit.

La plupart des matins, c'est ainsi que je me réveillais, et je dois reconnaître que c'était une délicieuse façon de commencer la journée. Quand ces visites matinales étaient devenues régulières, je m'étais couchée un soir dans ma lingerie la plus sexy, avec l'espoir que Harry serait si troublé le lendemain matin qu'il ne pourrait pas me résister et me sauterait dessus. Il n'avait même pas sourcillé quand il m'avait découverte dans ma nuisette noire en satin, bien plus excité qu'il était par son petit déjeuner McDonald's et le brownie gratuit offert par la serveuse qui avait allègrement flirté avec lui. Comme si cela ne suffisait pas, alors que j'essayais discrètement de prendre une pose sexy à côté de lui pendant qu'il engloutissait bruyamment son McMuffin, j'avais tout bonnement glissé du lit et atterri au sol avec la grâce d'une chaussette sale. Il me semblait donc à présent beaucoup plus simple et confortable de dormir dans mes pyjamas ordinaires.

Harry me tendit un gobelet de café brûlant. J'en bus une gorgée : il était exactement comme je l'aime, avec trois sucres et une noisette de crème. Comme je le portais de nouveau à mes lèvres, je remarquai soudain qu'un petit cœur avait été dessiné dans la mousse sur le dessus. Je souris et jetai un regard au sac en papier kraft que je pouvais voir, caché derrière lui.

Harry était toujours absorbé par sa lecture, je décidai donc de tousser bruyamment pour tenter de capter son attention. Quand il leva les yeux vers moi, je regardai ostensiblement le sac.

— Qu'est-ce qui te fait penser que c'est pour toi ? demanda-t-il.

— Le fait que tu m'apportes toujours des chouettes trucs à manger avec le café. Je me demande ce que ça va être ce matin… Un pain au chocolat ou, oh un chausson aux pommes ? Ou…

Il sortit rapidement la viennoiserie du sac et me la tendit. Les mots se coincèrent dans ma gorge. Sur un roulé à la cannelle, ma viennoiserie préférée, une phrase trônait en lettres de sucre glace :

« Veux-tu m'épouser ? »

J'avais presque oublié cette stupide histoire des cent propositions. Et j'avais espéré qu'il l'avait oubliée aussi. Mais il semblait véritablement déterminé à me torturer. Cent jours. Cent façons différentes de me briser le cœur.

Je considérai Harry, qui m'observait, plein d'espoir.

— Je dois reconnaître que c'est assez original, dis-je.

Je lui pris le roulé des mains et saisis un raisin sur le dessus en évitant soigneusement de croiser le regard de Harry. Essayant à tout prix d'empêcher ma voix de dérailler, je repris la parole.

— Rassure-moi : en le mangeant, je ne risque pas d'avaler une bague en diamant ?

Il hocha la tête.

— Pas de bague, cette fois. Tu m'as dit hier que tu trouvais que la bague, c'était cliché. D'autre part, pourquoi faire sa demande avec des diamants quand on peut la faire avec un roulé à la cannelle et un bon café ?

— Tu devrais d'ailleurs prendre une photo avant que je le mange. Et la mettre sur le blog.

Je sentis naître une grosse boule dans ma gorge.

— Excellente idée.

Il prit son téléphone et le dirigea dans ma direction. En tendant la viennoiserie vers lui, je me rendis compte que mes mains tremblaient. Harry le remarqua aussi. A mon grand embarras, je sentis des larmes inonder mes yeux.

Harry bondit du lit.

— Qu'est-ce qu'il y a ? Qu'est-ce qui se passe ?

— Rien, rien, ne t'inquiète pas, ça va. Je suis juste fatiguée.

Je voulus m'écarter mais il m'attira à lui et me serra dans ses bras, écrasant le roulé à la cannelle entre nous deux. Tandis qu'il me caressait doucement le dos, je respirai son odeur, sa merveilleuse odeur si naturelle, comme celle de l'herbe après la pluie.

— Est-ce qu'il s'est passé un truc avec Mini Tim ?

Oh là là, je devais arrêter au plus vite ce mensonge ridicule. De toute façon, ça n'avait pas tout à fait eu l'effet escompté.

— Nous avons rompu, lui répondis-je, blottie contre son torse, espérant de tout cœur que cela suffirait à justifier mes larmes.

— Oh ! ma Suzie, je suis désolé.

Mon souffle se bloqua au contact de sa main qu'il déplaçait sur mes cheveux.

— Vous étiez ensemble depuis longtemps ?

Je m'étais mise dans de beaux draps.

— Quelques semaines. Ce n'était pas sérieux mais je commençais vraiment à bien l'aimer. Enfin, de toute évidence, ce n'était pas réciproque.

— De toute évidence, ce type est surtout un abruti, oui. Qui pourrait résister à une fille dans un pyjama imprimé vache ?

Je pouffai.

Harry prit mon visage dans ses mains et me regarda.

— OK, assez pleuré. Crois-moi, n'importe quel homme qui te fait pleurer ne vaut pas le coup.

Si seulement il avait su…

— Quoi qu'il en soit, je t'ai concocté un sacré programme aujourd'hui, alors fini la déprime et file te doucher !

Comme il desserrait son étreinte, le roulé à la cannelle tomba sur lit. Même si le gâteau avait perdu de sa superbe, la phrase « Veux-tu m'épouser ? » était toujours parfaitement lisible. Harry le prit en photo, puis je le mangeai rapidement afin de ne plus avoir à contempler ces mots si vides de sens. Et, même si à chaque bouchée mon cœur se brisait un peu plus, je devais reconnaître que le roulé était délicieux.

— Alors, pour en revenir aux demandes en mariage, est-ce que c'est quelque chose dans ce goût-là que tu voudrais ? me demanda Harry.

— Tout à fait. Rien à dire, c'est la proposition parfaite. Voilà, comme ça, pas besoin de t'embêter avec les quatre-vingt-dix-huit autres. Tu n'as qu'à écrire sur le blog que tu m'as acheté un roulé à la cannelle et que j'ai dit oui. Tu sais, je suis une fille tout ce qu'il y a de plus simple, très facile à contenter.

Harry grimaça.

— C'était peu coûteux et ringard, hein ? Bon, promis, la prochaine sera renversante.

— Non, tu peux me croire, le roulé à la cannelle c'était vraiment adorable…, insistai-je. Et tu sais comme moi qu'il ne faut pas sous-estimer le fait d'être adorable.

Mais Harry se dirigeait déjà vers le bureau, les yeux rivés sur son portable.

— Harry, est-ce que tu as entendu ce que je viens de dire ? Rien ne dit mieux « Je t'aime » qu'un roulé à la cannelle personnalisé.

— Va prendre ta douche, femme ! Je dois passer quelques coups de téléphone.

Je soupirai. Je devais absolument trouver un moyen de le détourner de cette voie. Quatre-vingt-dix-huit chagrins d'amour se profilaient à l'horizon, et cette épreuve s'annonçait aussi difficile à surmonter que la traversée d'un infini désert, sans ombre ni oasis pour reprendre des forces.

J'entrai dans la douche et plaçai le pommeau au-dessus de ma tête.

Non, je pouvais surmonter ça. Les demandes en mariage me passionnaient. C'était toute ma vie. Elles me poursuivaient jusque dans mes rêves. Et ça ne pouvait qu'être bon pour les affaires. Il fallait juste que j'arrive à devenir insensible à ces mots. Qu'ils n'aient plus aucun sens, qu'ils ne veuillent plus rien dire. Et maintenant que je savais à quoi m'attendre chaque jour, je pouvais me préparer, me protéger et me persuader que cette phrase signifiait totalement autre chose.

Une fois habillée, j'allai dans le bureau.

Harry était assis derrière son ordinateur et tapait sur son clavier.

— Notre blog a déjà dix-neuf lecteurs.

— Notre blog de presque fiancés ? Ce truc débile des cent demandes en mariage ?

— Débile ? Ouh, je suis offensé, me lança-t-il avec un sourire avant de reporter son attention sur l'écran. Oui, j'imagine qu'ils sont curieux de savoir ce que je vais faire pour la prochaine.

Je me penchai par-dessus son épaule pour voir ce qu'il avait écrit, submergée au passage par un effluve de son odeur si fraîche et si pure. En gros plan sur le blog figurait la photo de mon roulé à la cannelle en piteux état. Plus bas, une autre photo — à quel moment l'avait-il prise ? — de moi, vêtue de mon très flatteur pyjama imprimé vache, dévorant la viennoiserie à pleines dents, mes cheveux enchevêtrés comme de vieilles dreadlocks autour de mon visage rouge et brouillé par les larmes… Génial.

Sous la photo, il y avait le texte de Harry.

Blog des presque fiancés

Jour 2 : La proposition « Roulé à la cannelle ».

Lieu : La chambre de Suzie (rassurez-vous, rien de déplacé ne se passera ici).

Le chemin qui mène au cœur d'une femme passe-t-il par son estomac ?

Avant toute chose, je dois vous dire que notre Suzie McKenzie a un faible pour les sucreries. J'ai donc pensé la faire chavirer avec une demande des plus savoureuses. Si vous l'ignoriez, sachez que La Boulangerie de Nadia, dans la rue Saint-Patrick, fait le meilleur roulé à la cannelle du monde et que cette friandise est une des choses que Suzie préfère manger au petit déjeuner. Donc, lorsque j'ai expliqué notre affaire à la charmante Nadia ce matin, autant vous dire qu'elle a été plus qu'heureuse de m'en préparer un personnalisé. Elle a aussi dessiné un cœur dans la crème du café que j'avais également commandé.

Alors, vous vous demandez quelle a été la réaction de Suzie ? Pour ne rien vous cacher, elle a semblé un peu blasée. Les mots ont été très vite mâchés et avalés. A peine enregistrés.

C'était loin de la réalité bien sûr, mais c'était toujours mieux que de raconter que j'avais fondu en larmes.

Et comme j'ai toujours pensé que ces presque fiancés qui font leur demande en déposant une bague dans une flûte de champagne ou un dessert étaient stupides — qui a envie d'aller repêcher la bague en diamant dans les toilettes quelques jours plus tard ? —, eh bien, une fois que Suzie a eu fini de manger ma demande, il n'en est resté aucune trace, à part un peu de sucre glace au coin de ses lèvres.

Je vérifiai immédiatement du bout de la langue, ce qui ne manqua pas de faire sourire Harry.

Alors c'est décidé, la prochaine fois, je vais faire quelque chose d'impressionnant. Quelque chose qu'elle ne pourra jamais oublier. Parce que, soyons honnête, qui pourrait vraiment dire « Oui » devant un roulé à la cannelle à 2 livres ?

— Ça me fait passer pour quelqu'un de très superficiel, lui dis-je en me faufilant devant lui pour aller me connecter à mon ordinateur.

— Pas superficiel, disons plutôt quelqu'un d'exigeant. Et ne t'embête pas à allumer ton ordinateur, on sort.

— Harry, je dois bosser aujourd'hui, tu le sais aussi bien que moi, c'est la période la plus chargée de l'année. Trois jours avant la Saint-Valentin, tous les adeptes du dernier moment vont nous téléphoner pour demander de l'aide.

— J'ai déjà fait un transfert d'appels vers ton portable et tu peux consulter tes mails à distance. En plus, c'est une journée à caractère strictement professionnel : nous partons à la recherche de nouveaux lieux susceptibles d'enrichir notre catalogue. Donc ne te cherche plus de mauvaises excuses et va vite mettre tes bottes.

Devant mon hésitation, il saisit ma main et me tira hors du bureau.

J'éclatai de rire.

— Et est-ce que je peux savoir où nous allons ?

— Premier arrêt : nous allons t'acheter un pyjama digne de ce nom, comme ça ton prochain mec ne sera pas effrayé par ta tenue de vache.

Je m'arrêtai brusquement. Il se retourna et me regarda avec douceur et bienveillance.

— C'est Jack qui me l'a offert, lui dis-je calmement.

— Je sais.

— Je ne veux pas m'en séparer.

— Je ne te dis pas de le jeter. Mais moi aussi je

connaissais Jack et son sens de l'humour un peu tordu. Tu sais comme moi qu'il te l'a acheté pour te faire une blague, toi qui te moques toujours de ce genre de pyjamas et des gens qui les portent. Et tu sais aussi qu'il n'a jamais pensé que tu le mettrais un jour. Encore moins tous les jours depuis qu'il est mort. Alors si tu veux le garder, garde-le. Moi, tout ce que je dis, c'est que tu as d'autres options. Comme celle de porter quelque chose qui mettrait en valeur ta fabuleuse silhouette, par exemple.

J'ouvrais la bouche pour protester mais les derniers mots qu'il avait prononcés firent leur petit effet. Fabuleuse silhouette ?

Il posa les mains sur mes épaules et me parla d'une voix pleine de tendresse.

— Suzie, je comprends que tu fasses tout ton possible pour rester proche de ton frère, mais tu sais qu'il serait outré de te voir dans cette tenue. Pour le garder près de toi, tu n'as pas besoin de te ridiculiser et d'oublier qui tu es vraiment. Utilise plutôt les souvenirs que tu as de lui.

Je fronçai les sourcils. Tout ça était beaucoup trop grave pour un jeudi matin.

— Ce que je veux dire, c'est que pour rien au monde la Suzie McKenzie que je connais et que j'aime ne porterait ce genre de pyjama.

— Mais je le trouve marrant.

Je savais que je me comportais comme une enfant de quatre ans, butée et bornée, mais je ne pouvais pas m'en empêcher.

— Il a été marrant, oui. Pendant les cinq minutes qui ont suivi l'ouverture de ton cadeau. Mais huit mois après, permets-moi de te dire qu'il a perdu tout son pouvoir comique.

Il marquait un point. J'avais tant de fois lavé ce pyjama qu'à présent les taches étaient devenues grises et que les mamelles étaient effectivement très mal en point.

— Et tant qu'on y est, Suzie, il serait aussi grand temps que tu arrêtes de ne porter que du noir. Nous ne sommes plus à l'époque victorienne.

Il m'entraîna dans la chambre et je le suivis docilement, encore sous le choc de ses paroles franches mais brutales. Il ouvrit ma penderie et en sortit ma robe pull préférée. Elle était rouge vif.

— Tu n'as qu'à mettre ça, avec ton legging violet.

L'assemblage de ces deux couleurs allait être des plus approximatifs. Je souris.

— Et tes bottes roses Barbie que tu aimes tant et…

Fouillant furieusement dans un de mes tiroirs, il finit par trouver ce qu'il cherchait et me le tendit avec un air victorieux.

— Ça ! Tu vas aussi mettre ça.

— Mais…

— Il n'y a pas de « mais ». Va te changer. Tu as cinq minutes.

Tandis qu'il s'éloignait, je baissai les yeux sur la chemise et le pantalon noirs que j'avais enfilés ce matin sans réfléchir. A la mort de Jack, mon goût pour les vêtements bariolés m'avait, d'une certaine manière, semblé déplacé et irrespectueux. Un mois après, je m'étais posé la question : était-il encore trop tôt pour retourner à mes pois, mes rayures et mes tourbillons si éclatants ? Combien de temps devais-je porter le deuil ? Huit mois avaient passé à présent et je portais encore la couleur du chagrin. Oubliés dans mon armoire, mes vêtements colorés étaient toujours là mais semblaient recouverts d'une fine couche de poussière. Une fois de plus, Harry avait raison.

Je descendis l'escalier quelques minutes plus tard, vêtue de mon legging violet, de ma robe rouge, de mes bottes roses et de mon béret à paillettes rouge et or, que j'adorais à l'époque mais que Jack détestait car, soi-disant, il me donnait un air de champignon vénéneux. Je me sentais déjà tellement plus légère.

Harry m'adressa un large sourire.

— Tu es superbe.

Il me tendit son bras.

— Maintenant, en route.

Je m'appuyai contre lui tandis que nous marchions dans les premiers rayons du soleil matinal.

— Jamais de la vie. N'insiste pas, je ne le ferai pas, dis-je, observant avec effroi la scène qui se déroulait devant moi.

— Qui a dit que les demandes en mariage devaient forcément être romantiques ? me répondit Harry en se baissant pour me retirer mes bottes sans me laisser le choix.

— C'est les règles. Fleurs, feux d'artifice, boîte de chocolats. Un ours en peluche qui tient un petit cœur rouge avec la phrase brodée dessus. Mais certainement pas un truc pareil. Non, ça, c'est interdit.

— Je ne suis pas d'accord.

— Eh bien, tu devrais, lui dis-je tandis qu'il me poussait doucement mais fermement plus en avant dans la file d'attente.

— Je pense que les demandes en mariage peuvent être bizarres, drôles ou même, comme dans ce cas précis, source d'une bonne dose d'adrénaline.

Ça y est, c'était mon tour.

— Harry, si je meurs…

— Je porterai un pyjama imprimé vache à ton enterrement, c'est promis. Allez, maintenant, grimpe là-dedans.

Mon téléphone sonna.

— Oh ! je dois absolument répondre, quel dommage, je vais devoir céder ma place.

A mon grand agacement, Harry attrapa mon téléphone dans ma poche et répondit. Il était tout à fait capable de traiter avec nos clients et il savait que j'en étais consciente.

— Alors, vous montez ou vous restez là, ma jolie ? me demanda un grand homme bourru dont le visage paraissait avoir essuyé de nombreux coups de poing.

Son nez était tordu en deux endroits et une énorme cicatrice lui barrait le front. S'était-il blessé en faisant ce que je m'apprêtais à faire ? Je fis un pas en arrière mais Harry m'arrêta et me poussa vers l'avant.

— Oui, oui, elle monte. Et envoyez-la le plus haut possible !

Le type acquiesça d'un air qui me sembla parfaitement... diabolique.

Je marchai courageusement vers mon funeste destin. Quand je fus arrivée au sommet des marches, l'homme attacha de fins câbles en caoutchouc à mon harnais puis, tandis que je gardais les yeux fixés sur Harry, mon tortionnaire se mit à rebondir derrière moi pour m'entraîner dans son mouvement. Un instant plus tard, je fus propulsée à environ trois mètres de hauteur et poussai un cri perçant. A peine mes pieds eurent-ils retouché le sol que je fus de nouveau renvoyée dans les airs, encore plus haut que la fois précédente.

Comment m'étais-je retrouvée sur ce trampoline ? Harry et moi étions tranquillement en train de marcher le long de la Tamise lorsque j'avais soudain été interpellée par des hurlements stridents. En tournant au coin de la rue, j'avais découvert les trampolines à élastiques et nous avions observé, amusés, les gens en train de rebondir de plus en plus haut. Mais la rigolade s'était vite transformée en panique quand j'avais compris que Harry m'y avait réservé une place, et que c'était pour cette raison précise que nous étions venus ici...

Je hurlai de nouveau en m'agitant dans les airs,

donnant des coups de pied inutiles en tous sens dans l'espoir de ralentir ma chute. Chaque fois, je pensais que j'allais m'écraser violemment sur le sol, mais j'atterrissais lentement et rebondissais gracieusement sur le trampoline pour redécoller. Tout à coup, un énorme éclat de rire m'échappa. J'étais comme sur une vague, une terrifiante mais merveilleuse vague. Le type me fit puissamment rebondir, me renvoyant encore plus haut, et je hurlai de joie.

L'expérience s'acheva bien trop tôt. L'animateur me fit ralentir jusqu'à m'arrêter complètement. Il décrocha les mousquetons du harnais et je descendis les marches pour courir tout droit dans les bras de Harry en riant toujours de manière incontrôlable.

Enfin, mon fou rire s'apaisa.

— Merci.

— Il n'y a vraiment pas de quoi, répondit-il, ses lèvres pressées contre mon front. Et tu vois, c'est cet instant précis, quand ton cœur bat encore la chamade et que tu as ce sourire sur ton visage, que je choisirais pour te demander en mariage.

— Et je te répondrais « Oui ».

Je le sentis sourire dans mes cheveux.

— Donc en voilà une que nous pouvons définitivement ajouter à notre catalogue ?

— Absolument, je retire tout ce que j'ai dit tout à l'heure. J'ai adoré.

— Ils ne sont pas ici en permanence, ils sillonnent le pays. Mais le patron va me donner sa carte, comme ça nous pourrons les contacter pour savoir où ils sont.

— Génial, c'est super pour nous d'avoir des contacts de ce genre.

— Es-tu prête pour la suite du programme ?

Je me dégageai de son étreinte et le regardai, intriguée.

— Parce que ce n'est pas fini ? Tu as prévu encore autre chose ?

— Oui.

Avec galanterie, il ramassa le sac qui contenait le pyjama qu'il m'avait offert plus tôt dans la journée. Un pyjama en satin tout simple et très élégant. J'avais été tentée par un modèle noir mais Harry avait été catégorique et nous étions finalement tombés d'accord sur un ensemble d'un joli rose poudré.

— Est-ce que le coup de téléphone était porteur d'une bonne nouvelle ?

— Oui, j'ai envoyé par mail une nouvelle formule classique.

Je soupirai.

— C'est la quatrième aujourd'hui.

— Eh ! Notre petite formule classique nous assure de bons revenus. Tu sais, en moyenne, une bonne moitié des clients qui achètent notre formule à vingt livres reviennent vers nous après et dépensent dix fois cette somme en choisissant une grande proposition extravagante.

— Je sais, mais à cette période de l'année, j'espère toujours vendre plus de grandes propositions.

Cela dit, Harry avait raison, nous nous en sortions plutôt bien grâce à notre formule classique. Pour vingt livres, nos clients recevaient une brochure de notre top 50 des demandes. Un large éventail d'idées — de la plus poétique à la plus ridicule — et d'adresses, du restaurant le plus luxueux au plus confidentiel des petits bistrots. Sans oublier nos conseils pour des excursions le temps d'une journée, et nos suggestions d'activités amusantes et d'escapades romantiques. La formule comprenait aussi des bons de réduction et des offres spéciales pour des hôtels et restaurants. Et si nos clients s'y rendaient, les entreprises nous reversaient 10 % de leur facture finale pour nous remercier d'avoir recommandé leur établissement. Enfin, nous donnions aussi quelques détails sur des demandes plus élaborées, des événements que nous seuls pouvions organiser, avec la promesse du remboursement de leurs vingt livres s'ils réservaient une proposition grandiose.

— Tu sais, pour être romantique, il n'est pas forcément nécessaire de faire de grandes démonstrations, me dit Harry. Parfois, des mots choisis avec attention ou les efforts qu'un homme se donne la peine de faire ont tout autant d'impact. Tout cela n'a pas obligatoirement besoin de coûter cher.

— C'est vrai. Les petits gestes sont souvent les plus beaux : un message écrit dans le sable sur sa plage préférée ou sur un roulé à la cannelle personnalisé.

Je lui décochai un coup de coude taquin, ce qui le fit sourire.

— Mais pour parler un peu business, repris-je, même si nous gagnons vingt livres, je ne suis pas sûre qu'envoyer ces clients faire leur demande ailleurs soit la meilleure des idées. Ils dépenseront à coup sûr une centaine de livres ou même bien plus dans ces endroits chic. Et cette centaine de livres, ils auraient pu la dépenser chez nous.

Tout à coup, Harry passa devant moi et, pour éviter que je ne sois heurtée par deux hommes se disputant sur le trottoir, me poussa de la main. Ce contact physique me fit vibrer des pieds à la tête et un trouble inattendu m'envahit.

Harry continua son chemin comme s'il n'avait pas remarqué que mon cœur avait bondi hors de ma poitrine.

— La plupart des gens ont déjà une idée assez précise du genre de proposition qu'ils veulent faire avant même de nous contacter. Pour un grand nombre d'entre eux, il est souvent question d'un repas romantique et, de toute évidence, ils ne vont pas dépenser leur argent pour nos services. Alors, en leur fournissant une liste d'endroits charmants pour le faire, non seulement nous gagnons les vingt livres mais aussi les commissions des restaurants. Nous avons probablement gagné plus d'argent avec cette formule classique qu'avec les somptueuses propositions, donc si j'étais toi je ne cracherais pas dans la soupe. Suis-moi, c'est par ici.

Arrivé au coin de la rue, Harry s'engagea dans une étroite ruelle qui partait en serpentant, à l'abri des regards. Il connaissait Londres comme sa poche et prenait très rarement le métro. On voit tellement plus de choses en marchant. Je le suivis en admirant sa carrure massive, presque aussi large que l'allée. De chaque côté, les murs étaient recouverts de graffitis et de chewing-gums, et certains tags étaient vraiment époustouflants. Il s'arrêta en face d'une vieille fenêtre barricadée, et tandis que j'approchais, m'attira vers lui en posant sa main sur ma taille. De nouveau, je sentis une vague de délicieux frissons me parcourir.

— Il y a un lieu qui s'appelle la Bubblegum Alley en Californie, et un autre qui s'appelle le Gum Wall à Seattle. Dans ces deux endroits, des millions de chewing-gums mâchés ont été collés sur les murs. C'est si étonnant et coloré que ce qui pouvait au départ sembler plutôt dégoûtant est maintenant devenu une véritable attraction touristique. Les gens font des centaines de kilomètres pour admirer ces fresques collaboratives, et pour y participer en collant leur propre chewing-gum. Certains ont même créé de véritables petites œuvres d'art au milieu de ces milliers de taches multicolores.

Il prit un peu de recul et m'indiqua un endroit sur le mur. Là, dans un cœur formé de bouts de chewing-gum rose, étaient écrits les mots :

« Annie, veux-tu m'épouser ? »

— On peut trouver l'amour dans les endroits les plus inattendus, il suffit de le chercher, murmura-t-il.

Il plongea son regard dans le mien et, pendant un instant, je ne sus pas s'il parlait de lui ou de nous deux.

— Pas de folie des grandeurs, juste des petits gestes qui viennent du cœur.

Je souris.

— Je me demande si elle a dit « Oui ».

Harry me montra du doigt le « oui », qui était inscrit sous le cœur en grandes et fières lettres de chewing-gum vert.

— C'est vraiment cool.

J'attrapai mon portable et pris quelques photos. Il fallait que je mette ça sur notre site.

— Je savais que ça te plairait, dit-il.

— Tu vois, repris-je un peu émue, moi non plus je n'ai pas besoin de choses extravagantes. Donc je ne sais pas ce que tu as prévu pour ta prochaine proposition, mais cela n'a pas besoin d'être une croisière sur un immense yacht ou un voyage sur la lune.

Il se remit en marche, suivant la lumière du soleil qui tombait du ciel dans l'obscurité de la ruelle.

— Je vais annuler la réservation de la fusée spatiale alors.

— Harry, je suis sérieuse. Ne gaspille pas ton argent pour moi.

Il m'ignora royalement et nous sortîmes au grand jour. Harry était incroyablement généreux avec son argent et il en avait beaucoup. Le salaire que je lui versais était loin d'être mirobolant, mais il n'en avait pas vraiment besoin pour vivre. Des années plus tôt, tandis qu'il voyageait aux Etats-Unis, il avait eu du flair et avait décidé d'investir dans un petit site de médias sociaux qui s'appelait Connected et s'annonçait prometteur. Il avait investi mille dollars à l'époque, coquette somme qu'il avait gagnée au casino, et des années plus tard, quand Connected était devenu le plus grand site de médias sociaux des Etats-Unis et probablement du monde, il avait revendu ses actions et empoché au passage une petite fortune. Il ne m'avait jamais dit combien cette opération lui avait exactement rapporté. Mais grâce à cela, il avait pu s'offrir l'immense maison située en face de chez moi, au moment où les prix de l'immobilier avaient dégringolé. Et il semblait toujours avoir assez d'argent pour offrir des petits cadeaux ou inviter au restaurant.

— Dépenser de l'argent pour toi ne sera jamais du gâchis, dit-il. Mais trêve de bavardages. Nous sommes en retard sur mon programme, maintenant, donc je préfère te prévenir, il va falloir presser le pas.

Il prit ma main et se mit à courir, dévalant les rues et se frayant adroitement un passage parmi les piétons.

— On pourrait peut-être prendre le métro ? lui criai-je, tandis que j'essayais de suivre le rythme effréné de ses longues jambes.

— Courir est tellement plus amusant, me répondit Harry sans ralentir son allure.

The Glade at Sketch ne ressemblait à rien de ce j'avais pu voir jusque-là. Avec sa devanture en brique blanche, l'endroit avait l'air d'une simple maison de ville et nous étions effectivement passés devant, avant de nous rendre compte que c'était le lieu que nous cherchions. Or, tout en bas du sombre escalier se cachait une clairière boisée, si tranquille qu'on aurait pu la croire déracinée d'une forêt de conte de fées pour être transportée jusqu'à ce restaurant discret en plein cœur de Londres. Sur les murs, les feuilles des arbres majestueux déclinaient toutes les nuances d'or et de vert. Un lustre gigantesque habillait le plafond, projetant un éclairage délicat sur chacune des branches entremêlées tandis que de minuscules lucioles dorées dansaient sur les murs et le sol. Des éclats de miroir se balançaient dans les airs, réfléchissant la lumière provenant de la grande verrière, au plafond, et dispersant ses reflets dans toute la pièce tels les rayons du soleil à travers le feuillage des arbres. Des chaises en osier, des tables et des canapés aux énormes coussins verts étaient nonchalamment placés dans tout le salon de thé, comme de modestes meubles de jardin sous la douceur du soleil.

— Nous avons une réservation au nom de Harry Forbes, dit Harry à l'élégante serveuse, qui avait tout d'une nymphe des bois avec ses cheveux ondulés et tressés, et sa robe vaporeuse.

La serveuse nous emmena jusqu'à notre table et prit notre commande. Je choisis un « Breakfast Tea », ce qui sembla être le pire des sacrilèges aux yeux de Harry.

— Harry, cet endroit est merveilleux.

Je ne pouvais m'arrêter de regarder autour de moi, enchantée par la magie des lieux. Enfin, mes yeux croisèrent les siens et je compris que Harry m'observait depuis un moment.

— Merci pour cette journée, ajoutai-je.

— Je t'en prie, c'était un plaisir. J'avais juste envie que tu t'amuses un peu. Tu as traversé une période difficile et tu avais l'air d'avoir besoin de te changer les idées.

Il fit une pause, manifestement embarrassé, et déplaça légèrement les tasses sur la table.

— Tu vas voir, ici tout est délicieux.

Je me penchai vers lui et pris sa main.

— Merci.

Notre commande arriva juste au moment où Harry allait ajouter quelque chose. Je lui lâchai la main à contrecœur pour libérer la table.

Harry avait raison, les plats semblaient aussi délicieux que beaux. Les fines tranches de pain étaient recouvertes de mets délicats, comme des œufs de caille ou encore du caviar, et même le plus simple des sandwichs œuf-mayonnaise était une explosion de saveurs surprenantes. Il y avait toute une ribambelle de gâteaux et de petits-fours qui donnaient l'eau à la bouche, plusieurs sortes de verrines et de macarons, sans oublier, bien sûr, de délicieux scones aux fruits frais.

— Alors dis-moi, fit Harry en mordant dans une friandise chocolatée, Mini Tim et toi, est-ce que vous avez… ?

Oh mon Dieu, Mini Tim était de retour et allait me hanter jusqu'à la fin de mes jours.

J'avalai une sorte de petite meringue rose qui, au contact de ma langue, fondit immédiatement. Je me léchai les lèvres, essayant de gagner du temps.

— Est-ce que nous avons quoi ? lui répondis-je en minaudant tandis que Harry, manifestement gêné, mimait de ses mains ce qui devait représenter l'acte en question. Ce mec n'avait aucun problème pour raconter en détail son indécente vie sexuelle, mais en ce qui concernait la mienne il devenait tout à coup aussi prude qu'une bonne sœur. C'était trop tentant… Je décidai de le prendre à son propre piège.

— Si tu veux savoir, ce qu'il aime par-dessus tout c'est se déguiser, dis-je en enfournant nonchalamment une tartelette à la fraise dans ma bouche.

Le fruit était cristallisé et éclata sur ma langue.

Harry écarquilla les yeux.

— En hôtesse de l'air, en fliquette, en pom-pom girl, ce genre de choses ?

J'acquiesçai.

— Tout un tas de trucs en réalité. Mais ce que je préférais de loin, c'était quand on se déguisait moi en licorne et lui en lion. Il aimait me prendre par-derrière, comme ça, il pouvait rugir quand il atteignait l'orgasme.

Harry me regarda fixement, le visage impassible. Alors

que je prenais un minuscule éclair au café, mon attention fut soudain attirée par une petite vieille dame assise à la table juste à côté de la nôtre. Bouche bée, elle avait suspendu son mouvement et tenait sa tartelette aux fruits à quelques centimètres de sa bouche. Je rougis, comprenant qu'elle n'avait rien perdu de notre conversation.

Mais je ne pouvais plus faire machine arrière.

— Lui, ce qu'il préférait, c'était se déguiser en Gargamel. Je n'ai jamais vraiment compris pourquoi. Moi, dans cette configuration-là, j'étais bien sûr toujours la Schtroumpfette. Et Gargamel me domptait avec sa grosse baguette magique.

La vieille dame se pencha vers moi.

— Ma chère, pouvez-vous me donner le nom de la boutique où on peut acheter ces costumes ?

— Non, je suis désolée, c'est Tim qui se chargeait de les trouver.

Je poussai un long soupir.

— Oh ! sa grosse baguette va terriblement me manquer.

Harry me regardait toujours fixement.

— J'ignorais totalement que ce genre de trucs te branchait.

Je léchai le glaçage de l'éclair puis le gobai, essayant désespérément de contenir mon fou rire, mais c'était peine perdue. Je reniflai si fort qu'une bulle jaillit de mon nez. En une fraction de seconde, je l'essuyai à l'aide de ma délicate serviette en coton.

— C'est une blague, tu te moques de moi, c'est ça ?

Harry sembla presque soulagé.

— Evidemment.

— Alors vous deux, vous n'avez pas...

— Ecoute Harry, ça ne te regarde pas. Ce n'est pas parce que tu es du genre à aimer raconter tes exploits sexuels que cela signifie que le reste du monde est comme toi.

— Autrement dit, ça veut dire que non.

— Ça veut dire que oui, en réalité, mais c'était juste du sexe tout ce qu'il y a de plus classique.

Tout cela semblait terriblement ennuyeux… Je devais absolument ajouter quelque chose.

— Enfin, aussi classique que peut l'être un marathon du sexe, repris-je. Il avait l'endurance et la fougue d'un étalon. On l'a fait dans tout l'appartement. Sur la table de la salle à manger, debout contre les murs, dans la douche, dans la cuisine, sur la machine à laver, par-devant, par-derrière, sur le côté…

La vieille dame s'étrangla avec sa pâtisserie.

— Sur le côté ? demanda Harry, visiblement abasourdi.

— Oui. Tu devrais essayer, c'est très plaisant. Est-ce que tu peux me passer le sucre ? dis-je en regardant mon thé.

Harry posait une bonne question : comment ça pouvait fonctionner, sur le côté ?

— Et sinon, repris-je, raconte-moi un peu tes projets pour l'été. Tu disais que tu pensais partir en Nouvelle-Zélande ?

Harry sembla recouvrer ses esprits.

— La terre des Hobbits… Oui, j'aimerais bien. Peut-être louer un camping-car et traverser le pays du nord au sud. Il y a tant de choses que je veux faire. Mais ce serait tellement mieux si je pouvais partager ces moments avec quelqu'un.

— Sexy Samantha n'est pas emballée ?

— Ce n'est pas vraiment son truc, non. Elle est plus du genre « hôtel cinq étoiles avec spa et soins quotidiens ». C'est toi qui devrais venir avec moi, plutôt.

— J'adorerais. Je veux découvrir le monde et l'explorer dans ses moindres recoins, mais je ne connais aucune femme qui serait heureuse de voir son homme partir en vacances avec une autre et dormir avec elle à l'arrière d'un camping-car.

Je rougis tandis que les sourcils de Harry se soulevaient.

— Je veux dire, vraiment dormir, pas coucher ensemble.

La vieille dame se pencha de nouveau vers moi, manifestement impatiente d'entendre les détails du prochain épisode de ma vie sexuelle.

— J'espère bien, dit Harry, en léchant sensuellement son éclair. Je n'ai pas de costume de lion.

Je me carrai dans mon fauteuil et regardai le ballet des lucioles sur les murs. Tous les mets étaient si alléchants que je n'avais pas pu y résister, et j'avais maintenant la sensation inconfortable d'avoir beaucoup trop mangé.

Nous avions passé un charmant moment à discuter dans cet endroit merveilleux, mais quelque chose m'intriguait encore. Je n'avais cessé d'entendre les autres clients parler des toilettes et s'extasier sur leur originalité. Il fallait absolument que j'aille y jeter un coup d'œil.

Je quittai la table et, suivant les indications de la serveuse-nymphe des bois, je traversai un autre restaurant jusqu'à une salle entièrement blanche.

Un luxueux escalier menait jusqu'aux toilettes, si rutilant qu'il semblait conduire à un endroit beaucoup plus glamour que des WC. Je montai les marches et arrivai dans une salle très éclairée dont le plafond était décoré de magnifiques vitraux multicolores. Je m'arrêtai brusquement. Plusieurs grands œufs blancs étaient installés dans la pièce, blanche elle aussi. Ils étaient semblables à des cocons laiteux tout droit sortis d'un vaisseau spatial et devaient mesurer au moins deux mètres de haut.

Je regardai autour de moi pour trouver les toilettes, mais il ne semblait rien y avoir d'autre que ces objets étranges.

A l'autre bout de la pièce se trouvaient plusieurs autres œufs. C'étaient de toute évidence les cabinets, et voilà pourquoi les gens en parlaient avec autant d'enthousiasme.

En ouvrant la porte de l'un d'eux, je fus légèrement déçue de ne pas entendre une sorte de bruit ultramoderne de l'espace, qui aurait annoncé mon entrée.

A l'intérieur se trouvaient les toilettes les plus bizarres que j'aie jamais vues. Aucune trace d'une quelconque assise. J'entrai et fermai la porte derrière moi. J'étais à coup sûr dans des WC extraterrestres, où uriner devait se faire debout. Un long module ovale en céramique était suspendu à la paroi, poursuivi par une rigole pour récolter les déchets. Je l'observai, interloquée. Comment donc étais-je supposée faire pipi là-dedans ? Je ne voyais qu'une option : en arrière. En jouant les acrobates, je dirigeai donc mes fesses dans la bonne direction et me penchai en avant comme si j'allais faire un saut à ski. Je fis rapidement pipi, puis, après m'être redressée et rhabillée, quittai l'œuf, impatiente de raconter à Harry mon expérience dans ces étranges waters. Il était justement là, planté devant moi, paraissant assez surpris de m'en voir sortir.

— Quoi ? lui dis-je.

— Suzie, ce sont les toilettes pour hommes.

Je ris.

— Non, la serveuse m'a indiqué cet escalier.

— Oui, mais les toilettes pour femmes sont là-bas.

Il m'indiqua l'autre côté de l'escalier, où d'autres œufs baignaient dans un éclairage très rose comparé à celui d'où je sortais et dont je m'aperçus qu'il était nimbé de bleu.

Harry jeta un coup d'œil par-dessus mon épaule et éclata de rire.

— Les urinoirs ne t'ont pas mis la puce à l'oreille ?

Je regardai derrière moi et la honte me pétrifia. Je venais de faire pipi dans un urinoir. Maintenant qu'il me l'avait dit, cela me paraissait limpide. Il ne s'agissait pas du tout de lieux d'aisance venus d'un autre monde mais d'un urinoir tout ce qu'il y avait de plus ordinaire. Je sentis mes joues devenir cramoisies.

— Je suis curieux..., ajouta Harry. Comment as-tu réussi à faire pipi là-dedans ?

Je filai aux lavabos pour me laver mes mains.

— Je n'ai pas envie d'en parler.

Harry entra dans l'un des œufs à son tour. Il riait si fort que je pouvais l'entendre de l'extérieur.

Chapitre 3

Le lendemain matin, je fus tirée de mes songes par une main qui me secouait gentiment. La chambre était plongée dans le noir le plus complet et je ne voyais pas qui cherchait à me réveiller.

— Harry, c'est toi ? demandai-je d'une voix pleine de sommeil, même si je savais pertinemment que c'était lui car son parfum délicieux flottait dans toute dans la pièce.

— Oui, c'est moi.

Je me penchai pour allumer la lampe et mis ma main devant mes yeux pour me protéger de la lumière.

— Tiens, je t'ai préparé un café. Il ne sera sûrement pas aussi bon que celui de chez Nadia, mais ils ne sont pas encore ouverts. Alors oui, il n'y a pas de noisette de crème, mais c'est mieux que rien, et puis ça va te donner un coup de fouet.

Hébétée, je pris le café et le considérai sans comprendre.

— Au passage, le pyjama te va à ravir.

Je jetai un coup d'œil embrumé vers la table de chevet et, posant brusquement mon café, saisis mon réveil pour le regarder de plus près.

— Mais il est 4 heures ! m'exclamai-je, effarée.

Je n'étais même pas au courant qu'il pouvait y avoir deux 4 heures dans une même journée.

— C'est ça.

— Du matin, Harry !

— Quelle perspicacité.

— Est-ce qu'on a parlé de ça hier soir ?

Je me creusai la cervelle pour tenter de me remémorer si, dans nos conversations de la veille, quelque chose aurait pu indiquer que Harry prévoyait de venir me réveiller à cette heure indécente.

Après avoir quitté The Glade, nous avions marché le long de la Tamise. Le soleil s'était couché et la lune faisait danser ses reflets sur l'eau. Cela avait été un moment incroyablement romantique… Jusqu'à ce que Harry file retrouver une autre femme, ce qui avait forcément un peu entaché notre merveilleux tête-à-tête. Malgré cela, j'avais eu un bisou de bonne nuit. Sur la joue certes, mais, quoi qu'on en dise, un bisou est un bisou.

Non, décidément, j'avais beau chercher, il n'avait jamais été question de cette intrusion ridiculement matinale. J'aurais bien sûr refusé en bloc.

— Ça n'aurait pas été une surprise si je t'en avais parlé, me répondit-il en faisant glisser la couette à mes pieds.

Je la retins fermement, il était bien trop tôt pour affronter le froid. Mais la curiosité l'emporta.

— C'est pour une nouvelle proposition ?

Mon cœur fit un petit bond. J'avais beau être réticente à cette idée, j'étais en réalité assez impatiente de savoir ce que Harry me réservait.

— Evidemment. Et je peux te dire que celle-ci vaut le détour.

— Harry, laisse-moi te dire une bonne chose : n'importe quelle demande qui a lieu à 4 heures du matin ne vaudra jamais le détour.

— Fais-moi confiance, tu vas l'adorer.

Je me pelotonnai sous la couette.

— Non, tu ne peux pas me forcer à me lever.

— Suzie, tu as deux options : soit tu t'habilles tout dc suite et tu viens avec moi, soit…

— Je choisis l'autre option quelle qu'elle soit, c'est tout vu.

— OK, tu es sûre de ton choix ?

— Absolument.

Cachée sous la couette, je n'entendais plus un bruit… Soudain je sentis que Harry s'était levé du lit. Est-ce que je l'avais vexé ? Etait-il parti ?

Tout à coup ma couette s'envola, Harry me saisit par les bras, me jeta sur son épaule et se précipita vers la porte.

— Mais qu'est-ce que tu fais ? lui criai-je d'une voix aiguë.

— La deuxième option était d'y aller en pyjama.

Il descendit l'escalier en trombe, ouvrit la porte de l'appartement et sortit, me portant toujours sur son épaule. Dehors, la rue était déserte.

— Non, non, s'il te plaît ! Je serai sage, je vais m'habiller c'est promis ! Mais je t'en prie, non, ne me kidnappe pas en pyjama !

Harry me reposa délicatement à terre.

— Une promesse est une promesse, hein ? Tu retournes vite fait à l'intérieur et tu t'habilles sans traîner ?

Je levai ma main et lui fis un salut militaire.

— Très bien, alors tu as cinq minutes.

J'approuvai d'un mouvement de tête et entrai dans l'immeuble. En montant l'escalier, je dois reconnaître que l'idée m'effleura de me faufiler dans mon lit, mais celle-ci disparut dès que j'entendis Harry grimper les marches derrière moi.

Harry gara sa voiture dans un emplacement de parking vide. L'esprit confus, je regardai autour de nous. J'avais somnolé dans la voiture, incapable de garder les yeux ouverts tandis que la vieille Coccinelle de Harry, Betty, nous transportait en bringuebalant sur les routes. Le chauffage n'avait que deux positions : caniculaire ou rien du tout. Dans cette froide aube matinale, caniculaire était donc le seul choix possible et cela n'avait évidemment rien arrangé à ma léthargie. Harry avait essayé d'éclairer ma mine renfrognée avec un arrêt petit déjeuner anglais dans un sombre boui-boui au bord de la route, et cela m'avait un peu réveillée.

Il se pencha vers moi pour remonter la fermeture Eclair de ma polaire — il m'avait conseillé de prendre des vêtements chauds, c'était le seul indice que j'avais sur ce que j'allais faire aujourd'hui.

— Suzie, il faut que je te dise quelque chose… Sur ce coup-là, on m'a rendu un grand service et j'ai dû inventer un énorme bobard pour avoir ce que je voulais à la dernière minute. Alors si tu pouvais jouer le jeu, ça serait vraiment cool, sinon je sens que Franck va être très déçu.

— Franck ?

Je fouillai ma mémoire à la recherche d'un Franck, mais non, je n'en connaissais aucun.

— Je lui ai dit que nous étions en couple, c'était le seul moyen pour réussir à tout goupiller aussi rapidement. Il y a des mois d'attente pour ce genre de choses, et Franck était si content de tout ce que nous avons fait pour lui professionnellement qu'il était plus qu'heureux de pouvoir à son tour nous aider.

Je séchais… Mes neurones tournaient toujours au ralenti. Harry sortit de la voiture et vint m'ouvrir la portière. Pas par galanterie — bien qu'il soit extrêmement attentionné — mais parce que les portes de Betty ne pouvaient s'ouvrir que de l'extérieur. Harry avait pourtant les moyens de s'offrir un véhicule bien plus luxueux et, même si je m'étais souvent demandé pourquoi il ne le faisait pas, je trouvais son amour inconditionnel pour Betty vraiment adorable.

Il sortit une glacière du coffre, me prit la main et,

contournant quelques buissons, m'entraîna à travers un champ. Je m'émerveillai en constatant que ma main semblait faite pour être dans la sienne.

La lumière sur le champ était douce et pâle, toute en nuances de gris. C'était cette heure où le soleil ne s'est pas encore levé mais où l'aube naissante promet déjà une magnifique journée. Nos souffles formaient des nuages de brume tandis que nous marchions dans l'herbe humide de rosée.

— Donc nous sommes ensemble, en couple, comme des amoureux ?

Je me sentais peu à peu émerger des limbes du sommeil, et une idée commençait à germer en moi.

Il acquiesça en souriant.

— Pour Franck, c'est donc une authentique demande en mariage ? ajoutai-je.

— Tu as tout compris.

Je me mordis les lèvres tandis qu'un délicieux frisson me parcourait de la tête aux pieds.

— Il va donc s'attendre à une véritable réaction…

— Oui. Tu me diras ce que tu as pensé de tout ça et quelle aurait été ta vraie réaction quand nous serons seuls. Cela va te paraître sûrement très cliché, mais devant Franck, ça serait super que tu sois véritablement enchantée.

Je pouvais jouer le rôle de la femme enchantée. A l'époque où je supervisais des demandes en mariage, j'avais assisté à quelques propositions, et force était de constater qu'elles se concluaient toutes de la même manière : un baiser. Je souris. Oui, je pouvais jouer ce rôle. Mon cœur s'emballa tandis que je ressentais un mélange d'appréhension et d'excitation : j'allais embrasser Harry. Il m'avait fallu patienter deux ans, mais ce moment tant attendu était enfin arrivé. La raison me quitta et je dus me retenir pour ne pas effectuer un de ces petits sauts de joie sur le côté en tapant mes pieds l'un contre l'autre.

Progressivement, je discernai un bruit sourd, comme une sorte de vrombissement mêlé d'un sifflement. Une lumière orangée colorait les arbres tel un automne précoce.

Nous dépassâmes un bosquet, et tout à coup je les vis. Je ne pus m'empêcher de sourire béatement. Devant moi, se gonflant lentement d'air, se tenaient deux montgolfières.

Dans un hurlement de joie, je sautai dans les bras de Harry ; bien que je l'aie pris par surprise, il réussit à me rattraper.

— Je t'aime, je t'aime, je t'aime ! lui criai-je, surexcitée.

— Ouah, c'est la réaction parfaite, me répondit-il en essayant de se dégager doucement de mon étreinte. Je ne t'ai même pas encore fait ma demande.

— C'est oui, c'est évidemment oui ! Oh mon Dieu, Harry, comment savais-tu cela ? J'ai toujours rêvé d'en faire.

— Tu es toujours tellement enthousiaste quand tu organises les propositions en montgolfière, plus que pour toutes les autres. Je me suis dit que c'était sûrement quelque chose que tu aurais envie de vivre toi aussi.

Il me repoussa calmement, visiblement gêné par ma réaction.

— Viens, dit-il, allons voir Franck. Tu dois lui avoir parlé des centaines de fois depuis toutes ces années.

Il fit un geste vers les véhicules garés autour des ballons, où le logo et le nom de la société « Montgolfières Carlton » étaient inscrits. Franck. Franck Carlton, bien sûr ! Il était toujours la première personne que nous contactions pour les demandes en mariage en montgolfière.

Franck était un des hommes les plus âgés que j'aie jamais rencontrés, sa peau reflétait le temps passé comme l'écorce d'un arbre. Il n'avait plus que trois dents, une en haut et deux en bas, et le plus grand sourire du monde.

Malgré la fraîcheur matinale, il n'était vêtu que d'un short et d'un T-shirt.

— Je suis si heureux de pouvoir vous aider, dit Franck en étreignant Harry.

Puis il me prit dans ses bras également comme si nous étions des amis qui s'étaient perdus de vue depuis longtemps, ce qui, d'une certaine manière, n'était pas si éloigné de la réalité.

— Le coup de téléphone de Harry m'a rempli de joie, reprit-il. Vous avez rendu tant de gens heureux pendant toutes ces années, et maintenant vous voilà amoureux. Je ne peux pas vous dire à quel point cela m'émeut. Suivez-moi, je vais vous présenter mes gars.

Son équipe au sol était constituée de ses trois costauds de fils d'une quarantaine d'années et de deux autres hommes. Franck s'agitait dans tous les sens afin que tout soit prêt pour notre départ. Sa forme physique, ainsi que la rapidité, la vigueur et la précision avec lesquelles il réglait les derniers préparatifs lui faisaient paraître la moitié de son âge.

Lentement, les montgolfières commencèrent à prendre forme et à s'élever, tirant sur leurs attaches, comme impatientes d'être libérées.

— Foutu horaire pour un foutu rendez-vous..., murmura une voix derrière nous.

En me retournant, je découvris Badger, le meilleur ami de Harry — et accessoirement mon cousin — qui nous regardait d'un air renfrogné. Sa barbe rouquine était enfouie dans le col de son manteau et ses yeux nous fixaient sous son bonnet bleu et blanc de supporter, aux couleurs de l'équipe de foot de Chelsea.

— Bon sang, c'est pas permis, un froid pareil.

J'adorais Badger. Il faisait partie de ces types fiables et solides qui étaient prêts à tout pour faire plaisir. Jack, Badger et moi étions déjà proches pendant notre enfance, mais nous nous étions encore rapprochés quand Badger était venu vivre à Londres lui aussi. Jack et Badger étaient toujours ensemble. Jusqu'à ce que la mort de Jack les sépare. Et c'était grâce à Badger que Harry était entré dans ma vie, une raison de plus de lui être reconnaissante.

Je le serrai dans mes bras et Harry m'imita. Malgré leur allure virile, ils ne manquaient jamais de se saluer par un gros câlin.

— Qu'est-ce que tu fais là ?

— Je rends à Harry toutes les faveurs que je lui devais. Et en une seule journée !

Il reprit son air grognon et ajouta :

— Je dormais comme un bébé ce matin quand mon réveil s'est mis à sonner à cette heure surréaliste.

— J'avais besoin d'aide pour celle-ci, avoua Harry. Et il n'y avait qu'un seul homme au monde qui pouvait faire ce boulot.

Il n'y avait surtout qu'un seul homme au monde qui pouvait accepter de se lever si tôt et de faire quatre-vingts kilomètres pour venir donner un coup de main à son pote en pleine campagne. Malgré sa mauvaise humeur, je voyais que Badger était flatté par le compliment que Harry venait de lui faire. Quant à moi, même si j'étais comme toujours très heureuse de le voir, je devais reconnaître que le fait qu'il soit avec nous tempérait quelque peu ce moment qui s'annonçait pourtant incroyablement romantique.

Franck nous rejoignit pour nous annoncer que les montgolfières étaient prêtes à s'envoler.

Harry déposa la glacière dans la nacelle, y monta puis m'aida à faire de même. Une fois à l'intérieur, il me tint serrée contre lui, comme si nous étions vraiment amoureux. Manifestement, Badger allait monter dans l'autre ballon.

Après que les câbles et les cordages furent détachés,

nos ballons commencèrent lentement à s'élever, flottant presque sans but, vers les nuages. C'était une expérience merveilleuse et je ne pouvais détacher mes yeux du paysage qui s'éloignait au-dessous de nous. Nous étions très loin de Londres à présent et il n'y avait que des collines et des champs à perte de vue. Chaque seconde qui passait rendait les choses plus petites. Le ballon dans lequel était monté Badger se balançait doucement derrière nous, le vent soufflant dans la même direction.

Ayant manifestement atteint la hauteur optimale, nous nous stabilisâmes et Franck éteignit les brûleurs. Nous planions dans le silence, comme accrochés aux nuages. Nous ne parlions pas, nous n'en ressentions pas le besoin. Le monde à nos pieds avait bien assez de choses à nous dire.

Soudain, une lame d'or d'une pureté absolue fendit l'horizon et illumina la terre, repoussant les pâles restes du ciel nocturne et inondant le monde d'une somptueuse brume rose. Je contemplai avec une joie profonde l'apparition du soleil. A cet instant précis, il n'était pas encore cet astre brûlant qu'on ne peut regarder à l'œil nu, mais une sphère dont la lumière rose orangé semblait tamisée, telle une ampoule qu'on viendrait seulement d'allumer et qui n'aurait pas atteint le faîte de son intensité.

— C'est magnifique, dis-je, le souffle court, tout en réalisant que les bras de Harry étaient toujours enroulés autour de ma taille.

Je me laissai aller contre lui. Du coin de l'œil, je vis que Franck nous observait en souriant.

Harry libéra son étreinte pour aller fouiller dans la glacière et je reportai mon attention sur le paysage tout en bas, où les grandes bandes de terre étaient maintenant inondées d'une lumière écarlate et dorée.

Harry proposa à Franck une coupe de champagne, mais ce dernier déclina.

— Dites-moi, Franck, est-ce qu'il vous est déjà arrivé d'en avoir marre de ce panorama ? lui demandai-je tandis que Harry remplissait deux coupes. Vous devez le voir quasiment tous les jours.

— Nan… Je pourrais admirer cette vue dix fois par jour que je ne m'en lasserais jamais. Etre ici, tout en haut, est la sensation la plus incroyable du monde. Si je devais mourir maintenant, ce serait en homme heureux.

Je fronçai les sourcils. Sans donner l'air de s'en rendre compte, Franck se frottait la poitrine. Cette soudaine évocation de la mort, suivie de ce geste étrange, m'inquiéta.

— Vous vous sentez bien, Franck ?

Il comprit immédiatement ce qui m'avait alarmée et éclata de rire.

— Tout va bien, mon chou, c'est juste un petit problème digestif. Ne vous en faites pas, je vous garantis qu'il y a encore des réserves de vie dans cette vieille carcasse. Sans compter que je veux rencontrer mes arrière-petits-enfants avant de quitter ce monde, et qu'aucun de mes petits-enfants ne s'est encore marié. Non, il n'y a rien qui cloche chez moi si ce n'est mon estomac qui se plaint de la saucisse en trop que je me suis offerte ce matin au petit déjeuner.

Je souris, même si je n'étais pas totalement rassurée. La mort de Jack m'avait rendue un peu paranoïaque sur ce genre de choses.

Franck ralluma les brûleurs, et leur bourdonnement mit fin à la conversation.

Harry me tendit une coupe de champagne et fit tinter son verre contre le mien.

— A nous, dit-il, les yeux brillants de malice.

— A la plus belle des relations.

Tandis que nous portions nos verres à nos lèvres, je ne pus m'empêcher de remarquer que Harry ne me quittait pas des yeux et je regrettai, encore une fois, de ne pas pouvoir lire dans ses pensées.

Je me rappelai soudain que nous étions ici pour une nouvelle proposition et combien ma réaction à celle-ci était importante et devait sembler naturelle.

Mon cœur cognait dans ma poitrine. Réussir à décrocher un baiser, même bref, serait une magnifique conclusion à cette extraordinaire demande en mariage.

Nous dérivions dans le ciel et l'humidité des nuages s'accrochait à nos visages et à nos vêtements comme des toiles d'araignées. De petites gouttes d'eau étaient suspendues aux longs cils de Harry et je crevais d'envie de les essuyer. Mais je devais me contrôler à tout prix, car le moindre geste inapproprié risquait de compromettre le baiser que j'espérais tant. Allait-il répondre à mon geste ? Oh, mon Dieu, pourvu que oui. Et si ce n'était pas le cas ? Et si ça le dégoûtait ? Non, si notre présence ici devait absolument paraître authentique, Harry me rendrait mon baiser. Je me demandai combien de temps je pourrais faire traîner ce moment, combien de temps serait nécessaire pour le rendre parfaitement crédible. Oh ! et si j'embrassais mal ? Et la langue, est-ce que je devais l'embrasser avec ou sans ? Peut-être qu'en fait, c'était une très mauvaise idée. Non, je devais le faire, une occasion pareille ne se représenterait sûrement plus jamais. Mon cœur battait si fort dans ma poitrine que, lorsque Harry se plaça contre mon dos pour m'enlacer, j'eus la conviction qu'il pouvait le sentir.

Derrière nous, Franck tira sur des leviers et des cordes, puis la montgolfière commença à descendre vers les champs. Tandis nous nous rapprochions de la surface de la terre, je pouvais maintenant distinguer les véhicules aux couleurs vives de l'équipe de Franck qui suivaient notre parcours. Ils étaient encore minuscules à cette hauteur, semblables à des petites voitures dans un village miniature.

Harry me poussa gentiment à regarder dans la direction du ballon de Badger.

Une longue banderole se déroula depuis la nacelle. Elle devait facilement faire dans les six à dix mètres de long, et, en belles lettres peintes à la main — entourées de fleurs, de cœurs et d'étoiles —, affichait les mots « Veux-tu m'épouser ? »

A l'envers.

— Oh merde, c'est pas vrai ! cria Harry avec véhémence, retirant ses mains de ma taille comme si j'étais soudain une patate brûlante tout juste sortie des braises du barbecue.

— C'est pas grave, lui dis-je. C'est ravissant, tu as dû te donner tant de mal pour tout ça.

Je sortis aussitôt mon téléphone de ma poche et pris quelques photos.

— Suzie !

Je me retournai. Franck était assis sur le plancher de la nacelle ; il serrait sa poitrine, la sueur perlait sur son front et son teint affichait cette nuance de gris reconnaissable entre toutes et qui n'annonçait rien de bon.

Je m'agenouillai à côté de Harry tandis qu'il prenait la main de Franck. Le vieil homme avait visiblement beaucoup de peine à parler.

— Appelle une ambulance, murmura Harry.

Je tapai fébrilement sur mon téléphone, espérant désespérément que nous capterions à cette hauteur. Heureusement, j'entendis une tonalité et fus rapidement mise en relation avec le service des urgences.

J'expliquai la situation et Harry leur indiqua où nous nous trouvions — comment pouvait-il le savoir, je n'en avais aucune idée. Nous semblions être au milieu de nulle part, mais on me dit qu'une ambulance aérienne allait immédiatement nous être envoyée.

Alors que je raccrochais et rangeais mon téléphone dans ma poche, mes oreilles se débouchèrent brutalement. En croisant le regard paniqué de Harry, je compris que nous descendions beaucoup trop rapidement. Nous étions en chute libre. Tout à coup, le ballon fit un grand bond en avant, et, horrifiée, je vis le sol avancer vers nous à une vitesse effrayante.

Harry tira sur la vanne d'ouverture des brûleurs, comme Franck l'avait fait quelques minutes plus tôt. Les appareils reprirent vie et des flammes s'élevèrent en rugissant dans le ballon.

Mais de toute évidence il était trop tard : la montgolfière semblait avoir trop d'élan et descendait à une vitesse folle.

Franck tentait désespérément de nous dire quelque chose. Harry s'agenouilla à son côté pour écouter les instructions qu'il marmonnait, puis bondit et commença à tourner les leviers comme s'il savait exactement ce qu'il faisait.

— Je peux t'aider ? dis-je, affolée.

Il me signifia que non et, assurée qu'il mettait tout en œuvre pour nous sauver, je reportai mon attention sur Franck. Celui-ci respirait toujours mais avec beaucoup de difficulté. Et il semblait souffrir énormément.

Je commençai à paniquer totalement, et pas seulement à cause de notre mort imminente. Je me creusai la cervelle, tentant de me rappeler n'importe quel premier soin d'urgence qui aurait pu soulager Franck. Devais-je le mettre dans la position latérale de sécurité, lui faire un massage cardiaque, l'allonger sur le plancher et lever ses jambes en l'air, ses genoux repliés sur sa poitrine, devais-je aller chercher de l'eau chaude et des linges propres ?

L'ambulance aérienne allait-elle arriver à temps pour

sauver Franck ? Devraient-ils nous expédier tous les trois à l'hôpital suite à notre crash ?

— Merde, Suzie, nous allons atterrir. Ça y est. Accroche-toi, ça va secouer.

J'agrippai une corde sur le côté et m'accroupis devant Franck pour tenter de le protéger. Harry plongea alors brusquement vers nous, faisant de son corps une cage protectrice pour Franck et pour moi.

La nacelle percuta violemment le sol, je sentis ma tête projetée en arrière contre Harry… et ce fut le noir complet.

Chapitre 4

J'ouvris les yeux mais les refermai presque aussitôt. La lumière était aveuglante. Mon Dieu, Franck !

Essayant tant bien que mal de me relever pour m'asseoir, je sentis une main ferme me repousser en arrière.

— Il vaut mieux que tu restes allongée, tu t'es cogné la tête très fort.

Je levai les yeux vers le visage de Harry qui se détachait sur le ciel lumineux du matin.

— Et Franck ? lui demandai-je, morte d'inquiétude.

Harry me montra l'autre bout du champ où les secouristes étaient en train d'aider Franck à monter dans l'ambulance aérienne.

— Etonnamment, il a l'air d'aller bien. Je ne sais pas si c'est dû au choc de cet atterrissage mais, quoi qu'il en soit, une fois à terre, sa douleur avait complètement disparu. Si ça se trouve, ce n'était même pas une crise cardiaque. Il a même eu assez de force pour crier à ses gars de faire attention à ce que le ballon ne se prenne pas dans les brûleurs… Evidemment il ne veut pas entendre parler d'hôpital, il dit que c'est beaucoup de bruit pour rien et qu'il se sent très bien. Mais ils l'emmènent malgré tout pour ne courir aucun risque. Non, pour tout te dire, je suis nettement plus préoccupé par ton cas.

— Je vais bien, lui répondis-je tandis que Harry m'aidait à m'asseoir.

En le regardant mieux, je vis qu'il avait deux mèches de coton ensanglantées enfoncées dans chacune des narines.

— Et toi, ça va ? C'est moi qui t'ai fait ça ? demandai-je en tendant la main pour caresser sa joue.

— Oui, enfin non, c'est surtout notre accident. Mais ne t'inquiète pas, ce n'est rien, mon nez semblait juste ne pas avoir très envie de s'arrêter de saigner.

Après avoir installé Franck, sain et sauf, dans l'hélicoptère, un des ambulanciers courut vers nous.

— Ah, je vois que vous avez repris connaissance, me dit-il en s'agenouillant à côté de moi.

Il brandit une petite torche en direction de mes yeux et me demanda :

— Est-ce que vous avez des vertiges, mal quelque part ?

Je hochai la tête. Je me sentais un peu endolorie mais j'avais déjà eu des maux de tête bien pires que ça.

— Eh bien, il ne semble pas y avoir de commotion cérébrale, nous dit-il en se tournant vers Harry, mais gardez quand même un œil sur cette jeune femme dans les prochaines heures. Si elle commence à se sentir étourdie ou si elle s'évanouit de nouveau, emmenez-la immédiatement aux urgences.

Harry acquiesça d'un air solennel, mais il était difficile de le prendre au sérieux avec les deux mèches imbibées de sang qui lui sortaient du nez.

Le secouriste repartit vers l'hélicoptère, qui décolla dès que les fils de Franck furent montés à bord puis disparut derrière les collines.

Le ballon de la montgolfière avait été rangé et les deux autres « gars » qui travaillaient pour Franck étaient en train de le charger dans la remorque.

— Où est passé Badger ? demandai-je tout à coup à Harry, ne le voyant nulle part.

— Apparemment, tout s'est bien passé pour lui, sa montgolfière a atterri dans un autre champ. Ils vont le chercher..., me répondit-il avant de marquer une pause, l'air soudain embarrassé.

— Sinon, Suzie, pour en revenir à cette proposition...

Harry ne sembla pas trouver les mots pour finir sa phrase.

— Eh bien, frôler la mort de si près procure une bonne décharge d'adrénaline. Mon cœur battait la chamade, il y a eu un contact physique proche, donc oui, je dois admettre que tu as fait fort. C'est une demande en mariage que je ne suis pas près d'oublier.

Harry éclata de rire.

— Non, plus sérieusement, la banderole était magnifique. Tu as dû passer énormément de temps à la fabriquer, lui dis-je en souriant.

— Figure-toi que je n'ai même pas eu le temps de la voir, Franck venait juste de s'écrouler. Est-ce que tu as pu la prendre en photo ?

— Tiens, regarde, dis-je en lui tendant mon téléphone.

Il se décomposa.

— Mais c'est pas vrai ! Elle est à l'envers... Oh ! je vais le tuer.

— Ce ne devait pas être si évident.

— Je m'en fous, je vais quand même le tuer. Bon, mais en gros, si on oublie cette expérience de mort imminente et le fait que le texte était à l'envers, est-ce que ça aurait pu être la proposition parfaite ? me demanda-t-il, plein d'espoir.

— Je l'ai adorée. Le paysage, la vue, la bouteille de champagne, la banderole et le fait que quelqu'un puisse se donner autant de mal pour me faire sa demande, oui, tout était fabuleux. Si tu voulais une réaction naturelle, je pense que tu étais sur la bonne piste.

Harry ne sembla pas trouver cela drôle et se leva, les sourcils froncés.

— Allez viens, on rentre, me dit-il d'un ton blasé en m'aidant à me remettre sur pied.

Blog des presque fiancés.

Jour 3 : La demande en montgolfière.

Lieu : Au-dessus des champs du Hertfordshire.

Amis lecteurs, je sais déjà que, à la lecture du titre de ce billet, vous allez naturellement vous diviser en deux catégories : la moitié d'entre vous va penser « Ohhh, une proposition en montgolfière, que c'est romantique ! » et l'autre va se dire « Bonjour les clichés ! Il n'a qu'à faire la prochaine en haut de la tour Eiffel, s'il se lance sur la voie des demandes ringardes et démodées. »

Pour ne rien vous cacher, je ne sais pas bien de quel côté pencherait Suzie. Mais ce dont je suis sûr, c'est qu'elle a toujours voulu faire de la montgolfière et que je veux que ses rêves deviennent réalité. Et je sais aussi qu'elle aimerait que ce moment soit inoubliable. J'ai donc tenté de trouver un équilibre entre ces deux critères.

Quand Suzie a compris qu'elle allait faire de la montgolfière, elle s'est jetée dans mes bras en criant au monde entier combien elle m'aimait. Puis, tandis que nous flottions majestueusement au-dessus des champs baignés par la lumière du soleil levant, une banderole avec ma demande — entièrement peinte à la main — a été déroulée dans les cieux. C'était tout simplement parfait.

Maintenant, amis lecteurs presque fiancés, j'imagine qu'entendre les mots « je t'aime » ne vous paraît pas tellement surprenant quand on est sur le point de faire sa demande. Pourtant, j'étais très étonné car il faut croire que j'avais réussi à séduire Suzie McKenzie, fervente militante des demandes qui sortent de l'ordinaire, avec une simple proposition en montgolfière. Nous savons donc maintenant, même si elle s'en cache bien, qu'elle a vraiment une âme de romantique.

Et Suzie a semblé réellement impressionnée par le travail et l'investissement personnel que m'avait demandé cette proposition. Pour conclure, je ne pense pas qu'une demande en mariage doive forcément coûter cher. Mais ce que j'ai surtout compris aujourd'hui, c'est que la montagne d'efforts qu'elle implique est clairement, aux yeux d'une femme, le reflet sincère et proportionnel de l'amour que son prétendant lui porte. Je vais donc, à partir de maintenant, continuer sur cette voie.

Je terminai la lecture du nouveau billet de Harry sur le blog. Il l'avait réécrit trois fois. Il y avait tant de choses dont nous ne pouvions parler. Il était hors de question de faire du tort à la société de Franck, nous ne voulions en aucun cas salir la réputation des Montgolfières Carlton pour un accident qui n'était objectivement pas de leur faute. Combien de gens voudraient réserver des vols en montgolfière s'ils savaient qu'il existait un risque de se crasher ? Franck faisait voler des montgolfières depuis presque soixante ans. Il n'avait jamais eu aucun problème jusqu'à ce jour et de nombreux clients vantaient même les mérites de ses atterrissages, si délicats comparés à ceux d'autres pilotes. Il n'était pas question de raconter ce qui s'était réellement passé.

Quelques heures plus tôt, nous avions eu de ses nouvelles par les membres de sa famille et Franck se portait bien. Les médecins préféraient le garder une nuit à l'hôpital pour lui faire passer des tests complémentaires, à son grand dam, mais son fils nous avait dit qu'ils semblaient confiants et que Franck serait a priori autorisé à rentrer chez lui dès le lendemain.

— Alors, comment tu trouves ? me demanda Harry en revenant de la cuisine avec deux tasses de thé.

— C'est bien, mais je ne suis pas convaincue par le passage sur les efforts à fournir. Comme nous le disions hier, les propositions les plus simples sont parfois les plus émouvantes.

— Je pensais que ça te plairait, cela pourrait encourager nos clients à se laisser tenter par nos propositions hors du commun...

Je souris. Après mes lamentations de la veille sur le nombre de formules classiques que nous vendions, Harry essayait de rectifier le tir.

— Oh ! alors cette histoire des cent propositions n'est que pure stratégie, il n'est pas du tout question de découvrir quelle serait ma demande idéale ? Tout ça n'est qu'un gros coup de pub, c'est ça ? lui dis-je pour le taquiner.

Mais Harry ne saisit pas du tout la pointe d'humour dissimulée dans ma phrase. Son visage se décomposa et le regard blessé qu'il afficha soudain me fit autant de mal qu'un coup de poing dans l'estomac.

— C'est ce que tu penses ? me demanda-t-il sèchement.

— C'était une blague, Harry, je suis désolée. Je n'en pense pas un mot.

— Tout ça n'a rien à voir avec le business, je croyais que tu le savais.

— Très honnêtement, je ne sais pas du tout pourquoi tu fais tout ça. Personne ne s'est jamais donné autant de mal pour moi jusqu'à présent.

Il me dévisagea froidement. Il était évident qu'il ne voulait pas m'expliquer les raisons de sa démarche. Mais je n'allais pas céder et je continuai à le regarder, inflexible.

— Tu veux savoir pourquoi je fais ça ? Pour te remonter le moral. Tu es si triste depuis la mort de Jack que je veux que quelque chose te donne envie de te lever chaque matin, me répondit-il en soutenant mon regard.

Sa réponse me fit le même effet que si j'avais été percutée par un bus. Ma lèvre supérieure se mit à trembler de manière irrépressible et je détournai le regard en sentant mes larmes monter. Harry vint aussitôt me prendre dans ses bras. L'amour que j'avais pour cet homme était inégalable.

— Oh Harry, murmurai-je, le visage enfoui dans sa chemise tandis qu'il me tenait serrée fort contre lui.

— Je suis désolé, je ne voulais pas te faire pleurer.

— Ce sont des larmes de joie, je te le jure, lui dis-je en desserrant l'étreinte.

Il fit un pas en arrière pour me regarder d'un air inquiet.

— J'ai tellement de chance de t'avoir dans ma vie, repris-je en lui faisant signe que tout allait bien.

Apparemment rassuré, il retourna s'asseoir derrière son ordinateur.

— Mon Dieu, Suzie ! Soixante et une personnes suivent maintenant notre blog... C'est dingue !

J'admirai la délicatesse avec laquelle il avait réussi à changer de sujet.

— Génial !

— Oui, et en plus je ne t'ai pas dit, mais après avoir parlé de La Boulangerie de Nadia dans le billet d'hier, j'ai reçu des mails de pas mal d'endroits qui insistent pour que je fasse ma prochaine demande chez eux.

Je me rapprochai pendant que Harry faisait défiler ses mails.

— Et alors, il y a quelque chose qui vaut le coup ?

— Quelle fouineuse... Tu crois peut-être que je vais te donner des indices ? me répondit-il en se déconnectant.

Les moindres miettes d'information sur les propositions qui m'attendaient s'évanouirent pour laisser place à un écran totalement bleu.

— Tu as encore un « sexy rendez-vous » avec Sexy Samantha ce soir ?

— Non, je vais retrouver Badger pour boire un verre et faire un billard. Et toi, quelque chose de sexy en prévision ? me demanda-t-il en prenant sa veste.

— Non, pas vraiment, je vais dîner avec ma chère belle-sœur.

— Cool, amusez-vous bien !

Il déposa un rapide baiser sur ma joue et fila. Il fallait que je fasse attention : si ce bisou pour me dire au revoir devenait régulier, je pourrais bien en devenir totalement accro et ne plus jamais pouvoir m'en passer.

Un truc vert et nauséabond s'écrasa mollement sur ma joue.

Bella gloussa et éclata de rire tandis que sur son visage, également décoré, glissait une bonne dose de bouillie verte.

— Est-ce que ta nièce est encore en train de tout repeindre ? cria Jules depuis la cuisine.

Je sortis Bella de sa chaise haute et la pris sur mes genoux, espérant ainsi pouvoir réduire les dégâts.

— Non, elle est absolument adorable ! Hein, que tu es adorable, ma petite choupette ? répétai-je à Bella en tentant de lui essuyer le visage.

Bella éclata de rire en gesticulant. Je retirai la cuillère de ses petites mains poisseuses et me penchai au-dessus d'elle pour prendre une nouvelle cuillerée de ce qui, d'après Jules, était une crème de brocolis et de chou-fleur. A la différence de sa purée, Bella sentait incroyablement bon. Une délicieuse odeur de lait, de talc et de lotion pour bébé. Ses cheveux étaient bruns, comme ceux de Jack, et elle avait aussi son nez, ses yeux, son menton — il n'y avait vraiment aucun doute possible, c'était bien sa fille.

Jules nous rejoignit avec deux verres de vin et m'en tendit un. Elle portait un haut d'un jaune éclatant, que je n'avais encore jamais vu. Ses cheveux semblaient avoir été teints tout récemment, d'une nuance de miel doré avec des mèches plus colorées, et elle affichait un sourire radieux. Cela faisait bien longtemps que je ne l'avais pas vue sourire. Peut-être que, comme moi, quelqu'un lui avait donné ce fameux coup de pied aux fesses ? J'aimais assez cette idée : que la vie était bien trop courte et que nous devions en profiter.

— Tu as l'air en forme, lui dis-je, curieuse d'en savoir plus.

— Oui, je me sens bien. Bella dort mieux la nuit maintenant et c'est un tel bonheur d'être avec elle chaque jour. Et puis je sais que je ne devrais pas m'en réjouir, mais l'argent de l'assurance de Jack va me permettre de prendre un peu de temps avant de retourner bosser. Je vais donc pouvoir passer mes journées entières avec Bella et, oh là là, si tu savais comme j'aime mon job de maman ! Et puis Jack ne voulait pas que je retravaille après sa naissance, alors je crois qu'il aurait été heureux que je puisse m'occuper d'elle.

— Tu es une mère merveilleuse, lui répondis-je en regardant ma nièce si joyeuse.

Jules sourit tendrement à sa fille et lissa quelques-unes de ses mèches rebelles. Puis son regard revint vers moi.

— Toi aussi, tu as l'air bien… Et sinon, comment va Harry ? me demanda-t-elle soudain.

Même en cherchant bien, je ne voyais pas comment elle avait pu en arriver à penser que ces deux choses pouvaient avoir un lien.

— Ecoute, je crois qu'il va bien. Hier, il m'a donné quelques bons conseils en me faisant comprendre qu'il serait temps que j'arrête de vivre dans le passé, et du coup mes fringues colorées sont de retour.

— J'ai toujours adoré ton look, ou plutôt ton non-look, me répondit Jules en souriant malicieusement. Et dis-moi, j'ai entendu dire qu'il t'avait demandée en mariage..., ajouta-t-elle en haussant les sourcils.

Et voilà, elle était de nouveau en train de me parler de Harry !

— Pas à proprement à parler, non — je souris intérieurement à cette pensée —, tu sais, c'est juste nos trucs de boulot, lui dis-je en faisant un signe vague de la main.

Elle tendit à Bella la banane qu'elle venait d'éplucher.

— J'aime bien Harry.

— Euh... oui, moi aussi, lui répondis-je en faisant sautiller Bella sur mes genoux pour éviter de croiser son regard.

— Mais vous deux... vous n'avez jamais...

— Non, oh là là, certainement pas. Nous sommes juste amis. Il ne me voit pas de cette façon. En plus, on ne peut pas vraiment dire qu'il ait une bonne réputation en ce qui concerne la gent féminine. Chaque semaine, il est avec une nouvelle fille. Non, vraiment, désolée de dire ça mais ce mec est la dernière des traînées.

— Peut-être qu'il cherche juste la femme idéale. Jack était pareil, rappelle-toi. Il se vantait même d'avoir couché avec deux femmes différentes la même nuit.

— Ouah ! Je savais qu'il avait eu beaucoup de petites amies, mais pas qu'il avait fait un plan à trois.

Jules s'étouffa avec son vin tandis que Bella ponctuait la discussion d'un énorme bruit de pet fait avec sa langue.

— Non, ce n'était pas un vrai plan à trois..., corrigea Jules. Il a d'abord couché avec sa copine, qui a ensuite rompu avec lui, et avant la fin de la nuit il était dans le lit d'une autre.

— Mais comment tu sais tout ça ? lui demandai-je, stupéfaite.

— Ben, en fait, l'autre femme, c'était moi.

J'écarquillai les yeux.

— Et ça ne te posait pas de problème qu'il ait couché avec une autre quelques heures avant ?

Jules haussa les épaules en nettoyant sur son pantalon le vin qu'elle venait de recracher.

— Ce n'était pas très important, non. Enfin pour moi, en tout cas. Et puis, sa petite amie de l'époque était une vraie garce, donc j'étais plus que ravie de la détrôner. Après ça, nous avons continué à nous voir une nuit par-ci, une nuit par-là, et puis petit à petit nos rendez-vous irréguliers sont devenus quotidiens. Et il n'a plus jamais regardé une autre femme.

— Tu n'as jamais eu peur qu'il aille voir ailleurs ? chuchotai-je, même si je savais que Bella ne pouvait pas encore comprendre le sens de notre discussion.

Jules afficha un large sourire.

— Je ne veux pas te paraître prétentieuse, mais les sentiments que nous avions l'un pour l'autre étaient réellement réciproques. J'ai toujours su que ton frère était fou de moi, et je peux t'assurer que cette passion ne s'est jamais fanée malgré les huit années que nous avons passées ensemble.

Je souris tandis qu'elle ajoutait :

— Harry est probablement du même genre. Il cherche peut-être simplement « la bonne ».

— Je ne pense pas, non, répondis-je. Harry ne croit même pas en l'amour, comment pourrait-il chercher l'âme sœur ?

— Moi, ce que je crois, c'est qu'il a beaucoup souffert quand il était enfant et qu'il se retient de tomber amoureux pour éviter de souffrir de nouveau. Mais je pense sincèrement que quand il trouvera la femme de ses rêves, il ne la laissera pas filer.

— Qu'est-ce que tu veux dire ? Il a été maltraité quand il était petit ? lui demandai-je, terriblement intriguée.

Jules blêmit.

— Ah. Je croyais que tu étais au courant.

— Peu de temps après notre rencontre, il m'a dit qu'il ne croyait pas en l'amour. J'ai pensé qu'il sortait juste d'une rupture douloureuse. Qu'est-ce que tu sais que j'ignore ? insistai-je.

Jules se détourna et commença à ramasser les jouets de Bella.

— Je n'aurais pas dû te dire ça. Mais comme tu es proche de Harry, je pensais que tu étais au courant.

— Il ne m'a jamais vraiment parlé de son passé. Je sais seulement qu'il n'a plus de contact avec ses parents. Est-ce qu'ils lui ont fait du mal ? fis-je, la gorge serrée.

— Non, il n'a été ni battu ni maltraité, ce n'est pas ça… Mais, Suzie, ce n'est pas à moi de te raconter tout ça. Je suis au courant de cette histoire uniquement parce qu'un jour Badger a gaffé. Oublie tout ce que je t'ai dit, s'il te plaît.

Je lâchai prise à contrecœur, car je sentais que Jules ne me dirait pas un mot de plus à ce sujet. Et puis si Harry avait voulu que je sois au courant, il m'en aurait déjà parlé depuis longtemps.

Jules jeta les jouets dans un grand coffre puis reprit son verre et le fit tourner dans sa main en examinant avec attention son contenu.

— Tu sais qu'il a reçu une proposition d'embauche et qu'il l'a refusée ?

Ma gorgée de vin resta coincée dans ma gorge et je dus tousser pour réussir à avaler. Jules semblait décidément très au courant des derniers potins, et particulièrement de ceux qui concernaient Harry.

— Où, quand ? lui demandai-je avec impatience.

— La semaine dernière. Une offre avec un très bon salaire. Je ne sais pas combien tu le paies, mais je ne pense pas que cela puisse rivaliser. Et puis avec tout un tas d'avantages : voiture de fonction, plan retraite, mutuelle, sans oublier des parts dans la société.

Je n'arrivais plus à respirer mais essayais de garder une attitude décontractée :

— Oh ! tu sais, Harry n'aime pas trop les grandes entreprises et la vie de bureau. Il dit toujours qu'il ne retournera jamais travailler dans ce genre d'endroits. Tu te souviens de ce poste qu'il a refusé aux Etats-Unis ?

— Le job de ses rêves ?

— Ce n'était pas du tout le job de ses rêves, Jules.

— Il nous en a quand même parlé pendant des mois, et il avait l'air pour le moins emballé.

Il est vrai que, quand je l'avais rencontré, Harry avait comme grand projet de partir vivre à New York pour y démarrer une brillante carrière. Et puis un jour, sans se justifier outre mesure, il m'avait dit qu'il n'était plus si sûr d'en avoir envie.

— Apparemment, les employés n'étaient pas très heureux de la fusion qui était en train de se préparer ni du nouveau P-DG. Harry ne voulait pas se retrouver mêlé à ce sac de nœuds. Comme je te l'ai dit, la vie de bureau, ce n'est vraiment pas son truc.

— Mais n'a-t-il pas finalement rompu son contrat au moment même de la mort de Jack ? insista Jules.

Ma bouche s'assécha. Non, ce n'était pas possible. Il ne pouvait pas avoir refusé cette offre à cause de moi, pour rester à mes côtés. Pas si c'était réellement le job de ses rêves.

— Ce que j'essaie de te dire, Suzie, c'est que des opportunités incroyables continuent de se présenter à lui et qu'il persiste à ne pas les saisir. L'argent qu'il a gagné grâce à Connected n'est pas inépuisable, surtout pour un homme si prodigue. Ça n'a donc pas dû être facile pour lui de décliner une offre avec un salaire pareil.

— Mais un salaire pareil à quoi ? lui demandai-je presque en criant.

Elle me dit le montant et je sentis immédiatement le sang quitter mon visage. C'était presque cinq fois ce qu'il gagnait en travaillant avec moi.

— Donc la question reste entière, pourquoi reste-t-il ? répéta Jules.

— Je sais qu'il aime travailler pour notre agence. Tu sais, la société lui appartient aussi, maintenant, et il a vraiment contribué à ce qu'elle est devenue aujourd'hui.

— Oui, c'est possible qu'il ait une sorte de loyauté envers toi et votre agence, mais je crois qu'il y a une autre raison, dit-elle en me dévisageant sans ciller, ses yeux bleu pâle plantés dans les miens.

— Quoi ? Tu ne penses tout de même pas que c'est à cause de moi ?

Elle continua à me regarder de la même façon. Par miracle, la minuterie du four retentit à cet instant pour nous signaler que la pizza était cuite.

Jules sourit en se relevant.

— Prends le temps d'y penser…, me dit-elle en disparaissant dans la cuisine.

Elle était drôle : comme si j'allais pouvoir penser à autre chose.

Dans la rame du métro, je regardai mon sac à main. L'enveloppe me brûlait les genoux à travers le cuir. J'avais été obnubilée par Harry toute la soirée. Pourquoi avait-il refusé une opportunité pareille ? Et ce poste aux Etats-Unis ? Mais toutes ces questions et pensées s'étaient volatilisées quand Jules m'avait remis cette enveloppe à la fin de notre dîner.

Le train marqua un arrêt brutal à une nouvelle station. Une lettre de Jack. Jules l'avait trouvée dans ses affaires. Il y en avait une pour moi, une pour elle et une pour Bella. Elle n'avait pas lu celle qui m'était destinée, évidemment, et me l'avait donnée alors que notre soirée se terminait. Manifestement, elle avait envie que je l'ouvre devant elle, mais j'en étais incapable. Je lui avais promis toutefois que je lui ferais part de ce qu'elle disait.

Maintenant que j'étais assise, seule, dans le métro, déchirer l'enveloppe me démangeait. Mais je ne pouvais décemment pas la lire ici, entourée de tous ces fêtards et ivrognes du vendredi soir. Il fallait que je rentre chez moi le plus vite possible afin de pouvoir être seule face aux mots de mon frère.

Qu'avait-il donc voulu me dire ? Et pourquoi ne l'avait-il pas fait les derniers jours, avant de mourir ? Tout s'était passé si vite. Du jour où on lui avait diagnostiqué sa leucémie jusqu'à celui de sa mort, il ne s'était passé que six mois à peine. Mais il était resté digne, solide et il avait ri jusqu'à la toute fin. Il n'avait jamais laissé la maladie le briser. La dernière semaine avait été horrible, il se dégradait chaque minute un peu plus sous nos yeux, mais même dans ces quelques derniers jours, il avait gardé son sens de l'humour. Nous avions tous été à ses côtés jusqu'à la fin. Mes parents, qui étaient venus de Nouvelle-Zélande, Jules, Harry, Badger et moi, ainsi qu'un grand nombre de ses amis, étions auprès de lui lorsqu'il était parti dans ce sommeil dont on ne se réveille jamais.

Et maintenant, il m'écrivait.

Je sortis rapidement du métro puis courus à perdre haleine dans le dédale des rues. Ce coin de la ville où j'habitais était calme, malgré son emplacement central. Les anciens lampadaires de style victorien éclairaient mon chemin, dispersant un peu partout sur le sol leurs petites flaques de lumière. La rue était déserte et, par réflexe, je jetai un coup d'œil à la maison de Harry tandis que je descendais du côté opposé. La lumière était encore allumée au rez-de-chaussée mais rien d'anormal à cela : Harry était un oiseau de nuit. Je montai les marches quatre à quatre jusqu'à ma porte d'entrée puis grimpais celles qui menaient à mon appartement au dernier étage. Une fois chez moi, je m'empressai de sortir la lettre de mon sac.

Je brûlais de l'ouvrir et de dévorer les mots que Jack avait écrits pour moi, huit mois auparavant. J'étais tétanisée par la peur, également. Je commençai à arpenter le salon de long en large. Rapidement, je compris je ne voulais pas être seule pour découvrir ce qu'elle renfermait. J'attrapai le téléphone pour composer le numéro de Harry. Il était tard, mais il y avait encore de la lumière chez lui.

La sonnerie retentit un long moment avant qu'il ne réponde. Sa voix était rauque.

— Salut…

— Salut, je ne te dérange pas ? lui demandai-je, gênée.

Il prit un moment avant de me répondre.

— Tout va bien, Suzie ?

Je restai silencieuse. A bien y réfléchir, que j'aie à ce point besoin que Harry me tienne la main pour lire ce message de l'au-delà était assez pathétique. Mais je savais qu'ouvrir cette lettre allait déclencher en moi une avalanche d'émotions, et je ne voulais vraiment pas être seule quand cela arriverait. Et Harry avait été là pour moi tant de fois ces derniers mois… C'est simple, depuis l'enterrement, il était toujours à mes côtés. Toujours prêt à me prendre dans ses bras quand j'éclatais subitement en sanglots et pour me réconforter, comme hier avec cette charmante journée qu'il avait organisée. Pourtant, j'hésitais tout à coup à lui demander de venir une nouvelle fois m'épauler.

Mon long silence trahit mes pensées.

— Ne bouge pas, je suis là dans deux minutes.

Je tentai de protester mais Harry n'était déjà plus au bout du fil.

Cependant, je pouvais encore entendre une sorte de bruit étouffé. Il n'avait de toute évidence pas raccroché correctement.

— Oh ! s'il te plaît, ne me regarde pas comme ça ! s'écria-t-il soudain. Je sais que tu étais bien installée au chaud, mais Suzie a vraiment besoin de moi.

Harry parlait à quelqu'un, et cette personne, selon toute vraisemblance, ne pouvait être que Sexy Samantha. Je grimaçai.

Je ne savais pas si elle lui avait répondu quelque chose ou si elle lui avait juste jeté un regard noir, mais Harry continua à se justifier pendant qu'il semblait manifestement s'habiller.

— Je sais, je sais… Ecoute, qu'est-ce que tu veux que je te dise de plus ? Je suis désolé. Tu sais bien que tu es la femme la plus importante de ma vie, que dis-je… du monde ! Et, oui, je suis d'accord avec toi : je dois absolument revoir mes priorités, mais Suzie est aussi sacrément importante pour moi, tu sais.

Même si ces mots me donnèrent le sourire, ils n'allaient sûrement pas plaire à Sexy Samantha.

— Ecoute, ma chérie, rendors-toi et je te promets que je fais au plus vite.

J'entendis ensuite le son d'un rapide baiser, suivi d'un nouveau bruit sourd. Il devait avoir attrapé son téléphone.

Puis ce furent ses pas qui dévalaient l'escalier, la porte d'entrée qui claquait, et subitement plus rien. La communication avait été coupée.

Merde. La dernière chose que je voulais c'était venir m'interposer entre lui et ses petites amies. Il allait être très énervé en arrivant ici et en découvrant que la raison pour laquelle il venait de quitter sa sexy chérie était une stupide petite lettre.

J'entendis la clé tourner dans la serrure, puis le bruit de ses pas comme il montait l'escalier jusque chez moi. Merde, merde, merde.

Il apparut tout à coup dans le salon, me regarda et, en un éclair, traversa la pièce pour me prendre dans ses bras.

— Excuse-moi, je n'aurais pas dû t'appeler, murmurai-je, le visage blotti contre son merveilleux torse musclé.

— Tu as bien fait. Et tu feras toujours bien, je suis là pour ça, me dit-il de sa voix rassurante.

— Je n'avais pas réalisé que j'allais interrompre une nuit torride.

Il recula un peu et me dévisagea d'un air déconcerté.

— Je t'ai entendu au téléphone… parler avec Samantha, ajoutai-je en faisant la grimace.

Il éclata de rire.

— Tu veux dire avec Jemima.

Pendant une seconde, je me demandai s'il avait déjà changé de petite amie — ce serait loin d'être la première fois — et puis je me souvins de son chat adoré.

— Je dormais, elle était allongée sur ma poitrine. Pour tout te dire, elle n'a pas tellement apprécié que je la déplace, me dit-il en souriant.

Je ris.

— Eh bien, tu lui présenteras mes excuses les plus sincères. Et je te les présente aussi, je n'avais vraiment pas l'intention de te réveiller.

— Oh ! ne te fais pas de souci pour ça, me dit-il en haussant les épaules.

— En plus, marmonnai-je avec gêne, c'est vraiment pas grand-chose, rien de grave…

C'était sûr : il allait me haïr.

— Suzie, ça doit quand même être quelque chose sinon tu ne m'aurais pas appelé.

Je soupirai et me libérai de son étreinte pour lui montrer la lettre.

— Elle est de Jack.

— Ah oui, tu as raison, ça n'est vraiment rien de grave, fit-il en écarquillant les yeux. Est-ce que tu l'as déjà lue ?

— Non, j'avais besoin que tu sois avec moi pour pouvoir le faire.

Il sourit.

— Je suis très honoré que tu aies pensé à moi. Où l'as-tu trouvée ?

— J'ai dîné avec Jules ce soir, c'est elle qui l'a trouvée dans les affaires de Jack.

— Comment va ton adorable nièce ? me demanda Harry en m'attirant à son côté sur le canapé.

Il retardait le moment fatidique, essayait de me distraire et je le laissais faire, tout en me pelotonnant contre lui, la lettre dans la main.

— Elle est chaque jour plus belle. Elle ressemble tellement à Jack. Les mêmes cheveux bruns, les mêmes yeux. Même ses pieds sont identiques. Ça me brise le cœur de penser qu'elle ne le connaîtra jamais. Il aurait été un père si merveilleux…

— Elle l'a rencontré, Suzie. Jack l'a tenue dans ses bras. Et quand elle sera grande, tu lui diras tout sur son père. Et tu lui feras les mêmes blagues qu'il te faisait quand vous étiez enfants.

— J'aime assez cette idée, dis-je en repensant tendrement à cette période de ma vie.

— Tu veux que je te la lise ? me proposa Harry en jetant un coup d'œil à la lettre.

— C'est gentil, mais non, je veux le faire moi-même.

Je regardai l'enveloppe à mon tour. Cela aurait été tellement plus facile si cette lettre avait été comme les « beuglantes » dans *Harry Potter.* Elle nous aurait hurlé son contenu sans nous demander notre avis, que l'on ait envie de l'entendre ou pas.

— Allez, ma douce, courage, me dit Harry en m'enlaçant. Je sais que c'est très important, mais est-ce que tu ne meurs pas d'envie de savoir ce qu'il te dit ? Moi, oui.

Prenant une grande inspiration, je glissai rapidement mon pouce sous le rabat de l'enveloppe et la déchirai. La lettre, à l'intérieur, était courte. Pour une fois, Jack avait manifestement autre chose à me dire qu'une longue série de bons conseils fraternels…

Chapitre 5

Chère Suzie Pipi,

Suzie Pipi, c'était le surnom que Jack m'avait donné dans notre enfance et qui m'avait collé à la peau pendant toutes ces années. Parfois ce petit nom affectueux se changeait en Pipi, Pourrie Pipi ou même parfois en Pourrie tout court. Je souris en repensant à tout ça. Mon frère me manquait tellement.

Donc, je suis mort, et je crois qu'on sera tous les deux d'accord pour dire que c'est assez nul. En plus, j'avais encore la meilleure blague du monde à te faire. Elle m'avait demandé des mois d'organisation et j'étais sur le point de bondir sur toi comme un lion sur sa proie quand cette histoire de leucémie a débarqué. Mais j'ai demandé à Jules de terminer cette blague pour moi, alors si j'étais toi, je surveillerais bien mes arrières.

Cependant, mon plus grand regret reste de ne pas avoir pu te botter les fesses une dernière fois à Mario Kart avant de mourir. De toi à moi, tu sais bien que je suis le meilleur pilote et que si tu as gagné la dernière fois, c'est uniquement parce que la chimiothérapie m'avait mis sur les rotules. J'avais espéré une seconde que tu allais jouer cette partie en tenant compte de mon état, mais je me suis bien mis le doigt dans l'œil. Du coup, je ne sais pas comment tu arrives à vivre avec ça aujourd'hui.

Battre un homme mourant à un jeu vidéo... Tsss... Tu aurais quand même pu me laisser gagner.

J'éclatai de rire.

Sache donc, ma chère sœur, que pour me venger, j'ai saupoudré ton lit de mes ongles de pied fraîchement coupés et que j'en ai aussi dispersé un peu partout dans tout ton appartement. Je sais à quel point les ongles de pied te font flipper. Alors, chaque fois que tu en trouveras un, pense bien à moi et n'oublie pas que je t'observe. Et pas d'un œil protecteur de grand frère, hein, non... d'un œil diabolique et moqueur. D'ailleurs, si j'y arrive, je compte être un fantôme plutôt actif et venir secouer mes chaînes et me lamenter auprès de toi aussi souvent que possible, dans le seul but bien sûr de te terroriser. Je te le jure, Suzie, si je peux revenir pour te hanter, je le ferai.

OK, passons maintenant aux choses sérieuses. J'en ai discuté avec Jules mais, avec tout ce qu'il s'est passé ces dernières semaines, nous n'avons jamais trouvé la bonne occasion d'en parler avec toi. Suzie, je voudrais que tu sois la marraine de Bella. Elle va avoir besoin d'une merveilleuse tante et je sais que tu seras toujours là pour elle, pour l'emmener au zoo, lui offrir d'incroyables soirées pyjama et la gâter autant que faire se peut. Et ce que je sais surtout, c'est que si quoi que ce soit devait arriver à Jules, je ne voudrais confier à personne d'autre que toi le soin d'élever ma fille.

Je sentis une boule se former dans ma gorge.

Je t'aime, je suis fier de toi et je veux que tu sois heureuse. Je te connais si bien que je parie ce que tu veux qu'à cet instant précis, Harry est assis juste à côté de toi pendant que tu es en train de lire ces mots, probablement même qu'il te tient la main. Dis-lui que je le salue, et que l'équipe de Chelsea n'est qu'une grosse bande de minables, ça va le mettre hors de lui.

— Il me demande de te saluer, dis-je à Harry.

— Il parle de moi ?

Harry sourit fièrement.

— Ouais, il dit que l'équipe de Chelsea n'est qu'une grosse bande de minables.

Le sourire disparut de son visage suite à l'insulte de son équipe de football vénérée.

— Si ça peut lui faire plaisir… Il se permet de me dire ça uniquement parce qu'il est mort et qu'il sait que je ne peux rien rétorquer.

— Il adore surtout te mettre en rogne.

Harry sourit avec tendresse.

— Qu'est-ce qu'il dit d'autre ?

— Tiens, lui dis-je en me rapprochant de lui afin qu'il puisse lire la suite de la lettre en même temps que moi.

Il y a encore une chose que je voudrais que tu fasses pour moi, ma dernière volonté en quelque sorte. Et Suzie, tu sais que tu ne peux pas refuser à un homme sa dernière volonté, hein ? Je voudrais que tu dises à Harry que tu l'aimes, que tu l'as toujours aimé et que tu seras toujours amoureuse de lui.

Saisie d'horreur, j'arrachai la lettre hors de la vue de Harry.

— Mais qu'est-ce qui te prend ? me demanda-t-il en me regardant comme si j'étais devenue folle.

— Jusqu'où tu l'as lue ?

— Euh, jusqu'au truc avec les ongles de pied, pourquoi ? Allez, laisse-moi lire la suite, me dit-il en essayant d'attraper le courrier.

— Non ! Impossible, c'est trop intime.

Je reculai hors de sa portée.

— Suzie, nous n'avons pas de secrets l'un pour l'autre, nous nous disons tout, me susurra-t-il en se levant lentement, les yeux brillants de malice. Ne m'oblige pas à venir la chercher.

— Ce n'est rien, c'est juste… quelque chose de vraiment personnel.

Harry bondit sur moi. Je tentai de m'enfuir mais il m'attrapa par la taille et me ramena contre lui. M'arrachant la lettre des mains, il la leva si haut que je ne pouvais plus l'atteindre.

— Non, Harry ! le suppliai-je en sautant ridiculement dans les airs.

Mais c'était peine perdue.

— Maintenant, voyons voir quel honteux petit secret tu me caches…, dit-il en reprenant sa lecture à voix haute. Oh ! il veut que tu sois la marraine de Bella, comme c'est mignon. Après il te dit qu'il t'aime, c'est absolument charmant… hum… il te dit de me passer le bonjour… blablabla… l'équipe de Chelsea craint…

— S'IL TE PLAÎT, HARRY ! lui criai-je d'un ton si désespéré qu'il s'interrompit immédiatement pour me dévisager.

— On dirait que tu ne veux vraiment pas que je lise ça…

Je hochai la tête vigoureusement. J'avais les joues en feu et je pouvais sentir des larmes d'humiliation piquer mes yeux.

— S'il te plaît, ne va pas plus loin. Je t'en supplie.

Il me libéra et me rendit la lettre sans un mot. En la récupérant, je me sentis presque trembler de soulagement.

— Qu'est-ce que cette lettre peut bien cacher de si terrible ? me demanda-t-il en redevenant sérieux.

Je m'éloignai de lui et allai à l'autre bout de la pièce pour tenter de reprendre mon calme.

— Rien, c'est juste quelque chose que Jack ne voulait

dire qu'à moi seule. Quelque chose d'intime, qui ne concerne que lui et moi.

En disant ces mots, je veillai à ne pas croiser son regard car je savais bien qu'il pourrait se rendre compte que je mentais.

Puis je défroissai la lettre et repris ma lecture.

Je voudrais que tu dises à Harry que tu l'aimes, que tu l'as toujours aimé et que tu seras toujours amoureuse de lui. Je te parie tout l'or du monde qu'il te répondra la même chose. Tu n'as fréquenté personne depuis qu'il est arrivé dans ta vie et s'il ne ressent pas la même chose pour toi, alors tu pourras au moins arrêter de te poser la question et passer enfin à autre chose. De toute façon, quels que soient ses sentiments pour toi, il sera toujours ton meilleur ami, rien ne changera jamais ça. Alors, dis-lui maintenant. Dis-lui, Suzie Pipi, ou je vais venir te hanter chaque nuit. Je claquerai des portes, ouvrirai des robinets et j'inviterai tous mes amis fantômes à venir faire la fête chez toi chaque nuit. Dis-lui, ma chère sœur, après tout, qu'est-ce que tu risques ?

Ton frère qui t'aimera toujours,
Jack
(champion du monde de Mario Kart)

Je regardai ces mots si dangereux pour moi. Si Jack s'était douté que Harry serait assis à mon côté au moment où je les lirais, pourquoi les avait-il écrits ? Il savait pertinemment que Harry les lirait aussi ? Et comment diable pouvait-il savoir quels étaient mes sentiments pour lui ? Personne n'était au courant de mon coup de cœur incongru pour mon meilleur ami. Je n'en avais jamais parlé à quiconque, et certainement pas à cette pipelette qu'était mon grand frère.

Je jetai un coup d'œil à Harry, manifestement vexé

que je n'aie pas voulu partager l'intégralité du contenu de la lettre avec lui.

— Tu peux me croire, Harry, ce n'est vraiment rien d'important, lui répétai-je.

Mais je voyais bien qu'il n'était pas convaincu.

Après avoir soigneusement rangé la lettre dans ma poche, je me dirigeai vers lui et passai mes bras autour de son cou.

— Merci d'être venu, tout est tellement plus facile quand tu es avec moi.

Il me rendit mon étreinte à contrecœur.

— Oui, tout est plus facile sauf pour ce qui est intime.

Je pris ma décision sur-le-champ.

— Je te le dirai un jour, je te le promets. C'est juste que je ne suis pas encore prête.

Cela sembla l'amadouer un peu et il resserra son étreinte.

— Est-ce que tu veux que je reste encore un moment ?

J'acquiesçai.

— Tu veux faire une partie de Mario Kart ? demanda-t-il d'un ton joueur.

— Comment as-tu deviné ? répondis-je en souriant.

— OK, j'installe la console, et toi, tu vas nous chercher des bières, me répondit-il en allumant la télé.

Une fois dans la cuisine, je m'appuyai contre le réfrigérateur pour relire rapidement la lettre. Puis j'entendis la Wii s'éveiller à la vie dans l'autre pièce.

Je le lui dirai. Puisque c'était ce que voulait Jack, je le ferai. Un jour. Mais il allait me falloir bien plus que quelques Heineken pour en avoir le courage. Après avoir remis la lettre dans ma poche et pris des bières dans le frigo, je retournai dans le salon.

Harry me tendit une manette et je lui tendis une cannette en échange.

— Je te préviens, je ne vais pas te faire de cadeaux, me dit-il, déjà absorbé par le jeu.

— Je n'en attendais pas moins de toi.

— Et je dédie cette partie à Jack.

— Il apprécierait beaucoup, surtout si tu gagnes.

— Je ne compte absolument pas perdre.

Je pris une gorgée de bière en regardant mon meilleur ami.

— Eh bien, c'est ce que nous allons voir.

Je me réveillai le lendemain matin avec la tête en mille morceaux. La nuit avait été longue et nous avait entraînés avec elle jusqu'aux premières lueurs du jour. Nous avions beaucoup bu, enchaîné de nombreuses parties de Mario Kart, sur la Wii, ainsi que tout un tas d'autres jeux qui exigeaient de nous adresse et vigilance — deux qualités dont toutes les cannettes de bière que nous avions englouties étaient bien vite venues à bout. J'avais fini par m'écrouler sur le canapé, trop fatiguée et trop soûle pour pouvoir marcher jusqu'à ma chambre. Après cela, je ne me souvenais pas de grand-chose…

De toute évidence, je devais encore être sur le canapé. Mais je sentais sur moi comme un poids très lourd qui m'empêchait de bouger le moindre orteil. En ouvrant un œil, je vis que Harry était allongé de tout son long sur moi ; il ronflait comme un ours. Les rayons lumineux du soleil matinal entrant dans la pièce m'agressèrent avec violence et je refermai immédiatement les yeux. Les vibrations que produisaient ses ronflements étaient une sensation plutôt agréable, comparables au ronronnement d'un chat. Habituellement, Harry ne ronflait pas, cela n'était qu'une des conséquences malheureuses de notre abus d'alcool. Je souris intérieurement. Me réveiller au côté de l'homme que j'aimais n'était pas un si mauvais départ pour un jour de Saint-Valentin.

Après être restée un moment comme ça, allongée,

les yeux clos, à me demander si je pouvais éventuellement me rendormir dans cette position, je pris soudain conscience de quelque chose. Comment avais-je pu ne pas le remarquer plus tôt ? J'ouvris brusquement les yeux pour vérifier où était posée la main de Harry et eus la confirmation de ce que je pensais : Harry serrait mon sein gauche dans sa main comme si sa vie en dépendait. Mon Dieu, même dans son sommeil, il ne pouvait pas lutter. Cet homme était clairement obsédé par les seins.

Evidemment, voir sa main posée sur ma poitrine de la sorte ne me laissait pas de marbre et je sentis naître une vague de désir au creux de mon ventre — même si je savais qu'à son réveil il serait à coup sûr mortifié de découvrir ce qu'il serrait avec tant de détermination. Avec précaution, j'essayai donc de décoller un de ses doigts de mon sein, mais c'était peine perdue. Harry était si herculéen que même contre les muscles de ses mains je n'avais aucune chance. Je tentai alors de glisser ma main entre la sienne et mon sein, mais en vain. Je réfléchissais à un nouveau plan d'évasion lorsque Harry s'agita puis se réveilla complètement. Il se redressa et me regarda avec un sourire embarrassé, toujours inconscient de l'endroit où il avait placé sa main. Deux voies s'offraient alors à nous. Harry pouvait subitement comprendre ce qu'il était en train de faire, se rendre compte que c'était très agréable et décider de mettre son autre main sur mon autre sein pour nous emmener vers mes fantasmes les plus intimes et les plus secrets. Malheureusement pour moi, il choisit l'autre direction...

Baissant les yeux, il découvrit sa main et sauta le plus loin possible de moi en poussant un cri qui ressemblait franchement à du dégoût. Je n'avais pas envisagé une seule seconde qu'un haut-le-cœur puisse être une réaction possible. Il me dévisagea, comme paralysé.

— Ne me regarde pas comme ça, ce n'est pas moi qui

aie posé ta main à cet endroit. Tu jouais encore à la Wii quand je me suis écroulée hier soir. Alors ce que tu as fait après, ça ne regarde que toi, mon cher, lui dis-je en essayant de cacher ma susceptibilité.

— Désolé. Tu sais bien que jamais je ne…

Je me levai.

— Je sais bien que jamais quoi ? Jamais de la vie, c'est ça ?

Je me rendis d'un pas décidé dans la salle de bains, verrouillai la porte, me déshabillai rapidement et entrai dans la douche.

Quand je ressortis un peu plus tard, il fut très vite évident que nous ne reparlerions jamais de ce petit incident.

— Deux cent trois lecteurs sur le blog, Suzie, c'est complètement fou ! me cria Harry du bureau.

Je le rejoignis. Il ne leva pas les yeux de son écran et je le vis rougir tandis que je le regardais.

— Et un magazine intitulé *Silver Linings* va apparemment m'appeler lundi pour nous proposer de publier notre blog sous la forme d'une rubrique…

— Ouah, c'est énorme.

— Je sais, me répondit-il en me souriant, manifestement soulagé que nous parlions d'autre chose que de la prise d'otage de mon sein.

— Bon, Suzie, je dois filer, j'ai rendez-vous avec Samantha dans une heure. On se voit lundi ? me dit-il soudain comme s'il venait de s'en souvenir.

Comme à son habitude, il n'attendit pas ma réponse et disparut en un rien de temps. Deux jours de répit avant qu'il ne me demande de nouveau en mariage… Il y avait finalement une petite oasis dans ce désert. Et après son impressionnante proposition de la veille, je devais bien reconnaître que lui aussi avait amplement mérité quelques jours de repos.

Cascades, forêts tropicales aux tons vert émeraude, eaux turquoise, koalas, kangourous, crocodiles et longues plages de sable blanc s'étalaient sur mon écran d'ordinateur. L'Australie était un pays si magnifique que je rêvais de le visiter jusque dans ses moindres recoins. On était en plein milieu du week-end mais je n'avais pas résisté à l'envie de faire quelques recherches pour lapropositionparfaite.com.

Je ne me rappelais pas à quelle période ce site était devenu toute ma vie, l'avant-Jack ou l'après-Jack, mais il était aujourd'hui pour moi une réelle addiction. Dès que j'avais une minute de libre, je la consacrais à chercher de nouveaux endroits, à réfléchir à de nouvelles propositions. Et j'adorais ça. Cela me rendait vraiment heureuse de penser à ces couples qui se fiançaient dans des lieux paradisiaques et au fait que, d'une certaine — petite — manière, nous les aidions à bien commencer leur vie ensemble.

Un de mes clients emmenait sa compagne en Australie cet été et voulait quelques idées d'endroits romantiques pour la demander en mariage. Peut-être que j'avais montré un peu plus d'enthousiasme pour la recherche de lieux en Australie que dans n'importe quel autre pays parce que j'avais toujours désiré y aller.

Mon amie Peri était partie vivre là-bas deux ans plus tôt et avait épousé un beau gosse des mers prénommé Brad. Depuis lors, ses mails et nos conversations sur Skype fourmillaient de détails insoutenables pour moi : barbecues sur la plage, surf, soleil, plongée sous-marine, ski nautique, bref tout le charme incroyable de la côte est de l'Australie.

Je vivais maintenant dans son minuscule appartement qu'elle me prêtait gracieusement et pour une durée illimitée. Ce qui expliquait comment je pouvais me permettre d'habiter dans un quartier si bourgeois et si central. Mais j'avais beau moi aussi lui rendre service en occupant son logement pendant son absence, chaque fois que je lui parlais, Peri me suppliait de la rejoindre et de venir vivre là-bas.

Quand elle avait déménagé, elle avait déjà désespérément tenté de me convaincre de l'accompagner. Avec mes parents en Nouvelle-Zélande et la majeure partie de mes amis éparpillés aux quatre coins du monde, cela m'avait vite paru être une excellente idée. Moi qui rêvais depuis toujours de partir vivre à l'étranger, quelque part au soleil ou dans une immense ville à l'autre bout du monde… Et puis Harry avait débarqué dans ma vie, et mon projet de quitter l'Angleterre m'était aussitôt sorti de la tête.

Mon envie de découvrir ce pays était toujours aussi forte, pourtant. Je voulais moi aussi goûter à ce paradis ensoleillé et continuais même à faire des économies pour ce voyage. J'avais rebaptisé mon compte épargne « Objectif Australie » et avais réussi à mettre de côté la somme astronomique de trois cent quarante livres. J'avais donc encore un tout petit peu de pain sur la planche…

Je bavais devant les photos de la plage paradisiaque de Tangalooma lorsqu'un signal sonore m'indiqua que je venais de recevoir un nouveau mail.

Je fermai la fenêtre de navigation Internet et, en ouvrant ma boîte mail, fronçai les sourcils en découvrant la notification. Le blog de Harry sur les presque fiancés venait apparemment d'être mis à jour. Les lecteurs s'étaient tous inscrits afin d'être prévenus lorsque le prochain billet serait mis en ligne. Et pour je ne sais quelle raison, Harry m'avait également inscrite à cette notification. Mais quelle nouvelle mise à jour pouvait bien faire Harry à cet instant précis ? Il ne m'avait pas fait de demande aujourd'hui et il était censé être avec Sexy Samantha. Après avoir cliqué sur le lien du blog, je me sentis encore plus déconcertée…

Blog des presque fiancés.

Jour 4 : La proposition humiliante.

Lieu : Trafalgar Square.

Date : Le jour de la Saint-Valentin.

Heure : 13 h.

Mes chers presque fiancés, rien ne dit « Je t'aime » aussi bien qu'une bonne humiliation dans les règles de l'art. Sachez que si vous êtes prêts à aller aussi loin que possible pour déclarer votre flamme à votre bien-aimée et que vous vous fichez du degré de honte et d'embarras que votre demande peut atteindre, alors c'est à coup sûr l'une des plus belles preuves d'amour qui soient.

Si vous ne me croyez pas, rejoignez-moi pour ma demande en mariage spéciale Saint-Valentin, près de l'un des quatre lions. Vous me reconnaîtrez aisément, je serai tout de noir et blanc vêtu.

Je relus les mots de Harry et jetai un coup d'œil à l'horloge. Il était un peu plus de midi. Je regardai de nouveau le message… attrapai mon sac, mon manteau et partis en courant.

Trafalgar Square était bondé, comme chaque jour de l'année, même quand il faisait froid. Les pigeons arpentaient le pavé à la recherche de quelques restes de nourriture abandonnés par les touristes.

Les quatre grands lions en bronze se tenaient fièrement au milieu de la place, que je parcourus frénétiquement du regard à la recherche de Harry. Il avait dit qu'il porterait du noir et blanc, voulait-il dire qu'il serait en smoking ?

Les battements de mon cœur s'accélérèrent en imaginant Harry, sublime dans un smoking sexy.

Je distinguai soudain une sorte de rassemblement autour de l'une des statues et me dirigeai dans cette direction.

J'aperçus d'abord Badger avec sa chevelure rousse, si lumineuse qu'elle me guidait comme un phare au milieu de la foule. Il me salua en me prenant dans ses bras, de cette manière si robuste et familière qui évoquait le câlin d'ours.

— Salut Badger ! m'écriai-je. Alors, combien Harry t'a-t-il payé cette fois pour être là ? lui demandai-je en l'embrassant.

Je remarquai tout à coup que des gens pouffaient et éclataient de rire en regardant quelque chose de l'autre côté de la statue du lion. Mais de là où je me tenais, je ne voyais rien.

— J'espère que tu plaisantes, je n'aurais manqué cette proposition pour rien au monde, me répondit-il en tournant la tête lui aussi.

Soudain la foule s'écarta légèrement et je découvris Harry, vêtu d'un pyjama imprimé vache, si serré qu'il était clairement deux ou trois tailles en dessous de la sienne.

Mon regard descendit un instant sur le renflement de son entrejambe qui était prodigieusement accentué par l'étroitesse de sa tenue. En relevant les yeux, je vis Harry s'avancer vers moi en tenant dans sa main une rose jaune.

Il était totalement ridicule.

— Salut, dit-il en me tendant la rose.

— Salut, lui répondis-je en cherchant désespérément autre chose à lui dire.

Mais je ne trouvai rien. Heureusement, il pencha la tête et chuchota à mon oreille pour que je sois la seule à l'entendre :

— Je voulais que tu saches que j'aimais Jack presque autant que toi. Cette proposition lui est dédiée.

Je souris d'amour pour lui.

— Et je dois te prévenir qu'il faut une autorisation spéciale pour faire quoi que ce soit sur cette place et que je ne pense pas qu'il nous reste beaucoup de temps avant que la police ne débarque. Alors, si ça se corse, fuis et surtout ne te retourne pas ! ajouta-t-il en reculant d'un pas.

La police ? Mais qu'est-ce qu'il allait bien pouvoir faire qui pourrait exciter les forces de l'ordre ?

— Quoi ? Attends, Harry...

Une musique s'éleva soudain de l'autre côté de la statue du lion, et instantanément la foule devint silencieuse.

C'était du classique, peut-être du Tchaïkovski.

— Tu voulais un ballet et un cornet de *churros* ? me dit Harry, tandis que Badger me remettait un cornet de beignets tièdes et ramollis dans les mains. Eh bien, voici les *churros*, et voici ton ballet...

Puis il s'adressa au public :

— Mesdames et messieurs, laissez-moi vous présenter aujourd'hui le grand ballet national et son interprétation toute personnelle du *Lac des vaches*.

Un immense éclat de rire parcourut la foule qui s'écarta. Douze grands gars costauds apparurent alors de derrière la statue, se tenant par la main pour enchaîner des pas de danse très approximatifs. J'éclatai de rire. C'étaient les membres de l'équipe de rugby de Harry. Ils étaient tous vêtus d'un pyjama imprimé vache et d'un tutu rose. Harry les rejoignit tandis qu'ils réalisaient de très inélégants entrechats, sautillant d'un côté et de l'autre, se donnant des coups de coude et se marchant sur les pieds. Ils n'avaient visiblement jamais répété, et chaque nouvelle collision déclenchait l'hilarité générale. Quant à moi, je riais si fort que j'en avais presque mal à la mâchoire. Soudain, le rythme de la musique s'accéléra et les danseurs se mirent deux par deux. Chaque porteur prit alors son partenaire dans ses bras et l'éleva dans les airs pour qu'il puisse agiter les jambes. C'était absolument ridicule mais la foule se régalait.

Quand la musique atteignit son paroxysme, Badger commença à s'agiter frénétiquement en faisant signe aux danseurs qu'il était temps de conclure. Ils s'alignèrent rapidement sur deux rangs et Harry sortit du groupe pour venir se poster devant moi. Lorsque la musique s'arrêta, ils se retournèrent tous pour dévoiler la grande lettre pailletée accrochée dans le dos de chacun. La phrase « Suzie, veux-tu m'épouser ? » s'étala alors aux yeux de tous. Dans une dernière pirouette spectaculaire, Harry se mit à genoux avec un large sourire et prit ma main.

Des applaudissements spontanés éclatèrent partout dans la foule.

Mais cette scène si romantique fut soudain interrompue par les cris de Badger :

— Fuyez !

Les vaches bondirent et se dispersèrent dans la foule. Harry se releva et me déposa un baiser sur la joue avant de disparaître lui aussi. En quelques secondes, ma *flashmob* personnelle s'était volatilisée, ne laissant derrière elle qu'un cornet de *churros* ramollis, seule preuve que tout cela avait bien existé.

Mordant avec désinvolture dans un des *churros* froid, je déambulai nonchalamment sur la place en essayant d'afficher un air totalement innocent. Mais la police n'avait clairement pas été irritée par la performance. Les agents vadrouillaient tout aussi tranquillement que moi autour des lions en cherchant quelle avait pu être la cause de ce rassemblement. Et tout étant maintenant terminé, ils n'avaient pas l'air d'envisager une seconde de se lancer à la poursuite de treize vaches baraquées.

Mon téléphone vibra dans mon sac. Je farfouillai parmi

tous mes trucs et bidules pour parvenir à répondre avant qu'il ne soit trop tard. C'était Harry.

— Hé ! Retrouve-moi à côté de la fontaine dans cinq minutes, je dois d'abord me changer, me dit-il, aussi excité qu'un enfant.

Je m'assis sur un banc en riant à la pensée de ce ballet improbable. Harry arriva quelques instants plus tard, vêtu, Dieu merci, d'un jean et d'un T-shirt.

— Alors ? me demanda-t-il en s'asseyant à mon côté.

Il engouffra un *churro* entier. Apparemment, qu'il soit mou et gelé ne le dérangeait pas.

— J'ai adoré ! lui répondis-je en riant.

Il rit et passa son bras autour de mes épaules.

— Joyeuse Saint-Valentin, Suzie.

— Mais dis-moi, tu n'étais pas censé être avec Sexy Samantha aujourd'hui plutôt qu'ici à te donner en spectacle pour moi ?

— Elle ne répond plus à mes appels, me dit-il en haussant les épaules.

Il me sembla voir une expression de tristesse passer rapidement sur son visage, mais je me demandai si celle-ci n'était pas seulement le fruit de mon imagination. Quoi qu'il en soit, quelque chose ne tournait pas rond. Harry était sorti avec énormément de femmes depuis que nous nous connaissions, mais jusqu'à présent il ne s'était jamais réellement attaché à aucune d'elles.

— Alors, pas de « sexy projets » pour toi ce soir ?

Il hocha la tête.

— Arrête, je n'y crois pas une seconde, Harry Forbes va rester seul un soir de Saint-Valentin ? insistai-je.

— Oh ! tu me connais Suzie, de toute façon, je ne crois pas à toutes ces conneries.

— Tu veux dire à l'amour ?

Il acquiesça.

Je fronçai les sourcils. Se fermer à l'éventualité de

l'amour signifiait juste interdire à son cœur la voie du bonheur. Je pouvais comprendre qu'il veuille se protéger, mais cette obstination à ne pas dépasser ses barrières ne collait vraiment pas avec sa nature si enthousiaste et optimiste. Je décidai de creuser un peu plus profond…

— Je ne comprends pas comment tu peux dire ça… Tu as oublié quel était notre boulot, en plus ? Nous qui avons vu tant de couples se former, se marier pour partager chaque jour du reste de leur vie ensemble, tous si heureux et épanouis…

— Aimer quelqu'un signifie pouvoir lui faire confiance, dit-il en me regardant calmement, dans un de ces moments rares où il n'était que sérieux. Et j'ai appris il y a maintenant plusieurs années que je ne pouvais faire confiance à personne.

Mais que pouvait-il bien cacher ? Je savais finalement si peu de choses sur son passé. Je m'y étais bien intéressée, mais chaque fois que j'avais tenté d'en parler, Harry avait fait une réponse vague et s'était empressé de changer de sujet. J'avais donc naturellement arrêté de poser des questions.

Il prit ma main.

— Suzie, tu es ma meilleure amie. Et tu es la seule en qui j'ai confiance.

Peut-être, mais pas assez pour partager avec moi les raisons de ce blocage.

Il prit un nouveau *churro*, me le tendit et, tandis que je me penchai pour mordre dedans, me l'écrasa volontairement sur le nez. Je pouffai et compris que la conversation était terminée.

J'aimais tellement cet homme. Il me faisait rire, me faisait pleurer, il était toujours là pour moi et de toutes les manières qui soient. Mais pourquoi se donnait-il tant de peine pour quelqu'un qu'il aimait comme une amie ?

Et si… il *avait* trouvé l'amour… avec moi ? La seule personne en qui il pouvait avoir confiance ?

La lettre de Jack, pliée dans ma poche arrière, était toujours vivace et me rappelait la dernière volonté de mon frère. Oui, j'allais le lui dire. J'allais même le lui dire ce soir. Et s'il ne partageait pas mes sentiments, au moins, je serais fixée.

Chapitre 6

Je pris une grande inspiration. J'étais maintenant en bas de l'escalier de la maison de Harry, fermement décidée à me jeter à l'eau. Jack avait raison, il était grand temps de lui faire part de mes sentiments. Je ne pouvais plus continuer comme ça à l'aimer secrètement dans mon coin. Alors oui, il y avait un risque réel que cela gâche notre relation, surtout si Harry ne ressentait pas la même chose. Mais je voulais croire que cela n'affecterait pas notre amitié. En tout cas, c'est ce que j'espérais… Je déglutis péniblement. De toute manière, même s'il en arrivait à penser que cette nouvelle donnée ne nous permettait plus de rester amis, peut-être que couper les ponts avec lui me donnerait enfin la force et le courage de tourner la page.

Je vérifiai une dernière fois mon look, mais j'étais plutôt satisfaite de ma tenue : mon jean préféré et un joli haut fleuri. C'était avantageux mais pas exagéré. De cette manière, si je changeais d'avis et me dégonflais, Harry ne se douterait pas une seconde des véritables raisons qui m'avaient poussée à venir le voir ce soir.

Nous nous faisions régulièrement des dîners traiteur chinois devant un super-DVD : tout paraîtrait donc on ne peut plus normal au premier abord. La soirée suivrait son cours puis, aidée par quelques verres de vin, je lui avouerais mes sentiments. Je pouvais le faire. Mon cœur bondit dans ma poitrine. Non, je ne pouvais pas le faire.

Je soupirai. Une chose était sûre, si je ne me décidais pas à grimper cet escalier et à frapper à sa porte maintenant, notre repas allait être froid.

Je pris donc mon courage à deux mains et montai les marches, gonflée à bloc. Allez, c'était décidé, j'allais tout lui dire.

J'appuyai sur la sonnette.

Il n'y eut aucune réponse. Aucun signe d'une quelconque activité à l'intérieur. De la musique provenait du salon, Harry ne devait pas m'avoir entendue. Avec précaution, je me penchai par-dessus la rampe d'escalier et m'appuyai sur le rebord de la fenêtre pour garder mon équilibre et essayer de jeter un coup d'œil par la vitre.

Harry était là, assis sur le canapé, torse nu, et semblait regarder attentivement quelque chose que je ne pouvais pas voir. Je savais que ce n'était pas la télé car celle-ci était de l'autre côté de la pièce.

Alors que je levai la main pour frapper au carreau, un mouvement attira mon attention. Une femme. Sexy Samantha. Vêtue de ses simples sous-vêtements, elle se dirigeait vers Harry avec deux coupes de champagne à la main. Elle lui en tendit une puis s'assit à califourchon sur ses genoux. Je le vis sourire tandis qu'il posait sa main sur sa taille. Elle prit une gorgée de champagne puis l'embrassa.

J'étais paralysée. Glacée. En état de choc. Il m'avait fallu des heures pour rassembler mon courage, et Samantha était là. Avec lui, en train de faire exactement ce dont je rêvais moi-même. Mais je croyais qu'ils avaient rompu ! En les observant, je me sentis submergée par une incommensurable déception. Samantha fit courir ses mains le long du torse de Harry jusqu'à arriver aux boutons de son jean…

Tout ça pour ça. Les mots que j'avais soigneusement

choisis et passé des heures à répéter se fanèrent dans mon esprit.

J'étais vraiment la dernière des cruches. Comment avais-je pu penser une seconde que Harry pourrait peut-être partager mes sentiments ? Lui qui avait un véritable catalogue de femmes à sa disposition.

Il fallait que je file rapidement avant qu'ils ne me voient.

Alors que je m'éloignais du rebord de la fenêtre, mon pied manqua une marche et je basculai la tête la première par-dessus bord, me tapant le crâne plutôt violemment au passage et atterrissant dans le buisson juste en dessous. Une seconde plus tard, le sac du traiteur chinois se vidait de son contenu pour me recouvrir de sauce aigre-douce, de nouilles et des crevettes préférées de Harry, celles aux noix de cajou. Enfin, le sac de chips aux crevettes vint s'écraser à mes pieds.

Prise d'un gros coup de cafard, je contemplai tout ce gâchis en me demandant si je pouvais utiliser les chips pour éponger la sauce.

Et comme si tout cela n'était pas suffisant, je me rendis compte que je n'étais pas seule. Jemima, la chatte de Harry, me regardait d'un air impassible depuis les profondeurs du buisson. D'un air blasé, comme haussant les épaules, elle marcha vers moi et commença tranquillement à lécher la sauce qui dégoulinait sur mon visage.

Si Jack avait été ici maintenant, si par magie il avait été ramené à la vie, alors j'aurais serré fort mes mains autour de son cou et je me serais fait un plaisir de lui faire goûter à la mort une nouvelle fois. Je me sentis immédiatement coupable d'avoir pensé une telle atrocité. Ce sentiment s'ajoutant à la déception écrasante d'avoir vu Harry avec Samantha, j'attrapai alors Jemima, la serrai fort contre moi et fondis en larmes dans sa fourrure.

— Il y a quelqu'un ?

En entendant le ton agressif de Harry en haut de l'escalier, derrière moi, je me figeai et essayai désespérément d'étouffer mes sanglots.

— Saloperie de mateur, dit la voix de Samantha.

Puis j'entendis un bruit de pas qui descendaient les marches et se rapprochaient de moi.

— Je crois qu'il y a quelqu'un dans les buissons, souffla Harry.

— Tu veux que j'appelle la police ? demanda Samantha d'un ton inquiet.

Oh mon Dieu ! La situation pouvait donc encore s'aggraver. Quoique… Peut-être qu'être embarquée par la police était une bien meilleure porte de sortie que de me retrouver nez à nez avec Harry et Samantha.

— Va plutôt chercher ma batte de base-ball, chuchota Harry à Samantha.

J'entendis qu'elle se précipitait à l'intérieur de la maison.

Qu'avait-il exactement l'intention de faire avec sa batte de base-ball ? OK, il fallait que je me rende à l'évidence : la situation allait devenir ingérable. Je me relevai d'un coup, jaillissant du buisson comme un diable de sa boîte.

— Salut.

Les nouilles glissèrent mollement de mon front jusqu'au bas de ma joue. Heureusement, mes larmes semblaient être invisibles, totalement avalées par la sauce aigre-douce.

Harry, torse nu, me regarda un instant. Puis, lentement, un large sourire se dessina sur son visage.

— Bonsoir.

Serrée contre moi, Jemima continuait à me lécher la joue.

— J'ai apporté du chinois, lui dis-je en montrant le sac maintenant vide. J'avais pensé que nous pourrions regarder un film de zombies. Mais vu que tu sembles avoir déjà un programme tout à fait divertissant pour la soirée, je crois que je vais te laisser.

Je m'extirpai du buisson aussi gracieusement que

possible, mais Harry descendait déjà les quelques dernières marches qui nous séparaient pour venir à ma rencontre.

— Et cette coupe de cheveux, tout en nouilles, on en parle ? Tu essaies un nouveau look ? Je crois que je préfère le pyjama vache, me dit-il en attrapant un petit paquet de nouilles et de pousses de soja collé dans mes cheveux.

Il le jeta à terre et Jemima sauta de mes bras, la traîtresse, pour manger les restes.

— Ce qui coule, là sur ton visage, ce n'est quand même pas du sang, si ? Tu t'es blessée ?

Mon orgueil et mon cœur l'étaient profondément, oui. Mais la douleur physique de ma chute n'avait pas encore atteint mon cerveau. Je secouai donc la tête et le regardai.

Mon Dieu que le corps de cet homme était beau. Il était si grand, dans tous les sens du terme… Je voulais juste qu'il enroule ses bras autour de moi et qu'il me serre fort contre lui, comme il l'avait fait l'autre soir. Mais il était clair que cela n'arriverait pas. Samantha, fraîche et dispose, l'attendait à l'intérieur avec la promesse d'une excellente soirée en perspective.

— Oh !

La voix de Samantha fendit l'air au-dessus de nos têtes.

— C'est toi, ajouta-t-elle d'un air franchement déçu.

Je levai les yeux vers elle et vis qu'elle semblait réellement gênée. Peut-être parce que Harry ne me quittait pas des yeux. Elle n'avait sur le dos qu'une chemise de Harry dans laquelle elle nageait et, avec ses cheveux ébouriffés et ses lèvres rouges, elle avait vraiment tout de la sexy petite amie.

— Je suis désolée, marmonnai-je à l'intention de Harry. Je ne savais pas que tu avais de la compagnie quand j'ai décidé de venir te voir. Tout va bien, ne t'en fais pas pour moi.

Je reculai d'un pas et conclus d'un ton faussement enjoué :

— Allez, je ne vous dérange pas plus longtemps, bonne fin de soirée, et surtout amusez-vous bien.

Mais Harry me saisit la main.

— Ne t'en va pas.

— Qu'est-ce que tu suggères, que je me joigne à vous pour un plan à trois ?

Il éclata de rire.

— Non, je ne pense pas que je pourrais gérer un truc pareil. Toi, nue dans mon lit…

Il se frotta les yeux comme pour en chasser l'image.

J'étais mortifiée.

— OK. Bon, eh bien, sur cette remarque très flatteuse, je vais vous laisser.

Harry attrapa mon bras.

— Attends, ce que je voulais dire, c'est que…

— Ça va, j'ai compris, lui dis-je sèchement en le repoussant.

— Non, je ne crois pas…

Je n'attendis pas la suite et m'éloignai. Cette soirée pouvait-elle être encore plus désastreuse ?

— Hé, attends une seconde ! cria Samantha derrière moi.

Oh ! visiblement oui, cela pouvait encore empirer. En me retournant, je la vis courir à ma rencontre, tandis que Harry se tenait en haut de l'escalier et nous regardait d'un air intrigué.

— Ecoute, me dit-elle, Harry m'a dit à propos de ton frère, et je veux que tu saches que je suis vraiment désolée.

— Euh, merci.

Où voulait-elle en venir exactement ?

— Harry est un chic type.

— Oui, lui répondis-je avec prudence, douloureusement consciente de la loque à laquelle je ressemblais à cet instant précis, comparée à la beauté si évidente et naturelle de Samantha.

— Je sais qu'il a été très présent pour toi depuis la mort de James.

— De Jack.

— Il a beaucoup de peine pour toi, tu sais. Il me l'a dit.

Ouah. Ça faisait bien plus de mal que cela n'aurait dû.

Elle me jeta un regard plein de franchise.

— Je t'aime bien, Suzie, et je ne veux pas te voir souffrir. Seulement… essaie de ne pas confondre compassion et gentillesse avec amour, parce que ça n'a rien à voir. Si Harry voulait être avec toi, il serait avec toi.

Eh bien, pour de la franchise…

— Samantha ! cria Harry.

Dans le ton de sa voix, il y avait comme une mise en garde. Comme s'il n'appréciait pas tellement qu'elle me parle ou qu'il cherchait à me protéger contre quelque chose.

— Bonne nuit, me dit Samantha en souriant.

Je la regardai faire demi-tour, courir pieds nus dans la pelouse et sauter dans les bras de Harry. Après un dernier regard de celui-ci, ils disparurent tous les deux dans la maison.

Samantha avait raison. Harry n'était pas timide. S'il avait eu des sentiments pour moi, il m'en aurait fait part. Et vu la réaction de rejet qu'il avait eue rien qu'à l'idée de m'avoir dans son lit, je ne désirais plus qu'une chose : me laisser tomber à genoux et remercier le ciel de ne pas m'avoir permis de lui déclarer ma flamme ce soir. Il ne m'aurait peut-être pas repoussée de manière si brutale, mais la conversation aurait été mortifiante.

Je me détournai sans un regard en arrière. Oui, cela faisait mal, mais j'avais enfin une réponse et, tandis que ce lourd poids quittait mes épaules, je me sentis déjà devenir plus légère. J'étais libre. Je n'aurais plus jamais à me demander si chacun de ses gestes bienveillants et de ses mots gentils avait un double sens, et j'arrêterais de penser au fait qu'un jour nous tomberions dans les bras l'un de l'autre pour vivre ensemble, heureux jusqu'à la fin des temps. Maintenant je savais que cela n'arriverait pas, et pour la première fois depuis deux ans, je pouvais enfin passer à autre chose.

Le lendemain matin, à l'aube, je frappai à la porte de Jules. Je savais qu'elle serait déjà levée car Bella se réveillait toujours extrêmement tôt.

J'avais passé la plus grande partie de la nuit à cogiter à propos de Harry et j'avais vraiment besoin de me le sortir de la tête aujourd'hui.

Jules écarquilla les yeux en me découvrant sur le pas de sa porte. Je me sentis un peu gênée.

— Je t'ai réveillée ? Oh je suis désolée, je pensais que tu étais déjà debout depuis longtemps à cause de Bella, lui dis-je en l'embrassant sur la joue et en avançant pour entrer dans la maison.

— Bella dort encore, me répondit-elle avec un air bizarre.

— Je me disais que nous pourrions peut-être faire un truc ensemble aujourd'hui… Aller au zoo, par exemple. Bella aime tellement les animaux.

— Très bonne idée, oui, ça serait super. Par contre, j'ai une ou deux choses à régler ce matin, alors, tu sais quoi ? On peut peut-être se retrouver là-bas vers midi ?

— OK.

— Et je suis déjà un peu en retard, alors… Je veux dire, je ne veux pas te paraître impolie ou quoi, mais euh…, ajouta-t-elle en me faisant un sourire contrit.

— Si tu veux, je peux aller réveiller Bella, lui donner son petit déjeuner et l'habiller pendant que tu prends une douche et que tu te prépares ? lui proposai-je en me dirigeant vers l'escalier.

— NON ! hurla-t-elle presque. Bella n'est jamais de très bonne composition le matin. Elle n'aime pas être réveillée par quelqu'un d'autre que moi.

— Oh ! Jules, elle me connaît, quand même. Je suis sûre qu'elle va être très contente de me voir, la rassurai-je en montant les premières marches.

— Suzie, s'il te plaît, je...

Un puissant bâillement d'homme interrompit la phrase de Jules. Je la regardai, priant pour que ce bruit que je venais d'entendre provienne de chez les voisins ou de la télé. Je me sentis soudain nauséeuse.

— Jules, où es-tu ? J'ai quelque chose pour toi... Quelque chose de monumental ! lança une voix masculine du haut de l'escalier.

C'était un ami, son frère, son père. Il le fallait. Il avait un gros cadeau pour elle et c'était de ça qu'il parlait. Tout était parfaitement bon enfant. Je décidai d'ignorer la petite conscience, au fond de moi, qui me disait que cette voix m'était familière.

Ignorant les appels désespérés de Jules, je montai l'escalier quatre à quatre.

J'ouvris brutalement la porte de sa chambre et découvris Badger, dans le plus simple appareil, allongé dans le lit de Jules, tenant dans sa main son énorme érection.

Il écarquilla les yeux en me voyant.

— Merde, Suzie... Attends, je vais t'expliquer...

Il tenta de se lever pour venir vers moi mais je vacillai et reculai loin de lui. J'étais certainement en train de vivre un de ces horribles cauchemars dont on peut se réveiller à tout moment.

Je me retournai et regardai Jules, dans l'attente de n'importe quelle explication qui aurait pu faire rentrer les choses dans l'ordre. Elle était appuyée contre le mur et tenait sa tête entre ses mains, avec sur le visage la même expression que celle du *Cri*, ce tableau d'Edvard Munch. Mon visage ne devait pas être tellement différent.

— Je suis désolée, je suis si désolée. Jamais je n'aurais voulu que tu l'apprennes de cette manière, me dit-elle d'une voix pleine de sanglots.

— Parce que tout ça est réel ? Tu es en train de me dire que tu as couché avec Badger dans le dos de mon frère ?

Ces mots étaient si inconvenants qu'ils furent comme des coups de poing dans mon estomac.

— Ça fait huit mois, Suzie.

Je rectifiai rapidement.

— Le corps de mon frère a à peine eu le temps de refroidir que tu baises déjà avec son cousin ? Je suppose que je devrais t'être reconnaissante de continuer à faire ça en famille…

— Suzie, ce n'est pas ce que tu penses, ajouta Badger en enfilant rapidement son jean.

— Et toi, comment peux-tu me trahir de la sorte ? Nous sommes censés être amis. Tu étais censé être l'ami de Jack.

Bella se mit soudain à pleurer et, comme Badger se dirigeait vers sa chambre pour aller la réconforter, une vision d'horreur me frappa. Badger élevant ma nièce. Badger devenant le seul père que Bella connaîtrait jamais.

Des larmes inondèrent mes joues et je quittai la chambre en courant, dévalai l'escalier et sortis.

Jules m'avait suivie dans la rue et courait derrière moi. Deux maisons plus loin, elle parvint à attraper mon bras et m'obligea à m'arrêter.

Elle était en larmes, elle aussi.

— Je suis désolée, Suzie. Je n'ai jamais voulu que ça arrive, mais ça s'est fait comme ça et je suis vraiment, vraiment désolée. Je sais que cela ne va rien arranger mais je veux que tu saches que ce n'est pas qu'une histoire de sexe… Je l'aime.

Mon estomac se retourna.

— Tu aimes Jack, rectifiai-je entre mes dents. Comment peux-tu prétendre aimer quelqu'un d'autre aussi tôt après sa mort ?

— Parce que tu crois que c'est quelque chose que je peux contrôler ? Je me suis sentie coupable — et je me sens toujours coupable — mais je ne peux pas continuer à me punir plus longtemps. Je ne peux plus nier ce que je ressens pour Steve, je suis désolée.

Steve ? Mais de qui diable parlait-elle ? Est-ce qu'elle couchait en plus avec un autre type ? Non, tout à coup je me souvins que Steve était le vrai nom de Badger.

A ce moment-là, celui-ci sortit de la maison en portant Bella sur sa hanche le plus naturellement du monde, comme si cette place lui revenait de droit. La petite fille ne pleurait plus et jouait avec la barbe de Badger tandis qu'il lui caressait machinalement le dos. Quand elle me vit, son visage s'illumina d'un immense sourire et elle tendit les mains vers moi pour que je la prenne dans mes bras.

— Et ça dure depuis combien de temps ? demandai-je sèchement à Jules.

— Steve vient nous voir régulièrement depuis la mort de Jack.

— Et vous avez pensé qu'il serait dommage de ne pas profiter du lit conjugal pendant qu'il était encore chaud, c'est ça ? J'espère au moins que vous avez changé les draps avant de vous y vautrer.

— Ce n'est pas de ça qu'il s'agit. Tu sais que j'étais une véritable épave après la mort de Jack. Steve m'a aidée, il a fait le ménage, la lessive, il m'a fait à manger. C'était simplement agréable d'avoir des bras dans lesquels pleurer. Et tu vois très bien de quoi je veux parler, toi tu avais Harry. Moi, je n'avais personne.

— Tu m'avais moi, lui répondis-je violemment.

— Suzie, tu avais ton propre chagrin à gérer. Steve et moi étions amis, cela n'a jamais été rien de plus que ça.

Elle poussa un profond soupir et continua :

— Nous avons couché pour la première fois ensemble quatre mois après la mort de Jack.

— Quatre mois !

Je dus me retenir pour ne pas la gifler.

— Nous étions tous les deux ivres, nous n'avions pas du tout prévu que ça puisse arriver, tenta d'expliquer Badger.

— Oh ! je comprends… En fait, tu as trébuché et ta bite est entrée malencontreusement dans Jules, et le mouvement s'est répété de manière totalement incontrôlable. Tout s'explique.

— Bite, répéta Bella en gazouillant.

A n'importe quel autre moment, cela aurait été hilarant. Mais Jules reprit la parole.

— J'ai pleuré des jours entiers après ça. Je ne voulais plus rien avoir à faire avec Steve. J'ai refusé de le revoir. Mais il me manquait tellement. Nous ne nous sommes plus touchés pendant des semaines, des mois même après que nous avons recommencé à nous voir. Je crois qu'en fait nous ne sommes véritablement en couple que depuis deux ou trois semaines maintenant.

Badger me regarda avec un air inquiet et ajouta :

— J'aime Jules, Suzie, et même si je déteste te faire autant de mal, il faut que tu comprennes que c'est bien plus qu'une petite amourette.

Ces mots doux me traversèrent aussi douloureusement que la lame d'un couteau. Bella posa tendrement sa tête sur l'épaule de Badger.

— Et comment croyez-vous que Jack prendrait tout ça ? leur lançai-je en pointant du doigt leur nouveau petit trio familial.

Des larmes surgirent dans les yeux de Jules.

— J'espère qu'il verrait à quel point je suis heureuse et qu'il le serait pour moi. Comme j'espère que tu le seras toi aussi un jour.

— Tu peux toujours rêver ! lui lançai-je avant de reprendre ma course.

Au coin de la rue, je fondis en larmes.

En face de moi, la petite fontaine en pierre crachait des bulles d'eau. St. Dunstan in the East était comme une oasis au milieu de tout le vacarme de la ville. Perdu au milieu des immeubles et des rues bondées, se cachait ce petit jardin, calme et tranquille. L'église du XIIe siècle qui avait été bombardée pendant la Seconde Guerre mondiale n'avait jamais été reconstruite et l'endroit était devenu un jardin public. Les arbres avaient grandi le long des murs et de la vigne vierge courait partout sur les ruines, tels des tentacules essayant d'emporter l'église dans la terre. Des fleurs sauvages poussaient tout autour et les rayons pâles du soleil d'hiver passaient par les ouvertures du toit, faisant étinceler l'eau de la fontaine.

Il n'y avait personne d'autre que moi et je m'en réjouissais.

Soudain, rompant ma bienheureuse solitude, une immense ombre s'avança vers moi. Elle était si imposante que je sus immédiatement de qui il s'agissait.

En levant les yeux, je découvris Harry qui me souriait avec bienveillance.

— Badger m'a appelé, me dit-il en s'asseyant à côté de moi et en passant son bras autour de mes épaules.

— Est-ce que tu étais au courant ?

— Oui.

Je le foudroyai du regard.

— Et tu ne m'as rien dit ?

— Ce n'était pas à moi de le faire, Suzie.

— Je croyais que tu étais mon ami.

— Je le suis, tu sais que je le suis. Mais c'est leur histoire. J'ai préféré ne pas m'en mêler et t'en parler aurait évidemment interféré. Et puis Jules se sentait déjà tellement coupable, il n'était vraiment pas nécessaire d'alourdir leur charge tant qu'ils n'avaient pas tiré tout ça au clair.

— Tu aurais dû me le dire, lui répondis-je fermement.

— Pour que tu puisses y mettre un terme ?

— Oui. Elle ne l'aime pas. Ce n'est qu'une étape de son deuil, rien de plus.

— Alors, tu devrais être heureuse qu'elle ait trouvé un peu de réconfort et que quelqu'un soit là pour l'aider à se reconstruire.

— Harry, elle a couché avec Badger quatre mois après la mort de mon frère. Quatre mois. Tu veux savoir quel effet ça me fait ? Jack en aurait le cœur brisé. Il aimait tellement Jules. Jack et Jules, Jules et Jack. Et puis Bella. Ils étaient la famille parfaite, destinés à vivre heureux pour toujours. Et quatre mois après la mort de Jack, elle couche avec quelqu'un d'autre ? Tu sais ce que je crois ? Peut-être qu'en fait elle n'a jamais réellement aimé Jack.

— Tu dis n'importe quoi et tu le sais très bien, me dit-il un peu sèchement.

Je le dévisageai, piquée par sa trahison.

— Tu es censé être de mon côté.

— Du côté de la bêtise, je ne crois pas, non.

Je me levai.

— Tu me trouves conne.

Il soupira et se frotta la nuque.

— Ecoute Suzie, je comprends que tu sois blessée. Cela doit être très douloureux pour toi de voir que Jules passe à autre chose et d'imaginer que c'est Badger qui va voir Bella grandir alors que Jack n'est plus là. Malgré cela, je ne pense quand même pas que tu souhaites à Jules de rester toute seule jusqu'à la fin de ses jours, si ?

— J'avais imaginé qu'elle pleurerait mon frère un tout petit peu plus longtemps. Qu'elle mettrait plus de quatre mois à faire son deuil, sifflai-je entre mes dents.

— Suzie, ce qui est arrivé entre eux à cette période était un accident. Deux personnes qui aimaient profondément Jack et qui tentaient de faire leur deuil ont trouvé du réconfort dans les bras l'une de l'autre. Toi et moi n'avons jamais couché ensemble. Je veux dire, nous n'avons jamais eu de relations sexuelles, mais il y a eu de nombreuses nuits où nous avons dormi dans le même lit et où tu t'accrochais à moi dans ton sommeil. Tu as cherché du réconfort auprès de moi. Le fait qu'ils aient couché ensemble n'est pas si éloigné de ce que nous avons vécu tous les deux. Chacun surmonte cette épreuve comme il le peut.

— Et maintenant le chagrin s'est transformé en amour. Je n'y crois pas une seconde.

— Tu devrais être heureuse pour elle, me dit-il en me regardant dans les yeux.

— Heureuse ?

— Si Jules était une de tes amies et pas ta belle-sœur, et qu'elle commençait à fréquenter quelqu'un d'autre après la mort de son mari, tu ne serais pas heureuse que quelque chose la fasse enfin sourire de nouveau ?

— C'est trop tôt, dis-je en secouant la tête.

— J'imagine que beaucoup de gens penseraient ça, oui. Mais tu crois vraiment qu'on a son mot à dire quand il s'agit de la personne dont on tombe amoureux et du moment où ça se produit ? Tu penses que Jules a pu contrôler ça ?

— Et Bella ?

— Quoi Bella ? Elle a besoin d'un père.

— Badger n'est pas son père, lui répondis-je en serrant les poings.

— Il l'aime, Suzie, il l'aime comme si c'était sa propre fille.

— Il n'a pas le droit de l'aimer.

— C'est un peu égoïste, tu ne penses pas ? me dit-il en fronçant les sourcils.

— Il faut croire que je suis conne et égoïste.

— Suzie, dit-il en me prenant la main, Jack souhaitait que Jules soit heureuse et qu'elle trouve de nouveau l'amour, il le lui a écrit dans sa lettre. Alors, oui, c'est arrivé plus rapidement qu'aucun de nous aurait pu l'imaginer, mais tu sais qu'on doit saisir le bonheur quand il se présente. Moi, je pense que Jack serait ravi que Jules ait trouvé le bonheur avec quelqu'un qui les aime, Bella et elle, aussi sincèrement. C'est tout ce qu'il espérait, quelqu'un qui les respecte et qui soit prêt à aller au bout du monde pour elles. Tu connais Badger aussi bien que moi. Je ne vois pas de meilleur gars pour être avec Jules. Et il mérite d'être heureux, lui aussi.

Je souffrais tellement profondément. Rien de tout cela n'était juste. Jack aurait dû être encore là pour élever sa propre fille et passer le reste de sa vie auprès de la femme qu'il aimait et qui l'aimait en retour. Et Harry aurait dû être avec moi. Les *happy ends*, les « ils vécurent heureux jusqu'à la fin des temps », tout ça n'était qu'une grosse arnaque.

J'avais envie de m'enfuir très loin d'ici pour ne plus voir Harry chaque jour, pour ne plus jamais voir Jules et Badger.

— Je pense que je vais partir vivre à l'étranger, dis-je soudain.

— C'est une réaction un peu excessive, tu ne crois pas ?

— Il n'y a plus rien qui me retienne ici.

— Merci, c'est gentil.

— Arrête, Harry, je sais que je te gêne, je suis toujours dans tes pattes. Je suis la cinquième roue du carrosse. Je ne veux pas m'interposer entre Samantha et toi. Et si je déménage en Australie, tu pourras accepter cette offre d'emploi si bien rémunérée et tu pourras arrêter de tout laisser systématiquement en plan pour venir me réconforter chaque fois que je souffre. Et puis comme ça, je n'aurai pas à voir ma nièce grandir avec un autre père que mon frère.

L'idée grandissait en moi. Les images de ces plages, de ces cascades, de ces forêts tropicales se précisaient avec de plus en plus de netteté. Un nouveau départ, une nouvelle vie.

Harry se leva et me dit d'un ton légèrement menaçant :

— Ecoute-moi bien. Tu n'as jamais été et tu ne seras jamais dans mes pattes. Te rencontrer a été la meilleure chose qui me soit jamais arrivée. Non seulement j'ai maintenant le meilleur boulot du monde, à savoir aider des couples à se former, mais j'ai aussi la meilleure des amies. Tu es gentille, généreuse, douce, drôle et je préférerais passer chaque heure de chaque jour avec toi qu'avec quelqu'un comme Samantha. Certes, tu as traversé une phase difficile ces derniers temps. Mais nous allons nous en sortir, ensemble, et tu vas laisser tes amis t'aider — et arrêter tout de suite de les repousser. Jules et Badger t'aiment. Ils étaient tous les deux bouleversés quand tu es partie ce matin.

Ne voulant pas en entendre davantage, j'attrapai mon sac et quittai l'église sans un mot.

— Bon sang, Suzie, fuir n'est absolument pas la solution ! cria Harry derrière moi.

Mais je continuai à marcher d'un pas décidé et les mots qu'il lança ensuite furent engloutis par le bruit de la circulation.

Blog des presque fiancés.

Jour 5 : La proposition *Love Actually*.

Lieu : Devant la maison de Suzie.

Mes chers lecteurs, je dois tout d'abord vous avouer que Suzie ne veut plus me parler. Je ne suis qu'un véritable con. A l'heure actuelle, elle traverse le pire moment de sa vie et je n'ai pas su être là pour elle. J'aurais dû faire preuve de plus de diplomatie et la laisser pleurer sur mon épaule au lieu d'essayer de lui imposer mes idées.

Comme elle ne veut pas m'ouvrir sa porte et ne répond pas non plus au téléphone, il ne me reste pas d'autre choix pour faire ma demande du jour que de me servir de pancartes, comme dans cette célèbre scène du film *Love Actually* avec la belle Keira Knightley et le très sexy (enfin, d'après Suzie) Andrew Lincoln.

Alors, avec un petit coup de pouce de Ronan Keating — le morceau *When You Say Nothing at All* évidemment, pas l'homme en personne quoique cela aurait été génial, d'ailleurs Ronan Keating si tu lis ces mots et que tu veux aider un autre disciple du romantisme, appelle-moi — et trois grandes pancartes blanches, je me suis posté devant la maison de Suzie et lui ai fait ma demande.

Pancarte n° 1 : « Je suis désolé. »

Pancarte n° 2 : « Tu es ma meilleure amie et je serai toujours de tes côtés. »

Pancarte n° 3 : « Veux-tu m'épouser ? »

J'adorerais vous dire qu'elle est sortie de chez elle en courant pour se jeter dans mes bras, mais bien sûr ce n'est pas du tout ce qui s'est passé. Non, elle a tout regardé depuis sa fenêtre puis refermé les rideaux d'un air impassible.

Merde. Bordel. Putain. Crotte.

Je n'arrivais pas à trouver le sommeil. Je n'étais qu'une sale petite morveuse égoïste, et pour couronner le tout ma bouderie avait gâché une nouvelle super-proposition.

Bien sûr que je voulais que Jules soit heureuse. Je lui avais même dit l'autre soir à quel point je la trouvais resplendissante et comme cela me rendait heureuse de la voir sourire de nouveau. Et tout ça, c'était grâce à Badger, alors comment pouvais-je souhaiter que leur histoire s'arrête ? Certes, cela ne durerait peut-être pas longtemps — et peut-être que ce n'était qu'une étape dans le processus du deuil et rien de plus — mais Harry avait raison, si Jules avait ainsi trouvé un peu de réconfort dans les mois qui avaient suivi la mort de Jack, alors ce ne pouvait être qu'une bonne chose.

Ce que j'espérais, surtout, c'est qu'il ne s'agissait pas que d'une histoire de sexe.

Je repensais aux nombreuses fois où Harry m'avait tenue dans ses bras et serrée contre lui tandis que je m'endormais en pleurant. Et je devais reconnaître que, très souvent, même submergée par le chagrin, j'avais souhaité que ces câlins dérivent vers autre chose. J'avais eu envie que Harry me fasse l'amour, et ce n'était pas entièrement dû aux sentiments déplacés que j'avais pour lui. Non, ce que je voulais plus que tout c'était sentir mon sang affluer dans mes veines, la chaleur de sa peau contre la mienne. Me sentir vivante quand mon corps tout entier semblait engourdi par la douleur. Pouvais-je vraiment blâmer Jules d'avoir réussi à franchir cette étape, celle-là même que je rêvais moi aussi de dépasser mais qui m'effrayait tant ?

Parce que j'avais désespérément besoin de Harry. Après la mort de Jack, il avait été ma seule bouffée d'oxygène et j'avais bien trop peur de faire quoi que ce soit qui pourrait l'éloigner de moi. Tant de femmes avaient défilé dans sa vie avant la mort de Jack… Chaque fois, il s'était lassé, avait rompu et s'était empressé de repartir en quête de nouvelles rencontres. Jamais je ne voudrais être pour lui l'une de ces femmes avec qui il couchait quelques fois et dont il n'attendait rien de plus. Si j'avais réussi à survivre à ces huit derniers mois, c'était uniquement parce que Harry avait été constamment à mes côtés. Soudain, la pensée de partir vivre dans un pays étranger et de ne plus le voir chaque jour me fut insupportable.

Jules avait trouvé chez Badger ce que j'avais trouvé chez Harry.

Leur histoire allait peut-être devenir sérieuse. Jules allait peut-être se marier avec Badger, avoir d'autres enfants avec Badger, finir ses jours avec Badger… Je sentis des frissons me parcourir. Même si Badger était vraiment un mec en or et que je l'adorais, je n'arrivais pas à digérer tout ça. Le fait que Jules puisse passer si rapidement à autre chose continuait de me paraître réellement déplacé.

Mais alors, quelle était la solution ? J'avais été très proche de Jules après la mort de Jack. Je l'avais vue perdre beaucoup de poids, j'avais vu son teint virer au gris et les poches sous ses yeux refléter ses insomnies. Sans parler de la douleur et du chagrin qui habitaient son regard et qui me transperçaient chaque fois qu'elle me regardait. Jamais je n'aurais voulu qu'elle revive ça.

Les mots de Harry résonnaient encore en moi : « On doit saisir le bonheur quand il se présente. » Il avait raison. Quelques-uns d'entre nous avaient la chance de trouver l'amour une fois dans leur vie. Qui étais-je donc pour interdire à Jules de le rencontrer deux fois ?

Je détestais le fait que Harry ait eu raison… Et ce qui

m'énervait encore davantage, c'est que j'étais déjà d'accord avec lui quand il m'avait remonté les bretelles au jardin.

Je n'avais plus qu'un seul moyen pour réparer cette situation.

Rejetant ma couette, j'enfilai mes baskets, dévalai les marches de l'escalier et traversai la rue déserte. J'étais toujours surprise de constater que, malgré son emplacement si central, notre petit quartier ressemblait vraiment à un village de campagne à cette heure de la nuit.

Je tambourinai et sonnai en même temps à la porte de Harry. Sa maison tout entière était plongée dans l'obscurité. Je priai pour qu'il soit seul.

Enfin, je vis qu'il y avait du mouvement à l'intérieur. Harry approcha de la porte d'entrée, simplement vêtu d'un caleçon. Mais pourquoi ce mec se baladait-il en permanence à moitié nu chez lui ?

Il ouvrit la porte. A voir son visage renfrogné dans la lumière des réverbères, je compris que je le réveillais.

— S'il te plaît, rassure-moi et dis-moi que Badger n'est pas nu comme un ver dans ton lit..., lui dis-je pour tenter de le dérider.

— Hum... il ne vaudrait mieux pas pour lui, me répondit-il en bâillant.

— Samantha ? osai-je lui demander.

— Nous avons rompu.

Je marquai une pause.

— Une autre créature de rêve, peut-être ?

Il secoua la tête, essayant de chasser le sommeil de ses yeux.

— Il te va vraiment bien, me dit-il en me regardant des pieds à la tête.

Baissant les yeux, je regardai le pyjama qu'il m'avait offert. Peut-être aurais-je dû me changer avant de venir le voir. Je tremblais de froid, si légèrement vêtue dans la nuit glaciale.

— Ecoute, excuse-moi de t'avoir réveillé mais je voulais te dire que…

Sans que je m'y attende, Harry se pencha vers moi, prit ma main et m'attira dans la maison.

— Est-ce que tu vas encore me crier dessus ? Parce que, pour tout te dire, je ne suis pas assez réveillé pour ça… Et je risquerais de dire des choses que je regretterais aussitôt, me dit-il en refermant la porte derrière nous.

— Non, je suis venue te dire que j'étais désolée.

— Ah. Tu es désolée, je suis désolé…, dit-il en agitant sa main dans les airs comme si tout cela n'avait pas grand sens. Allez, viens, Madame Désolée.

Il commença à monter l'escalier en m'attirant derrière lui.

— C'est tout ? On en fait pas tout un pataquès ? Tu ne veux pas entendre ma grande tirade d'excuses ?

— Non. Pas besoin. Je retourne au lit. Il y a cinq minutes, j'étais en train de faire le plus beau rêve de ma vie. Si je me dépêche, je peux peut-être le reprendre là où il s'est arrêté.

Une fois dans sa chambre, il grimpa dans son lit et m'entraîna avec lui.

— Mais Harry, tu avais raison. Je suis une vraie garce.

— Je n'ai jamais dit ça, me répondit-il en rabattant la couette sur nous deux.

Puis il s'écroula comme une masse sur son oreiller et ferma les yeux.

— Mais Harry, tout ce que tu as dit… C'était vrai. Je devrais être heureuse que Jules ait retrouvé l'amour. C'est ce que Jack aurait voulu. Demain je vais aller les voir tous pour m'excuser.

Je m'interrompis un instant et le regardai en me demandant s'il s'était déjà rendormi.

— Alors, demandai-je, tu n'as pas envie de faire une petite danse victorieuse ou même de me dire « Tu vois, c'est ce que je t'avais dit » ?

Sans ouvrir les yeux, Harry m'attira contre lui et m'enlaça. Je posai ma tête sur son torse.

— Ma meilleure amie vient juste d'arriver à accepter l'idée que sa belle-sœur puisse vivre avec un autre homme que son frère. Il n'y a rien à célébrer. Je ne peux même pas imaginer la force qu'il faut pour pouvoir encaisser tout ça en quelques heures, ni la douleur que cela doit causer. Alors, tu sais quoi ? Endors-toi, et demain je t'apporterai ton petit déj au lit, et après nous irons les voir ensemble.

Mon cœur se gonfla d'amour et de reconnaissance.

En quelques minutes, j'entendis sa respiration devenir calme et régulière.

— Harry ?

Aucune réponse.

— Harry, j'essaie désespérément de cesser de t'aimer, et vraiment, je dois te dire que ton attitude ne m'aide pas.

Toujours aucune réponse.

Sa peau était comme du velours, douce et chaude sous mes doigts. Je fermai les yeux, me pelotonnai contre lui et me laissai emporter par le sommeil.

Chapitre 7

Blog des presque fiancés.

Jour 6 : La demande en pâtes alphabet.

Lieu : Ma cuisine.

Suzie a finalement passé la nuit chez moi. Dans ma chambre d'amis, bien entendu. Après la rude journée qu'elle avait passée hier et au vu de celle qui l'attendait aujourd'hui, j'ai eu envie ce matin de lui remonter un peu le moral. Et connaissez-vous un meilleur moyen pour commencer sa journée que de se réveiller avec un petit déjeuner formule « demande en mariage » servi au lit ?

Par chance, il restait dans mes placards un paquet de pâtes alphabet. Mon neveu adore ça et j'aime lui faire plaisir quand il vient à la maison. J'avais pensé écrire ma demande avec ces pâtes disposées autour de quelques tartines. Après les avoir fait cuire, je me suis donc mis au travail en faisant très attention à ne pas briser les lettres. Trouver toutes celles que nécessitait la phrase s'est révélé être une tâche bien plus difficile que prévu. Comme il n'y avait pas de U — six X, mais pas de U ! —, j'ai délicatement transformé trois O en trois U. Et pour le R, qui était introuvable lui aussi, j'ai pris un P et une partie d'un L. Quand enfin ma proposition fut prête, les pâtes étaient complètement froides, les tartines avaient cramé dans le grille-pain et la fumée avait déclenché l'alarme incendie… et réveillé Suzie.

Mais je ne me laissai pas abattre et décidai rapidement de faire cuire deux œufs au plat pour remplacer tout ça, avec des tartines de pain frais cette fois. Je les disposai sur l'assiette pour faire deux grands yeux et déposai un trait de ketchup pour faire un sourire à mon smiley. Puis je vérifiai la phrase en pâtes alphabet et ajoutai le reste de celles-ci sur le crâne de mon bonhomme pour lui faire des cheveux. J'avais évidemment l'intention de prévenir Suzie qu'elles étaient ratées et qu'elles n'étaient que purement décoratives.

Mais après ce premier échec, c'est la partie « au lit » de mon plan qui fut totalement gâchée quand je vis Suzie apparaître en bas de l'escalier. Alarmée par tout ce vacarme et par la fumée qui avait envahi la maison, elle voulait s'assurer que j'étais toujours vivant… Nous nous installâmes donc finalement autour de la table de la cuisine pour savourer ce très approximatif petit déjeuner.

Comment Suzie a-t-elle réagi à ma demande ? C'est simple, je ne l'avais pas vu sourire ainsi depuis très longtemps. Il semble donc qu'en chacun de nous sommeille toujours un petit enfant qui adore les pâtes alphabet ;)

Après avoir garé la voiture devant la maison de Jules, Harry coupa le contact et me jeta un regard plein de sollicitude.

— Prête ? me demanda-t-il doucement.

J'acquiesçai mollement.

— Attends, Suzie, je ne veux pas t'obliger à faire quelque

chose que tu ne veux pas faire. Et pour être honnête, là j'ai clairement l'impression de te forcer la main.

— Non, je dois le faire. C'est vrai que l'idée ne m'emballe pas plus que ça... Mais que veux-tu, comme tu l'as dit toi-même, on ne choisit pas de qui on tombe amoureux.

Ah, c'est sûr que j'aurais préféré que les choses soient plus simples. Tout comme j'aurais aussi préféré ne pas tomber amoureuse de mon meilleur ami...

En soupirant, j'ajoutai :

— Tu sais, je veux vraiment que Jules soit heureuse, alors si tout ça dépend de Badger, je crois qu'il va falloir que je m'y fasse.

Sur ces mots, je sortis de la voiture avant de changer d'avis et marchai à grands pas vers la maison.

Quand Jules ouvrit la porte, je tentai de trouver les mots pour m'excuser, pour que les choses s'arrangent entre nous. Malheureusement rien ne me vint.

Ses yeux se gorgèrent de larmes et j'avançai vers elle pour la prendre dans mes bras. Je la tins serrée contre moi tandis qu'elle sanglotait et que je trempai son pull de mes propres larmes.

Sans nous séparer, Harry nous poussa gentiment à l'intérieur de la maison puis ferma la porte derrière nous.

— Badger ! cria-t-il. Fais chauffer la bouilloire, je pense qu'une bonne tasse de thé nous fera le plus grand bien à tous.

En mordant dans une part du délicieux cake à la banane de Jules, je regardai Badger qui, allongé par terre, jouait avec Bella. L'affection qu'il portait à cette petite fille, qui n'était pourtant pas la sienne, sautait aux yeux.

Harry était sorti dans le jardin pour répondre à des appels de clients.

Après avoir beaucoup pleuré, Jules et moi nous étions

mutuellement excusées puis avions de nouveau versé des larmes. Pendant ce temps-là, Harry et Badger avaient parlé football. Nous aurions tous besoin d'un peu de temps avant que les choses redeviennent simples entre nous, mais je savais que nous y parviendrions.

— Alors, comme ça, tu as passé la nuit avec Harry ? me demanda Jules tandis qu'elle nettoyait la table de la cuisine.

J'avalai avec difficulté un gros morceau de gâteau.

— Comment le sais-tu ?

— Nous suivons le blog, nous aussi. Ça avait l'air très drôle ce qui s'est passé ce matin avec cette histoire de petit déjeuner en pâtes alphabet. Mais dis-moi, quelque chose m'intrigue… Harry n'a pas de chambre d'amis. C'est Badger qui me l'a dit.

— Si, il en a une. C'est juste qu'il n'y a pas de lit dedans.

— Donc…, me dit-elle, s'asseyant face à moi en souriant, sa tasse de thé à la main.

— Donc, j'ai dormi dans son lit. Mais ça ne veut rien dire, tu sais. Nous l'avons déjà fait, lui répondis-je en ramassant quelques miettes sur la table.

— Bien sûr que ça veut dire quelque chose. Tu es amoureuse de lui.

— Amoureuse de qui ? demanda Harry en entrant tout à coup dans la cuisine par la porte de derrière.

Jules blêmit.

— De Mini Tim, dis-je dans un élan de panique.

— De Ryan Gosling, dit Jules en montrant du doigt une photo de l'acteur dans le magazine posé devant elle.

Harry nous dévisagea.

— Des deux ?

— Eh bien, en fait nous étions en train de parler de Mini Tim, et Jules me disait qu'il lui rappelait Ryan Gosling, lui répondis-je d'un ton que j'espérais cool et décontracté. Alors quand je lui ai dit que j'étais amoureuse de lui, Jules a cru que je parlais de Mini Tim, ce qui n'était pas le cas…

Jules me regardait, bouche bée, tandis que je parlais à tort et à travers pour tenter de clarifier la situation.

Harry sembla disposé à avaler mes salades, ou tout du moins enclin à ne pas me tourmenter davantage. Il me rejoignit à table, piqua une grosse miette de gâteau dans mon assiette et attira le magazine vers lui.

— Ryan Gosling, hein ? Et qu'est-ce qu'il a de si particulier ?

Je regardai Harry puis baissai les yeux sur la photo de Ryan. Aussi beau soit-il, il ne lui arrivait pas à la cheville. Et dire que maintenant je devais trouver quelque chose que j'aimais à propos d'un homme que même mon radar à beaux gosses n'avait jamais détecté. En même temps, je crois que mon radar était tombé en panne le jour où Harry était entré dans ma vie.

— Sa chemise blanche, dis-je d'un ton triomphant.

Je continuai sur ma lancée :

— Il y a quelque chose d'incroyablement sexy chez les hommes qui portent des chemises blanches. Et Ryan porte la chemise blanche comme personne.

Je sentis à son regard que Jules devenait de plus en plus sceptique. Mais elle reprit une expression d'indifférence absolue au moment même où Harry releva les yeux. Et elle en profita pour lui demander du tac au tac :

— Et toi, Harry, est-ce que tu as déjà été amoureux ?

Je lui jetai un regard noir dans le dos de Harry. Pourquoi lui posait-elle cette question alors qu'elle savait tout de son passé et de la détermination qu'il employait à se protéger ?

Il détourna les yeux en se coupant une tranche de cake, et je le suspectai de faire ce geste davantage pour se donner une contenance que parce qu'il avait réellement envie d'une part de gâteau.

— Une fois. Il y a un an environ. Mais ça n'a pas marché, lui répondit-il avec un air détaché.

Je l'observai. Il était tombé amoureux… Après tout ce qu'il m'avait dit à propos de l'amour et sur le fait qu'il n'y croyait pas, il s'était autorisé à tomber amoureux malgré tout. Et qui que soit cette femme, elle l'avait laissé tomber. Lui qui avait toujours pris soin de passer de bras en bras pour éviter que le moindre lien d'attachement puisse se créer. Malgré cela, parmi toutes ces femmes, l'une d'elle avait réussi à percer son armure. Il y avait un an environ. Je me creusai la tête pour me remémorer les visages et les noms de ses conquêtes passées.

Une pensée me vint soudain à l'esprit.

— Mais tu n'as fréquenté personne depuis presque un an. Hormis Samantha. Est-ce que c'était cette fille que tu fréquentais juste avant de faire ce grand break ? Amelia ? Est-ce que c'est elle qui t'a brisé le cœur ?

— Non, me répondit-il en riant. Les choses n'ont jamais été sérieuses entre Amelia et moi.

— Mais alors, pourquoi es-tu resté si longtemps célibataire ? insistai-je.

Il haussa les épaules.

— Il faut croire que personne ne m'a tapé dans l'œil.

— Personne ? Tu ne semblais pas si difficile avant. Quiconque ayant deux yeux et deux jambes suffisait à te charmer, je me trompe ?

— Je ne sais pas… J'avais d'autres choses à faire. Je crois qu'avoir une petite amie à ce moment-là de ma vie m'aurait plus encombré qu'autre chose.

J'étais déconcertée. Il avait réellement l'air gêné de parler de ça, mais je n'arrivais pas à comprendre pourquoi.

— Et sinon, Harry, dit soudainement Jules pour changer de sujet, est-ce que tu as pu regarder ce documentaire dont je t'avais parlé sur les pyramides ?

Harry était fou d'histoire et il partageait cette passion

avec Jules. Mais je n'avais pas du tout envie d'en rester là et le relançai :

— Attends, Harry, je me souviens très bien que tu n'étais pas plus occupé que ça. A cette époque, nous bossions déjà ensemble et nous passions la plupart de nos soirées chez moi ou chez toi.

Il me jeta un drôle de regard, et tout à coup je sentis que j'avais trouvé la dernière pièce du puzzle. Il avait littéralement tout abandonné pour moi, y compris sa vie amoureuse. Pour être à mes côtés quand j'avais besoin de lui.

Mais ça n'avait aucun sens ! Avait-il fait tout cela pour moi, uniquement par pitié, ou y avait-il une autre raison ? Non, Samantha avait raison, si Harry avait réellement eu envie d'être avec moi, il serait avec moi.

Bella dans ses bras, Badger entra dans la cuisine et rompit le silence à couper au couteau qui régnait dans la pièce.

— Est-ce que tu veux un peu de jus de fruits, Bella ? lui demanda Badger en la posant sur mes genoux, ce qui m'offrit une distraction plus que bienvenue.

— Juuuuuuus, dit Bella en tendant les mains vers la tasse que Badger était en train de lui servir.

Après avoir descendu d'une traite tout son petit verre, Bella se laissa aller contre moi, attrapa une mèche de mes cheveux et se mit à jouer machinalement avec, tout en suçant son pouce.

Badger jeta un coup d'œil au magazine posé sur la table et frôla l'épaule de Jules au passage, ce qui la fit sourire. Bella se tortilla sur mes genoux en les regardant.

— Dada, dit-elle tout à coup à Badger en tendant ses mains vers lui.

Cela me fit l'effet d'un coup de poing en pleine poitrine. Badger blêmit.

— J'essaie de lui apprendre à le dire en lui montrant

des photos de Jack. Du coup, elle me le dit à moi aussi. En fait, tout est « dada » en ce moment — les canards, le camion de glaces, les papillons —, elle montre du doigt quelque chose et chaque fois, ça ne loupe pas, elle dit « dada », bredouilla Badger, mal à l'aise.

— Ça va Badger, ne t'en fais pas, lui dis-je en tentant de faire descendre la boule d'angoisse coincée dans ma gorge.

— Je lui parlerai de son papa quand elle sera plus grande, et je lui raconterai quel malheur nous avons traversé, ajouta Badger d'un ton extrêmement sérieux. Nous n'oublierons jamais Jack.

Je baissai les yeux et jetai un coup d'œil à ma montre. Il fallait que je sorte d'ici au plus vite.

Comme toujours, Harry vint à ma rescousse.

— Eh bien, on ferait mieux d'y aller, j'ai rendez-vous avec un magazine dans peu de temps et j'ai quelques mails à envoyer avant.

A peine avait-il fini sa phrase que j'étais déjà debout. Il ne me fallut pas plus d'une minute pour déposer un baiser sur la joue si douce de Bella, la mettre dans les bras de Badger et embrasser rapidement Jules. Je sortis dans la rue après avoir lancé un dernier au revoir à la volée. Une fois les arbres du fond du jardin dépassés, nous fûmes enfin à l'abri des regards.

Je posai mes mains sur mes genoux et laissai échapper une longue expiration, comme si je venais de courir un marathon ou que j'avais retenu mon souffle pendant trop longtemps.

Harry caressa doucement mon dos.

— Comment je m'en suis sortie ? lui demandai-je en tentant de reprendre mon souffle.

— Brillamment.

Je levai les yeux vers lui pour voir s'il était honnête ou seulement gentil. Il ajouta :

— Je suis sérieux. Cela demande une sacrée dose de courage de faire ce que tu as fait aujourd'hui.

— Je veux qu'elle soit heureuse de nouveau, je le pense vraiment, mais nom de Dieu, Harry, tout ça est vraiment dur à encaisser.

— Je sais. Je pense même que tu ne serais pas normale si cela ne te posait aucun problème.

J'expirai de nouveau profondément.

— Le coup de « dada », c'était un tout petit peu trop pour moi.

— Oui, je m'en suis vite rendu compte.

— Tu me connais si bien, lui dis-je en me relevant.

— Je te connais suffisamment pour savoir que tu as maintenant besoin d'une bonne crème glacée, et ce dans les plus brefs délais.

— Oh oui, très bonne idée, lui dis-je en souriant.

— Tu as de la chance, je connais l'endroit idéal.

Il existait en ville de nombreux endroits où on pouvait déguster des glaces italiennes, onctueuses et savoureuses, avec tout un tas de gourmandises à y ajouter pour les agrémenter. Je me demandais bien dans lequel de ces lieux Harry avait l'intention de m'emmener. Celui qui était sur Leicester Square était merveilleux. Peut-être que je prendrais un *sundae*… avec des morceaux de banane et un coulis de chocolat… Mmm…

A ma grande surprise, pourtant, Harry gara la voiture non loin du Tower Bridge. Nous marchâmes en direction du pont qui, comme toujours, grouillait de touristes. Je remarquai tout à coup, sur le côté de la rue, une file d'attente plutôt longue compte tenu du froid qu'il faisait, et qui menait jusqu'à un camion rose et blanc.

Je mis fin à un nouvel appel téléphonique, le cinquième depuis que nous avions quitté la maison de Jules

— j'ignorais pour quelles raisons nous étions tout à coup submergés de demandes mais je n'allais certainement pas m'en plaindre — et regardai le camion avec étonnement tandis que nous rejoignions la file d'attente.

— Oh ! ne prenez donc pas cet air snob, madame la professionnelle des crèmes glacées, me dit Harry en me donnant un coup de coude affectueux.

— Mais je ne prends aucun air.

— Oh si… tiens, regarde, tu ressembles à ça.

Harry aspira ses joues vers l'intérieur de son visage et fronça les sourcils comme s'il venait de mordre dans un citron.

J'éclatai de rire.

— J'aime autant les cornets de glace que n'importe qui dans cette queue.

— Eh bien, tu risques d'être déçue, Roberto ne fait pas de cornets à emporter. Mais il n'existe pas de meilleure crème glacée à des kilomètres à la ronde.

Tandis que nous avancions dans la queue, je restais sur ma réserve.

Je répondis à un nouveau coup de téléphone pendant notre attente. Le client voulait cette fois un manège et un stand de barbes à papa dans son jardin, comme c'était mignon. Je promis de lui répondre par mail dès que j'aurais pu me renseigner sur les prix de ce qu'il voulait.

Il ne restait plus qu'une personne devant nous, dans la file.

— Quel parfum veux-tu ? Banane ? me demanda Harry. Ou chocolat-orange ? Je te recommande vivement celui-là, il est à se damner.

— Non, banane, ça m'ira très bien.

Roberto n'avait rien du glacier italien que j'imaginais. Il n'avait pas de grande moustache à la Mario ni de regard ténébreux. Et je ne sais pas pourquoi je m'attendais à ce qu'il porte un tablier rayé rouge et blanc et un grand chapeau de cuistot. Alors je fus encore plus déçue quand, au lieu d'apostropher Harry en italien, il lui rendit la monnaie en marmonnant avec un fort accent du Yorkshire. Quand il nous tendit les deux pots de crème glacée, je remarquai que la glace de Harry était presque noire.

Nous nous assîmes sur un banc en face de la Tamise pour regarder les allées et venues des bateaux qui ne s'arrêtaient jamais, quelle que soit l'heure de la journée.

Je plongeai ma cuillère dans la crème et en pris une grande bouchée.

— Oh mon Dieu, lâchai-je en fermant les yeux tandis que les saveurs explosaient sur ma langue. Cette glace est incroyable.

Harry esquissa un sourire.

— Je te l'avais dit.

— Ça a tellement le goût de la banane.

— En même temps, c'est une glace à la banane.

— Oui, mais la plupart des choses à la banane ont l'arôme artificiel de la banane sans avoir jamais rencontré une vraie banane de leur vie. Là, c'est de la vraie banane, il y a même des morceaux.

— Tiens, goûte la mienne, me dit-il en prenant une grande cuillère de sa glace sombre et en me la fourrant dans la bouche.

Le chocolat noir se mariait à la perfection avec le café et les noix.

— Harry, il est de notre devoir d'y retourner pour tester les autres parfums.

— Roberto ne propose que dix saveurs et une « spéciale » qui change selon les occasions. Jamais de garniture, jamais de coulis, mais je peux t'assurer qu'il fait fortune.

— Oh ça, je veux bien te croire. Très bon choix d'emplacement en plus, avec tous ces touristes qui viennent visiter le Tower Bridge.

Je remontai mes genoux contre ma poitrine et repris une cuillerée de ma délicieuse crème glacée.

J'avais envie de parler avec Harry de ce qu'il avait dit plus tôt chez Jules, d'éclaircir cette histoire d'année sabbatique loin des femmes qu'il aurait apparemment prise pour pouvoir être totalement disponible pour moi lorsque j'avais tant besoin de lui.

Après avoir fini ma glace, je baissai ma main pour prendre la sienne et entrelaçai mes doigts avec les siens. Même s'il serra doucement ma main, il ne sembla pas vraiment remarquer mon geste et continua de son autre main à taper énergiquement un mail sur son téléphone.

Tout à coup, il bondit comme si quelque chose venait de le brûler. Sa main lâcha la mienne qui retomba mollement sur le banc.

— Merde, je dois filer, j'ai rendez-vous avec *Silver Linings*, le magazine qui est intéressé par le blog. Ça ne te dérange pas de rentrer toute seule ?

Je lui fis signe que non.

Harry me tendit alors le reste de sa crème glacée, m'embrassa hâtivement sur la joue et partit en courant sans vraiment regarder où il allait. Un peu plus loin, il percuta de plein fouet une grande et belle femme rousse. Elle bascula en arrière, mais, Harry ayant d'excellents reflexes, il la rattrapa avant qu'elle ne tombe et la remit sur ses pieds avec une grande délicatesse.

Inévitablement, ils commencèrent à discuter. Je ne pouvais entendre ce qu'ils se disaient mais je voyais bien que les mains de Harry étaient toujours posées sur ses bras. A voir comme elle entourait ses mèches de cheveux le long de ses doigts et balançait sa tête en arrière en riant, il était évident qu'il lui faisait son numéro de charme. Et effectivement, trente secondes seulement après l'avoir rencontré, la belle rousse lui donna son numéro.

Les paroles de Samantha résonnaient en moi. « S'il

voulait être avec toi, il serait avec toi. » Le regarder ainsi flirter avec cette femme si naturellement et sans aucune retenue cimenta cette idée dans mon esprit. Il ne me voyait pas comme ça, ne l'avait jamais fait et ne le ferait jamais.

Harry me fit un stupide signe de victoire en tendant vers moi ses deux pouces levés tandis que la femme fouillait dans son sac, et je lui répondis en faisant le même geste. Quand ils eurent enfin échangé leurs coordonnées, Harry l'embrassa sur la joue, exactement comme il l'avait fait avec moi quelques secondes plus tôt, et il reprit sa course.

La rousse et moi le regardâmes s'éloigner puis nos regards se croisèrent quand il disparut de notre vue.

Le visage de la femme était radieux et reflétait une expression de bonheur total. Je ne sais pas bien à quoi ressemblait le mien, mais de toute évidence il ne devait pas être aussi chaleureux car elle fit un pas en arrière avant de s'éloigner à son tour.

J'étais toute nue dans ma chambre quand j'entendis ma porte d'entrée s'ouvrir violemment. Lorsque Harry m'avait quittée quelques heures plus tôt, j'avais décidé de m'offrir un petit moment de shopping-thérapie pour me remonter le moral et m'étais acheté une robe totalement extravagante, impossible à porter, ainsi qu'une paire de chaussures à talons ridiculement haut perchés. Je m'apprêtais à les essayer quand je m'étais rendu compte que mes sous-vêtements n'iraient pas avec la tenue. Je les avais donc retirés et en choisissais de nouveaux quand les pas pressés de Harry résonnèrent dans l'escalier.

— Suzie ! hurla-t-il.

Je claquai la porte de ma chambre et plongeai sur mon lit au moment où il arrivait à l'étage.

— Où es-tu ?

— Dans ma chambre. Attends une seconde. Je suis toute nue, lui répondis-je d'un ton suppliant.

Mais Harry déboula dans la pièce, une main posée sur ses yeux.

— Harry !

— Je suis désolé, ça ne peut pas attendre.

— Il va bien falloir, pourtant, lui dis-je fermement.

Harry se retourna et attrapa mon peignoir, accroché au portemanteau derrière ma porte. Les yeux bien fermés, il me le tendit et je l'enfilai rapidement.

— OK, qu'y a-t-il de si urgent ? lui demandai-je.

Harry ouvrit un œil puis, rassuré de me voir couverte, ouvrit le deuxième. Il vint vers moi et me saisit par les bras. Son sourire était si éclatant et ses yeux si écarquillés que je me demandai tout à coup s'il ne venait pas de prendre des champignons hallucinogènes.

— Suzie, ouah, je ne sais même pas par où commencer.

Oh non, s'il vous plaît, faites que ce ne soit pas une nouvelle histoire de femme. Le voir ce matin avec cette grande rousse m'avait causé assez de peine pour aujourd'hui…

— Commence donc par le début, lui répondis-je en passant mes mains autour de sa taille — apparemment, il n'avait pas l'intention de me laisser me dégager de sitôt.

— La vidéo de ma demande en pyjama vache a plus de deux millions de vues sur YouTube.

— Nom de Dieu…, murmurai-je.

— Et ce n'est qu'un début. Il y a maintenant presque trente mille lecteurs qui suivent le blog.

Voilà qui expliquait la multitude d'appels aujourd'hui.

— Tu devrais t'asseoir pour écouter la suite, me dit-il en me poussant doucement vers le lit et en posant ses mains sur mes épaules.

Mais il sembla changer subitement d'avis.

— Non, en fait, je pense qu'il vaut mieux que tu

restes debout, ajouta-t-il, surexcité, en me remettant sur mes pieds.

— Bon, Harry, dis-moi de quoi il s'agit.

— J'ai eu une petite discussion avec les gens du magazine aujourd'hui…

Je sentis les fondations de mon monde s'effondrer.

— Tu pars, c'est ça ? Le magazine veut que tu quittes ton job et que tu bosses pour eux ? lui demandai-je en sentant la panique me gagner.

Il quitta un instant son état de folie passagère, et m'embrassa sur le front si affectueusement que j'eus peur que mon cœur ne bondisse hors de ma poitrine.

— Non, ce n'est pas ça. Ils nous font une offre. Tu ne vas pas le croire. Je n'y arrive pas moi-même. En fait, je n'arrive pas à croire que j'aie réellement réussi à les convaincre.

— Harry, pour l'amour du ciel, de quoi parles-tu ?

— Ils m'ont demandé si je savais où allait me mener cette histoire de propositions et je leur ai dit que je voulais te faire découvrir le monde entier — que je voulais t'emmener dans tous les paradis qu'il recèle et te demander en mariage dans les endroits les plus beaux, les plus déserts, les plus fous, les plus extrêmes. Ils étaient intéressés, très intéressés même, je l'ai vite compris. Et tout à coup, je me suis surpris en train de leur dire que j'avais une réunion avec le *Daily Mail* un peu plus tard ce même après-midi et qu'ils réfléchissaient à l'idée de faire de mon blog un article quotidien. Je ne sais pas pourquoi j'ai dit ça, mais ça a marché. Suzie, ils m'ont offert exactement ce dont je venais de leur parler.

Harry sortit un papier froissé de sa poche et me le tendit. Je le lus. Puis le relus. Les mots dansaient devant mes yeux.

— Est-ce que c'est bien ce que je crois ? dis-je en levant les yeux vers lui.

Il déglutit.

— Deux billets pour faire le tour du monde. Nous partons vendredi.

Je m'assis lourdement sur le lit en relisant les mots.

— C'est une blague.

— Pas du tout. Ils veulent l'exclusivité. Ils m'ont autorisé à écrire une dernière fois sur notre site pour prévenir nos lecteurs et leur dire où est-ce qu'ils pourront continuer à lire le blog. Ensuite j'écrirai pour *Silver Linings*, ils mettront mon blog chaque jour sur leur site Internet, et une sélection des « meilleurs moments » sera publiée dans leur magazine papier hebdomadaire ainsi que les photos que nous voudrons poster. J'ai aussi négocié avec eux le fait que chaque billet paru sur le blog aura des liens qui renverront vers notre site avec nos coordonnées. Donc ça va aussi faire un sacré coup de pub à ta société.

— A notre société, rectifiai-je.

Il fit un geste de la main pour me montrer que cela n'avait aucune importance. Je repris :

— Harry, nous ne pouvons pas partir, notre société commence à peine à marcher. Nous avons travaillé si dur pour en arriver là. Nous devons être présents pour nos clients.

— Tu as besoin de vacances, et ce n'est que pour trois mois — quatre-vingt-dix jours en tout et pour tout. Nous pourrons gérer les mails depuis nos téléphones et emporter nos ordinateurs portables avec nous. J'en ai déjà parlé à Jules et, comme elle reste à la maison avec Bella, elle m'a dit qu'elle serait heureuse de répondre aux coups de téléphone des clients et de nous faire des récapitulatifs par mail. Nous pouvons organiser tout ça avec elle avant de partir et Badger a dit qu'il serait plus que ravi de filer un coup de main lui aussi.

Je le regardai puis relus le contrat que je tenais toujours à la main.

— Suzie, tu dois dire oui.

— Alors… oui.

Harry poussa un cri de joie semblable à celui d'un enfant, me releva et, me serrant fort contre lui, commença à nous faire tournoyer si vite que je ne pouvais presque plus respirer. Je riais aux éclats. Le tour du monde. Hormis quelques virées familiales en Espagne et en France, je n'avais jamais quitté l'Angleterre. Je n'avais même jamais pris l'avion.

Le téléphone sonna dans le bureau, mais pour une fois je décidai de l'ignorer.

— Harry, attends, attends, arrête de me faire valser comme ça, j'ai la tête qui tourne.

Harry ralentit puis arrêta son mouvement, me stabilisant contre lui tandis que je vacillais un peu.

— Où allons-nous en premier ? As-tu un itinéraire ? Qu'est-ce que je dois emporter ? lui demandai-je, sentant une multitude de questions affluer.

— Je dois régler pas mal de détails avec Sunlounger, l'agence de voyages qui travaille avec le magazine et qui va s'occuper de tout ça. J'ai rendez-vous avec eux demain. Il y a aura pas mal de choses planifiées mais on va laisser aussi de la place à l'improvisation. Mais je peux déjà te dire que nous irons en Australie.

Mon cœur s'emballa instantanément.

— Harry, j'ai toujours rêvé d'y aller ! Ça a l'air si beau !

Il sourit.

— Je sais. J'ai pas mal insisté pour le mettre sur notre liste. Mais avant, nous volerons vers les îles Galápagos.

— Mais ce voyage va coûter tellement cher…

— J'aimerais beaucoup te dire que c'est moi qui te l'offre, mais en réalité c'est *Silver Linings* et Sunlounger qui prennent tout en charge. Beaucoup de choses vont être gratuites, et ils vont bénéficier de pas mal de remises de la part des hôtels et des compagnies aériennes qui seront cités dans le magazine.

— Mais pourquoi ?

— Pour deux millions de raisons. Deux millions de gens ont regardé notre demande en pyjama vache, et ce sont donc deux millions de gens qui vont potentiellement lire le site et acheter le magazine de *Silver Linings* pour suivre notre aventure.

Je n'y comprenais rien.

— Harry, est-ce que nous allons vraiment faire ça ?

Il acquiesça.

Je criai de joie et me jetai à son cou.

— Eh bien, voilà la réaction que j'espérais, dit-il en me serrant fort contre lui.

Chapitre 8

Blog des presque fiancés.

Jour 7 : La proposition « plaque bleue ».

Lieu : Hyde Park.

Mes chers lecteurs, avant de vous raconter cette nouvelle demande, je dois vous dire que l'histoire, notre histoire, celle qu'on écrit avec un grand H me passionne — ses anecdotes croustillantes, ses ragots, ses complots, son obscénité et son glamour. Savoir qui couchait avec qui, fouiller le passé, c'est finalement un peu comme lire un exemplaire de *Voici* : il y pullule les mêmes perfidies, trahisons, assassinats et affaires sordides. Suzie en est elle aussi très friande — elle ne veut pas le reconnaître mais chaque fois que je lui raconte une petite bribe d'histoire, je vois ses yeux s'illuminer comme ceux d'une gamine dans un magasin de bonbons.

Londres est une ville qui transpire l'histoire. En arpentant ses rues, immergés dans une foule de femmes en tailleur et d'hommes en costume, on voit passer des bus rouges et des taxis noirs, on remonte de grandes avenues bordées de hauts immeubles de bureaux et, tout à coup, au coin d'une rue — bien au-delà de la vision des employés de bureau qui passent devant chaque jour —, on peut se retrouver nez à nez avec un petit bout de la vieille muraille de la ville, construite près de deux mille ans auparavant.

Ou d'une manière totalement inattendue devant un des endroits où Charles Dickens a vécu, où il a écrit quelques-uns de ses célèbres romans, il y a presque deux cents ans.

C'est dans ce genre de situation qu'on remercie l'inventeur génial de ces plaques bleues, car sans elles, comment pourrions-nous soupçonner que se cachent là des vestiges du passé ?

Un jour, avec Suzie, nous sommes tombés sur une plaque qui concernait Ian Fleming. Je peux vous assurer qu'elle, qui est totalement fan de James Bond et qui a lu et relu tous ses romans, était absolument ravie de découvrir où ce grand auteur avait vécu.

Tout ça pour vous dire qu'une nouvelle idée de proposition avait germé dans mon cerveau…

Aujourd'hui, après notre journée de travail, j'ai donc remis à Suzie une carte sur laquelle j'avais indiqué d'une croix l'emplacement de quelques-unes des plaques bleues les plus intéressantes de Londres.

Suzie fut évidemment très enthousiaste à l'idée de cette balade et nous partîmes arpenter les rues de Londres, aussi excités que deux gamins lors d'une chasse au trésor. Chaque fois que nous découvrions une plaque bleue, Suzie hurlait de joie comme si nous avions trouvé un lingot d'or. Winston Churchill, Sherlock Holmes dans Baker Street, ou encore ma préférée, qui est aussi maintenant celle de Suzie, et qui porte l'inscription suivante :

« Jacob von Hogflume, 1864-1909,
inventeur du voyage dans le temps,
a vécu ici en 2189. »

Notre petit périple nous mena jusque dans Hyde Park, un de nos lieux de prédilection, à Suzie et moi. Après avoir marché sous les grands arbres nus, parmi les perce-neige et les crocus qui annoncent la proche arrivée du printemps, nous arrivâmes bientôt face à ce banc sur lequel nous avons l'habitude de nous asseoir. Une plaque bleue, que Suzie n'avait encore jamais remarquée, était accrochée dessus. Elle disait :

« C'est ici, sur ce banc, le 17 février,
que Harry demanda la main de Suzie. »

Vous savez maintenant combien j'aime voir Suzie sourire… Savez-vous que c'est même l'une des choses que je préfère au monde ? Eh bien, mes très chers lecteurs, je peux vous dire que l'expression de surprise et de joie que je vis apparaître sur son visage était à la hauteur de toutes mes espérances.

Maintenant, il faut que je vous prévienne d'une chose. Ceci est le dernier billet qui sera publié sur le site laproposition.com. La prochaine fois que vous viendrez faire un tour ici, ne soyez donc pas surpris d'être automatiquement redirigés vers mon nouveau blog, qui sera mis en ligne sur le site du magazine *Silver Linings*. Ne vous inquiétez pas, vous continuerez à recevoir les notifications de mise à jour. Tout ça pour vous dire, même si la plupart d'entre vous le savent déjà grâce à notre page d'actu, que notre aventure des « Cent propositions » va devenir internationale. Et que Suzie et moi nous envolerons donc vers les îles Galápagos dans trois jours ! Il ne nous reste qu'à faire nos valises, ce qui, je le sens, ne va pas être si simple que ça…

Blog des presque fiancés.

Jour 9 : La proposition « sous-vêtements ».

Lieu : Chambre de Suzie.

Comme je vous le disais avant-hier, Suzie et moi partons demain pour les îles Galápagos, et voyagerons ensuite pendant quatre-vingt-dix jours à travers le monde entier. Il y a tant de choses à voir que je pense que cela va être une véritable course contre la montre. Et comme nous allons nous rendre dans des endroits très différents, faire nos valises s'est vite révélé un véritable casse-tête.

Pour limiter les dégâts — l'ensemble de ce que Suzie voulait emporter tenait dans pas moins de cinq valises —, j'ai dû fixer une règle, une seule. Et je l'ai prévenue que je serais inflexible.

Elle pouvait emporter UN modèle de chaque sorte de vêtement. Cela me semblait une idée sensée et équitable.

Un jean, un haut chic, un pantalon élégant, un treillis, une paire de chaussures de randonnée, une paire de sandales noires plates brillantes — qui iraient avec tout —, une robe, un short, une veste, un T-shirt à manches longues, un sweat à capuche, un cardigan, un chapeau, une écharpe, une paire de gants, un maillot de bain une pièce et un bikini. Apparemment un bikini ne compte pas comme un maillot de bain, donc, malgré la faiblesse de cet argument, j'ai décidé de fermer les yeux pour cette fois car l'article est vraiment minuscule.

Mais chaque fois que je tournais le dos, je voyais bien que Suzie glissait furtivement des choses dans les coins de sa valise et cachait des vêtements sous ceux que je venais de valider. Bon prince, je fis comme si je n'avais rien remarqué et lui laissai de nombreuses fois l'occasion de tricher.

Enfin, elle pensa aux sous-vêtements. Ce n'était pas trop tôt... J'attendais ce moment avec une grande impatience.

Alors qu'elle réfléchissait devant le tiroir de sa commode, je lui tendis une boîte qui contenait toute une collection de petites culottes. Avec la photo de mon visage et les mots « Veux-tu m'épouser ? » imprimés sur chacune. En les regardant, elle fut prise d'un fou rire qui dura une bonne dizaine de minutes.

Mais elle m'avoua rapidement que, aussi cool soient ces culottes, elle allait probablement choisir d'emporter sa propre lingerie. Quand je voulus savoir quelles étaient ses raisons, elle éclata de nouveau de rire et me répondit que si elle rencontrait un autre homme et qu'ils passaient aux choses sérieuses, découvrir mon visage en la déshabillant risquait de le mettre rapidement hors circuit.

Voilà justement pourquoi je pensais que c'était primordial de les emporter.

Sur ce, nous avons eu une belle dispute.

Suzie m'a accusé de faire deux poids deux mesures et m'a demandé pourquoi je pouvais, moi, passer chaque nuit avec une femme différente et pas elle. J'ai alors émis l'hypothèse que c'était peut-être tout simplement parce qu'elle n'était pas gay.

Mais elle me répondit qu'elle était sûre que pendant notre périple une femme allait m'attendre dans chaque port et qu'elle se retrouverait à poireauter toute seule dans les hôtels comme une pauvre cruche seule au monde.

Je ne pense pas que le sujet des relations avec d'autres hommes et femmes soit fréquemment abordé par les autres presque fiancés.

Ce fut donc un point de départ plutôt original pour ces vacances qui s'annonçaient elles aussi pour le moins pittoresques…

Une fois installée dans l'avion, je jetai un coup d'œil à Harry. Il était de l'autre côté de l'allée, deux rangées devant moi, et flirtait allègrement avec l'hôtesse de l'air. La cabine était pleine de gens qui s'installaient et s'affairaient en tous sens avant le décollage, mais cette dernière ne semblait avoir d'attention que pour lui.

J'avais été réellement enthousiaste à l'idée de cette aventure, mais mon excitation était rapidement retombée au cours de la semaine qui avait précédé notre départ. Entre toute notre organisation et les derniers préparatifs, Harry avait quand même trouvé le temps de sortir trois fois avec Kate, la belle rousse. Apparemment, les parties de jambes en l'air avec elle étaient tout à fait extraordinaires. Bien sûr, j'étais morte de jalousie. Et l'inquiétude de savoir comment Harry se comporterait pendant nos vacances avait aussi pointé le bout de son nez. Aussi, quand il avait décidé d'organiser notre itinéraire autour du monde de manière à croiser une de ses ex, Chloé, avec qui il était resté ami et qui vivait maintenant à New York, ça avait été le pompon.

Je savais que je ne pouvais pas exiger de lui qu'il reste célibataire pendant ces trois mois autour du monde. Il l'avait déjà fait pendant plus d'une année autour de la maladie et de la mort de Jack. Mais je n'avais vraiment pas envie de me retrouver toute seule dans un pays étranger. Et l'idée de sortir avec un autre homme était pratiquement inconcevable. J'étais un cas désespéré en ce qui concernait la drague et totalement lamentable en matière de flirt et de séduction. Dans les rares occasions où les hommes m'abordaient, j'étais si embarrassée et devenais tellement maladroite qu'ils abandonnaient immédiatement.

En même temps, cela pouvait être l'occasion de m'entraîner un peu, justement... Et si Harry se le permettait, je ne voyais vraiment pas pourquoi je me serais gênée.

Déterminée à tester dans les plus brefs délais mes techniques de drague, je me tournai vers l'inconnu assis à côté de moi. A ma grande déception, je découvris un petit homme chauve qui transpirait abondamment et qui était en train de s'éponger le front avec un mouchoir en satin rose. En baissant les yeux, je vis qu'il serrait la main de son voisin de droite, entièrement vêtu de noir et portant une boucle d'oreille en forme de dragon.

Je fis un tour d'horizon pour voir s'il y avait quelqu'un dans les environs avec qui je pourrais éventuellement flirter. Mais il n'y avait que des couples épanouis et heureux. Des couples en lune de miel, des couples d'âge moyen et même des couples de personnes âgées qui avaient probablement passé toute leur vie ensemble.

J'étais seule. Comme une âme en peine.

Soudain l'avion commença à bouger et j'agrippai les accoudoirs de mon siège comme si ma vie en dépendait.

Une autre de mes angoisses. Je n'avais encore jamais pris l'avion et, au beau milieu des préparatifs hystériques de ces derniers jours, j'avais soudain découvert que j'étais en fait très anxieuse à l'idée de m'envoler pour la première fois. Et encore, anxieuse était un euphémisme. A la seule pensée du décollage, mon estomac se retournait et mon cœur s'emballait. Dans mes pires cauchemars, je voyais notre avion exploser, se crasher dans la mer, s'écraser contre un autre avion, ou pire : être détourné par des extraterrestres.

Alors la seule chose qui aurait pu m'aider, là tout de suite, aurait été que Harry vienne s'asseoir à côté de moi, me prenne la main et me change les idées. Au lieu de quoi il était toujours là-bas à draguer cette hôtesse comme si elle était la seule femme qui existait sur terre.

Cela dit, je ne lui avais pas parlé de ma nouvelle phobie. Je n'avais pas du tout envie qu'il sache que j'étais tétanisée de peur. Ce vol allait durer treize heures jusqu'à Miami, puis nous en prendrions un nouveau qui durerait deux heures environ jusqu'à l'aéroport de Guayaquil en Equateur. Et enfin nous ferions un nouveau voyage de deux heures dans un petit avion jusqu'à l'île de Baltra.

La journée s'annonçait longue, très longue.

Je jetai un nouveau coup d'œil à Harry. L'hôtesse de l'air lui montrait maintenant comment attacher sa ceinture. Comme s'il avait besoin d'aide…

Tout à coup, l'avion nous secoua un peu en roulant sur la piste et ce seul mouvement suffit à faire resurgir mes angoisses.

Jules m'avait conseillé de prendre des somnifères. Selon elle, ils me plongeraient dans un doux sommeil et me permettraient de me réveiller de l'autre côté de la terre, fraîche, reposée, sans même avoir remarqué que treize heures s'étaient écoulées.

Qu'à cela ne tienne, j'avalai deux comprimés avec une gorgée d'eau, fermai les yeux et guettai les premiers effets du calmant. Je me concentrai sur les annonces de l'équipage, les discussions, le bruit de l'avion… Puis tout se fondit en un grand silence blanc.

J'entendis vaguement le rugissement des moteurs, je perçus le tangage de l'avion quand il décolla et mes oreilles qui se bouchèrent tandis que nous nous élevions dans les airs. Nous étions maintenant à environ mille mètres de la terre. J'avais fait des recherches sur Internet ces derniers jours. Cela faisait une sacrée distance à parcourir en chute libre jusqu'au sol.

Mais j'étais soulagée de constater que les somnifères semblaient déjà faire leur effet. Les dernières images qui me traversèrent l'esprit, tandis que je me laissais aller dans les bras de Morphée, furent celles de morceaux de métal fondu transformés en boules de feu qui s'écrasaient dans la mer comme des météorites…

… Je me réveillai en sentant l'avion s'agiter sous mon siège. J'ouvris brusquement les yeux, prise de panique. Par le hublot, des suites de bâtiments défilaient rapidement et je compris que nous avions atterri. Oh que ma tête était lourde… Mes yeux se refermèrent immédiatement, et je replongeai dans de sombres abîmes. Quand je repris conscience, je remarquai que ma tête était posée sur le torse de l'homme assis sur le siège voisin du mien. Un filet de ma bave mouillait sa chemise. Ma main reposait sur son entrejambe.

J'essayai brusquement de me redresser mais l'homme m'en empêcha, en passant son bras autour de mes épaules.

— Doucement, dit-il d'une voix qui ressemblait à celle de Harry. Prends le temps de te réveiller.

Je levai les yeux vers lui et découvris que c'était bien Harry qui me regardait.

— Mais tu n'es pas l'homme chauve, réussis-je à articuler malgré ma terrible gueule de bois.

— Je ne l'étais pas la dernière fois que j'ai vérifié, non, me répondit-il en passant sa main dans ses cheveux.

— Mais…

Je regardai autour de nous dans un état de totale confusion. L'homme avec la boucle d'oreille en forme de dragon avait lui aussi disparu. A sa place était assis un jeune homme en costume.

— Nous avons échangé nos places, m'expliqua Harry.

— Oh.

Je me détendis un instant avant de me souvenir que j'étais toujours en colère contre lui. Pourtant, maintenant que sa main caressait tendrement mes cheveux, tout cela ne me semblait plus si important.

— Est-ce qu'on est arrivés à Miami ? lui demandai-je.

— Oui.

Je devais absolument faire quelque chose contre cette trace de bave avant que nous descendions de l'avion. Discrètement, j'essayai de frotter la tache sur la chemise de Harry quand je remarquai tout à coup une énorme tête de mort sur mon annulaire. Je levai les yeux vers lui.

— Quoi ? me demanda-t-il en prenant un air innocent.

J'agitai mon doigt péniblement. La bague pesait une tonne.

— Oh ça… Nous nous sommes fiancés, me dit-il en souriant fièrement.

— Pendant que je dormais ?

— Oui. C'était même une sacrée proposition, je peux te le dire, incroyablement mise en scène. Je suis tout à fait désolé que tu l'aies manquée.

— Et j'ai dit oui ? lui demandai-je, interloquée.

— Eh bien non, pas à proprement parler. Mais l'homme chauve qui était à côté de toi a bougé ton visage inerte et tout le monde dans l'avion a pris ce mouvement de tête pour un oui en bonne et due forme.

— Tout le monde dans l'avion ?

— Oui, ç'a été un véritable show. Mais ne t'en fais pas, je l'ai filmé avec mon téléphone, je te le montrerai plus tard.

Je baissai les yeux pour regarder la bague et souris de nouveau. J'aimais assez l'idée d'être fiancée avec Harry, même si cela n'avait bien sûr rien de comparable avec un véritable engagement.

— Je sais que la bague n'est pas tout à fait ton style

mais c'est un cadeau qu'on nous a fait, me dit Harry en me montrant du doigt le siège où était assis l'homme à la boucle d'oreille en forme de dragon.

— Je l'adore, dis-je en le pensant sincèrement.

Tout symbole de notre engagement, aussi hideux soit-il, me plaisait.

Je reportai mon attention sur cette fichue tache de bave et Harry me regarda tandis que j'essayais de la nettoyer. Je rougis.

— J'ai bavé sur ta chemise.

— J'avais remarqué. Ce n'est pas bien grave, me répondit-il avec un sourire en coin.

Je fermai les yeux et me laissai aller contre lui.

— Je t'aime, Harry, lui dis-je, le cerveau encore totalement embrumé.

Je sentis son corps se raidir immédiatement.

Merde, merde, merde.

Je levai les yeux vers lui ; les siens reflétaient au choix l'horreur ou le choc anaphylactique.

— Enfin, pas dans ce sens-là… Je veux dire, tu sais bien que ce ne sera jamais dans ce sens-là, ajoutai-je d'un ton faussement décontracté.

Il ne me lâchait pas des yeux.

Par miracle, c'est à ce moment que le bouton lumineux des ceintures de sécurité s'éteignit. Tous les passagers bondirent de leur siège, ouvrirent les compartiments pour reprendre leurs bagages à main puis se bousculèrent dans l'allée centrale vers la sortie. Je me relevai moi aussi tant bien que mal. Mes jambes ne fonctionnaient pas tout à fait comme je l'aurais souhaité.

Laissant passer quelques passagers entre Harry et moi, je remontai lentement l'allée et essayai d'apaiser mes joues en feu. Je me sentais tellement fatiguée… Jules et moi ne devions pas avoir la même définition des mots « fraîche et reposée ». J'avais l'impression qu'il ne me faudrait pas moins d'une bonne centaine d'années de sommeil pour récupérer toutes mes facultés, mentales et physiques. Quand j'arrivai enfin au bout de la passerelle, je laissai les passagers tourner vers la gauche pour aller récupérer leurs bagages et passer le contrôle des passeports. Quant à moi, je trouvai un petit banc sur la droite, loin de la vue des autres voyageurs qui débarquaient, pour m'asseoir un instant.

Une fois assise, je me frottai le visage pour essayer de me réveiller. Je n'avais pas la moindre envie de passer pour une droguée au contrôle des passeports.

— Il me semble que je t'avais dit de ne pas prendre de somnifères, me dit Harry en surgissant de nulle part.

Il me tendit une bouteille de d'eau.

— Combien as-tu pris de comprimés ?

— Seulement deux, lui répondis-je d'une petite voix penaude.

— Bon sang, Suzie ! me sermonna-t-il en s'agenouillant devant moi. On est censé en prendre un seul. Pas étonnant que tu aies été dans les vapes si longtemps.

Il sonda mon regard avec inquiétude.

— Je vais bien, lui dis-je en repoussant la main qu'il posait sur mon front.

— Est-ce que tu peux marcher ?

— Evidemment que je peux marcher.

Je me relevai d'un coup mais mes jambes me trahirent et je vacillai.

— Tu crois que les autorités américaines vont trouver ça louche ? lui demandai-je en grimaçant.

Harry soupira et enfila son sac à dos.

— Voilà ce que je te propose..., me dit-il en me soulevant du sol et me prenant dans ses bras comme si je ne pesais pas plus lourd qu'une plume.

Il se mit à marcher d'un pas déterminé vers le poste de contrôle des passeports.

— Et ça, ça ne risque pas de paraître encore plus louche ? lui dis-je en riant.

— Je ne vois pas ce que tu veux dire, nous sommes deux jeunes mariés en lune de miel. Maintenant, joue le jeu et regarde-moi comme si tu étais folle de moi.

Encore une fois, voilà qui était totalement dans mes cordes.

Je passai mes bras autour de sa nuque et fourrai mon nez dans le creux de son cou. Mon Dieu, que cet homme sentait bon…

— Et voilà, madame Forbes, me murmura Harry à l'oreille.

Au contact de son souffle chaud sur ma peau, je sentis mon ventre vibrer de désir.

— Bonsoir monsieur, auriez-vous l'obligeance s'il vous plaît de bien vouloir poser votre amie au sol un instant ? nous dit l'agent tandis que nous arrivions au poste de contrôle.

— Vous voulez dire ma femme, rectifia Harry sans sourciller. Nous sommes en voyage de noces, et j'ai promis de la porter dans mes bras à l'entrée de chaque pays que nous allions visiter.

Je jetai un coup d'œil à l'agent. Il n'avait pas du tout l'air d'humeur à plaisanter.

Harry me laissa glisser au sol et me maintint fermement serrée contre lui.

L'homme nous observa, regarda attentivement nos passeports puis nous regarda de nouveau.

— Jeunes mariés, vous dites, hein ?

J'acquiesçai d'un air heureux. Oh là là. Et s'il nous posait des questions sur le mariage ? Allait-il trouver suspect que nous ne portions pas d'alliances ? Ne devrions-nous pas avoir sur nous un certificat de mariage ? Celui-ci était-il d'ailleurs obligatoire ? Et s'il découvrait que tout cela n'était qu'un énorme mensonge ? Allaient-ils nous jeter en prison pour fraude ?

L'homme nous sourit et nous rendit nos passeports.

— Bienvenue aux Etats-Unis.

Je laissai échapper un soupir de soulagement qui attira de nouveau l'attention de l'agent sur moi.

Harry me poussa vers la sortie, sa main fermement posée sur mon épaule.

— Hé, monsieur ! cria l'homme derrière nous.

Mon cœur recommença à cogner violemment dans ma poitrine.

Nous nous retournâmes, affichant tous les deux un sourire figé.

— Tous mes vœux de bonheur ! nous dit-il d'un ton enjoué.

— Merci, lui répondis-je nerveusement.

Harry ne me laissa pas le temps d'en dire plus et m'emmena avant que je ne tombe littéralement à genoux et avoue notre mensonge.

Quelques mètres plus loin, nous nous retrouvâmes enfin dans le hall de l'aéroport…

Blog des presque fiancés.

Jour 10 : La proposition en altitude.

Lieu : A des milliers de mètres au-dessus de l'Atlantique.

Ça y est, nous sommes à Miami. Nous avons maintenant une demi-heure à attendre avant de pouvoir prendre notre vol pour l'Equateur, puis nous embarquerons dans un petit avion pour nous rendre aux îles Galápagos. Je profite donc de ce temps libre pour vous faire un rapide compte rendu de ma dernière proposition.

Pour pouvoir faire cette nouvelle demande à Suzie, je me suis arrangé avec l'une des hôtesses de l'air de notre vol qui m'a permis d'utiliser l'Interphone. J'ai commencé par diffuser la chanson de Bruno Mars, *Marry You*, sur laquelle je m'apprêtais à chanter chacune des paroles avec ferveur, debout devant tous les passagers. Mais ce qui s'est passé en réalité, chers lecteurs, était au-delà de toutes mes espérances…

Pour commencer, dès le départ de la chanson, tous les membres de l'équipage se sont joints à moi pour faire les choristes. Pendant le refrain, ils frappaient même dans leurs mains en rythme avec la musique.

Au deuxième couplet, ce sont carrément tous les passagers de l'avion qui ont commencé à nous accompagner. Cela a été sans aucun doute l'une des expériences les plus réjouissantes de toute ma vie. Sans mentir, j'avais la chair de poule tandis que je remontais l'allée principale pour aller faire ma demande à Suzie.

Bon, malheureusement, celle-ci a dormi pendant l'intégralité de la proposition.

Mais, porté par la foule, je lui ai quand même fait ma demande et, avec l'aide de l'homme qui était assis à côté d'elle et qui lui a fait bouger la tête pour acquiescer, je crois qu'on peut considérer qu'elle a dit oui.

Quand elle s'est finalement réveillée et qu'elle a compris, en voyant sur son annulaire la bague tête de mort qu'on nous avait gracieusement offerte, qu'elle était maintenant fiancée, elle l'a très bien pris.

Cependant, je ne m'emballe pas. Un oui mimé et inconscient est loin d'être celui que je rêve d'obtenir. La partie est donc loin d'être gagnée.

PS : Si vous voulez jeter un coup d'œil à cette folle demande en altitude, cliquez sur ce lien !

*
* *

Les heures suivantes furent confuses et un peu floues, faites de brouhahas d'aéroports, de nouveaux embarquements, de multiples contrôles de passeport, de tapis roulants pour récupérer les bagages et enfin d'un interminable voyage en taxi. J'étais si fatiguée que cela en était ridicule. Je n'aurais pu dire si c'était toujours dû aux somnifères ou si je devais mettre mon épuisement sur le compte de ce très long voyage.

Il faisait sombre dehors, et je devinais au calme qui régnait alentour qu'il était tard dans la nuit ou alors très tôt le matin.

De mes yeux endormis, je distinguai un port où de nombreux bateaux blancs tanguaient doucement sur l'eau. Nous arrivâmes devant le nôtre, sur lequel était inscrit *The Star*. Harry m'aida à y monter, puis un homme tout de blanc vêtu nous guida jusqu'à notre cabine.

Celle-ci était petite mais bien agencée, avec des murs crème et un lit qui avait l'air plus que confortable. Par une grande fenêtre, je vis que les étoiles brillaient dans le ciel nocturne. Je m'effondrai sur la couche et m'adossai contre les oreillers pour contempler le reflet du clair de lune sur la mer.

— Je n'arrive pas à croire que nous soyons ici, sur les îles Galápagos. Ça semble tellement surréaliste, dis-je en sentant mes paupières s'alourdir de nouveau.

— Moi, je n'arrive pas à croire que nous soyons arrivés dans l'un des plus beaux endroits du monde et que tu ne penses qu'à dormir, marmonna Harry.

Je bâillai. Même s'il faisait semblant d'être énervé, j'avais bien saisi la pointe de tendresse dans sa voix.

— Ç'a été une journée plutôt chargée. Je te rappelle que je me suis fiancée aujourd'hui. Et même mariée !

— D'ailleurs, à propos de notre nuit de noces…

J'ouvris un œil et vit Harry retirer sa chemise. Bon sang ! Cet homme ne devrait pas avoir le droit de porter des vêtements. J'aimais ses bras, si robustes et rassurants. Quand il retira son jean, je ne pus résister et soulevai la tête pour ne pas perdre une miette du spectacle. Mmm… Ce petit boxer serré, ces cuisses fermes et musclées…

En relevant les yeux, je me rendis compte qu'il me regardait.

Il avança lentement vers moi avec la démarche d'un fauve et s'assit au bout du lit, à côté de mes pieds. Je pouffai quand il me jeta un regard de prédateur, comme s'il s'apprêtait à me faire faire des choses perverses et vicieuses.

— Alors, est-ce que tu es prête ? demanda-t-il.

Je fermai les yeux, toujours somnolente.

— Bien sûr, dis-je, mais je te préviens, je suis insatiable. Ça va durer jusqu'au bout de la nuit.

Je sentis ses mains se poser autour de mon visage et levai les yeux vers lui tandis qu'il se penchait sur moi.

— Vraiment ? J'en doute, parce que tu as plutôt l'air épuisée.

Je refermai les yeux. Le marchand de sable était là. Si je me laissais aller ne serait-ce qu'une seconde, il m'emporterait avec lui.

— Je prends juste cinq petites minutes pour dormir et après je serai toute à toi.

Harry se mit à râler d'un air dramatique.

— Voilà exactement ce dont rêve un mari le soir de sa nuit de noces. Découvrir qu'il est si bon au lit que sa jeune épouse s'endort en pleine action.

— Si tu veux, je peux laisser échapper quelques légers ohh et ahh en cours de route pour que tu te sentes plus à l'aise.

— Ça serait sympa, oui.

— Ohhhhh, Harry. C'est si bon !

— Suzie, je n'ai pas encore commencé.

Je le sentis quitter le lit puis me retirer mes chaussures et mes chaussettes.

— Préviens-moi quand ce sera le bon moment, marmonnai-je.

— J'ose espérer que tu t'en rendras compte par toi-même.

— Je veux dire, au cas où je raterais le coche, lui répondis-je en souriant.

Il me lança un regard noir et je refermai les yeux, consciente du fait que je ne les rouvrirais pas avant plusieurs heures.

Je sentis ma respiration s'apaiser et, juste au moment où j'allais sombrer dans un profond sommeil, j'entendis Harry ajouter quelque chose.

— Crois-moi, Suzie, avec moi ça ne risquerait pas de t'arriver…

Je m'assis sur le lit et regardai les vagues d'un bleu irisé. Le soleil miroitait sur l'eau et je ne me souvenais pas avoir senti depuis de nombreux mois en Angleterre une chaleur semblable à celle qui régnait à l'extérieur.

J'engloutis à toute allure le petit déjeuner que Harry m'avait laissé sur un plateau, près du lit. J'étais morte de faim, et les œufs, les toasts, les croissants et la confiture furent plus que bienvenus.

Il y avait un mot sur le plateau. Harry me disait de me changer et, en découvrant la combinaison de plongée rose qui était accrochée derrière la porte, je compris que c'était cette tenue qu'il me fallait enfiler.

Je m'habillai donc rapidement, maudissant la combinaison qui, ultra-moulante au niveau du ventre et très détendue à l'entrejambe, était à peu près aussi seyante qu'une grande couche de bébé.

Je quittai la cabine et rejoignis le pont en courant. Mon état comateux de la veille m'avait empêchée de remarquer à quel point notre yacht était beau. De petits canapés bleus, des chaises longues et des transats étaient disposés partout sur le pont supérieur, et le sol était recouvert de gazon artificiel pour donner à l'ensemble une allure de jardin tranquille.

Des voix à l'arrière du bateau attirèrent mon attention et je descendis quelques marches pour rejoindre le pont principal. Une douzaine de personnes se pressaient là, toutes en train de se préparer pour plonger, avec masques, tubas ou bouteilles.

Je bondis de joie intérieurement. J'avais fait beaucoup de plongée sous-marine quelques années auparavant — il existait de magnifiques épaves le long de la côte anglaise et j'en avais exploré la plupart, à diverses profondeurs. Mais plonger en Grande-Bretagne exigeait de porter des tenues très chaudes : maillots de corps en Thermolactyl et combinaison de plongée par-dessus, le tout donnant une silhouette à peu près comparable à celle du bonhomme Michelin. Plonger ici devait offrir de vraies sensations de légèreté et de liberté, ainsi qu'une visibilité exceptionnelle. Je n'avais jamais plongé dans des eaux chaudes jusqu'alors. La formation que j'avais suivie en piscine ne comptait pas, je me doutais bien que je verrais aujourd'hui des choses autrement plus excitantes que de vieux pansements ou des amas de cheveux.

Je trouvai Harry en train de discuter avec un membre de l'équipage. Il était magnifique dans cette combinaison tout en Néoprène noir qui lui moulait le corps comme une seconde peau. Elle était légèrement ouverte sur son torse et le soleil jouait sur sa peau lisse.

Je le rejoignis après avoir salué quelques passagers. Il n'interrompit pas sa conversation mais passa son bras autour de mes épaules pour m'inclure dedans.

Puis il me présenta notre instructeur de plongée, Elias, qui était tout simplement sublime — une peau couleur caramel et d'éblouissants yeux verts aux reflets dorés. Il portait sa combinaison nouée à la taille et son torse était délicieusement bronzé. Il était évidemment plus petit que Harry, tout le monde l'était, mais il était très musclé — ces années passées à porter le lourd matériel de plongée avaient dessiné sur son corps des lignes que jamais quelques séances de musculation dans un club ne pourraient offrir. Quand Elias serra ma main, je sentis une décharge physique me traverser. Je vis ses yeux s'assombrirent tandis qu'il me tenait toujours la main. Il l'avait sentie lui aussi.

Toutes les pensées qui me vinrent soudain à l'esprit — les flashs d'Elias et moi apprenant à mieux nous connaître, seuls au monde sur une petite île paradisiaque… — s'évanouirent à la seconde même où Harry annonça à Elias que j'étais sa petite amie.

Elias lâcha ma main comme s'il venait de se brûler.

— Désolé, on m'avait dit que vous n'étiez que des amis, dit Elias avec un irrésistible accent espagnol.

Je ne comprenais pas bien ce qui venait de se passer. Certes, nous avions parfois dû tricher sur notre véritable relation ces derniers jours, mentant à Franck pour pouvoir voler en montgolfière dans des délais on ne peut plus courts, et aux autorités américaines la veille. Mais je n'étais pas sûre de bien comprendre quel pouvait être notre intérêt à mentir ici et maintenant.

Harry m'attira plus près de lui et m'enlaça comme si je lui appartenais. Le message qu'il envoyait à Elias était on ne peut plus clair et je fus surprise qu'il ne fasse pas pipi sur ma jambe pour finir de marquer son territoire. Soit. Si Harry avait envie de montrer que nous étions ensemble, il suffisait de le demander… Me sentant soudain d'humeur audacieuse et stupide, je fis courir ma main le long du dos de Harry et lui claquai fermement les fesses. Manifestement choqué, il se dégagea et me dévisagea d'un air incrédule. Je levai un sourcil, le mettant au défi d'oser protester. Elias changea habilement de sujet et commença à nous parler de notre sortie en mer. Il ne s'adressait plus qu'à Harry, n'osant même plus croiser mon regard.

Apparemment, notre parcours de plongée était sur le site d'une ancienne activité volcanique qui avait laissé dans la mer des crevasses, des récifs et des murs rocheux où se trouvaient de nombreux spécimens de la faune et de la flore sous-marine.

Je trépignai d'impatience.

Elias nous quitta pour aider les autres passagers à s'équiper et je jetai un coup d'œil panoramique à la baie dans laquelle nous voguions. Nous étions trop loin en mer pour pouvoir apprécier la beauté des îles Galápagos et j'espérais que nous en aurions la possibilité plus tard. Le bateau glissait sur une eau tranquille d'un bleu indigo, ne laissant derrière lui qu'un sillon délicat. Vues d'ici, les collines vertes avaient l'aspect d'une chaîne de sommets vallonnés formant un large cercle autour de nous.

Harry me fit pivoter vers lui et posa les mains sur mes épaules. J'adorai quand il me regardait comme ça, comme si j'étais la seule femme au monde. Je décidai d'ignorer la petite voix dans ma tête qui me disait qu'il regardait toutes les femmes de cette façon. Il haussa un sourcil.

— Quoi ? lui demandai-je en tentant de cacher un petit sourire satisfait.

— Rien, j'ai juste été un peu surpris par cette claque sur mes fesses.

Je haussai les épaules.

— Et moi par la mise à jour du statut de notre relation.

Harry ne sembla pas une seconde décontenancé par ma réponse et baissa la voix pour me chuchoter la sienne à l'oreille. Je sentis mes jambes devenir toutes molles tandis que son souffle chaud parcourait ma nuque :

— Les gens sont plus enclins à nous aider pour les propositions quand ils croient que tout cela est authentique.

Il n'avait pas tort, mais j'étais malgré tout un peu contrariée qu'il ait effarouché le seul homme qui m'avait regardée depuis ces deux dernières années.

— Rien à voir donc avec le fait qu'Elias soit beau comme un dieu ?

Je rougis alors qu'Elias passait derrière Harry à ce moment précis et attrapait un masque pour l'un des autres passagers.

Harry fit mine de ne pas remarquer ma soudaine bouffée de chaleur.

— Tu as bien dormi ? me demanda-t-il en changeant de sujet.

— Comme un loir.

— Rien de tellement surprenant vu notre performance sexuelle.

Je lui souris tendrement.

— Cela a sûrement été génial pour toi, chéri, mais en ce qui me concerne, cela n'a vraiment pas chamboulé le cours de ma vie.

Je vis qu'Elias souriait en s'éloignant, mais apparemment rien ne semblait atteindre Harry, même pas une basse attaque sur sa virilité, car il me répondit en souriant lui aussi :

— J'essaierai de faire mieux ce soir, mon amour.

Je n'eus pas le temps de trouver de brillante repartie car le bateau s'arrêta brusquement et, instinctivement, Harry me retint pour m'empêcher de basculer par-dessus bord.

L'activité s'intensifia tout à coup autour de nous.

Tandis que tout le monde achevait de se préparer, je tirai maladroitement sur mes sangles et ma ceinture de poids, trouvai un masque à ma taille et luttai pour enfiler mes palmes. De son côté, Harry finissait de s'équiper avec une aisance et un naturel que j'étais loin de posséder.

Je mis le détendeur dans ma bouche pour le tester et m'assurer que ma bouteille était bien ouverte et que l'air circulait bien. Ce qui était le cas. Visiblement pas convaincu par mon contrôle, Harry saisit mon détendeur, le mit dans sa bouche et respira profondément en me regardant. Il y avait quelque chose d'incroyablement intime à le voir ainsi tenir dans sa bouche quelque chose que j'avais dans la mienne quelques secondes plus tôt.

— Rassuré ? lui demandai-je, forcée de me pencher sur lui puisqu'il tirait sur mon détendeur.

Il me le rendit en acquiesçant.

Six d'entre nous allaient plonger, le reste des passagers resterait à la surface avec des masques et des tubas. Nous devions nous mettre par deux et nous surveiller mutuellement. Elias, lui, nagerait parmi nous six et nous indiquerait les endroits à ne pas manquer.

Je fis un pas de géant et sautai dans la mer, Harry juste derrière moi. L'eau était fraîche mais pas froide. Les autres plongèrent à notre suite. Une fois que nous fûmes tous prêts, nous nous laissâmes couler au milieu des vagues.

L'eau était claire comme du cristal et cette visibilité nous permettait de voir à des kilomètres dans toutes les directions. Des récifs de coraux et des formations rocheuses parsemaient le lit de sable fin à une dizaine de mètres en dessous de nous. L'eau était pleine de vie ; une multitude de poissons y grouillait, de toutes les tailles et de toutes les couleurs.

Soudain, quelque chose de grand et d'argenté passa furtivement dans mon champ de vision et je me tournai pour regarder de quoi il s'agissait. Je découvris avec joie deux otaries qui jouaient et cabriolaient dans l'eau. Je les observai jusqu'à sentir qu'on me donnait un coup de coude. Je vis alors que Harry m'attendait patiemment, les autres plongeurs étant déjà partis avec Elias vers une plus grande partie de récif.

Harry resta à mes côtés tandis que nous avancions lentement pour les rejoindre. Les poissons nageaient entre nous, imperturbables, mais chaque fois que j'essayais de les toucher ils se déplaçaient pour se mettre hors de ma portée.

Nous atteignîmes un long mur rocheux. Les couleurs des végétaux, des coraux et des poissons qui nageaient autour étaient incroyables. Je ne sais pas pourquoi j'avais imaginé que tout serait bleu, mais c'était du rouge, du vert, du doré, de l'orangé, du blanc et de l'argenté qui miroitaient et scintillaient dans cette eau si limpide. Harry me montra du doigt quelque chose par-dessus mon épaule et je me retournai pour voir arriver vers nous une gigantesque raie manta. Elle battait de ses grandes ailes comme une sorte d'oiseau géant. Alors qu'elle arrivait au sommet du récif, des centaines de minuscules poissons nagèrent vers elle pour manger les algues et les parasites sur sa peau. Ce site était connu comme étant une station de nettoyage, et Elias nous avait dit qu'il espérait pouvoir nous montrer ce spectacle merveilleux.

Harry me poussa de nouveau et je le vis descendre vers les profondeurs. Sachant qu'il y aurait encore plus de vie sous-marine à l'ombre du récif, je laissai l'air de mon gilet stabilisateur s'échapper et le suivis en faisant attention de ne pas soulever de sable en touchant le fond.

Je constatai que les autres plongeurs s'éloignaient mais Harry regardait quelque chose dans une petite crevasse au fond du récif. Il me chercha des yeux et, me trouvant à son côté, me prit la main et m'attira près de lui. Là, caché dans l'ombre, un minuscule hippocampe agitait furieusement ses petites nageoires pour se déplacer dans l'eau. Mon cœur se remplit de bonheur. Je voulus le toucher, mais il avait l'air si petit et fragile que je changeai vite d'avis de peur de le briser.

Prenant subitement conscience que nous l'avions malgré nous pris au piège et qu'il devait sans doute être terrifié, je fis signe à Harry qu'il était temps de nous éloigner, et nous laissâmes derrière nous le petit cheval marin.

Au-delà du récif, la bande de sable fin s'étendait à perte de vue dans le bleu profond, où nous pouvions voir onduler de larges ombres. L'une d'elles se rapprochait. J'attendis pour voir s'il s'agissait d'une nouvelle raie ou d'un lion de mer, mais, quand la forme sortit enfin de l'obscurité, je poussai un cri de joie dans mon détendeur. Un requin-marteau nageait vers nous. C'était la plus magnifique des visions… Sa queue le propulsait silencieusement dans l'eau. Je n'en croyais pas mes yeux. De tous les animaux dont Elias nous avait parlé, le requin-marteau était celui que j'avais le plus envie de voir.

Harry apparut tout à coup devant moi et fit mine de me protéger, comme si le requin-marteau était en réalité un grand requin blanc. Il n'y avait aucun danger, Elias nous l'avait bien répété, mais apparemment Harry ne voulait prendre aucun risque.

Je jetai un coup d'œil au-delà de mon scrupuleux garde du corps. Le requin-marteau nagea vers nous puis, d'un dernier coup de queue, disparut hors de notre vue.

Au vu de la quantité de bulles qui s'échappaient de son détendeur, je compris que Harry respirait trop fort. Il se retourna pour me regarder et je tendis mes deux pouces levés vers lui pour lui montrer combien j'étais heureuse de notre rencontre avec cet habitant des fonds marins. Comme il n'avait pas l'air convaincu, je lui fis signe de se calmer un peu, espérant ainsi qu'il retrouve un souffle plus lent.

Il se remit en route en longeant le mur rocheux mais resta pendant tout ce temps entre les fonds marins et moi. Je jetai discrètement un coup d'œil à son manomètre pendant que nous nagions — il lui restait plus d'une centaine de bars, ce qui nous laissait encore beaucoup de temps pour évoluer à cette profondeur.

Tout à coup, j'aperçus Elias, droit devant nous. Ses palmes vertes et brillantes étaient presque lumineuses dans l'eau. Il nous attendait, voulant s'assurer que tout allait bien. Je lui fis le signe « OK » de la main, et il nous indiqua quelque chose un peu plus loin sur le mur. Harry hocha la tête et nous le suivîmes dans cette direction. Des tiges d'algues de couleur vive remuaient délicatement dans l'eau, comme parcourues par la brise, et les poissons ne cessaient de danser autour de nous, nous escortant tout le long de notre balade. Au détour du mur rocheux, je vis que deux des autres plongeurs étaient en train de prendre en photo une immense tortue. Les yeux de celle-ci affichaient une grande prudence, mais elle passa tranquillement devant nous puis s'éloigna du récif avant de disparaître dans le bleu profond.

De toutes les plongées que j'avais eu la chance de faire, celle-ci était vraiment la plus belle — il y avait tant de vie, tant de couleurs. Je n'aurais pu rêver mieux.

Harry me poussa de nouveau du coude et je regardai autour de nous pour voir sur quelle nouvelle créature merveilleuse nous allions tomber.

Il s'écarta sur le côté et je souris alors. Sur un tableau blanc accroché au récif, les mots « Veux-tu m'épouser ? » étaient écrits avec des coquillages. Quand je me retournai vers Harry, je le découvris, plus bas, un genou à terre au fond de la mer.

Je descendis en nageant et me postai face à lui, tout à fait consciente que les autres plongeurs qui prenaient la tortue en photo un peu plus tôt étaient maintenant en train de nous mitrailler.

Puis je retirai rapidement mon détendeur de ma bouche

et l'embrassai sur la joue. Lui aussi, à son tour, afficha un immense sourire.

Confortablement installée sur un transat à l'ombre de l'auvent, je me laissai bercer par le balancement du bateau et commençai à répondre à nos mails. Je n'avais été déconnectée du boulot qu'une seule journée — le temps du voyage — mais nous avions déjà reçu cinquante-six demandes de renseignements. Malgré cette soudaine surcharge de travail, j'étais la femme la plus heureuse du monde. Je n'arrivais pas à me rappeler la dernière fois où je m'étais sentie aussi bien. J'étais sur un luxueux yacht qui voguait sur les eaux turquoise et cristallines des îles Galápagos, en vacances avec mon meilleur ami, et je venais tout juste d'être demandée en mariage, entourée de requins-marteaux, de tortues géantes, de raies manta et d'hippocampes. Mon visage était presque douloureux tellement j'avais souri. Je me fis la réflexion que rien ne pourrait venir gâcher mon bonheur. Rien.

Mais soudain, un petit rire stupide et ridiculement girly vint interrompre le cours de mes rêveries. Je serrai les dents. Non, rien ne parviendrait à me faire redescendre de mon petit nuage aujourd'hui. Je décidai d'ignorer ce minuscule couac et de ne pas le laisser abîmer mon état de parfait nirvana. Mais un nouveau ricanement suivi du rire grave de Harry retentit, et je levai les yeux de mon ordinateur portable.

Harry était en train de discuter avec une sorte de Barbie blonde allongée sur un transat. Assis à côté d'elle, il se penchait pour regarder les photos qu'elle lui montrait sur son smartphone. Ils étaient si proches l'un de l'autre que toutes les parties de leurs corps — des genoux aux épaules — étaient en contact. De nouveau elle éclata de rire et le poussa du coude d'un air taquin.

Je refermai mon ordinateur et rentrai à l'intérieur. Harry me regarda partir, mais je ne lui jetai pas un regard. Il faisait frais dans le bar et l'équipage était en train de préparer un buffet de viandes froides, de légumes grillés, de riz, de pâtes et de fruits frais. J'attrapai une assiette, la remplis et trouvai un canapé pour m'asseoir.

J'avais la bouche pleine de poulet lorsque je sentis une ombre planer sur moi. Je soupirai. Je n'avais vraiment pas envie de discuter avec Harry pour le moment. Mais, en relevant la tête, j'eus la surprise de découvrir Elias.

J'avalai rapidement mon poulet.

— Puis-je me joindre à toi, Sooouzie ?

J'aimais beaucoup la façon dont mon nom sonnait dans sa bouche. Il y avait comme des *o* supplémentaires, et ça rendait mon nom très doux et très chantant. Sooouzie. Sans parler de cet accent terriblement sexy.

Je lui montrai du doigt la place libre à côté de moi.

Il me regarda de ses profonds yeux verts et j'eus l'impression qu'il pouvait lire dans mon esprit. Je me demandai ce qu'il allait penser de mes rêveries inopportunes à son sujet.

— Je ne devrais sûrement pas te dire ça, mais je n'aime pas beaucoup ton fiancé, me dit-il de but en blanc.

— Harry ? Et pourquoi donc ?

Voilà qui était surprenant. Tout le monde aimait Harry — surtout les femmes, évidemment. Il se faisait toujours des amis partout où il allait avec une facilité déconcertante et était chaleureux et attentionné avec quiconque lui adressait la parole.

— Il est là-bas dehors, en train de parler à une autre femme alors que tu es ici toute seule. Et je vois bien de quelle manière il la regarde. La plupart des hommes adoptent ce genre d'attitude avec les femmes. Mais a priori, dans un couple qui vient juste de se fiancer, l'homme se comporte comme ça avec sa future épouse, pas avec une femme qu'il vient tout juste de rencontrer.

— Oh.

Je ne pouvais pas mentir plus longtemps à cet homme si bienveillant, ni lui laisser penser que Harry était un tel salaud — même si je n'appréciais pas non plus qu'il discute avec Barbie, il ne faisait quand même rien de mal.

— Elias, en réalité nous ne sommes pas fiancés. Nous ne sommes même pas ensemble, lui dis-je en fouillant dans mon sac et en lui tendant notre carte de visite. Nous organisons des demandes en mariage. C'est notre travail. Nous faisons ce voyage pour tenter de découvrir quelle pourrait être la proposition idéale. En fait, ce qui s'est passé aujourd'hui fait partie de notre programme.

Elias me dévisagea et j'eus comme l'impression de l'avoir déçu. Je continuai à me justifier.

— Je suis désolée que nous t'ayons menti, nous ne voulions absolument pas être désobligeants. Harry trouve seulement qu'il est plus facile de dire aux gens que nous sommes en couple. Sinon toutes ces demandes sembleraient bizarres.

— Mais tu dors dans son lit…, me dit-il en fronçant les sourcils.

— Oui, mais nous ne sommes que des amis. Rien ne s'est jamais passé entre nous et rien ne se passera jamais, d'ailleurs.

Il m'observa. Ses yeux étaient stupéfiants et je ne pus m'empêcher de baisser le regard sur ses lèvres roses et charnues. J'avais subitement très envie de les effleurer du bout des doigts, ou mieux, de les toucher de mes propres lèvres.

Mais qu'est-ce qui clochait chez moi ? Cela faisait-il si longtemps que je n'avais pas fait l'amour pour envisager de tomber dans les bras du premier homme qui me souriait ?

J'étais amoureuse de Harry. Et même si le fait d'être avec lui — ou plutôt pas avec lui — quasiment tous les jours était incroyablement frustrant sexuellement parlant, en aucun cas cela ne pouvait légitimer le fait que je veuille sauter dans le lit de n'importe quel beau gosse. Cela dit, il fallait reconnaître qu'Elias était bien plus qu'un simple beau gosse. Il était renversant. Il continuait d'ailleurs à me regarder et je me sentais magnifique sous son regard.

— Je pense que j'aime encore moins Harry maintenant, me dit-il en continuant de me dévisager.

— Pourquoi ?

— Parce qu'il partage le lit de sa sublime amie sans lui faire l'amour et qu'il préfère coucher avec des créatures frivoles qui ne signifient rien pour lui. C'est un mec très superficiel, non ? Il ne sait pas ce qu'est la véritable beauté et il ne comprend pas à quel point l'amitié est précieuse.

Ma bouche était sèche et je passai ma langue sur mes dents pour trouver un peu d'humidité. J'étais ridiculement flattée de ce qu'Elias venait de me dire, pourtant je tentai de trouver les mots pour défendre Harry et lui expliquer qui il était vraiment.

— Je parie que les femmes se jettent tout le temps sur toi aussi. Celles qui viennent passer des vacances dans des endroits aussi merveilleux que celui-ci, qui rencontrent quelqu'un comme toi et qui rêvent d'une histoire légère. J'imagine que tu as dû coucher avec beaucoup de femmes ces dernières années. Je ne peux pas vous le reprocher, ni à toi ni à Harry. Si les beaux mecs se jetaient constamment sur moi, je pense que j'aurais beaucoup de mal à dire non. Surtout si on garde toujours l'espoir de rencontrer un jour la bonne personne. J'imagine que c'est dur de trouver l'amour si on ne le cherche pas.

— Tu crois que Harry cherche la femme de sa vie en faisant ça ? me demanda-t-il d'un ton dubitatif.

— J'espère bien. Mon frère était pareil que lui. Il

couchait à droite, à gauche avec tout un tas de femmes. Et puis un jour il a rencontré Jules et il n'y a plus eu personne d'autre après elle.

— Et toi ? Tu couches aussi avec des tonnes de mecs ?

J'éclatai de rire.

— Non, je pourrais compter sur les doigts de ma main le nombre de types avec qui j'ai couché.

Ouah, voilà qui était un peu embarrassant. Pourquoi diable avais-je jugé utile de lui donner cette information ? Mais il y avait quelque chose chez cet homme qui me donnait envie d'être sincère avec lui. Je poursuivis :

— Mais je crois que je n'ai jamais eu autant d'opportunités que Harry et toi.

— Alors il faut croire que les Anglais sont de véritables imbéciles s'ils ne sont pas capables de t'apprécier à ta juste valeur.

Il dégagea tendrement une mèche de cheveux qui tombait sur mon visage — oh là là — puis reprit :

— Et en ce qui concerne les opportunités qui se présentent à moi, oui c'est vrai, j'admets que j'ai été avec quelques femmes qui se sont, comme tu dis, jetées sur moi. Mais même si elles me sont tombées dans les bras, cela ne veut pas dire que c'est moi qui suis venu les chercher.

Je souris tandis qu'il marquait une pause.

— J'ai été marié pendant dix ans. Ma femme est morte il y a trois ans et je n'ai été avec personne depuis.

— Oh Elias, je suis tellement désolée. Je sais ce que ça fait de perdre quelqu'un qu'on aime profondément.

Il me sourit d'un air triste.

— Je sais. Le chagrin dans le regard ne s'en va jamais vraiment. C'était ton frère ?

J'en eus le souffle coupé.

— Comment le sais-tu ?

— Perdre un ami de longue date, son frère ou son

amour, ce n'est pas pareil. Cela ne laisse pas les mêmes traces, on porte les cicatrices d'une autre manière, même si la douleur que l'on ressent est la même. Elle ne nous quitte jamais vraiment, on arrive seulement un peu mieux à vivre avec.

Je regardai longuement cet homme en me retenant d'éclater en sanglots sur son épaule. Il savait. Il comprenait.

— Je suis désolé, je ne voulais pas te rendre triste. Peut-être que j'ai mal jugé Harry… Pour avoir une amie aussi incroyable que toi, il doit gagner à être connu, lui aussi.

Il se pencha vers moi et déposa un baiser sur mon front.

— Je ferais mieux d'y aller, j'ai encore beaucoup de travail.

Il se leva, prit ma main entre les siennes et ajouta :

— Parfois on attend que les rêves deviennent réalité, mais le plus souvent ils doivent rester des fantasmes. Dans le monde réel, il y a des choses ou des gens qui peuvent vous rendre plus heureux que n'importe lesquels de vos rêves, même les plus fous… Tu ne devrais pas attendre plus longtemps, jolie Sooouzie.

Il embrassa ma main, plongea son regard brûlant dans le mien puis s'éloigna.

Je baissai les yeux et contemplai mon assiette pleine de nourriture. Je n'avais plus tellement faim…

Chapitre 9

Nous voguâmes tout l'après-midi d'île en île, pour découvrir l'incroyable richesse de la faune et de la flore. D'ordinaire, les gens prenaient plutôt une semaine, voire plus, pour explorer ces lieux. Mais Harry et moi n'avions qu'une journée pour faire ce circuit. Le lendemain, nous prenions notre vol pour Mexico. L'un de nos guides s'était porté volontaire pour nous organiser une visite éclair de l'archipel et avait sélectionné pour nous « les choses à ne pas manquer ».

A Punta Espinoza, nous vîmes des fous à pieds bleus, des iguanes et d'incroyables manchots. J'avais toujours pensé que les manchots vivaient dans les endroits froids, je fus donc émerveillée et surprise de les voir évoluer sur le sable fin de ce paradis tropical. Puis nous fîmes un saut à Puerto Ayora pour admirer la lente déambulation des tortues géantes entre les arbres. Notre petit bateau était rapide et, tout en longeant l'impressionnant littoral et en explorant les criques, notre guide essayait de nous donner le maximum d'informations et de nous montrer le plus de choses possible dans le temps qui nous était imparti. Quand le soleil commença à descendre dans la mer, laissant sur les flots des sillons flamboyants, nous fîmes un dernier arrêt à la Pointe Cormoran pour voir les flamants roses. Leur plumage d'un rose éclatant se reflétait sur l'eau tandis qu'ils pataugeaient gracieusement dans les marais. L'image était saisissante de beauté.

L'obscurité commençait tout juste à tomber quand notre bateau reprit la mer pour rejoindre *The Star*, notre yacht. Je m'assis pour regarder les vagues qui s'assombrissaient en même temps que le ciel. Harry, qui avait dû prendre plus d'une centaine de photos depuis le début de la journée, finit par venir s'asseoir à mon côté, passa son bras autour de ma taille et m'attira contre lui.

Je le regardai dans les yeux.

— Alors, est-ce que tu es heureuse ? me demanda-t-il tendrement.

J'acquiesçai et me laissai aller contre lui.

— Très. Je me rends seulement compte maintenant à quel point j'étais sur les nerfs… Et pour la première fois depuis longtemps, je me sens vraiment détendue.

— Voilà une très bonne nouvelle. Je dois t'avouer que te voir sourire aujourd'hui a été pour moi un réel bonheur.

Notre petit bateau se rapprochait du yacht et j'aperçus tout à coup Barbie, dans une tenue ultra-moulante, penchée par-dessus le garde-corps. Elle faisait de grands signes à Harry, sans se rendre compte que ses seins étaient eux aussi sur le point de passer par-dessus bord. Harry lui répondit d'un geste de la main.

— Mais si, en plus de tout ça, tu pouvais cesser de draguer tout ce qui bouge, alors oui, ma vie serait on ne peut plus parfaite, ne pus-je m'empêcher d'ajouter d'un ton plein de reproches.

Harry s'écarta de moi.

— Qu'est-ce que tu veux dire exactement ?

Et bim, voilà, nous étions au fond du panier. Encerclés par les crabes qui nous attaquaient de tous les côtés.

— Eh bien, que tu pars en vacances avec moi mais que tu discutes et que tu sors avec tout un tas d'autres femmes.

Cela sonnait si mesquin… même moi je m'en rendais compte.

— Tu veux dire que je n'ai pas le droit de parler avec d'autres femmes que toi ?

Il était furieux. Il n'y avait plus dans sa voix aucune note d'humour, ni même une pointe de tendresse.

— C'est plutôt ce que tu envisages de faire avec elles ensuite qui me pose un problème…, continuai-je malgré moi.

— Et on peut savoir pourquoi ça te pose un problème ? Tu es jalouse ?

Je me levai d'un bond.

— Non, bien sûr que non.

Le bateau heurta l'arrière du yacht et, instinctivement, Harry me saisit le bras pour m'empêcher de tomber dans l'eau.

— Je pense juste que c'est… très puéril et superficiel de coucher avec une femme différente tous les soirs, lui répondis-je en me dégageant de son emprise.

Il se redressa et j'eus tout à coup l'impression d'être toute petite à côté de lui.

— Tu penses que je suis quelqu'un de superficiel ?

— Non, ce n'est pas ce que j'ai dit. Je pense que tu es quelqu'un de formidable. Mais je pense que ton comportement est superficiel, ce qui n'a rien à voir. De toute évidence, ces femmes ne signifient rien pour toi, donc je pense que tu ferais mieux d'en choisir une qui te rende heureux et dont tu te soucies réellement pour essayer de construire quelque chose avec elle plutôt que de continuer à goûter à chacun des petits-fours que le buffet te propose.

— Une comme toi, par exemple ?

Je montai à bord du yacht.

— Non, de toute évidence tu n'as pas l'air de ressentir ce genre de choses pour moi, je me trompe ?

Il baissa les yeux et frotta sa nuque de sa main. Il

ne répondit rien mais son attitude était suffisamment éloquente.

Quand enfin il releva la tête, voir ce démenti gravé si lisiblement sur son visage, alors qu'il essayait de trouver les mots pour le dire, fut aussi violent pour moi qu'un coup de poing dans l'estomac.

Je ravalai la boule qui était montée dans ma gorge et me mordis les lèvres pour tenter de réprimer des sanglots qui, je le sentais, étaient sur le point d'éclater.

— Bien sûr que non, ajoutai-je d'un ton pathétique, maudissant ma voix de me trahir dans un moment tel que celui-ci. Je veux dire, toi tu es… et moi je suis…

Je comparai d'un geste son magnifique corps avec le mien. Nous ne jouions pas tellement dans la même catégorie. Il s'approcha de moi mais je reculai et ajoutai :

— J'essaie simplement de te dire, Harry, que si tu es ici avec moi, alors tu devrais peut-être être vraiment avec moi et pas seulement venir me chercher quand tu te lasses de tes autres jouets. Ce n'est pas une question de jalousie, juste de politesse.

— J'ai été là pour toi toute l'année dernière, j'ai tout laissé tomber pour toi, et tout ça, là — il fit un grand geste vers le yacht et les îles —, c'est pour toi. Que veux-tu de plus ?

Je me détournai mais il m'attrapa par le bras et m'attira vers lui.

— Hé !

Surgissant de nulle part, Elias s'interposa entre nous deux.

— Lâche-la immédiatement, lança-t-il à Harry d'un ton menaçant.

Harry était vraiment plus grand et plus robuste que lui. Si ça dégénérait et qu'ils devaient se battre, cela ne durerait pas bien longtemps. Et ce ne serait sûrement pas en faveur d'Elias. Mais Harry lui obéit.

— Suzie, écoute...

Je voyais que Harry essayait à tout prix de garder son calme malgré Elias qui se tenait toujours entre lui et moi.

— Non, c'est toi qui vas m'écouter, Harry. Si je suis à ce point un fardeau pour toi, alors s'il te plaît, rends-moi service et va t'amuser avec Barbie ce soir. Je ne veux pas de toi dans ma chambre, alors que tu préférerais être n'importe où ailleurs. Et puis, tu sais quoi ? Demain, tu n'auras qu'à appeler *Silver Linings*, arrêter toute cette stupide mascarade et aller bosser pour cette grande entreprise qui t'a fait cette offre d'emploi si alléchante. Je ne voudrais surtout pas continuer à me mettre en travers de ton chemin.

Je partis en courant avant qu'il ne puisse voir mes larmes et éclatai en sanglots à peine arrivée sur le pas de la porte de la salle à manger. Au beau milieu de leur dîner, tous les passagers me dévisagèrent, étonnés. Je m'enfuis de l'autre côté du yacht et montai sur le pont supérieur qui était désert à cette heure-là.

Fermant les yeux, je poussai un profond soupir. J'étais si embarrassée de cet accès de colère sorti de nulle part.

La vérité était qu'en tant qu'amie, cela ne me dérangeait pas le moins du monde que Harry aille batifoler avec ces autres femmes. Quand Peri et moi partions en vacances ensemble, je trouvais ça plutôt drôle qu'elle passe chacune de ses nuits avec un homme différent alors que je les passais seule et tranquille dans ma chambre à dévorer les pages de mon roman. Non, ce qui me posait problème avec Harry, c'est que... *j'étais jalouse.* Je le voulais pour moi seule et je voulais qu'il ressente la même chose pour moi. Et la terrible réalité, c'était que ce n'était pas du tout le cas. Il ne serait jamais à moi.

*
* *

Il était près de minuit et j'étais assise comme une âme en peine sur le ponton de baignade situé à l'arrière du bateau. Nous avions jeté l'ancre au milieu de la baie de Darwin et les eaux, calmes et noires comme de l'encre, clapotaient doucement contre la coque du bateau. Je n'avais pas vu Harry de toute la soirée. Sûrement voulait-il me laisser respirer un peu… Si c'était ça, je lui en étais reconnaissante car je me demandais bien comment j'allais pouvoir justifier mon petit pétage de plombs… Mais peut-être était-il tout simplement avec Barbie, bien trop occupé à s'amuser avec elle pour penser à moi ne serait-ce qu'une seconde.

— Sooouzie, est-ce que ça va ?

Je me retournai et souris à Elias.

— Oui, oui, tout va bien, merci.

— Tu sais, ce type est un imbécile, me dit-il en venant se placer à côté de moi.

— Non, mais ça va, vraiment. En réalité, c'est moi qui suis rabat-joie, et assez pitoyable, même. Il a fait tant de choses pour moi, surtout depuis la mort de mon frère. Je ne peux pas lui reprocher de vouloir prendre un peu l'air. On ne peut pas dire que je sois vraiment de bonne compagnie en ce moment.

— Tu es loin d'être rabat-joie et encore moins pitoyable, Sooouzie, tu es la plus belle femme du monde.

Il fit courir ses doigts le long de mon bras et mon corps fut immédiatement parcouru de frissons.

— Viens te baigner avec moi, ajouta-t-il en retirant son T-shirt.

Le clair de lune satinait la peau de son torse et de ses bras.

— Maintenant ? dis-je d'une voix hésitante.

Il ôta son short, révélant un boxer noir très flatteur.

— Il faut profiter de chaque instant. La vie est faite

pour être vécue. Tu devrais le savoir aussi bien que moi. Et il n'y a rien de plus libérateur que de nager nu.

— Nager nu ? répétai-je d'une voix que j'aurais souhaitée nettement moins haut perchée.

Elias plongea gracieusement dans les eaux sombres et refit surface un peu plus loin, à quelques mètres du bateau. Un instant plus tard, son caleçon mouillé atterrit sur le ponton.

Je déglutis et jetai un coup d'œil alentour. Personne en vue. Tous les passagers s'étaient couchés afin d'être en pleine forme pour la suite du programme, le lendemain. Harry s'était sûrement lui aussi sagement mis au lit avec Barbie.

Ce fut l'argument décisif.

Je retirai mon débardeur et mon short, mais je n'étais tout de même pas assez culottée pour me mettre complètement nue. Puis je plongeai dans la mer pour rejoindre Elias.

L'eau était fraîche, maintenant que le soleil s'était couché, mais Elias avait raison : c'était vraiment libérateur. J'éclatai de rire.

Elias se rapprocha de moi.

— Tu as un rire magnifique, Sooouzie. Mais tu sais que tu profiterais encore plus de ce moment si tu te sentais complètement libre… C'est un sentiment si grisant de ne faire qu'un avec la mer.

Un peu mal à l'aise, même s'il ne pouvait pas vraiment me voir, je retirai mon soutien-gorge et l'envoyai sur le ponton. Elias me regarda en haussant un sourcil et, ne voulant pas paraître coincée, je me tortillai et retirai aussi ma culotte.

— Eh bien voilà, murmura-t-il en nageant vers moi.

Il posa ses mains sur ma taille et j'enroulai mes bras autour de sa nuque. La façon qu'il avait de me regarder était maintenant sans équivoque, ses intentions étaicnt on ne peut plus claires concernant notre programme de la nuit.

Me sentir désirée par un homme si beau et si doux était incroyablement flatteur... Harry ne voulait peut-être pas de moi, mais lui oui.

Elias m'embrassa et fit immédiatement tourner sa langue dans ma bouche à un rythme effréné, ce qui, je dois l'admettre, me choqua un tout petit peu. Mais une fois que je me fus habituée à l'urgence de son baiser, je trouvai ça plutôt agréable. Ses mains se promenaient sur tout mon corps. Elles s'arrêtèrent sur mes seins et il me fit reculer dans l'eau jusqu'à ce que je me retrouve appuyée contre le ponton.

— Nous sommes connectés, Sooouzie... Tu le sens aussi, n'est-ce pas ?

Il tendit la main par-dessus ma tête pour attraper son short, plus haut, fouilla dans les poches et en sortit un préservatif. Oh... C'était sans aucun doute la phase de préliminaires la plus courte de toute l'histoire des préliminaires. Tout au fond de moi, une petite voix se demanda pourquoi il se baladait avec un préservatif dans sa poche alors qu'il n'avait soi-disant rien d'un coureur de jupons. Mais tandis qu'il m'embrassait de nouveau, je découvris qu'en réalité je m'en moquais totalement. Si Harry batifolait à droite, à gauche, je ne voyais vraiment pas pourquoi je ne me l'autoriserais pas moi aussi. Je remarquai que la douleur d'être rejetée s'atténuait sensiblement lorsque quelqu'un d'autre vous désirait avec tant d'ardeur. Et quand Elias se serra contre moi, je constatai en effet à quel point celui-ci me désirait.

Alors qu'il attrapait mes jambes et les enroulait autour de ses hanches, je fermai les yeux et me laissai aller contre le ponton.

Mais était-ce vraiment normal si, à cet instant précis, la seule personne à qui je pensais était... Harry ?

Elias me raccompagna jusqu'à ma cabine, son bras autour de mes épaules pour me préserver de la fraîcheur de la nuit.

Je me penchai vers lui et l'embrassai sur la joue.

— Merci.

— Merci pour quoi, Sooouzie ?

— Pour ce soir. D'avoir été si adorable.

Il me sourit.

— C'est toi qui es adorable. Ç'a été un vrai plaisir de te rencontrer.

En entrant dans ma chambre, je découvris avec surprise que Harry était assis sur le lit et qu'il semblait m'attendre. Rien sur son visage ne me permettait de savoir dans quel état d'esprit il se trouvait.

— Ça va, tu t'es bien amusée ?

Son ton était glacial. Je fermai la porte derrière moi.

— Qu'est-ce que tu veux dire ?

— Avec Elias. Je te cherchais, je m'inquiétais pour toi. J'ai vite compris que je n'avais aucune raison de m'en faire quand je t'ai vue avec lui.

La colère m'envahit de nouveau.

— Et alors ? Tu as probablement passé la plus grande partie de ta soirée avec Barbie, je crois que tu es assez mal placé pour me faire la morale.

— J'ai passé toute ma soirée à t'attendre ici, après ton esclandre. Et je pense que j'ai le droit de te faire la morale, vu que le sujet de ta petite crise portait justement là-dessus : tu ne voulais pas que je te laisse toute seule pendant les vacances en allant coucher avec des femmes qui ne signifient rien pour moi.

Il me regarda durement et conclut :

— Par contre, toi, tu peux t'envoyer en l'air avec le premier mec que tu rencontres ?

— Et alors, quel effet ça te fait ? demandai-je d'un ton provocant.

— Ça me rend furieux de voir que tu fais deux poids deux mesures.

Je me frottai le visage. Je me sentais soudain très fatiguée.

— Mais pourquoi es-tu aussi agressif ? Toi-même tu n'arrêtes pas de me dire qu'il faut que je trouve quelqu'un…

— Certainement pas le premier type qui te drague avec un vulgaire sourire, dit-il entre ses dents.

— Mais pourquoi pas, justement ? Ce n'est pas ça que tu fais, toi ? Ah non, pardon ! Toi, ce sont elles qui te draguent. Avec leurs grosses poitrines affriolantes.

Il se leva et commença à faire les cent pas dans la pièce en inspirant bruyamment. Soudain, il se retourna et me fit face.

— Très bien, alors nous n'avons qu'à coucher avec autant d'hommes et de femmes que nous voulons pendant ces vacances. Nous n'avons qu'à faire nos trucs en privé et nous retrouver une fois par jour pour ces stupides demandes en mariage.

— Très bien, ça me semble parfait.

— Super.

— Super.

Nous nous regardâmes. C'était ridicule et nous le savions tous les deux pertinemment.

— Eh bien, maintenant nous ferions mieux de dormir un peu car nous devons nous lever dans cinq heures, lança Harry d'un ton cassant.

— OK.

— OK.

Je m'éloignai pour me changer et enfiler mon pyjama. Quand je me retournai, Harry s'était déjà mis au lit et me tournait le dos. Je me glissai à côté de lui et éteignis la lumière. Evidemment, je ne fermai pas l'œil de la nuit et je ne pense pas qu'il parvint, lui non plus, à trouver le sommeil.

Quand l'avion atterrit à Cancún, au Mexique, je sentis mon estomac se soulever. Le vol n'avait pas été des plus calmes. Nous avions traversé toutes les turbulences possibles et imaginables. Les hublots avaient tremblé pendant tout le voyage et, comme j'étais assise à côté des toilettes, j'avais en prime pu profiter du son rassurant du vent qui sifflait par la porte. C'est comme si l'avion avait été en papier. Pour finir ce voyage enchanteur, tandis que nous roulions sur la piste, la porte des toilettes s'était violemment ouverte et des effluves de produits chimiques et d'odeurs nauséabondes étaient venus emplir mes narines.

Harry et moi ne nous étions plus adressé la parole depuis notre dispute de la veille. Nous nous étions levés sans un mot et avions préparé nos valises comme de parfaits étrangers.

Toujours en silence, nous avions effectué un voyage en bateau jusqu'à l'île de Baltra, une course en taxi jusqu'à l'aéroport, un vol jusqu'en Equateur et enfin ce dernier vol jusqu'à Cancún. Je me rendais compte seulement maintenant que, si nous voulions découvrir le monde en quatre-vingt-dix jours, nous allions passer la plupart de notre temps dans les transports. Nous étions à la moitié de notre troisième jour de vacances et nous venions tout juste d'arriver à notre deuxième destination.

J'étais épuisée. Le manque de sommeil, tous ces trajets — sans oublier ce vol atroce —, c'était simple : j'étais au fond du gouffre.

Le trajet en taxi jusqu'à notre hôtel fut épouvantable. Notre chauffeur ne cessait de changer de direction, pilait brusquement aux feux rouges, parlait au téléphone, insultait à qui mieux mieux et criait sur tout le monde et sur personne… Et cela pendant une bonne heure au moins.

Assis à côté de moi, Harry se taisait, ne quittant à aucun moment la vitre du taxi des yeux.

Enfin nous arrivâmes à notre hôtel. Le hall en était

immense. Le sol en marbre blanc brillait de mille feux et se poursuivait au-dehors vers les plages de sable blanc et les eaux turquoise. Des rideaux blancs flottaient aux fenêtres. Même le comptoir de la réception était blanc. Tout était si lumineux… que cela me donna la migraine.

Alors que Harry se présentait à la réception, je l'entendis demander si par hasard il y avait une possibilité de changer notre réservation pour prendre des chambres séparées. Mais l'hôtel était complet en raison d'un mariage et je soupirai de soulagement. Nous devions régler cette situation au plus vite, certainement pas jeter davantage d'huile sur le feu.

L'ascenseur nous emmena vingt étages plus haut si rapidement que je sentis mes oreilles se boucher et mon estomac se soulever encore. Mais qu'est-ce qu'il m'arrivait aujourd'hui ? Je me sentais si exténuée, si faible…

La thématique du « tout blanc » continuait dans notre chambre et je découvris en y entrant le plus grand lit double que j'aie jamais vu. J'ouvris les portes donnant sur le balcon et laissai la brise chaude caresser mon visage. Mais cela ne fit disparaître ni ma fatigue ni ma nausée. Il n'y avait pourtant qu'un mot pour décrire ce que j'avais sous les yeux : paradisiaque. Des kilomètres de plage de sable blanc s'étiraient aussi loin que mes yeux pouvaient voir, parsemés de palmiers pareils à de gigantesques pâquerettes vertes. Les flots turquoise dansaient sous le soleil comme si des pierres précieuses avaient été immergées sous chacune des vagues.

— Je dois sortir, me dit Harry tout à coup.

Il parlait ! Je me retournai pour lui faire face mais il ne me regardait pas.

— Il faudrait que tu sois au bout de la plage à côté de la jetée à 2 heures précises. Ce n'est pas très loin, le trajet ne devrait pas te prendre plus de dix, quinze minutes maximum.

Je m'assis sur le lit — mon estomac tremblait et j'avais l'impression que j'allais tomber dans les pommes d'une minute à l'autre. Non, j'avais sûrement besoin de dormir un peu pour me remettre de cet horrible voyage, c'était tout. Après, je me sentirais mieux.

— Est-ce qu'on pourrait faire ça plus tard ? lui demandai-je.

— Non, tout est organisé à cet horaire.

— Alors est-ce que, exceptionnellement, tu pourrais la faire sans moi ? Je ne me sens vraiment pas bien.

— La faire sans toi ? Attends, Suzie, explique-moi comment je pourrai te demander en mariage si tu n'es pas là ?

Je vis qu'il serrait les poings. Je savais qu'il ne me ferait jamais aucun mal, mais il était de toute évidence toujours très contrarié et je venais assurément de retourner le couteau dans la plaie.

— Si tu ne veux même pas te donner la peine de participer à mes propositions, alors peut-être que nous ferions tout aussi bien de rentrer chez nous. Passe encore pour la demande dans l'avion, vu que tu étais dans les vapes…

— C'était à cause des somnifères, ce n'était pas vraiment ma faute et c'était une demande adorable, j'ai vu la vidéo. Je t'ai dit que j'étais désolée de l'avoir manquée, je ne vais quand même pas me prosterner devant toi toutes les dix minutes pour que tu m'accordes ton pardon.

— Si tu ne viens pas cet après-midi, je prendrai le prochain vol pour rentrer chez moi. Tu peux faire ce que tu veux, je m'en fous royalement, mais si le blog s'arrête, le financement de *Silver Linings* et de Sunlounger s'arrêtera lui aussi, donc j'imagine que tu n'auras pas tellement d'autres choix que de rentrer aussi.

Il avait raison. J'étais excessivement ingrate.

— Je serai là, lui dis-je finalement en soupirant.

Harry quitta la chambre en claquant la porte.

Je m'allongeai sur le lit, tout en prenant bien garde de garder les yeux ouverts pour ne pas tomber involontairement dans le sommeil. Bien que cela m'eût paru peu probable vu l'intensité de mes crampes d'estomac. Je pris quelques profondes inspirations pour tenter de calmer ma nausée, mais c'était peine perdue.

Je me levai d'un bond et courus dans la salle de bains pour vomir l'intégralité de ce que j'avais mangé au cours de toute ma vie — c'était un peu comme si on pressait mon estomac comme un tube de dentifrice. Et j'étais à peu près sûre d'avoir vomi mon foie ou peut-être même un de mes reins.

Lorsque enfin mon estomac parut totalement vidé, je m'allongeai sur le sol de la salle de bains et appuyai mon visage contre le carrelage frais. Il fallait que je me relève, je ne pouvais pas laisser tomber Harry. Mon estomac se remit à gargouiller. Allez, je serais debout dans une petite minute.

Tout à coup, j'entendis la porte de la chambre claquer — Harry était sans doute revenu pour chercher quelque chose qu'il avait oublié ou pour me sermonner de nouveau. S'il devait y avoir de nouveaux hurlements, j'aurais quand même préféré être debout. Mais je ne pouvais pas bouger, je ne pouvais même pas ouvrir les yeux. J'entendais maintenant que Harry me parlait ; il hurlait, même, mais je ne comprenais pas un traître mot de ce qu'il me racontait, un peu comme si j'avais la tête sous l'eau. Il passa son bras autour de mes épaules et me souleva, puis je me retrouvai allongée sur le lit.

Je sentis qu'on m'essuyait doucement le visage avec une serviette humide.

— Allez ma douce, ouvre les yeux et regarde-moi, me dit Harry d'un ton pressant.

Je fis ce qu'il me demandait, le regardant droit dans les yeux, et il soupira de soulagement.

J'aperçus l'horloge au mur, derrière son épaule, et eus un élan de panique.

— Quelle heure est-il ?

— 14 h 30.

— Oh non ! Non, non, non, non, m'écriai-je en tentant de me relever — mais il me força à rester allongée. Je suis tellement désolée, j'ai été malade. Oh ! il faut que tu me croies, je te promets que je n'avais pas l'intention de rater cette proposition, je suis vraiment désolée.

Comme je tremblais, Harry me couvrit avec la couverture.

— Tu es furieux ? lui demandai-je d'un ton penaud.

— Ah oui, j'étais furieux, oui. J'avais même prévu de revenir ici pour déclencher la Troisième Guerre mondiale. Mais bizarrement, voir ma meilleure amie inconsciente et baignant dans son propre vomi m'a relativement calmé. Ça m'a fait prendre un peu de recul, si on peut dire.

— Je suis tellement désolée, Harry.

— Tu n'as pas à l'être. Je n'avais pas compris que tu étais vraiment malade, je pensais juste que tu étais fatiguée et encore fâchée contre moi.

— Je suis désolée de m'être fâchée.

Il sourit.

— Moi aussi, je suis désolé. J'ai été un véritable con et ma réaction n'était absolument pas justifiée.

— Si, au contraire, elle était tout à fait justifiée. Ecoute, tu es vraiment quelqu'un de génial. Tout ça — je montrai ce qui nous entourait d'un geste faible —, c'est tout simplement… hallucinant. Alors tu sais quoi, si tu veux coucher avec une femme différente chaque nuit, eh bien, ne te prive pas.

— OK, OK, je crois qu'on a fait le tour des excuses… Comment te sens-tu ?

J'y réfléchis un instant.

— J'ai très mal à l'estomac. Mais je ne me sens pas si malade, à part ça. En tout cas, pas à cet instant précis.

— Bien. J'ai quand même appelé un médecin. C'est probablement juste un problème intestinal mais il vaut quand même mieux te faire examiner, juste pour être prudent.

— Depuis combien de temps es-tu rentré ?

— Cinq minutes peut-être. Je n'arrivais pas à te faire reprendre conscience. Pour être honnête, j'ai même un peu paniqué.

Je me rendais bien compte qu'il était toujours en mode panique. Ça se voyait comme le nez au milieu de la figure.

— J'avais pensé te mettre sous la douche pour te réveiller un peu et te nettoyer, mais finalement je me suis dit que je ferais mieux d'appeler un médecin. C'est lui qui m'a suggéré de t'allonger sur le lit pour commencer. Ceci dit, maintenant que tu es consciente, est-ce que tu veux prendre une douche ? Peut-être que ça t'aidera à te sentir mieux ?

J'étais en effet un peu poisseuse et surtout je sentais extrêmement mauvais. L'idée du médecin m'auscultant alors que j'empestais le vomi n'était pas très agréable. Je fis signe à Harry que j'étais partante pour prendre une douche.

— Ne t'inquiète pas, je vais t'aider.

— Pardon ? lui dis-je en me sentant soudain tout à fait remise.

— Suzie, tu es aussi blanche que... la chemise de Ryan Gosling.

Je souris à cette phrase. Il se souvenait des propos décousus et stupides que je lui avais servis la semaine précédente.

Je m'assis avec précaution et posai mes jambes à terre. Harry avait raison — j'étais chancelante — mais je réussis malgré tout à me rendre jusqu'à la salle de bains par mes propres moyens.

Harry mit la douche en marche et nous nous regardâmes.

Nous étions sur le point de transgresser le sacro-saint règlement de l'amitié en prenant une douche ensemble et nous en étions pleinement conscients tous les deux.

— Bon, eh bien je vais… hum…

D'un geste de la main, je lui fis signe que je ferais mieux d'entrer dans la douche.

— Tu devrais probablement retirer tes vêtements avant, me dit-il d'un air un peu gêné.

J'attrapai mon T-shirt et le fis passer par-dessus ma tête. Je n'osais pas le regarder tandis qu'il retirait le sien.

OK. Jusqu'ici ce n'était pas tellement différent que d'être en maillots de bain — moi en culotte et soutien-gorge, lui en boxer. Et je n'avais absolument pas l'intention de retirer quoi que ce soit d'autre.

J'entrai dans la douche. Il me suivit. La seule chose que je devais faire était de l'ignorer, ignorer sa chaleur corporelle, ignorer ma soudaine envie de l'embrasser. En même temps, mon Dieu, il était vraiment très près de moi.

Tentant désespérément d'oublier notre proximité, je mis ma tête sous le jet. La douche eut l'effet escompté. L'eau m'apaisait et clarifiait mon esprit embrumé. Mais soudain les mains de Harry furent dans mes cheveux. Il se baissa à côté de moi pour attraper le shampooing et je l'entendis en faire couler dans sa main, puis il commença à masser doucement mon cuir chevelu.

Je fermai les yeux, tous mes sens en alerte, vibrant à son contact. Il était consciencieux, s'assurant de frotter le shampooing sur chacune des mèches de mes cheveux, des racines jusqu'aux pointes. Puis il tira doucement ma tête en arrière pour les rincer et parcourut de nouveau ma chevelure de ses mains.

Quand il n'y eut plus aucune trace de shampooing, Harry rabattit mes cheveux sur le côté, vers mon cou, et se baissa de nouveau. Je vis qu'il prenait le gel douche.

J'eus tout à coup le souffle coupé en l'imaginant me

savonner le corps aussi minutieusement qu'il l'avait fait avec mes cheveux.

Il commença à frotter ma nuque, déplaça ses mains chaudes sur mes épaules puis sur mon dos. Il devint vite évident qu'il ne me lavait pas mais qu'il me massait. Il fit courir ses doigts le long de ma colonne vertébrale puis remonta sur mes omoplates, appuyant sur ma peau et exerçant une pression parfaite, plus ou moins ferme selon les endroits.

Je compris, quand mes poumons commencèrent à me manifester leur mécontentement, que je retenais ma respiration depuis le début de notre douche et expirai profondément. Mais un son s'échappa de ma gorge et accompagna ce long soupir. Un son rauque, un son plein de désir. Je priai pour qu'il ne l'ait pas entendu.

— Tourne-toi, me murmura-t-il à l'oreille.

Son souffle brûlant provoqua une cascade de frissons délicieux dans tout mon corps.

J'obéis en tremblant légèrement. Je le regardai. Je voyais bien qu'il faisait tout son possible pour ne pas croiser mon regard, semblant trouver le sol de la douche étrangement fascinant. Il reprit un peu de gel douche dans ses mains et les fit courir le long de mes bras. Quand il atteignit mes mains, il enlaça mes doigts, leva mes bras et les posa sur ses épaules.

— Appuie-toi sur moi si tu as besoin.

Profitant de son offre, je glissai mes mains autour de son cou et immédiatement son regard ardent croisa le mien.

Il laissa échapper un lent, long souffle tandis que ses mains venaient lentement se poser sur ma taille, et il se rapprocha plus près encore.

Des coups sourds retentirent soudain à la porte de notre chambre et résonnèrent dans la salle de bains.

Harry déglutit.

— Ça doit être le médecin.

J'acquiesçai, incapable de dire quoi que ce soit. Si le médecin avait écouté mon pouls à cet instant précis, il l'aurait trouvé aussi bruyant que la pluie battante sur un toit de tôle.

— Tu as l'air nettement plus en forme maintenant, me dit soudain Harry.

Que voulait-il dire ? Allait-il renvoyer le médecin ?

— Oui, je me sens bien mieux.

Il hocha la tête et je vis l'espace d'un instant son regard se porter sur mes lèvres. Mais de nouveaux coups à notre porte résonnèrent de nouveau.

Harry coupa l'eau de la douche et se dégagea de notre étreinte. La magie du moment, si celui-ci avait vraiment existé, venait de s'envoler.

Il attrapa une serviette et m'enveloppa dedans.

— Je vais te chercher des vêtements secs, comme ça le médecin pourra t'examiner.

Le temps d'acquiescer, Harry avait disparu. Je l'entendis parler dans la chambre à côté, puis il revint dans la salle de bains pour me remettre une pile de vêtements et me laissa de nouveau seule.

Que venait-il de se passer ? Avait-il été sur le point de m'embrasser ? Non, il m'avait juste aidée à prendre ma douche. Mais cette manière qu'il avait eue de me regarder, comme un lion sur le point de dévorer sa proie…

Je m'habillai et les rejoignis dans la chambre. Le médecin m'examina, palpa mon estomac, me posa tout un tas de questions puis déclara que ce n'était probablement qu'un virus. Je devais boire beaucoup de liquide pour me réhydrater et me reposer pendant un ou deux jours. Si ça ne s'arrangeait pas ou que ça empirait, nous devions le rappeler rapidement.

Dès qu'il fut parti, je constatai que l'atmosphère avait changé. L'air était lourd entre Harry et moi. Je m'assis sur le lit et l'observai tandis qu'il trifouillait son appareil photo, son téléphone, ses vêtements, évitant délibérément de me regarder.

Je voulais lui demander si j'étais seule à avoir ressenti ces émotions sous la douche. Il devait sûrement les avoir vécues lui aussi.

Je devais crever l'abcès.

— En quoi consistait ta proposition, cette fois ? lui demandai-je.

Il sourit, et je ne sus dire si c'était parce qu'il était soulagé de briser la tension entre nous ou s'il était simplement enthousiaste à l'idée de me montrer sa dernière demande. Il s'empara de son appareil photo et se jeta sur le lit à mon côté. Alors qu'il se rapprochait de moi pour me montrer l'écran, nos corps se touchèrent des épaules jusqu'aux genoux, comme avec Barbie sur le yacht. Je ne savais pas trop si je devais être enchantée de cette nouvelle intimité ou pas. Me voyait-il maintenant de la même façon que cette fille avec qui il flirtait avec légèreté sur le bateau ? Ou comme une copine ? Ou plus ? Mais pourquoi avais-je tant besoin de tout analyser en permanence ? Ne pouvais-je pas accepter les choses comme elles étaient sans m'inquiéter de tous ces détails ? J'avais le meilleur ami qu'on puisse espérer et j'aurais mieux fait de m'en réjouir au lieu de toujours en vouloir davantage.

Harry trouva la vidéo dans son appareil.

— Une demande entre terre, ciel et mer, me dit-il.

Je regardai le film et souris quand je vis quelqu'un apparaître sur un vélo traînant derrière lui une bannière portant l'inscription « Veux-tu m'épouser ? » le long du front de mer. Un bateau gonflable en forme de banane apparut ensuite sur la mer, tirant une bannière identique. Et enfin j'aperçus dans le ciel un petit avion à hélice, vraisemblablement utilisé pour faire de la publicité pour les bars et les boîtes de nuit des environs, qui traînait lui aussi dans son sillage ces mots désormais familiers. Puis l'écran devint noir.

Le fait qu'il n'y ait eu aucun commentaire sur la vidéo et que Harry ne se soit même pas filmé montrait à quel point il devait être contrarié à ce moment précis.

— C'est adorable, Harry. Oh ! je suis vraiment désolée de l'avoir manquée.

Il m'embrassa sur le front et je compris que je n'avais pas besoin d'en dire davantage. Passant son bras autour de mes épaules, il se laissa tomber en arrière sur le lit et m'entraîna avec lui. Allongée contre lui, je posai ma tête sur son torse.

— Ecoute, à propos de ce qui s'est passé hier…, lui dis-je d'un ton embarrassé.

— Ça n'a aucune importance, me répondit-il.

— Je n'ai pas couché avec Elias.

Je me doutais bien que ce n'aurait pas été le pire de mes crimes. Non, je savais que ce qui le dérangeait le plus dans toute cette histoire, c'est que le simple fait qu'il parle à une autre femme suffise à me mettre hors de moi.

Il resta silencieux un instant avant d'annoncer :

— Suzie, je vous ai vus. Mais ce n'est pas un souci, hein, nous sommes tous les deux majeurs et vaccinés.

— Bien sûr. Mais je veux quand même que tu saches que je ne suis pas du genre à coucher avec un parfait inconnu. Parfois, j'aimerais bien être assez légère pour ça, mais ce n'est pas le cas. Alors je ne sais pas ce que tu as cru. Peut-être que tu nous as vus, Elias et moi, nous déshabiller, sauter dans la mer et nous embrasser, peut-être même que tu l'as vu sortir un préservatif de la poche de son short — mais si tu avais attendu un tout petit peu, tu m'aurais aussi vue lui dire que nous allions en rester là. Je n'allais jamais revoir cet homme, cela ne m'a pas semblé être une si bonne idée, finalement. Et puis je n'arrêtais pas de penser à toi…

— A moi ? répéta-t-il d'un ton intrigué.

Je me mordis les lèvres, regrettant vraiment de ne pas être équipée d'un filtre à mots inopportuns. Heureusement, il ne pouvait pas voir mon visage.

— Je veux dire… C'était tellement hypocrite, comme tu l'as dit, de sortir avec quelqu'un que je connaissais à peine alors que je venais justement de te reprocher la même chose. Je suis en vacances avec toi, donc…, ajoutai-je en haussant les épaules, espérant qu'il serait d'accord.

— Eh bien, tant mieux.

— Tu crois ?

— Oui, c'était un sale type, dit-il en hochant la tête.

Je me redressai.

— Harry !

Il mit son doigt sur mes lèvres pour que je ne puisse rien ajouter.

— Le coup du « ma femme est morte et je n'ai jamais été avec une autre femme depuis »… C'est un beau ramassis de conneries ! Il sort le même baratin à chaque nouvelle fille qui arrive sur le bateau. Et je peux te dire que ça marche du feu de Dieu. Ce sont les autres membres de l'équipage qui me l'ont raconté. Je suis bien content que tu ne sois pas tombée dans le panneau.

Je me renfrognai. J'avais bien failli me faire avoir, oui… Elias était si charmant. C'était uniquement parce que d'une certaine manière j'avais eu l'impression de trahir Harry que je n'avais pas couché avec lui.

Harry se redressa lui aussi.

— Je veux que tu sois avec une personne extraordinaire, une personne qui sache à quel point tu es quelqu'un de formidable, une personne qui pourrait aller au bout du monde pour toi, me dit-il tendrement.

— Une personne qui pourrait m'aimer malgré mon pyjama vache ?

— Non, une personne qui t'aimerait pour ton pyjama vache.

Je souris et il reprit :

— Je pense donc que tu ne devrais coucher avec personne jusqu'à ce que tu aies trouvé cette personne, qui t'aimera et qui te vénérera comme une déesse. En réalité, tu sais quoi ? Ne couche même avec personne avant de t'être mariée, ça semble encore une bien meilleure idée.

J'éclatai de rire.

— Harry, je n'ai couché avec personne depuis Alex. Je ne peux pas attendre encore deux ans ou plus pour avoir des relations sexuelles.

Bon sang ! La maladie m'avait-elle totalement contaminée ? Où était donc ce fichu filtre qui m'aurait empêchée de dire tout ce qui me passait par la tête ?

— La dernière fois que tu t'es envoyée en l'air c'était avec M. Graillon ? me demanda Harry, l'air franchement enchanté par cette nouvelle. Mais, et Mini Tim ? Tu m'avais dit que le sexe était génial avec lui. Tu m'avais même parlé de cette position-là, de côté...

Jamais je ne pourrais me débarrasser de Mini Tim. Ni de tous les mensonges qui l'entouraient et qui continuaient de me piéger.

— OK, OK, j'ai menti à propos de Tim et moi. Nous n'avons jamais couché ensemble. Nous avons seulement eu quelques rendez-vous. Il en avait très envie, lui, et il ne cessait de me pousser à le faire mais je ne me sentais pas prête.

Je détournai le regard et observai, sceptique, mon reflet dans le miroir. Voilà, maintenant j'avais l'air franchement frigide. Ou je semblais avoir de graves blocages sexuels. C'était vraiment nul de mentir. Et en plus, je n'étais pas douée pour ça.

— Est-ce qu'il s'est passé quelque chose avec Alex ? me demanda Harry en posant sa main sur mon bras.

Est-ce qu'il t'a fait du mal ? C'est pour cette raison que tu n'as été avec personne depuis ?

Je gémis en mon for intérieur. En fait, je ne faisais qu'aggraver les choses.

— Non, Alex était adorable. Totalement insipide mais adorable. Je ne pense même pas qu'il aurait pu faire du mal à une mouche. C'est juste que je suis nulle avec les hommes, Harry — s'ils me montrent la moindre petite lueur d'intérêt, je m'enfuis en courant tellement je suis gênée.

— Mais puisque tu es sortie avec Mini Tim, pourquoi est-ce que tu n'as pas...

Je sentais qu'il essayait réellement de comprendre. Mais comment lui expliquer que je n'avais rencontré personne depuis deux ans parce que j'étais tombée éperdument amoureuse de lui, et que personne ne lui arrivait à la cheville ? Et comment lui expliquer pourquoi je n'avais pas eu de relations sexuelles avec mon petit ami imaginaire ?

— C'est juste qu'il était trop entreprenant. Il n'arrêtait pas de me dire qu'il avait envie de m'attacher, tu vois, ce genre de trucs... Cinquante nuances de cul.

— Ton cul ?

— Non, pas précisément mon cul, non.

— Mais tu as adoré *Cinquante nuances de Grey*, tu as lu la trilogie deux fois.

— C'est vrai, oui.

Je me rappelai subitement que Harry avait fait quelques trucs libertins avec Sexy Samantha et qu'il avait beaucoup aimé ça. Même si je n'avais jusqu'alors jamais pensé à être ligotée pendant l'action, l'idée de Harry m'attachant pour me faire faire des choses coquines était plutôt agréable, en réalité.

— En fait, pour tout te dire, je pense que ce genre de pratique exige de bien se connaître et d'avoir confiance en l'autre. Je ne veux pas, alors que je couche avec quelqu'un pour la première fois, qu'il me sorte directement une cagoule BDSM et des pinces à lèvres vaginales.

Harry blêmit sensiblement et croisa rapidement ses jambes, protégeant instinctivement ses parties intimes.

— Des pinces à lèvres vaginales ?

J'acquiesçai.

— Mais qu'est-ce que tu fabriquais avec un type pareil ? Il a l'air carrément cinglé…

— Il avait plutôt l'air charmant au premier abord.

— Tous les cinglés ont l'air charmant au premier abord, Suzie, me dit-il en frémissant. Bon, donc c'est décidé, pas de sexe avec quiconque avant ta nuit de noces. Il n'est pas question que tu sortes avec de nouveaux détraqués.

— Harry…

— Ecoute, me dit-il en me prenant la main. L'homme idéal pour toi est sûrement juste au coin de la rue. J'en suis sûr.

Il laissa traîner ses doigts sur ma paume et la chair de poule me trahit en couvrant immédiatement tout mon corps. Mais il ne sembla pas le remarquer et continua :

— Je peux voir ton avenir. Cette ligne-là, c'est ta ligne de cœur. Je peux voir qu'avant que l'année ne s'achève, tu seras mariée au plus merveilleux des hommes. Et qu'il te traitera comme une reine.

Je me rapprochai pour me prêter à son jeu. Pas tant pour regarder dans la paume de ma main que pour être proche de lui. Il sentait si bon… Cette odeur douce, épicée, si naturelle…

— Et à quoi il ressemble ? lui demandai-je, curieuse.

— Il est grand, brun et très beau.

Il se pencha un peu plus.

— Et très doué au lit. Mais ce n'est pas un adepte des trucs pervers.

— Je ne suis pas contre un peu de perversité. Mais avec le bon.

Ses yeux se posèrent de nouveau sur moi.

— Attends encore un peu, Suzie, et tu le trouveras bientôt, j'en suis persuadé.

Je soupirai et hochai la tête, espérant simplement que cet homme mystère arriverait le plus tôt possible.

Puis Harry lâcha ma main et je sus que la conversation était terminée.

— Ça te dirait d'aller faire un petit tour sur la plage ? me demanda-t-il en affichant un grand sourire. Prendre un peu l'air devrait te faire du bien, tu ne crois pas ?

Sans me laisser le temps de répondre, il bondit hors du lit.

Avant de faire quoi que ce soit, il fallait surtout que je trouve un moyen d'arrêter d'aimer cet homme…

Chapitre 10

Allongée sur le lit, je regardais le ciel changer de couleur et passer d'un bleu pâle à une couleur rappelant le rose des barbes à papa. Avec ses plages de sable blanc et ses eaux turquoise, Cancún avait vraiment tout d'un paradis. Mais la cerise sur le gâteau, c'était cette plage, avec ses lits à baldaquin, ses coussins moelleux et ses voiles de mousseline blanche qui se gonflaient doucement sous la brise marine.

Harry et moi avions passé une bonne partie de la journée étendus ici, profitant de ce confort luxueux tandis qu'un charmant serveur nous apportait régulièrement des boissons et de quoi grignoter, satisfaisant en un rien de temps le moindre de nos caprices. La plage était relativement déserte à cette période de l'année et les voilages finissaient de nous isoler, nous donnant l'impression d'être seuls au monde.

J'avais somnolé tout l'après-midi à l'ombre, me remettant doucement de mon malaise de la veille. A chacun de mes réveils, je trouvais toujours Harry allongé à mon côté, occupé à lire, à répondre à des mails, à contempler la mer ou à me contempler moi.

Quand j'ouvris les yeux, cette fois-là, il était parti se baigner. J'attrapai un coussin, le serrai contre moi et m'installai confortablement pour regarder la scène. Harry qui nageait… Ses longs bras musclés fendaient les vagues et des gouttelettes d'eau salée éclaboussaient son dos athlétique. C'était vraiment le prototype du beau gosse : grand, viril, riche. Je me rendis soudain compte que j'étais en train de mordre le coussin.

Il se remit sur ses pieds et commença à marcher vers moi en bravant les vagues de ses cuisses robustes. Je mordis plus violemment dans le coussin et me demandai comment je me justifierais si celui-ci éclatait soudain pour m'entourer d'un nuage de plumes.

Tandis que le dernier rayon de soleil se reflétait sur son corps humide et que je m'imaginais déjà en train de le sécher des pieds à la tête avec une serviette — ou mieux encore avec ma langue —, Harry trébucha et tomba la tête la première dans l'eau. En me redressant pour vérifier que tout allait bien, je sentis pointer un irrésistible fou rire.

Harry se releva, l'air gêné, et je m'aperçus avec jubilation qu'il avait une algue accrochée dans les cheveux. Je reniflai bruyamment et laissai échapper un rire si bruyant qu'il l'entendit malgré les quelques mètres qui nous séparaient. Il se figea et regarda dans ma direction avec un air mauvais qui ne réussit qu'à décupler mon fou rire.

C'est seulement quand il sortit entièrement de la mer que je remarquai qu'il y avait une fille sur la plage. Une fille qui semblait l'attendre et qui devait avoir à peu près mon âge. Elle était aussi mince qu'une brindille et avait de longs cheveux qui tombaient dans son dos en une somptueuse cascade de boucles brunes. Le bikini blanc qu'elle portait ne laissait guère de place à l'imagination.

— Ça va ? C'est une sacrée chute que tu viens de faire, lui dit-elle d'un air inquiet.

Harry marcha vers elle d'un pas décontracté, apparemment inconscient de la présence de cette algue sur sa tête. Je ne pus m'empêcher d'éclater de nouveau de rire alors qu'il lui lançait son grand sourire de séducteur.

— Non, ça va, ce n'est rien, lui répondit-il en m'ignorant royalement.

Je constatai que des algues sortaient également de son maillot de bain, un peu comme de longs poils pubiens verts et douteux pendant le long de sa cuisse. Mon rire redoubla d'intensité.

Harry me lança un regard plus noir encore que le précédent et la fille se tourna vers moi en fronçant les sourcils.

— Il y a vraiment des gens odieux… Rire de cette façon du malheur des autres, je trouve ça révoltant, lui dit-elle avec un air scandalisé.

Elle posa sa main sur le bras de Harry et ajouta d'un ton plein de compassion :

— Tu aurais pu te blesser.

— Oui, c'est tout à fait ça, des gens odieux, approuva Harry. Excuse-moi…, lui répondit-il en lui faisant signe qu'il devait la quitter.

Il revint s'asseoir à côté de moi dans le lit à baldaquin. Avisant la lueur assassine dans son regard, j'essayai de me sauver, mais il était trop tard : en un éclair il attrapa mes chevilles et me tira vers lui.

— Non, Harry, s'il te plaît, je ne me moquais pas de toi, je te promets, je suis désolée, lui criai-je en gloussant d'une voix aiguë.

Il prit l'algue sur sa tête et, tout en me maintenant clouée sur le lit, la promena sur mon ventre jusqu'à mon nombril en laissant des traces d'eau froide sur ma peau. Je hurlai et piaillai tout en essayant de me dégager de son emprise. Il saisit l'autre algue qui était sur sa cuisse, se pencha au-dessus de moi et l'étala sur mon visage.

— Harry, non, c'est dégoûtant ! criai-je en me tortillant pour essayer de me libérer.

A travers les voilages, je vis la fille nous regarder d'un air triste avant de s'éloigner. Je ne pus empêcher cette pensée peu charitable de se former dans mon esprit, mais j'eus quand même la bonne grâce de la garder pour moi : « Dégage, cet homme est à moi. »

— Est-ce que ça te dirait qu'on aille jeter un coup d'œil à ce mariage ? me demanda Harry.

Je relevai la tête, que j'avais posée sur son ventre pour lire. Le soleil avait presque totalement disparu à présent, la lumière déclinait ; je n'étais pas sûre d'avoir bien compris ce qu'il entendait par ces mots.

Je l'interrogeai du regard et il me désigna un endroit, un peu plus loin sur la plage. J'y aperçus un rassemblement de gens assis sur des chaises et un chemin bordé de bougies dorées qui menait jusqu'à une arche fleurie.

— Harry, nous ne pouvons décemment pas nous incruster dans un mariage.

— Je ne parle pas de débarquer et de s'asseoir parmi eux, je te propose juste, tu vois ce que je veux dire, de passer devant, très lentement…

J'avisai la mariée qui traversait les jardins de notre hôtel. Elle était entourée de ses demoiselles d'honneur qui toutes portaient une robe du même bleu éclatant que celui de la mer. J'acquiesçai avec enthousiasme. Nous ramassâmes rapidement nos affaires et commençâmes à nous promener sur la plage d'un air nonchalant.

La mariée était magnifique. Sa robe argentée étincelait à la lumière des bougies tandis qu'elle descendait l'allée. De doux accords de harpe l'accompagnaient et les invités s'étaient levés pour l'accueillir et la conduire jusqu'au futur marié.

L'admiration qui se lisait dans les yeux de celui-ci tandis qu'elle le rejoignait déclencha en moi une série de frissons. Voilà, c'était ça un homme amoureux. Il lui tendit la main et l'attira contre lui, exactement comme Harry l'avait fait avec moi des centaines de fois.

Nous assistâmes à la cérémonie en silence, avec attention et recueillement.

Lorsqu'ils furent proclamés mari et femme et qu'ils s'embrassèrent, Harry passa son bras autour de mes épaules et je posai ma tête contre lui.

— Est-ce que tu imagines te marier un jour ? lui demandai-je.

— Peut-être.

Surprise, je levai les yeux vers lui.

— Mais tu m'as dit que tu ne croyais pas en l'amour.

— Eh bien, je commence à revenir sur ce que j'ai dit… Etre avec toi me laisse penser qu'après tout, c'est peut-être possible.

— Etre avec moi ? répétai-je d'une voix aiguë.

— Je veux parler de ces demandes en mariage, de tous ces couples que nous avons aidés. Tu avais raison. Voir toutes ces personnes fraîchement fiancées, voir à quel point elles sont heureuses m'incite à croire que l'amour est peut-être une bonne chose, finalement. A condition de le trouver, bien sûr. Cela dit, je te rappelle que je suis déjà tombé amoureux… Même si j'ai tout fait pour ça ne m'arrive pas, ça m'est tombé dessus malgré moi.

— Tu ne me sembles pas le genre d'homme à pouvoir te caser avec une seule femme, objectai-je.

— Ecoute, Suzie, je sais que j'ai une sacrée réputation en ce qui concerne la gent féminine. Mais quand j'aurai trouvé cette femme, celle avec qui je serai prêt à passer le reste de ma vie, alors tu peux me croire, je lui mettrai le grappin dessus et je ne la laisserai jamais filer.

Mon cœur se gonfla de bonheur pour lui. Même s'il était évident que nous ne serions jamais ensemble, Harry baissait peu à peu la garde. Ouvrir ainsi son cœur et envisager de pouvoir un jour rencontrer l'amour représentait pour lui un progrès considérable. Et je n'y étais pas pour rien.

— Mais tu ne crois pas que tu pourrais trouver lassant d'avoir des relations sexuelles avec la même femme jusqu'à la fin de tes jours ?

Il sourit.

— Non, jamais de la vie. Et pour tout te dire, je ne peux rien imaginer de mieux que de faire l'amour à la femme que j'aime chaque jour et chaque nuit.

— Mais ces femmes avec qui tu sors, tu ne leur donnes jamais vraiment leur chance. Qui sait, peut-être qu'une d'entre elles aurait pu être la bonne ?

— Crois-moi, jusqu'ici aucune d'elles ne l'était, me répondit-il en secouant la tête.

— Comment peux-tu en être aussi sûr ?

— Parce qu'aucune d'elles ne m'a jamais fait me sentir comme… comme je suis quand je suis amoureux. Et c'est cette sensation que je cherche à retrouver.

— Cette femme, celle dont tu es tombé amoureux, est-ce que c'était Chloé, celle qu'on va retrouver à New York ?

— Non.

J'avais un tas d'autres questions à lui poser, mais je fus soudain distraite par le jeune marié qui venait de prendre sa femme dans ses bras et courait maintenant droit vers la mer.

— Non ! La robe ! m'écriai-je, si fort que quelques personnes dans l'assemblée se tournèrent vers moi.

Mais la robe avait l'air d'être le dernier des soucis de la mariée. Après qu'ils eurent tous deux plongé dans les vagues, elle passa ses bras autour du cou de son mari et l'embrassa avec tant de fougue qu'on aurait dit que sa vie en dépendait.

Blog des presque fiancés.

Jour 13 : La proposition « lever du soleil ».

Lieu : Temples mayas de Tulum au Mexique.

Comme vous avez pu le lire dans mon précédent billet, Suzie ne se sentait pas très bien hier, et même si elle avait l'air en meilleure forme dans la soirée, j'avais toujours quelques réserves quant à mon projet de la tirer si tôt du lit ce matin. J'ai malgré tout tenté le coup.

Pour commencer, on ne peut pas vraiment dire que Suzie ait été enchantée que je la réveille à une heure si matinale pour la laisser ensuite en plan sur la plage dans la nuit noire. Mais j'avais besoin d'un peu de temps pour régler les derniers détails de ma demande, et elle ne m'en tint apparemment pas rigueur puisqu'à mon retour elle se jeta dans mes bras.

Alors, mes très chers presque fiancés, un petit conseil au passage : si vous cherchez une réaction extrême, je vous suggère de faire une peur bleue à votre petite amie juste avant votre proposition. C'est simple, Suzie me suppliait pour que nous déguerpissions au plus vite car elle aurait soi-disant entendu des bruits étranges et menaçants pendant mon absence, et s'agrippait à présent à moi comme du lierre. Je pouvais à peine me dégager de son étreinte…

Les ruines des temples de Tulum se situent sur des falaises qui surplombent la mer. A l'origine, la cité fortifiée portait le nom de Zama, « cité de l'aube », en raison de son emplacement face au lever du soleil. Quel meilleur endroit donc pour regarder le soleil se lever que le sommet du Castillo, le plus grand édifice de cette ancienne ville maya ?

Malheureusement, en arrivant sur les lieux, je me suis vite rendu compte qu'on ne pouvait bien sûr pas entrer dans ce site historique, vieux de quelques milliers d'années, comme dans un moulin, et j'ai eu peur que ma demande tombe à l'eau. Note pour plus tard : se renseigner au préalable.

J'ai découvert qu'un escalier partait de la plage située en contrebas et montait jusqu'au Castillo, mais une clôture nous interdisait de l'emprunter. Ma proposition semblait réellement compromise à cet instant et le temps jouait contre nous.

A ma grande honte, nous avons donc dû sauter par-dessus la petite barrière en corde et grimper tant bien que mal le long de la falaise pour arriver sur les lieux. Laissant la ruine antique du Castillo dans notre dos, nous avons alors regardé le soleil se lever sur la mer des Caraïbes, comme les Mayas avaient dû le faire des centaines d'années avant nous.

En quelques minutes, la mer sombre s'est parée de couleurs incroyables, bleu encre, turquoise, rose et écarlate, qui se reflétaient grâce au soleil sur les flots comme autant de guirlandes panachées. C'était sublime, et nous étions les seules personnes au monde à contempler ce spectacle depuis ce point de vue, touchant du doigt le passé tandis que le futur se précipitait devant nous dans toute sa splendeur dorée.

J'aidai Suzie à se relever et lui montrai du doigt la plage déserte à nos pieds — là, en lettres géantes tracées sur le sable, elle put lire ma demande :

« Veux-tu m'épouser ? »

Avec un grand cœur dessiné en dessous, dans lequel étaient installés une couverture et un petit déjeuner.

Je commençai alors à énoncer le menu à Suzie. J'avais prévu tout un tas de choses délicieuses à manger, des fraises enrobées de chocolat, des… Mais je n'eus pas le temps de finir car, déjà, elle dévalait le chemin qui descendait de la falaise et courait sur la plage pour se précipiter sur notre pique-nique.

Sans me vanter, et vu son enthousiasme, je crois qu'on peut dire que cette proposition était plutôt réussie.

Laissant derrière nous le souvenir de cette merveilleuse demande, Harry et moi rentrâmes à notre luxueux hôtel pour faire nos valises et nous mettre en route pour la suite de nos aventures.

Après avoir voyagé le long de la côte, nous sommes arrivés à notre bungalow — une superbe petite cabane posée sur le sable. Nous étions littéralement les pieds dans l'eau, la mer des Caraïbes n'étant qu'à quelques pas de l'escalier qui descendait sur la plage. On nous avait même dit que le matin, à marée haute, l'eau venait lécher le bas des marches.

La cabane était on ne peut plus sommaire : un lit, des toilettes, et c'est tout ! Elle n'avait même pas l'électricité, mais son charme rustique me plaisait beaucoup. Nous disposions d'une sorte de petite véranda ouverte avec une table, deux chaises, deux hamacs et, en bas de l'escalier, notre propre barbecue. Harry promit de s'en servir plus tard pour faire griller des poissons fraîchement pêchés. Je n'avais pas bien compris s'il comptait les attraper lui-même, mais je n'en aurais pas été si surprise : Harry avait un véritable don pour tout ce qu'il tentait.

Je fronçai les sourcils en le voyant s'installer dans un des deux hamacs. Même là, où de simples mortels avaient tant de fois échoué, il ne lui avait fallu que quelques secondes pour grimper avec grâce et aisance dans cette pièce de tissu.

Je jetai un regard sombre à cette toile machiavélique. Pas question de m'avouer vaincue. Si Harry en était capable, je ne voyais pas pourquoi je ne le serais pas non plus.

Je m'approchai du hamac comme s'il s'était agi d'un animal sauvage et le regardai se balancer doucement avec la brise. On aurait dit qu'il tentait de me séduire. J'entendis Harry essayer de dissimuler un petit rire en le faisant passer pour une quinte de toux. Il tapait sur le clavier de son ordinateur portable, répondant à des mails tout en se balançant d'un air décontracté.

Je me tournai et m'assis avec prudence au milieu de la chose. Mais, alors que je levai un pied, le hamac se dressa dans mon dos, et je me retrouvai assise sur le sol. Harry se plia en deux, incapable de retenir plus longtemps son rire.

Je me relevai. Je n'allais sûrement pas me laisser ridiculiser par ce vulgaire bout de ficelle.

J'enfourchai le hamac en passant une jambe de chaque côté et baissai mon postérieur pour m'asseoir. Jusqu'ici tout allait bien. Puis, très lentement, je levai les jambes et les posai à l'intérieur. La chose se mit aussitôt à se balancer et je sentis mon équilibre devenir précaire. Je décidai de m'immobiliser en attendant que cela s'arrête. Enfin, quand ce fut le cas, je me laissai tomber en arrière lentement. D'abord mon dos, puis mes épaules, enfin ma nuque… Et soudain, sans prévenir — et surtout sans aucune provocation de ma part — le hamac se retourna et j'atterris de nouveau face contre terre.

Le rire de Harry monta d'une octave.

— Qu'est-ce que tu suggères, Monsieur Je-Sais-Tout ? lui demandai-je, exaspérée.

— Tu dois lui montrer qui est le patron. Tu es trop

nonchalante. Monte dedans le plus simplement possible, comme si tu te mettais au lit.

Je me relevai de nouveau. Je saisis le hamac à deux mains, le tendis, m'enroulai dedans et… Bim ! Allongée sur le sol de la terrasse, je regardai fixement le toit de chaume qui bruissait doucement dans la brise.

— OK, lâche l'affaire. Tu seras couverte de bleus avant de parvenir à y monter. Viens dans mon hamac. Je suis déjà bien installé, tu n'as qu'à me rejoindre, me dit Harry sans même lever les yeux de son écran.

— Et nous faire valser tous les deux, non merci. Je vais m'asseoir sur une de ces chaises, je te remercie.

— Non, sérieusement. Je suis un grand gaillard, mon poids va nous équilibrer. Allez, viens, insista-t-il en tapotant le hamac d'une manière tentante.

— Je te préviens Harry, si nous tombons, ne me fais pas porter le chapeau.

— Promis juré.

Je traînai des pieds jusqu'à Harry, qui passa son bras autour d'un des piliers de la véranda afin d'immobiliser le hamac. Je m'y assis doucement et, étonnamment, celui-ci bougea à peine. Je me détendis — avec prudence — et Harry lâcha le pilier. Le hamac se balança légèrement puis s'arrêta.

— Tu vois. Tout va bien.

J'ignorai son ton suffisant et lui montrai l'ordinateur.

— Rien d'important ?

Nous avions tous les deux pris soin de répondre avec attention à tous les mails qui nous étaient parvenus depuis notre départ. Pourtant, après mon malaise de la veille, Harry avait insisté pour que je prenne quelques jours de repos total.

— Rien que je ne puisse gérer, me répondit-il d'un ton confiant.

Il était en train de lire un mail et, tandis que j'essayais de me relever sur mes coudes, il éclata de rire tout à coup.

— Quoi ?

Ce devait être un message de Badger.

— Oh rien, c'est seulement Chloé. Elle a hâte de nous voir.

Je me sentis tout à coup un chouïa crispée. Si j'avais pu choisir, j'aurais totalement évité New York. En même temps, j'avais toujours tellement voulu y aller — je ne pouvais quand même pas laisser passer cette chance uniquement parce qu'une des ex de Harry vivait là-bas.

Je tournai la tête pour regarder le mail, mais Harry le ferma rapidement et en ouvrit un autre qui concernait le boulot. Il ne voulait manifestement pas que je le lise.

— Est-ce tu as hâte de la voir, toi aussi ? lui demandai-je.

En réalité, je connaissais sa réponse et n'avais pas du tout envie de l'entendre.

— Très ! Je suis impatient de la voir, c'est une de mes meilleures amies, Suzie.

Je me mordis la lèvre et fermai les yeux pour tenter d'apaiser/contrecarrer une douleur sourde dans ma poitrine. C'était moi, sa meilleure amie.

— Tu vas l'adorer, c'est une fille charmante, me dit-il en souriant.

J'en doutais fortement.

— A quoi ressemble-t-elle ?

— Blonde, belle à croquer.

OK, il était temps de changer de sujet.

— Où est-ce que nous allons demain ?

— Alors, demain nous nous envolons pour la Californie. Nous passerons une nuit à Disneyland puis nous prendrons des vols pour San Francisco, Las Vegas et enfin New York.

— Génial, j'ai hâte d'y être, dis-je en essayant de

dissimuler mon ton ironique. On reste une nuit dans chacun de ces endroits ?

— Une nuit à Disneyland et San Francisco, deux ou trois nuits à Las Vegas, il y a un paquet de choses à voir là-bas — et peut-être une semaine à New York.

— Une semaine ? répétai-je en essayant de ne pas crier.

Je me redressai si promptement dans le hamac que celui-ci se mit à tanguer dangereusement. Harry protégea son ordinateur et me força à me rallonger à son côté pour arrêter le mouvement.

Mon Dieu, une semaine entière avec Chloé.

— New York est un des endroits que je préfère au monde, me dit Harry comme pour se justifier.

— A cause de Chloé ?

— Non. Je suis impatient de la voir, c'est vrai, mais c'est surtout New York que je meurs d'envie de retrouver. Cette ville est si incroyable.

Je souris devant son enthousiasme.

— Raconte-moi…

— L'ambiance y est tout simplement extraordinaire. Mais c'est aussi une ville totalement sûre. Tu peux flâner dans les rues à 2 heures du matin sans craindre quoi que ce soit. Et c'est peut-être stupide à dire, car je suis conscient que tu peux te faire autant agresser là-bas que dans n'importe quelle autre grande ville, mais il y a quelque chose dans cet endroit qui te fait te sentir vraiment bien. Les gens sont formidables, quelles que soient leurs origines. Même les gamins que tu évites en changeant de trottoir en Angleterre et qui se baladent avec des jeans taille basse qui laissent apparaître leurs caleçons, eh bien, à New York, ils sont charmants et respectueux. Et la nourriture, oh, Suzie, sans mentir c'est le paradis. Il y a tant de bons restaurants, tant de choix, tu peux goûter toutes les gastronomies du monde. Mon dernier séjour était à marquer d'une pierre blanche et pourtant je ne suis resté qu'un mois. On appelle New York « la ville qui ne dort jamais » et je peux te garantir que c'est vrai, tu peux t'acheter une paire de baskets dans un magasin de sport à 1 heure du mat si tu en as envie. Et ce lieu vibre de toute cette énergie, de ce maelström de vie !

J'adorais quand Harry s'emballait comme ça. Il réagissait de la même manière quand il parlait d'histoire et il était quasiment impossible de ne pas se laisser gagner par son enthousiasme. Mais soudain j'eus un pincement au cœur.

— Tu devais aller y vivre, qu'est-ce qui s'est passé ? Tu avais un boulot qui t'attendait là-bas, lui demandai-je timidement.

La lueur qui pétillait dans ses yeux faiblit légèrement.

— Si ça ne s'est pas fait, c'est que ça ne devait pas arriver.

— Tu as tout annulé à cause de Jack, c'est ça ?

Il me regarda un moment, visiblement interloqué.

— Non, ce n'est pas du tout la raison pour laquelle j'ai changé d'avis. Il y avait toutes ces histoires de politique interne dans lesquelles je n'avais pas la moindre envie de m'impliquer.

— Tu n'as tout de même pas renoncé à cause de moi ? demandai-je d'un ton qui, même à mes oreilles, sonna extrêmement égocentrique. Je veux dire, pour rester avec moi ?

Il m'observa un moment.

— Pour tout te dire, Suzie, je suis tombé amoureux, et à ce moment-là je ne pouvais pas supporter l'idée de m'éloigner de cette femme.

Je sentis ma bouche s'entrouvrir de stupéfaction. Je tombais des nues. Il avait renoncé à tous ses grands projets, à ses rêves, pour *elle* — la femme dont il était tombé amoureux. Comme il avait dû être déçu que ça ne fonctionne pas entre eux.

— Je suis désolée qu'elle n'ait pas su voir à quel point tu

es quelqu'un de fantastique. Tu es une personne merveilleuse, Harry, et elle doit être aveugle ou complètement stupide pour ne pas s'en être rendu compte.

Il sourit.

— Elle n'est ni l'un ni l'autre. Et je ne trouverai jamais la force de la haïr parce qu'elle ne partage pas mes sentiments. Je l'aime bien trop pour ça.

— Mais tu dois regretter de ne pas être parti à présent, insistai-je.

— Pas du tout. Les choses se règlent au final exactement comme on le veut. Ma vie est sacrément bien comme elle est. Je t'ai toi, ma meilleure amie, j'ai un super-boulot, et enfin je suis en ce moment même étendu dans un hamac face à la mer des Caraïbes. Ça ne pourrait pas aller mieux.

C'est à ce moment que l'ordinateur portable se mit à émettre la sonnerie familière de Skype. Je priai pour que ce ne soit pas Chloé. Après tout, je pouvais faire comme si elle n'existait pas durant quelques jours encore.

Harry rouvrit l'ordinateur sur ses genoux et répondit à l'appel. A ma grande surprise, Bella apparut à l'écran, seule.

— Bella, roucoulai-je.

Elle se mit à applaudir quand elle entendit ma voix, mais sans comprendre de toute évidence que j'étais moi aussi à l'écran.

— Bella, est-ce que tu peux faire coucou ? lui dis-je en me demandant comment diable elle avait pu réussir à passer cet appel toute seule.

Jules avait dû la laisser jouer avec son iPad et elle avait appuyé sur n'importe quelle touche. Elle se mit à faire des bulles avec sa bouche.

— Oouzie, dit-elle en gloussant, et mon cœur déborda subitement d'amour.

— Est-ce qu'elle vient de dire mon nom ?

Harry acquiesça avec un sourire niais.

Tout à coup l'écran s'inclina et Badger et Jules apparurent, blottis l'un contre l'autre derrière Bella. Ils avaient l'air d'une famille heureuse et aimante, et mon estomac chavira. Hors champ, Harry serra ma main.

— Nous avons eu envie de laisser Bella vous dire quelques mots en premier, surtout maintenant qu'elle sait dire ton nom, dit Jules, en déposant un baiser sur la tête de sa fille et en lui demandant de répéter mon nom encore une fois.

— Oozie, dit de nouveau Bella en frappant ses petites mains l'une contre l'autre.

— Comment ça va ? demanda Badger, un bras passé autour des épaules de Jules, et l'autre tenant Bella sur ses genoux.

Je regardai Bella, ses beaux yeux sombres et ses cheveux bruns. Dire qu'elle avait tant changé alors que nous n'étions partis que depuis quelques jours ! Aurait-elle oublié à quoi je ressemblais à mon retour ? Y avait-il un risque pour qu'elle m'ait complètement effacée de sa mémoire ? Et son papa, est-ce qu'elle s'en souviendrait ?

— Très bien, merci, répondit Harry, comprenant que j'avais un peu de mal à surmonter l'image de cette petite famille modèle et qu'il m'était difficile de trouver les mots pour leur parler.

Ses doigts enlaçaient les miens et il caressa le dos de ma main avec son pouce avant de reprendre :

— Nous nous amusons beaucoup.

Bella se retourna et se pencha tendrement sur l'épaule de Badger en suçant son pouce. Je vis Jules regarder sa fille qui était si à l'aise avec Badger et sourire d'amour pour lui. Tout cela me mettait toujours très mal à l'aise et je ne savais pas combien de temps il me faudrait pour accepter tout à fait cette situation.

— Hé, écoute, nous lui avons appris quelques autres

mots, ajouta Badger en rasseyant Bella face à l'ordinateur. Comment tu t'appelles ?

— Bella, répondit Bella, visiblement très fière d'elle-même.

— Et ça, qui c'est ? demanda Badger en montrant Jules du doigt.

— Maman.

— Et moi, comment je m'appelle ?

— Badger, répondit Bella d'un air triomphant tandis que Harry éclatait de rire.

Je souris. Nous échangeâmes un regard, Badger et moi, et je compris qu'il avait perçu ma gratitude. Badger, pas papa. C'était une petite distinction, mais elle était très importante, et Badger en était conscient.

Blog des presque fiancés.

Jour 14 : La proposition Space Mountain.

Lieu : Disneyland, Californie.

Disneyland est un endroit génial, un des lieux dans lesquels je n'étais pas allé lors de mon précédent voyage aux Etats-Unis, il y a de nombreuses années.

J'étais alors un jeune homme cool de vingt ans et, évidemment, il n'était pas question que je mette les pieds dans un endroit peuplé d'enfants et de personnages Disney. Mais je ne savais pas ce que je loupais. Après y avoir passé un peu de temps, je dois avouer que je pourrais presque emménager ici ;)

Nous logions dans la suite « conte de fées », un lieu de rêve digne d'un film de Disney. En fait, il s'agissait d'une vraie chambre de princesse, avec un lit à baldaquin orné de boiseries sculptées et couvert de tissus chamarrés de satin et de soie, une méridienne, des tentures brodées et des lampes anciennes. Une étonnante salle de bains complétait la suite avec des colonnes grecques antiques tout autour de la baignoire. Ce n'est pas compliqué, Suzie et moi avions l'impression d'avoir quitté la réalité pour devenir les héros d'un merveilleux dessin animé.

Après avoir suivi le traditionnel circuit touristique et fait la plupart des attractions, nous avons acheté des oreilles de Mickey et, comme deux gamins, nous nous sommes pris en photo avec tous les personnages que nous avons pu croiser. Puis, la nuit venue, nous avons regardé avec nos yeux d'enfants les parades et le magnifique feu d'artifice tiré au-dessus du château de La Belle au bois dormant.

A ce moment-là, la plupart des gens quittèrent le parc et nous décidâmes, Suzie et moi, de profiter une dernière fois des attractions où il n'y avait (presque) plus un chat. De plus, je ne lui avais pas encore fait ma demande.

Je me rendis assez vite compte que les Américains sont de grands fans de demandes en mariage romantiques. Les quelques irréductibles qui n'avaient pas quitté le parc et qui embarquèrent avec nous dans ce dernier tour de Space Mountain furent plus que ravis de participer à cette nouvelle proposition.

Comme prévu, alors que nous étions en train de dévaler la plus grande pente dans une obscurité presque totale, nous fûmes pris en photo. Et ce n'est qu'à la fin du tour, lorsque nous sommes allés chercher ladite photo-souvenir, que Suzie découvrit ma demande. Chaque personne de notre wagon avait collaboré en tenant les pancartes qui affichaient ma fameuse phrase. La première partie, « Veux-tu », apparaissait donc du côté gauche du wagon et la seconde, « m'épouser ? », de l'autre. Suzie, elle, était assise devant la phrase, hurlant la bouche grande ouverte.

Sensationnel.

Une de mes propositions préférées jusqu'ici, car je peux vous garantir que Suzie ne l'avait absolument pas vue venir.

Et vous savez combien j'aime la surprendre ;)

Blog des presque fiancés.

Jour 15 : La proposition « char à voile ».

Lieu : Baie de San Francisco.

Ce soir, Suzie et moi sommes allés voir un match de base-ball (Allez les Giants, clap, clap, clapclapclap !) Suzie était donc persuadée que j'allais lui faire ma demande à la mi-temps — en imaginant que les matchs de base-ball en aient une. Mais j'ai plus d'un tour dans mon sac…

Voyez-vous, même si j'ai très envie de faire découvrir à Suzie tous les lieux touristiques des grandes villes que nous allons visiter, je voudrais aussi lui montrer leurs faces cachées. Demain, avant notre vol de l'après-midi pour Las Vegas, nous prendrons donc un bateau sur la côte qui nous emmènera voir les chutes d'eau « Alamere Falls ». Cela s'annonce vraiment impressionnant de voir toute cette eau se jeter directement de la falaise dans l'océan Pacifique…

Mais ce matin, juste après nous être enregistrés à la réception de notre hôtel, nous avons commencé par suivre le circuit touristique traditionnel. Nous avons pris le « cable car » pour monter et descendre les collines escarpées (pour les non-initiés, sachez qu'il existe également des tramways à San Francisco — mais selon moi, les funiculaires sont incontournables pour grimper en haut de ces collines, certes escarpées mais pas non plus vertigineuses). Nous sommes ensuite allés voir le pont du Golden Gate, avons mangé une soupe de palourdes servie dans une miche de pain au levain chez Fisherman's Wharf, rigolé devant les otaries qui se cherchaient des noises au bout de l'embarcadère du « Pier 39 », et enfin avons pris un taxi pour descendre la rue Lombard, autrement appelée « la rue la plus sinueuse du monde ».

Après ce grand tour de la ville, nous sommes allés passer l'après-midi sur les plages qui longent la baie et, dans l'ombre du pont « Bay Bridge » de San Francisco, avons fait du char à voile. Suzie a été très enthousiaste à la vue des chars, avec leurs châssis à trois roues et leurs voiles qui s'agitaient au vent.

Notre moniteur, Kenny, nous expliqua comment orienter la voile pour prendre au mieux le vent en se servant des manettes avec nos mains et nos pieds. Nous passâmes alors deux heures à déambuler de long en large sur la plage, en nous trompant la plupart du temps. Je n'avais jamais vu Suzie rire autant : qu'elle se batte avec sa voile ou qu'elle reste plantée au milieu de la plage, elle semblait s'amuser comme une petite folle. Elle ne s'avoua jamais vaincue et essaya même à un moment de faire bouger les roues sur le sable avec ses mains, mais le vent se prit dans sa voile et là elle fut vraiment hors jeu. Mais nous avons fini tous les deux par prendre le coup de main et, à la fin de notre séance, elle était même meilleure que moi.

Vint alors l'heure de la grande course. Moi contre

Suzie. Kenny nous donna le signal de départ et nous nous lançâmes sur la plage. J'aimerais vous dire que ce fut une course extrêmement rapide, avec des virages serrés, des demi-tours impressionnants et des manœuvres téméraires, mais compte tenu de notre niveau nous avons juste réussi à avancer, ce qui n'était déjà pas si mal.

En trichant un peu, Suzie parvint à prendre la tête de la course. Mais alors que nous approchions de la ligne d'arrivée et qu'elle semblait sur le point de remporter la victoire, un concurrent de dernière minute surgit tout à coup. Kenny, avec ses nombreuses années d'expérience, nous rattrapa en un rien de temps. Lorsqu'il nous dépassa, la phrase « Veux-tu m'épouser ? » apparut sur sa voile, comme brandie fièrement au vent. Suzie s'en trouva évidemment distraite et j'en profitai pour prendre l'avantage, la coiffer au poteau et prendre ainsi la deuxième place. Elle était si surprise et tellement ravie de cette proposition à grande vitesse qu'elle ne m'en voulut même pas !

Blog des presque fiancés.

Jour 17 : La proposition « pirate ».

Lieu : La crique des Sirènes au Treasure Island, Las Vegas.

Mes chers lecteurs, je dois vous dire quelque chose. Hier, je n'ai pu m'empêcher de faire à Suzie une vraie demande de beauf déguisé en Elvis. Elle était improvisée et je ne pense pas qu'il soit nécessaire de vous la raconter — parfois certaines choses doivent rester secrètes ;) Mais vous comprendrez donc pourquoi je voulais aujourd'hui faire quelque chose d'un peu plus classe.

Suzie et moi avons quitté l'hôtel MGM au matin pour nous installer au Paris Hôtel pour la nuit. C'est un de mes hôtels préférés du coin. J'aime les ruelles et les minuscules cafés qui rappellent les vraies rues de Paris, les plafonds peints de nuages qui se teintent d'un éclairage doux et rose et donnent l'impression qu'on est au crépuscule à n'importe quelle heure de la journée. Sans oublier bien sûr la tour Eiffel, qui offre un point de vue impressionnant sur Las Vegas.

Suzie était persuadée que c'était à cet endroit que je lui ferais ma proposition. Mais, comme je l'ai précisé au début de ce défi, jamais aucune de mes demandes ne se tiendra sur la tour Eiffel. Même sur une fausse !

Nous avons visité l'hôtel-casino The Venetian, avec ses grandes arches à l'entrée, ses ponts, ses plafonds peints de couleurs changeantes et bien sûr ses promenades sur les canaux. Suzie s'attendait encore à ce que je lui fasse ma demande sur une gondole, ce que je ne fis évidemment pas. Bonjour le cliché.

Après avoir admiré hier le spectaculaire Cirque du Soleil, je voulais offrir à Suzie un spectacle un peu différent ce soir — nous sommes donc allés voir Le Tournoi des Rois à l'hôtel Excalibur. Une compétition de joute équestre dans une arène souterraine, Merlin, la magie, la danse, des cascades intrépides, un roi machiavélique et un repas à déguster avec les doigts. Suzie a adoré.

Je ne sais pas, mes chers lecteurs, si vous connaissez Las Vegas, mais je trouve que c'est à la nuit venue que la beauté de cette ville transparaît vraiment, lorsque tous les hôtels s'illuminent pour tenter de vous séduire. Suzie et moi avons profité du moment en déambulant le long des avenues, appréciant la fraîcheur ambiante après le coucher du soleil, grignotant des M&M's et savourant l'atmosphère générale de la ville.

L'hôtel Treasure Island se situe à l'opposé de l'hôtel Excalibur, mais nous n'étions pas pressés. Enfin, je ne l'étais pas car je savais qu'après le spectacle du Treasure Island, mes collaborateurs auraient besoin d'un peu de temps pour préparer cette demande avant notre arrivée.

Comme prévu, notre contact à l'hôtel, Simon, qui semblait bien m'apprécier — enfin quelqu'un avec qui je pouvais flirter sans que cela gêne Suzie —, nous attendait dans le hall d'accueil.

Il nous guida à travers l'hôtel, le long des couloirs étincelants, jusqu'à l'extérieur où nous attendait un énorme bateau pirate — ce navire fait partie du spectacle « Les sirènes du Treasure Island », énorme show gratuit de cape et d'épée sur le thème des pirates avec explosions et plongeons vertigineux, mais c'est aussi un endroit où les gens peuvent se marier.

Normalement, les mariages ont lieu dans la journée, mais quand j'avais mentionné le fait que nous parlerions de l'hôtel dans le blog — et après avoir innocemment flirté avec lui — Simon avait sorti le grand jeu.

J'emmenai donc Suzie à bord de cet immense navire pirate. Des fleurs étaient semées partout sur les ponts et les feux de la rampe illuminaient le bateau et l'eau tout autour, donnant à la scène une apparence féerique. Perchés sur l'un des ponts supérieurs, deux pirates se battaient en duel à l'épée, nous offrant notre propre spectacle privé. Spectacle auquel nous n'allions d'ailleurs par tarder à prendre part.

Soudain, les pirates dévalèrent l'escalier en colimaçon

et se dirigèrent droit sur nous. L'un d'eux attrapa Suzie, la serra contre lui, saisit une corde et se jeta par-dessus bord, Suzie sous le bras. Ils atterrirent sur les rochers à proximité. Je dois vous dire que Suzie joua à merveille le rôle de la demoiselle en détresse, criant avec une telle énergie qu'on aurait pu la croire vraiment en danger. Mais la crainte d'être lâchée dans l'eau y était sans doute pour beaucoup.

Puis ce fut mon tour d'entrer en scène. J'attrapai l'épée du deuxième pirate resté à bord, la coinçai dans ma ceinture, saisis une corde et me jetai dans le vide à leur poursuite. Le pirate m'attendait sur le rocher et nous nous battîmes avec ardeur — en ne faisant, comme convenu, qu'entrechoquer nos épées. Mais des étincelles jaillissaient du métal et Suzie semblait réellement terrifiée.

Enfin, je remportai le duel et poussai le pirate dans l'eau derrière nous. Attrapant Suzie par la taille, je repris ma corde et me jetai de nouveau dans le vide pour retourner à bord avec ma dulcinée sous le bras.

— Vite, dis-je au deuxième pirate en posant le pied sur le bateau. Nous devons nous préparer à partir, attrapez cette corde et hissez la grand-voile immédiatement !

Il était plutôt évident que nous n'irions nulle part, car aussi spectaculaire que soit le bateau, la crique dans laquelle nous nous trouvions était à peine plus grande que le navire lui-même. Mais Suzie, que Dieu la bénisse, prit son rôle très au sérieux. Elle s'empara d'une corde et aida à hisser la voile. Quand celle-ci se mit à flotter au vent, les mots, « Suzie, veux-tu m'épouser ? » apparurent en lettres géantes.

Malgré l'heure tardive, une petite foule s'était rassemblée de l'autre côté de la crique et se mit à applaudir en lisant la proposition sur la voile.

Et lorsque Suzie me chercha du regard, elle me découvrit un genou à terre en train de lui tendre la bague tête de mort.

Elle ne dit pas oui, mais elle prit la bague et la passa à son doigt, ce qui me sembla être plutôt bon signe.

Continuant à jouer le jeu pour la foule, je l'attrapai de nouveau et la jetai sur mon épaule pour l'emporter à l'intérieur de l'hôtel sous les cris et les railleries des curieux et le fou rire de Suzie qui vibrait dans tout mon corps.

Chapitre 11

Le truc, avec les propositions de Harry, c'est que je ne savais jamais à quoi m'attendre, ni même à quel moment. Notre vol pour New York étant programmé pour plus tard dans la soirée, Harry m'avait promis que nous aurions une journée tranquille. Il avait parlé de lézarder autour de la piscine, de prendre le temps de répondre à nos mails et de passer quelques coups de téléphone.

J'avais donc prévu de faire la grasse matinée, de skyper Jules depuis la piscine et de jeter un coup d'œil sur Internet pour voir le descriptif des hôtels où nous allions dormir. En tout cas, je n'avais pas imaginé une seconde que j'allais être tirée du lit à une heure impossible, et que, à peine sortie de ma douche, je serais jetée dans une Jeep les cheveux encore mouillés.

Je me retrouvais donc maintenant ballottée sur une route en plein désert, avec pour seul horizon de la boue et quelques buissons rachitiques. Si je n'avais pas aussi bien connu Harry, j'aurais pu croire qu'il avait pour projet de me tuer et de se débarrasser de mon corps dans un endroit où personne ne pourrait jamais le retrouver. Il n'y avait absolument rien dehors et je ne m'expliquais pas pourquoi nous roulions à travers cette étendue désertique à une heure aussi matinale. Non, vraiment, j'avais beau chercher, je n'en avais aucune idée.

OK, pour être tout à fait honnête, j'étais de très mauvaise humeur et ce n'était pas seulement à cause de ce réveil à l'aube ou de ce désert qui semblait sans fin. Notre visite new-yorkaise se rapprochait et le nombre de fois où Harry prononçait le nom de Chloé ne cessait d'augmenter depuis quelques jours. Ce soir-là, alors que j'allais la rencontrer pour la première fois, Harry avait déjà prévu de sortir avec elle — seul. Depuis, une douleur s'était nichée dans ma poitrine et ne me quittait plus.

Je jetai un regard noir au désert qui nous entourait pendant que Harry discutait avec Thomas, notre chauffeur. Avec son Stetson noir, ses bottes et sa moustache en guidon, Thomas était le prototype du parfait cow-boy. Pourtant, il n'y avait absolument rien d'artificiel chez lui. Il devait avoir une soixantaine d'années et l'expression qu'il affichait était celle d'un homme qui a tout vu et tout vécu.

Le paysage commença à changer. Des formations rocheuses apparurent dans mon champ de vision et des montagnes s'élevèrent à l'horizon tandis que la route devenait plus escarpée.

Au détour d'un virage, avant qu'il ne disparaisse de nouveau derrière les arbustes, j'eus la vision furtive d'un site que j'avais vu de multiples fois sur Internet, sur des posters, dans des films et des magazines.

Aussi excitée qu'une enfant, je m'écriai, interrompant Harry et Thomas en pleine discussion :

— Est-ce qu'on va voir le Grand Canyon ?

Harry se retourna vers moi et me regarda avec un large sourire.

— Oui, et même bien plus que ça.

Peu de temps après, Thomas gara la voiture devant le centre des visiteurs et y entra pour prendre nos tickets d'entrée et nos réservations pour le déjeuner. Je brûlais d'impatience de sortir pour admirer le paysage. De là où je me trouvais, je voyais les crêtes du canyon qui s'étiraient sur des kilomètres et semblaient partir dans toutes les directions. J'avais hâte de me pencher au-dessus du vide pour admirer ce Grand Canyon dans toute sa splendeur.

Je me rendis soudain compte qu'au lieu d'admirer le paysage, Harry était en train de m'observer.

— C'est fabuleux, merci, lui dis-je en me glissant près de lui.

Il me prit dans ses bras.

— Tu n'étais pas venu lors de ton précédent voyage ? lui demandai-je.

Il hocha la tête.

— Mais dans ce cas, pourquoi tu ne profites pas plus de cette vue au lieu de me regarder moi ?

— Parce que te voir si enthousiaste est incroyablement émouvant, me dit-il en souriant.

Les battements de mon cœur s'accélérèrent légèrement en entendant ces mots. Mais ce qui me toucha le plus, ce fut la tendresse que je lus dans son regard tandis qu'il les prononçait. Je m'apprêtais à lui répondre lorsque Thomas ouvrit la portière, portant un tas de documents dans les mains.

— Alors, voici vos tickets. Les verts sont pour votre déjeuner, ceux-là sont pour votre transport jusqu'à l'Eagle Point et ceux-là sont pour…

Il s'interrompit et, en souriant, indiqua du menton le bord du canyon.

En me retournant pour suivre son regard, je découvris un élégant hélicoptère bordeaux. J'écarquillai les yeux.

— Noooooon !

Harry fit un grand sourire, descendit de la voiture et m'offrit sa main que je saisis prestement.

— Nous y allons en hélicoptère ? lui demandai-je sans en croire mes yeux.

Harry acquiesça. Mes jambes semblaient ne plus vouloir fonctionner correctement, et il me soutint tandis que nous marchions vers l'engin. Je dois admettre qu'il était impossible d'être plus excitée que je l'étais à cet instant précis.

Nous montâmes rapidement à bord et Eric, le pilote, se présenta avant de nous expliquer comment attacher nos harnais de sécurité.

Je fouillai dans mon sac à la recherche de mon appareil photo pour tout filmer. Quand je relevai le nez, nous étions déjà dix mètres au-dessus du sol. Le décollage avait été si délicat que je n'avais même pas remarqué que nous avions pris notre envol.

Je souris à Harry et attrapai sa main. Tandis que nous nous éloignions de la terre, je m'émerveillai sur le vert du fleuve Colorado, plus de mille mètres au-dessous de nous, et ne pus retenir un cri, mélange de joie et d'excitation mais aussi de crainte de me trouver si haut. C'était extrêmement impressionnant.

L'hélicoptère plongea dans le canyon. Les falaises brun et rouge, escarpées et imposantes, nous entouraient cependant que nous remontions le cours du fleuve. Nous étions si proches des parois du canyon que j'avais l'impression de pouvoir les toucher. La roche qui les constituait avait des teintes rougeâtres et dorées. A y regarder de plus près, c'était en réalité une myriade de couleurs et de types de roches différentes qui témoignaient de millions d'années d'histoire. Des strates de rouge, de marron, de gris, de blanc, de jaune, de rose et de noir défilaient devant nos yeux dans les ondulations des falaises.

Je criais dès que l'hélicoptère changeait de direction, ce qui ne manquait pas de faire rire Harry. Puis l'appareil s'approcha plus près encore du fleuve et, admirant le soleil qui scintillait sur l'eau verte et frissonnante, je pensai à la promesse de l'or qui peut-être dormait au fond de son lit.

J'avais des crampes aux joues tant je souriais. Soudain, je remarquai que nous survolions un endroit où nous allions de toute évidence nous poser. Un bateau semblait nous attendre, manifestement prêt à prendre le relais pour la prochaine partie de notre excursion sur le fleuve Colorado.

L'hélicoptère atterrit avec une légère secousse. Après avoir remercié Eric avec effusion, nous nous faufilâmes parmi les rochers jusqu'au bateau, où nous attendait un homme d'origine asiatique, Sam. Celui-ci paraissait très nerveux.

Il était apparemment extrêmement enthousiaste à l'idée de nous emmener sur le fleuve, mais il semblait y avoir une autre raison à son état d'excitation.

L'hélicoptère se remit à bourdonner et Sam, d'une manière assez peu naturelle, lui fit un signe de la main tout en nous encourageant à l'imiter. L'hélicoptère décolla et, alors qu'il stationnait pendant quelques secondes au-dessus de nos têtes, j'éclatai de rire en découvrant en dessous, entre les patins, la grande phrase peinte que je connaissais maintenant si bien :

« SUZIE, veux-tu m'épouser ? »

Harry passa son bras autour de ma taille et je me blottis contre lui en regardant l'hélicoptère devenir de plus en plus petit puis disparaître complètement derrière le bord du Grand Canyon.

Il me fallut solliciter la force de chacun de mes muscles, de chaque infime partie de mon corps pour m'empêcher de hurler « Oui » à pleins poumons.

Je scrutais par le hublot le ciel sombre et le scintillement des lumières de New York. J'essayais de distinguer des monuments, quelques points de repère, mais il faisait trop noir et notre avion descendait trop rapidement. J'avais la sensation très précise de subir un dédoublement de personnalité. La moitié de mon corps vibrait de bonheur à l'idée de découvrir New York, et l'autre rêvait de voir l'avion poursuivre son chemin jusqu'au Québec sans s'arrêter ne serait-ce qu'un instant dans cette ville. Le nom de Chloé avait surgi dans la conversation soixante-dix-huit fois en tout depuis que nous avions décollé de Las Vegas. Oui, j'avais fait le compte. Et chaque fois qu'elle avait été mentionnée, je savais que nous nous rapprochions un peu plus du troll qui allait me voler mon homme et l'emporter loin de moi. Harry arrivait à peine à contenir son excitation à l'idée de la revoir.

Il se pencha au-dessus de moi pour regarder par le hublot et je sentis une petite partie de moi mourir en le voyant afficher un immense sourire.

— Tu as l'air fatiguée, me dit-il.

Je plaquai un sourire forcé sur mon visage.

— Non, ça va.

— Je pense que Chloé et moi allons sortir boire quelques verres ce soir.

Et voilà, soixante-dix-neuf ! Avait-il décidé de relever un nouveau défi : « Serez-vous capable de prononcer cent fois le prénom de votre ex en moins de trois jours ? » Oh ! j'allais devenir folle.

— Tu es la bienvenue si tu veux nous accompagner. En même temps, ça ne serait peut-être pas une mauvaise idée que tu dormes un peu. Comme ça, tu seras d'attaque pour visiter la ville demain. Nous avons un programme chargé et je préfère te prévenir, nous allons presque tout faire à pied.

Je contemplai de nouveau les lumières de cette ville qui semblait si pressée de nous accueillir. Je connaissais le vrai sens des mots de Harry. Ce qu'il voulait dire, en réalité, c'était : « Je préférerais que tu ne viennes pas avec nous. » Ou alors je ne m'y connaissais pas en sous-entendus.

Les haut-parleurs attirèrent notre attention :

« Mesdames et messieurs, c'est votre commandant de bord qui vous parle… »

J'aurais voulu, plus que tout au monde, qu'il nous annonce que nous ne pouvions pas atterrir à New York à cause des feuilles mortes sur la piste et que nous devions donc prolonger notre vol jusqu'au Québec, ou mieux encore jusqu'au pôle Nord. Mais j'entendis les roues de l'avion gronder tandis que nous touchions le sol et je poussai un soupir résigné.

Le commandant de bord parlait toujours :

« Bienvenue à l'aéroport de La Guardia, il est 23 h 10, heure locale. Il pleut un peu dehors, donc couvrez-vous chaudement à la sortie. Nous espérons que vous apprécierez votre séjour… »

Je rassemblai mes affaires avec une lenteur délibérée, m'assurant ainsi de bien être dans les derniers passagers à quitter l'avion. Puis, je traînai les pieds jusqu'aux tapis roulants pour récupérer nos bagages, m'arrêtai pour aller aux toilettes et refaire mes lacets, mais, inévitablement, nous finîmes malgré tout par atteindre la porte d'arrivée.

— Harry ! cria une voix de fille non loin de nous. Harry James Forbes, non mais, regarde-toi !

Une petite tornade blonde apparut devant nous en bondissant. Elle se jeta dans les bras de Harry et enroula ses jambes autour de sa taille en l'enlaçant étroitement. Il éclata de rire et lui rendit son étreinte. James ? Son deuxième prénom était James ? Pourquoi est-ce que je n'étais pas au courant de ça ? Certes ce n'était qu'un tout petit détail, mais il prouvait leur familiarité et c'était assez pour alimenter la douleur dans ma poitrine.

Ses cheveux étaient courts dans la nuque et traversaient son visage en une longue frange. Tandis que je me tenais devant eux comme une cruche en attendant d'être présentée, je pus à loisir constater que, quand Harry disait qu'elle était « belle à croquer », il était encore loin de la réalité. Cette femme était magnifique — personne ne pouvait l'ignorer. Et personne ne pouvait non plus ignorer combien Harry était totalement et éperdument fou d'elle.

Ce qui était agaçant avec Chloé, c'était qu'elle ait été si charmante — elle me salua exactement de la même manière qu'elle avait salué Harry, c'est-à-dire très chaleureusement, et me prit même par le bras pour sortir de l'aéroport. Elle était aussi enthousiaste qu'un chiot et malgré mes efforts pour essayer de trouver ridicule cette exubérance, c'était peine perdue. Elle était très attachante, c'était aussi simple que ça. Après avoir pris un taxi pour rejoindre Manhattan et avoir traversé le spectaculaire pont de Queensboro, nous nous enregistrâmes à la réception de notre hôtel, situé sur la Cinquième Avenue avec vue sur Central Park.

Chloé, à mon grand désarroi, logeait dans l'hôtel avec nous — elle vivait apparemment en dehors de Manhattan et avait réservé une chambre ici afin de pouvoir passer plus de temps en notre compagnie. Enfin, je pense qu'elle voulait surtout dire en compagnie de Harry. Et comme si ça ne suffisait pas, sa chambre était voisine de la nôtre.

A peine trente secondes après avoir franchi le pas de notre chambre, Harry s'était déjà changé et avait enfilé une chemise propre.

— Tu es sûre de ne pas vouloir venir ? me demanda-t-il en se dirigeant vers la porte, espérant clairement que je n'allais pas changer d'avis.

J'avais passé une heure entière à regarder Chloé faire la fête à Harry, ce qui me semblait amplement suffisant pour une seule vie. La seule chose positive dans tout ça était que Harry allait probablement passer les prochains jours avec elle, loin de moi. Je n'aurais donc plus à subir ces effusions de tendresse et, mardi, dans seulement trois petits jours, nous nous envolerions tous les deux pour le Québec, à des centaines de kilomètres de New York et de Chloé.

— Non ça va, je vais me mettre directement au lit et essayer de me reposer un peu.

Harry acquiesça et disparut en moins de deux.

En m'affalant sur le lit, j'entendis leurs rires s'éloigner dans le couloir. Trois petits jours. Je pouvais surmonter ça. Et si je devais payer pour les crimes que j'avais commis dans mes vies antérieures, New York semblait le lieu idéal pour le faire.

J'attrapai l'ordinateur portable pour répondre à quelques mails et faire des recherches sur l'Alaska. Je voulais me renseigner sur les possibilités d'alpinisme et de randonnée dans cette région car un de nos clients souhaitait y faire sa demande. Je pensais ainsi me changer les idées mais ce fut peine perdue. Je ne pouvais me sortir Harry et Chloé de la tête.

Si réellement ils n'étaient que des amis, et que rien ne devait plus jamais se passer entre eux, alors Chloé n'était pas une menace pour moi. Mais si elle était celle en qui Harry pourrait enfin avoir confiance et avec qui il déciderait de partager sa vie, alors c'était une bonne chose pour lui.

Je savais qu'il avait été blessé dans le passé et que c'était cette souffrance qui l'empêchait d'avancer. Certes, j'aurais voulu être celle qui arriverait à lui faire tourner la page, mais si telle n'était pas ma destinée, je devais me réjouir qu'il puisse le faire grâce à une autre. Qu'il trouve l'amour, et vive heureux jusqu'à la fin de ses jours.

Harry avait été mon roc. Il avait toujours été présent à mes côtés, dans les mauvais comme dans les bons moments, et je lui souhaitais sincèrement de connaître le bonheur. Tout à coup, j'avais terriblement envie de faire quelque chose pour lui, quelque chose d'aussi merveilleux que ce qu'il avait fait pour moi avec toutes ses propositions.

Je levai les yeux de l'ordinateur. J'avais une idée.

Harry était aussi excité à l'idée de venir à New York qu'à l'idée de revoir Chloé. Il adorait cette ville. Je repensai à la conversation que j'avais eue avec Jules à propos du job de ses rêves, celui auquel il avait renoncé, probablement à cause de Jack. Et si je pouvais lui dégotter un boulot ici ? L'idée commençait à se préciser dans mon esprit. Nous pourrions venir vivre ici tous les deux. Ce serait une très bonne chose pour moi aussi de m'éloigner de tous ces souvenirs de Jack. Je pourrais prendre un nouveau départ. Et je pouvais tout à fait gérer lapropositionparfaite.com depuis n'importe quel endroit dans le monde. Certes, nous devrions régler ces histoires de permis de travail et de visas, mais l'expression sur le visage de Harry quand il découvrirait qu'il avait un poste ici vaudrait tous les ennuis administratifs du monde.

J'avais un ami qui habitait ici, enfin c'était surtout un très bon ami de Jack, mais nous étions restés en contact depuis la mort de mon frère. Je ne pourrais probablement pas lui demander de but en blanc de trouver un poste pour Harry dans sa société, mais je pouvais toujours essayer de lui obtenir un entretien d'embauche. Harry avait un don en ce qui concernait l'informatique et les sites Internet, il ne serait donc pas difficile de vanter ses mérites.

En moins de deux, j'avais envoyé un mail. Il était tard dans la nuit mais, au moins, je savais que mon ami le lirait à la première heure, le lendemain.

Après avoir éteint l'ordinateur, je m'étendis sur le lit et fermai les yeux. Je souriais intérieurement. Je venais de faire le premier pas pour nous aider tous les deux à commencer un nouveau chapitre de notre vie.

Je me réveillai dans ce qui devait être les premières heures du jour. Quelqu'un venait de claquer la porte de la chambre voisine de la nôtre. Je pouvais maintenant entendre Harry et Chloé qui riaient et papotaient comme deux larrons en foire à côté. Mais je n'arrivais pas à distinguer clairement ce qu'ils se disaient.

Je les écoutais un moment. Elle le faisait rire. Beaucoup. Mais le jour allait bientôt se lever et je savais que Harry n'allait plus tarder à me rejoindre pour passer avec moi le reste de la nuit. Comme il l'avait fait chaque nuit depuis le début de notre voyage. Je veux dire, toutes ses affaires étaient dans cette chambre, évidemment qu'il reviendrait dormir ici. La discussion diminua progressivement et il n'y eut soudain plus un bruit. Je tendis l'oreille le plus attentivement possible, mais non, je n'entendais plus rien. Qu'est-ce qu'ils fabriquaient ? Un sentiment d'écœurement fourmilla dans mon estomac. Non, non, non, non. Harry m'avait certifié que plus rien ne se passerait jamais entre eux deux. Ils étaient amis, rien de plus. Oui, ils avaient eu une histoire, mais c'était du passé.

J'attrapai le verre posé sur ma table de chevet, bus l'eau qui était dedans et le posai contre le mur attenant à l'autre chambre. Puis, j'appuyai délicatement mon oreille sur le fond. Rien. Ah si. Ils étaient dans le lit. Je l'entendais grincer. OK. Peut-être étaient-ils seulement assis dessus en train de discuter. C'était devenu silencieux et je ne savais pas si c'était une bonne ou une mauvaise chose. Je guettai d'éventuels autres bruits, mais non, rien. Alors, voilà. Il était soit en train de lui faire l'amour, soit en train de la câliner tout en sombrant dans le sommeil. Aucune de ces deux options n'était véritablement une bonne nouvelle.

Je me recouchai. Je n'avais aucun droit sur lui, cet

homme ne m'appartenait pas. Rien ne s'était jamais passé entre nous et rien ne se passerait jamais, d'ailleurs. Je n'avais donc aucune raison d'être contrariée par ce dernier rebondissement. Je devais me réjouir pour lui. Il était mon meilleur ami, et qu'il soit heureux devait me rendre heureuse.

Mais à l'idée de pouvoir le perdre, la douleur dans ma poitrine redoubla d'intensité.

Je traversais Central Park en dégustant un bretzel aussi gros que ma tête lorsque mon téléphone se mit à sonner. Je décidai de l'ignorer royalement.

Je m'étais esquivée très tôt ce matin, redoutant plus que tout de voir Harry et Chloé cramponnés l'un à l'autre en train de partager leur petit déjeuner. J'étais blessée, bien plus que j'aurais dû l'être. J'avais eu Harry pour moi toute seule pendant tellement longtemps que je me sentais à présent terriblement frustrée qu'il soit avec quelqu'un d'autre. Et aussi ridicule que ça puisse paraître, il me manquait déjà.

Mais New York faisait partie de mon top 5 des villes à visiter, je n'allais donc pas me laisser abattre.

Tandis que j'arpentais les rues de la ville, j'entendis que mon téléphone recommençait à sonner. Même si j'étais fermement décidée à profiter pleinement de cette belle journée qui commençait, au bout de la cinquième sonnerie je capitulai. En soupirant, j'attrapai l'objet de mon harcèlement et avisai le nom de Harry qui clignotait sur l'écran. Je me demandais si je devais répondre. Harry était sans doute inquiet et le moins que je puisse faire était quand même de convenir avec lui d'un rendez-vous pour la prochaine proposition. En plus, je devrais continuer à prétendre que tout cela ne me faisait ni chaud ni froid.

Je répondis en essayant d'adopter un ton joyeux.

— Salut.

— Où es-tu ? me demanda-t-il d'une voix inquiète.

— Dehors. Je m'imprègne de l'ambiance.

Voilà qui sonnait radieux et désinvolte.

— Pourquoi tu ne m'as pas attendu ? Je voulais te faire découvrir tout ça moi-même.

— Eh bien, j'ai pensé que tu voudrais passer du temps avec Chloé. Je n'ai pas eu l'impression que tu avais très envie de faire du baby-sitting, encore moins de m'accompagner dans tous ces endroits que tu connais déjà. Et, de toute façon, cela aurait sûrement été très ennuyeux pour toi. Allez, je suis sûre que vous saurez trouver tous les deux un bon moyen de vous occuper aujourd'hui.

Il y eut un silence, le temps qu'il digère le sarcasme que je n'avais pu retenir.

— Tu m'en veux, finit-il par dire.

— Pas du tout.

— Est-ce que tu nous as entendus quand on est rentrés hier soir ? Est-ce qu'on t'a réveillée ?

— Non. J'ai dormi comme un bébé. Ecoute, Harry, je vais au musée, donc amuse-toi bien avec Chloé et ne te fais pas de souci pour moi, je vais très bien m'en sortir toute seule. Envoie-moi juste un message pour me dire quand et où aura lieu ta prochaine proposition.

— D'accord, me dit-il avec un ton résigné.

Je soupirai.

— Harry, ne le prends pas comme ça, c'est juste que j'ai encore l'impression d'être dans tes pattes.

— Mais tu ne l'es pas, loin de là, me dit-il d'une voix qu'il tentait de rendre rassurante.

— Allez, on se voit plus tard.

Je raccrochai sans lui laisser le temps d'épiloguer sur le sujet.

New York était à la hauteur de mes attentes, et bien plus encore. Cet endroit bourdonnait d'une perpétuelle activité qui retentissait dans tout mon corps.

Je regardais partout autour de moi pour ne rien rater de cette agitation constante. Les taxis jaunes passaient comme des flèches, les klaxons hurlaient mais les gens n'arrêtaient jamais leurs allées et venues, remontant d'un pas vif les trottoirs avec leurs gobelets fumants de macchiato, leurs téléphones portables et leurs iPods. D'étincelants gratte-ciel se dressaient, imposants, le long des rues bordées de magasins luxueux et de grands restaurants.

Après m'être empiffrée de deux différentes parts de tarte et d'un délicieux cheesecake chez Lindy's, je me rendis à la cathédrale Saint-Patrick. Avec ses deux immenses flèches de style gothique, l'église ne semblait pas à sa place à l'ombre de tous ces buildings. Pourtant, d'une façon ou d'une autre, elle s'intégrait à merveille dans ce décor incroyable.

J'avais pris tant de photos que la carte mémoire de mon appareil n'allait plus tarder à être pleine. J'avais même photographié la vapeur qui s'échappait des bouches d'égout sur les trottoirs. Sans oublier bien sûr Times Square, le Flatiron Building et l'Empire State Building, vu d'en haut et d'en bas.

Enfin, j'avais passé une bonne heure à jouer avec tous les jouets chez FAO Schwarz et une autre à baver dans un état proche de l'extase chez Tiffany's. C'était vraiment une journée extraordinaire et, en songeant à toutes les possibilités qui s'offraient à Harry pour faire sa prochaine demande, je brûlais d'impatience de voir ce qu'il m'avait réservé.

A bien des égards, New York était un lieu de rêve et c'était également une source d'inspiration intarissable en ce qui concernait mes propres propositions pour le site.

J'avais été dehors toute la journée et mes pieds me faisaient souffrir, mais mon esprit, lui, était d'une parfaite lucidité et totalement stimulé par mon excitation. La nuit était tombée depuis longtemps et New York avait à présent un nouveau visage, une nouvelle atmosphère. Les lumières des rues, les enseignes lumineuses et les néons indiquaient que la ville n'allait certainement pas se coucher avant un long moment. Je jetai un coup d'œil à mon téléphone, mais il n'y avait aucun message. Je n'avais pas eu de nouvelles de Harry au cours de la journée, et je songeai avec dépit qu'il devait sûrement être trop occupé avec Chloé pour pouvoir m'accorder ne serait-ce qu'une pensée.

Bien décidée à voir Times Square éclairé la nuit — et serrant dans ma main mon plan tout froissé —, je me frayai un chemin au travers des rues, goûtant à la vibrante agitation de cette foule qui marchait à toute allure.

J'étais presque arrivée quand mon téléphone m'avertit que je venais de recevoir un SMS. Je plongeai la main dans mon sac, impatiente d'avoir des nouvelles de Harry.

C'était plutôt laconique :

Central Park, au croisement de la Ve Avenue et de la 59e Rue. 9 heures.

Je fixai le message. Pas de : « J'espère que tu as passé une bonne journée », ni de : « Tu m'as manqué », ou encore même de : « Comment ça va ? » Juste une instruction, sèche et concise. Etait-il en colère ? Il n'avait aucun droit de l'être. Surtout pas, c'était moi la laissée-pour-compte. Et maintenant je devais mettre les bouchées doubles pour arriver à l'heure à Central Park. J'allais devoir reporter ma visite de Times Square.

L'air de la nuit s'était rafraîchi à présent et de petits nuages brumeux sortaient de ma bouche tandis que je me dépêchais de remonter les rues. Le matin même, quand j'avais quitté l'hôtel, le soleil brillait et j'étais si pressée de déguerpir que je n'avais pas pensé à emporter mon manteau, ce que je regrettais terriblement maintenant. Je me demandai si j'aurais le temps de repasser à l'hôtel avant de retrouver Harry, mais un rapide coup d'œil à ma montre m'indiqua que c'était impossible.

J'aperçus bientôt la vaste étendue de verdure qui s'étendait devant moi tandis que j'avançai sur la Cinquième Avenue. Mais bien que Harry fasse une tête de plus que tout le monde, j'avais beau scruter la foule des yeux, je ne voyais aucune trace de lui.

Et en arrivant au croisement, je fus amèrement déçue de voir que c'était Chloé qui m'attendait au point de rendez-vous.

Elle était radieuse. Même dans ce froid, ses cheveux blonds étincelaient sous les réverbères, et ses joues étaient d'un rose éclatant. En ce qui me concernait, j'étais sûre que la seule chose qui devait être rose et brillante chez moi, c'était mon nez.

Chloé me serra chaleureusement dans ses bras et je ne pus faire autrement que de lui rendre son étreinte. Elle était petite, délicate, sentait la vanille, et son enthousiasme était contagieux.

— T'as passé une bonne journée ? me demanda-t-elle en prenant mon bras tandis que nous avancions dans le parc.

— Oui, très agréable. New York est vraiment un endroit incroyable, je comprends pourquoi tu as choisi de vivre ici.

— Ça fait trois ans maintenant et je sais que je ne m'en lasserai jamais. Harry adore cette ville lui aussi et je crois même qu'il aimerait bien vivre ici.

Je souris en mon for intérieur, contente de moi en repensant à mon petit secret.

Puis Chloé et moi marchâmes en silence un moment.

Peut-être s'attendait-elle à ce que je lui demande comment avait été sa journée… Mais je ne voulais rien savoir de ce qu'ils avaient fait, Harry et elle, aujourd'hui. J'avais bien trop peur qu'au détour de la discussion elle n'évoque une quelconque étreinte passionnée. Je cherchai rapidement un sujet de conversation.

— Harry m'a dit que tu travaillais pour la télé et le cinéma ? Tu es maquilleuse, c'est ça ?

— Non, pas vraiment, enfin pas le genre rouge à lèvres, mascara et compagnie. Moi ça serait plutôt : lésions, ecchymoses, cicatrices, prothèses nasales, labiales, troisième œil, victimes d'accidents de voiture, de meurtres, monstres, aliens, démons, vampires, elfes, tu vois, ce genre de choses… Pour faire simple, tout ce qui est un peu dégoûtant, c'est pour moi.

— Oh ! cool, lui dis-je, sincèrement étonnée.

C'était super, vraiment. Bien plus intéressant que ce que je faisais moi…

— Alors, demanda-t-elle brusquement. Harry et toi ?

Argh. J'aurais dû le voir venir. J'émis un borborygme évasif.

— Harry m'a dit que vous étiez amis, reprit-elle, et je sais qu'il t'adore. D'ailleurs, vu tout le mal qu'il se donne pour toi, ça semble évident qu'il tient à…

— Il ne me voit pas de cette façon, lui répondis-je sèchement.

Mais Chloé n'en démordait pas.

— Oui, mais est-ce que toi, tu le vois de cette façon ?

— Non, lui répondis-je rapidement — sûrement trop rapidement d'ailleurs.

— Alors, tu n'as jamais été séduite par une de ses propositions ?

J'éclatai de rire.

— Tu imagines sa réaction si je lui disais oui ?

Chloé pouffa.

— Tu devrais carrément lui dire oui. Juste une fois pour voir quelle serait sa réaction, justement.

Je souris à cette idée.

— Oh ! mais je peux tout à fait te la décrire : tout d'abord ses yeux s'agrandiraient d'horreur, et ensuite il disparaîtrait dans les airs, ne laissant derrière lui qu'un trou dans le feuillage des arbres. Un trou en forme de Harry.

Chloé s'esclaffa.

— Bien essayé, mais je te mets quand même au défi ! Ah, ça y est, nous sommes arrivées.

J'avais été si absorbée par notre conversation que je n'avais pas prêté attention à l'endroit vers lequel nous nous dirigions. En face de nous, un homme vêtu d'un grand manteau vert à boutons dorés et portant un chapeau haut de forme se tenait devant… une calèche noire.

— Mademoiselle McKenzie ? me demanda-t-il.

J'acquiesçai d'un mouvement de tête.

— Je m'appelle George, je serai votre chauffeur pour la soirée.

Je regardai Chloé.

— Nous allons faire un tour en calèche ?

— Tu vas faire un tour en calèche, me répondit-elle en souriant.

Je me retins pour ne pas bondir de joie.

— Mademoiselle McKenzie, ajouta le cocher, M. Forbes m'a demandé de vous présenter mon cheval.

Il m'offrit son bras et, après avoir jeté un regard interloqué à Chloé, je le suivis jusqu'à sa monture. C'était un grand cheval à la robe noire qui me dominait de toute sa hauteur. Je caressai son nez et, tandis qu'il s'appuyait contre ma main, je remarquai ses grands yeux doux et bruns, qui me rappelèrent ceux de quelqu'un.

— Je vous présente Harry, me dit George.

Je ris.

— Bonjour Harry, dis-je tendrement au cheval tout en caressant sa crinière soyeuse, tu es magnifique.

— Bien, maintenant, mademoiselle McKenzie, nous ferions mieux de nous mettre en route, nous avons beaucoup de choses à voir.

George m'escorta jusqu'au marchepied de la calèche et Chloé me tendit un sac plutôt lourd.

— Mets ça quand tu seras arrivée, mais surtout ne regarde pas ce qu'il y a dedans avant la fin du trajet.

J'acquiesçai, intriguée, et montai dans la calèche.

Alors que celle-ci se mettait en mouvement, Chloé me fit un signe de la main.

— N'oublie pas le défi ! me cria-t-elle tandis que nous nous éloignions.

Je lui répondis d'un sourire puis me rassis pour profiter pleinement du moment. Je contemplai les arbres qui surgissaient de l'obscurité au son du délicieux clip-clop des sabots de Harry. Les vieilles lanternes de l'époque victorienne qui créaient de petites mares de lumière en travers de l'allée me rappelaient celles qui parsemaient les rues de mon quartier, chez moi à Londres. Je me demandais quelle heure il pouvait être là-bas… Mon quotidien me semblait maintenant si lointain…

Devant nous, le chemin serpentait dans la nuit. Malgré les bruits de la ville, nous étions comme coupés du monde.

J'aperçus tout à coup un objet rose accroché à un arbre devant nous. Quand nous passâmes dessous, George se leva pour le cueillir, puis il se pencha en arrière pour me le tendre.

— Je crois que c'est pour vous.

Je saisis la petite enveloppe. Il semblait y avoir un objet à l'intérieur. Je déchirai le papier et une petite lune en cristal tomba dans la paume de ma main. Je la regardai avec stupeur, il n'y avait pas de note, aucune explication. La lune était magnifique, finement sculptée. Je la tins serrée dans ma main. Tandis que nous avancions dans l'allée, je passai machinalement l'enveloppe sous mon nez. Elle avait son odeur.

George trouva deux autres enveloppes dans les branches des arbres pendant notre trajet et chacune d'elle m'offrit un nouvel objet en cristal : une étoile et un soleil.

Soudain, des lumières brillèrent devant nous à travers les arbres et je tendis le cou pour voir de quoi il s'agissait.

— Nous sommes presque arrivés à destination, mademoiselle, vous devriez ouvrir votre sac, me dit George sans se retourner.

Je m'emparai du sac avec une excitation difficilement dissimulable et découvris en l'ouvrant une paire de patins à glace. En souriant, je retirai rapidement mes baskets pour les enfiler puis jetai mes chaussures au fond du sac.

— Ooohhh, dit George à Harry le cheval tandis que nous ralentissions notre allure.

Je finis de lacer mes patins et, levant les yeux, découvris une patinoire presque déserte.

George m'aida à descendre de la calèche. Je lui fis un signe de la main et m'éloignai en boitillant jusqu'à l'entrée. La glace étincelait sous la lumière des lampadaires, mais mes yeux furent surtout attirés par une lueur rose à l'autre bout de la piste. Harry attendait en dessous. M'attendait moi.

Immédiatement, je vis que Chloé, elle aussi, se trouvait sur la glace. Enfin, pour le moment elle patinait à l'écart. Elle avait de toute évidence pris un chemin bien plus rapide que notre longue balade sous les arbres pour venir jusqu'ici.

Je montai sur la glace d'un pas hésitant et, après avoir trouvé mon équilibre, patinai droit vers Harry.

— Salut, me dit-il alors que j'arrivais à son niveau.

Il me regarda des pieds à la tête.

— Tu n'as pas froid ?

— Un peu, mais ça va. J'aurais dû prendre mon…

Avant même que j'aie eu le temps de finir ma phrase, il retira son long manteau et m'enveloppa dedans, m'aidant à enfiler les manches et le boutonnant jusqu'en haut. Je lui souris. Toute ma colère venait de s'évanouir. Il prit mes mains dans ses grandes pattes et souffla dessus de son haleine chaude, faisant instantanément naître le désir au creux de mon ventre.

— Tu m'as manqué aujourd'hui, lui dis-je.

Il posa un rapide baiser sur mon front mais ne me répondit pas, émettant au lieu de cela un sifflement à percer les tympans. Derrière lui, une grosse machine se mit en marche. Surprise, je fronçai les sourcils tandis qu'une substance blanche, projetée dans les airs, retombait doucement autour de nous. Il s'agissait d'un canon à neige ; je regardai la valse des flocons qui se détachaient sur le ciel nocturne en tourbillonnant au-dessus de nous, puis me mis à sourire bêtement lorsque je les sentis se poser sur mon visage tels de minuscules cristaux glacés. C'était merveilleux.

Je me retournai vers Harry. Il m'observait avec attention.

— J'ai reçu tes cadeaux, lui dis-je en sortant de ma poche les petites breloques en cristal.

— Je t'ai offert le soleil, la lune et les étoiles, et maintenant je voudrais t'offrir mon cœur, me répondit-il le plus sérieusement du monde.

Il posa un genou à terre et me tendit sa main. Quand il l'ouvrit, je découvris dans sa paume un petit cœur en cristal rose. Je le saisis et effleurai du bout des doigts sa surface lisse et froide.

— Veux-tu m'épouser, Suzie ?

Je baissai les yeux sur lui et pris son visage dans ma main.

— Qu'est-ce tu ferais si je te répondais oui ?

Mon cœur tambourinait dans ma poitrine à présent.

Mais qu'est-ce que je venais de dire ? Ses yeux s'agrandirent un instant puis il éclata de rire.

— Je trouverais une église ou une mairie qui pourrait sceller notre union dès ce soir et nous serions mari et femme avant minuit.

Il me souriait et rien dans ses yeux ne suggérait qu'il prenait tout ça au sérieux.

— Alors, est-ce qu'elle a dit oui ? dit tout à coup Chloé en glissant jusqu'à nous.

Manifestement, la curiosité avait pris le dessus et elle était impatiente de savoir si j'avais osé relever le défi. Mais, alors que j'allais répondre oui, elle fit un salto saisissant et tourna deux fois sur elle-même dans les airs avant de repartir sur la glace.

Harry applaudit en riant.

— Bravo Chloé, tu m'impressionnes !

Ma main glissa de son visage quand il se releva pour l'observer avec admiration.

— Me joindre à vous pour un ménage à trois, ça ne m'intéresse pas du tout, merci bien, lui dis-je en reculant. Je te remercie pour tout ça, c'était fantastique. Mais je vous laisse tous les deux. Profitez bien de votre soirée, je vous verrai demain.

Alors que je me retournais, Harry attrapa mon bras et m'attira vers lui. Je vacillai un peu sur mes patins à cause de la brusquerie de son mouvement. Il passa son bras autour de ma taille et m'enlaça.

— Qu'est-ce qui ne va pas ? demanda-t-il, les sourcils froncés.

— Est-ce que tu as passé la nuit avec elle ?

Mon Dieu, il fallait vraiment que j'installe ce fichu filtre dans mon cerveau.

Je m'attendais à ce qu'il devienne furieux. Je n'avais pas le droit de lui poser cette question et encore moins d'avoir quoi que ce soit à dire sur la réponse.

Il me fixa d'un regard sombre. Puis il passa son autre bras autour de moi et me serra encore un peu plus contre lui.

— Non. Enfin si, mais ce n'est pas ce que tu crois. Je ne voulais pas te réveiller, alors j'ai dormi dans son lit, comme quand on dort ensemble toi et moi. Il ne s'est rien passé du tout. Nous sommes amis, rien de plus.

Je ne savais pas si ce n'était pas pire. Je pensais que cette intimité, cette amitié qui nous liait était unique. Qu'un attachement hors du commun nous liait, rien que nous deux. Mais apparemment, il avait la même relation avec Chloé. Peut-être était-il aussi tendre avec toutes ses amies féminines ? Peut-être n'étais-je pas si précieuse que ça pour lui, en réalité.

Il balaya quelques flocons de neige de ma joue. A son contact, mon ventre s'enflamma de nouveau.

— Pourquoi es-tu si bizarre à propos de tout ça ? Je suis sorti avec beaucoup de femmes depuis qu'on s'est rencontrés et tu n'avais jamais réagi comme ça jusqu'à maintenant. D'abord cette blonde aux Galápagos, et maintenant Chloé. Si je ne te connaissais pas aussi bien, je pourrais croire que tu es jalouse. Est-ce que ce sont les propositions qui te font tourner la tête ? Es-tu en train de tomber amoureuse de moi ?

Il rit, écartant aussitôt l'éventuelle crédibilité de cette hypothèse.

Je me libérai de son étreinte et il ne fit rien cette fois pour me retenir.

— Tout ça n'est qu'une grosse blague pour toi, n'est-ce pas ? Tu ne comprends donc rien du tout ?

Oh non, mon Dieu, non, je devais arrêter de parler sans réfléchir.

— Ce n'est pas une blague, me dit-il d'un air sérieux, toute trace d'humour ayant disparu de sa voix. A aucun moment. Et, non, je ne comprends pas pourquoi tu es si bouleversée à propos de quelque chose qui ne signifie strictement rien pour moi.

Mon cœur bondit. Dormir avec Chloé ne signifiait rien pour lui. Mais puisqu'il venait de dire que c'était la même chose que quand nous dormions ensemble, est-ce que cela voulait dire que ça non plus ne signifiait rien pour lui ?

Quelque chose piquait ma main fortement. En baissant les yeux, je vis le petit cœur en cristal. Je le lui rendis.

— Garde ça pour quelqu'un qui compte vraiment pour toi alors, lui lançai-je avant de me retourner et de m'éloigner en patinant.

— Suzie, attends ! cria Harry.

Je sortis de la patinoire, jetai mes patins et son manteau sur une chaise, enfilai à toute vitesse mes baskets et partis en direction de l'hôtel, sans jeter un seul regard en arrière.

Le lendemain, j'étais sur le ferry de Staten Island quand mon téléphone m'indiqua que je venais de recevoir un SMS. Harry n'avait pas remis les pieds dans notre chambre d'hôtel, je ne l'avais donc pas revu depuis notre dispute de la veille.

Je décidai d'attendre que le ferry soit passé devant la Statue de la Liberté — mon activité touristique du jour — avant de le lire. La statue était bien plus petite en vrai que dans les films ou sur les photos mais restait malgré tout un symbole puissant et impressionnant. On pouvait lire dans ses yeux une résolution de fer tandis qu'elle contemplait la mer.

Il était très tôt et les faibles rayons du soleil hivernal se reflétaient sur les vagues avec un éclat rose bonbon.

Tandis que la statue s'éloignait et rétrécissait à vue d'œil, j'attrapai mon téléphone et lus le message.

Sois à midi au « Top of the Rock », au 70e étage, sur le pont d'observation du Rockefeller Center. Utilise l'une des longues-vues qui font face à Central Park. Je ne serai pas là, donc garde les yeux bien ouverts.

Il ne serait pas là ? Il avait eu le culot de me remonter les bretelles quand je lui avais demandé si je pouvais ne pas venir à la proposition au Mexique et maintenant il était trop occupé pour venir assister à celle-ci ?

Je remarquai que j'avais reçu un nouveau mail. Il était de Mark, l'ami de Jack qui vivait ici. Je le survolai. A ma grande surprise, Mark connaissait Harry — il avait brièvement travaillé avec lui avant de déménager à New York. Au ton du message, on sentait que Mark salivait pratiquement à l'idée de pouvoir de nouveau travailler avec Harry. Il précisait même qu'il était exactement la personne dont sa société avait besoin.

Mark voulait savoir si Harry pouvait venir le voir pour un entretien d'embauche deux jours plus tard. Je me mordis la lèvre. Nous étions censés prendre l'avion le lendemain pour le Québec. En même temps, il ne devait pas être si difficile de changer nos billets.

Je tenais toujours à faire quelque chose de vraiment chouette pour Harry. Je regrettais de m'être emportée sans véritable raison la veille, surtout après tout ce qu'il avait fait pour moi — bien que mon sentiment de culpabilité se soit légèrement atténué au petit matin quand j'avais constaté qu'il n'était pas rentré. Mais ce rendez-vous avec Mark était pour moi une manière de lui rendre la pareille, peut-être même de lui faire prendre conscience des sentiments que j'éprouvais à son égard, sans toutefois m'exposer outre mesure.

Je répondis à Harry que nous devions discuter et que

s'il ne venait pas à la proposition, j'aimerais que nous puissions nous retrouver pour boire un verre ce soir.

Il ne répondit pas.

J'arrivai sur place avec un peu d'avance et en profitai pour contempler la vue avant cette nouvelle proposition. A certains égards, le point de vue était plus beau que celui de l'Empire State Building, même s'il était plus proche des autres gratte-ciel. Et la vue dégagée sur Central Park y était incomparable et réellement époustouflante.

Peu avant midi, je me mis en position, face au parc, en me demandant ce que j'allais bien pouvoir découvrir cette fois. J'avais acheté en chemin une petite paire de jumelles dans une des boutiques pour touristes, ce qui allait donc pouvoir m'éviter d'utiliser tous mes *quarters* et de monopoliser une des longues-vues publiques à disposition sur le pont d'observation.

J'attendis patiemment mais je ne voyais rien. Je survolais de long en large le parc, le ciel, les rues, mais non, vraiment je ne remarquais rien. Cinq minutes passèrent. Puis dix. Mais toujours rien à l'horizon.

C'était déjà suffisamment contrariant que Harry ne soit pas là, mais cela aurait été carrément le pompon si en plus il avait oublié la proposition. Ça, jamais je n'aurais pu le lui pardonner.

Près de moi, un homme s'agenouilla avec une rose rouge à la main et demanda à la femme qui l'accompagnait si elle voulait l'épouser. Elle gloussa de joie et se jeta dans ses bras. Au moins, quelqu'un avait été demandé en mariage aujourd'hui.

Puis tout à coup, je la vis. Dans l'immense gratte-ciel noir, à côté du parc, deux gigantesques lettres, V et E, apparurent dans l'une des fenêtres. Un U et un X se montrèrent ensuite dans celle d'en dessous. Puis un tiret. Lentement, très lentement, la phrase « Veux-tu m'épouser ? » se révéla sur huit étages, dix si on comptait le tiret et le point d'interrogation.

C'était fou. Même sans les jumelles, car la proposition était visible à l'œil nu. Je souris en prenant rapidement quelques photos. Niveau originalité, Harry était vraiment imbattable. A côté de moi, la toute nouvelle fiancée vit aussi la proposition et jeta sa rose au nez de son prétendant.

— Pourquoi est-ce que je n'ai pas le droit à ça, moi ? J'aurais préféré une demande affichée fièrement sur un gratte-ciel plutôt que cette rose à deux balles... Tu n'es qu'un gros radin ! lui hurla-t-elle avec un accent américain à couper au couteau.

Voyant le fiancé en sérieuse difficulté, j'intervins gentiment :

— Excusez-moi, mademoiselle, je travaille pour le site Internet La Proposition parfaite, lui dis-je en lui tendant ma carte de visite. Votre fiancé a organisé ça pour vous. Malheureusement, et nous en sommes désolés, votre demande a eu un peu de retard. C'est pourquoi il a d'abord dû vous demander votre main de façon traditionnelle. Je vous présente toutes mes excuses pour ce petit contretemps, mais la logistique de ce genre d'événement est plutôt complexe à mettre en place.

La fille se retourna vers son compagnon.

— Tu as fait ça pour moi ?

Il me regarda et acquiesça, avec l'air de se demander combien tout ceci allait bien pouvoir lui coûter.

Sa fiancée se jeta dans ses bras une nouvelle fois et le couvrit de baisers. Du bout des lèvres, il me murmura un « Merci » discret par-dessus son épaule.

— Toutes mes félicitations, leur dis-je, mais je doutais que la fille m'ait entendue.

C'est alors que, me détournant d'eux en souriant, je le vis. Là, devant moi. En chair et en os. Jack.

Chapitre 12

Je n'arrivais plus à bouger, je n'arrivais même plus à respirer. La seule chose que je pouvais faire c'était dévisager cet homme qui était de toute évidence… mon frère. Pourtant, tandis que j'avançais lentement vers lui, chaque cellule de mon corps me criait, me hurlait que ce n'était pas lui, que ce n'était pas possible. Je l'avais vu mourir, j'avais tenu sa main alors qu'il rendait son dernier soupir, j'avais assisté à ses obsèques. Et voilà qu'il était là, à quelques mètres de moi, le bras passé autour de la taille d'une femme.

Avait-il simulé sa mort pour être avec elle ? Comment avait-il pu abandonner Jules et Bella ? Mais soudain tout cela n'avait plus d'importance. Je pourrais toujours me mettre en colère contre lui plus tard, maintenant la seule chose que je voulais faire était le toucher, le serrer contre moi, sentir son odeur une nouvelle fois.

Je fis un nouveau pas vers lui et il se rendit compte que je l'observais. Mais il ne sembla pas du tout me reconnaître. Cela aurait dû être suffisant pour me freiner, pour me faire douter de cette folie. Mais ma main déjà se tendait vers lui, impatiente de le toucher.

— Tout va bien, mademoiselle ? me demanda-t-il. De toute évidence, il était anglais mais, à la différence de Jack, son accent était typique du nord du pays.

Je sentis les larmes me monter aux yeux. Ce n'était pas lui. Mais bien que j'en sois consciente, je ne pouvais empêcher ma main de continuer à s'avancer vers lui pour se poser sur son cœur, comme animée par une infime lueur d'espoir.

— Gareth, qui est cette femme ? demanda soudain sa compagne.

Le dénommé Gareth haussa les épaules, l'air un peu effrayé par mon attitude étrange.

Tout à coup, je sentis qu'on écartait ma main loin de l'homme pour la poser sur… le torse ferme de Harry.

Ce dernier m'enlaça aussitôt de ses bras protecteurs.

— Ce n'est pas lui, ma douce.

— Je sais, lui répondis-je en éclatant en sanglots contre sa poitrine.

Mes larmes inondèrent sa chemise tandis que je me laissais emporter par une gigantesque vague de déception. Il m'attira un plus loin, me fit asseoir près de lui sur un banc et passa de nouveau son bras autour de mes épaules. Je pleurais toujours mais, grâce à la présence réconfortante de Harry, le flot se tarit rapidement.

— Je suis vraiment stupide, murmurai-je en essuyant mes yeux. Je voulais tellement que ce soit lui que j'ai réussi à m'en persuader.

Je jetai un nouveau coup d'œil à l'homme qui nous observait toujours avec méfiance. Vu de cet angle, je voyais bien que ce n'était pas Jack. Il avait le visage plus fin, faisait au moins une tête de plus que lui et n'avait pas ce grain de beauté sur la joue si voyant qu'il lui avait valu plus d'une fois d'être surnommé « Choco Pops » par ses amis.

— Tu plaisantes ? dit Harry. Cet homme est le sosie de Jack, il pourrait être son jumeau. J'ai dû me retenir moi-même pour ne pas me jeter dans ses bras et lui faire un gros câlin.

Je ris faiblement.

— J'aurais préféré que tu le fasses, ça m'aurait évité de passer pour une cinglée.

— Il suffit de demander, ma douce.

Harry se leva et fonça droit sur l'homme pour l'enlacer affectueusement, fourrant son nez dans son cou à la manière d'un chat. L'homme était totalement atterré et je ne pus réprimer un grand éclat de rire.

Harry relâcha son étreinte, lui tapota amicalement la joue puis revint s'asseoir à côté de moi. Il me prit sur ses genoux et je me laissais aller contre lui tandis qu'il caressait mon dos.

Levant les yeux vers lui, j'effleurai tendrement sa joue.

— Qu'est-ce que je deviendrais sans toi ?

Il sourit et déposa un tendre baiser sur mon nez.

Nous restâmes ainsi à nous regarder pendant quelques secondes puis, tout à coup, la tension des jours précédents refit surface.

— Au fait, de quoi voulais-tu me parler ? me demanda-t-il un peu sèchement.

— Oh. J'ai une surprise pour toi. Je t'ai peut-être trouvé un boulot…

Il me dévisagea, l'air interdit.

— Mais Suzie, j'ai déjà un boulot.

— Oui mais attends, là c'est bien mieux. Ce serait pour bosser chez Euphoria, une grande société d'informatique basée ici même. Tu pourrais enfin mettre tes incroyables compétences au service de quelque chose de bien plus intéressant que la simple conception de sites Internet. Et puis tu pourrais venir vivre ici, tu adores tant cette ville. Je sais que tu en as envie depuis longtemps et comme ça, tu pourrais concrétiser ton rêve…

A la vue de l'expression qui s'afficha sur le visage de Harry, je m'interrompis subitement. Il semblait furieux.

— Si j'avais voulu un poste ici, je l'aurais trouvé moi-même, Suzie. Tu n'as absolument pas le droit d'interférer dans ma vie de cette façon, me dit-il en criant presque.

Mais où est-ce que je m'étais plantée ? Je pensais vraiment que c'était ce qu'il voulait... Nous n'étions pas encore arrivés qu'il n'avait déjà que cette ville à la bouche : « New York, New York, New York ».

— J'ai juste essayé de faire quelque chose de sympa pour toi..., lui dis-je d'un ton penaud.

— Tu cherches surtout à te débarrasser de moi, oui.

— Non, ce n'est pas du tout ça.

— J'ai fait mon temps, c'est ça ? Je t'ai soutenue après la mort de ton frère, je t'ai accompagnée dans les pires moments de ta vie, et maintenant que tout ça est derrière toi, tu te projettes dans l'avenir — et je n'en fais pas partie.

— Non, attends Harry, tu ne comprends pas...

Il me fit descendre de ses genoux, se leva et s'éloigna sans un mot. Je le regardai un instant, puis me levai pour lui courir après mais il était trop tard. Les portes de l'ascenseur venaient de se refermer. Il était parti.

J'avais attendu une éternité dans notre chambre d'hôtel, mais Harry n'était jamais revenu. J'avais essayé de l'appeler, lui avait envoyé des SMS, mais tout était resté sans réponse. En fin de compte, la faim avait eu raison de moi et j'étais descendue au restaurant de l'hôtel.

En entrant dans la salle à manger, je découvris que Harry était là, avec Chloé. Il avait l'air totalement dévasté. Mon sang se figea dans mes veines. Cela n'avait de toute évidence rien à voir avec le poste. Non, c'était quelque chose de bien pire. Les pires scénarios me vinrent à l'esprit. Etait-il arrivé quelque chose à Badger ? A sa sœur ou à son neveu ? Je me précipitai vers lui, ignorant Chloé qui lui tenait la main et tentait de le réconforter.

— Qu'y a-t-il ? Que s'est-il passé ? lui demandai-je sans détour.

Harry leva les yeux vers moi. Son regard était glacial.

— Rien qui ne doive t'inquiéter, me répondit-il en finissant son verre d'une traite. Je vais me coucher. Chloé, tu viens ?

— Dans un instant, lui répondit-elle en lui montrant son verre encore à moitié plein.

Harry se leva. Il me dominait du haut de sa carrure si imposante et son expression s'adoucit lorsqu'il baissa les yeux sur moi. Alors qu'il tendait une main vers mon visage, il sembla soudain changer d'avis et s'éloigna.

Je pris sa place en face de Chloé.

— Tu peux m'expliquer ce qui se passe ? lui dis-je en la regardant droit dans les yeux.

Elle me dévisagea d'un air absorbé en faisant tourner le vin dans son verre. Son enthousiasme et sa légèreté avaient à présent totalement disparu.

— Connais-tu quoi que ce soit du passé de Harry ?

— Non et toi ?

Elle hocha la tête affirmativement. Mon cœur se serra.

— Il refuse de m'en parler, murmurai-je.

Savoir qu'il partageait avec Chloé cette partie de sa vie alors qu'il ne m'en avait jamais parlé me rendait malade.

— En voyant son expression tout à l'heure, j'ai pensé que quelque chose de terrible venait de se passer..., ajoutai-je à demi-mot.

Chloé me dévisagea.

— Est-ce que tu tiens à lui, Suzie ?

— Oui, énormément. C'est mon meilleur ami.

— Est-ce que tu es amoureuse de lui ?

Je ne m'attendais pas à une attaque aussi directe et je ne trouvai pas les mots pour me défendre. Je ne trouvais d'ailleurs littéralement aucun mot.

Elle se frotta les yeux et soupira.

— A quoi pensais-tu en lui dénichant ce boulot ?

Je me sentis soudain comme une vilaine petite fille en train de se faire sermonner par sa maîtresse d'école.

— Je voulais faire quelque chose de sympa pour lui. Il parle avec tant de passion de cette ville que j'ai pensé que… Je voulais juste le rendre heureux.

— Parce que tu trouves qu'il a l'air malheureux à Londres, c'est ça ?

Je réfléchis quelques instants.

Harry, le Harry d'avant toutes ces histoires, encore vierge de mes crises de jalousie et de mes idées tordues, était un homme heureux. Il se promenait toujours le sourire aux lèvres, voyait toujours les choses avec humour. Je ne l'avais jamais vu triste, en colère, ou même stressé. C'est simple, il était la personne la plus heureuse que je connaissais.

Je repensais à ce qu'il m'avait dit au Mexique : il trouvait sa vie parfaite. Avais-je réellement tout gâché ? Je ne comprenais pas comment cela était possible et je ne voyais surtout pas quel était le lien avec ce qu'il avait traversé dans le passé.

Je me levai brusquement.

— Je dois lui parler.

— Il ne veut pas te parler pour le moment, me répondit sèchement Chloé.

Je la regardai. Etait-ce elle qui creusait un fossé entre Harry et moi ? Avait-elle aussi des vues sur lui ?

— Et toi, est-ce que *tu* es amoureuse de lui ?

Elle me fixa un moment.

— Non, je ne l'aime pas de cette façon. Mais je l'aime comme un frère et je refuse de le voir souffrir.

— Je n'aime pas non plus le voir souffrir, mais je dois vraiment lui parler. Je suis responsable de cette situation, Chloé, c'est donc à moi d'essayer de la démêler.

Elle soupira.

— Je vais commander un autre verre alors. Mais si en vous rejoignant tout à l'heure je découvre que Harry est dans un état pire que celui dans lequel il est maintenant, alors tu auras de mes nouvelles, ça, je te le garantis.

J'acquiesçai et me précipitai à l'étage.

A ma grande surprise, Harry m'attendait devant la porte de notre chambre.

— Harry... Ecoute, je...

— J'ai besoin de récupérer mes affaires, me dit-il sèchement.

— Quoi ?

— Tu pars pour Québec demain, je reste ici pour l'entretien. J'ai besoin de récupérer mes affaires.

— Non, attends une seconde...

Un couple de personnes âgées passa devant nous. Quand la femme hocha la tête avec un air de désapprobation, je me rendis compte que je criais.

Je déverrouillai la porte, fis signe à Harry d'entrer et refermai derrière nous.

— J'allais changer nos billets, dis-je le plus calmement possible. Je pensais qu'on pourrait rester quelques jours de plus ici et aller ensuite à Québec tous les deux. Mais si cette histoire de boulot te met dans un tel état, alors ce n'est pas compliqué, il me suffit d'annuler le rendez-vous.

Harry hocha la tête en attrapant quelques-unes de ses affaires et en les fourrant dans sa valise.

— Peux-tu m'expliquer pourquoi tu réagis comme un véritable connard ? lançai-je, exaspérée par son attitude.

Ma technique pour essayer d'arranger les choses était vraiment admirable. Je lui hurlais dessus et je le traitais de connard. Impeccable.

Il se mit à tourner autour de moi.

— Pourquoi est-ce que je réagis comme un véritable connard ? Parce que tu viens de foutre en l'air toute ma parfaite petite vie en une seconde.

— Et en quoi ta vie est-elle si parfaite ? Tu peux me le dire ? Tu as renoncé au job de tes rêves dans la ville que tu aimes le plus au monde pour rester auprès d'une femme qui ne t'aime pas. Tu gagnes un salaire de misère pour un boulot où tu gâches tout ton talent et toutes tes compétences et tu couches avec des femmes à droite et à gauche, en faisant bien attention à ne pas tomber amoureux pour éviter de souffrir.

Il avait l'air profondément blessé. J'étais en train d'aggraver les choses. Et bien comme il fallait.

Je radoucis le ton de ma voix.

— Explique-moi pourquoi ça te contrarie autant.

Il secoua la tête.

— Alors, raconte-moi ce qu'il s'est passé quand tu étais enfant.

— Non, me répondit-il en fermant sa valise.

— Tu dois me dire quelque chose, là, quoi que ce soit, n'importe quoi pour me montrer que notre amitié signifie autant pour toi que pour moi. Tu as été chaque jour à mes côtés depuis qu'on a diagnostiqué la leucémie de Jack. Laisse-moi te réconforter à mon tour.

Il secoua la tête avec obstination. De toute évidence, il n'avait pas envisagé une seule seconde la possibilité de partager ses pensées avec moi.

La douleur m'empoigna le cœur.

— As-tu seulement idée de ce que ça me fait ? Chloé, Badger, même Jules savent ce qu'il t'est arrivé, et moi, rien. Je suis censée être ta meilleure amie, tu prétends que je suis la seule en qui tu puisses avoir confiance mais apparemment tout ça c'est du vent. Si tu savais à quel point ça me blesse.

Il me regarda.

— C'est du passé, dit-il brièvement.

— Pas si c'est ce qui t'empêche d'avancer aujourd'hui. Pas quand ça provoque chez toi une telle réaction alors que j'ai seulement essayé de faire quelque chose pour te rendre heureux.

— Eh bien, parlons plutôt de tes réactions quand c'est moi qui fais quelque chose pour te rendre heureuse. Je te fais toutes ces propositions, je t'emmène aux quatre coins du monde et hier, tu pètes les plombs, tout simplement. Pour une raison ou pour une autre, j'imagine que je t'ai contrariée moi aussi. Est-ce que tu as envie de m'expliquer ce qui s'est passé ? Est-ce que tu veux m'en parler ?

Je le regardai.

Il me regarda.

Je changeai de sujet.

— Cette femme dont tu es tombé amoureux, est-ce qu'elle est au courant, elle, de ce qui t'est arrivé ? Est-ce que tu lui en as parlé ?

— Non, ça ne la concerne pas.

— Mais bien sûr que si ! Comment est-il possible que tu ne t'en rendes pas compte ? Aucune femme ne se livrera jamais complètement à toi et ne t'ouvrira son cœur si tu ne lui fais pas suffisamment confiance pour lui dire qui tu es vraiment. Ton passé fait partie de toi. Qu'est-ce que cette femme t'a dit quand tu lui as avoué tes sentiments ?

Soudain je vis que sa colère cédait la place à l'embarras.

— Je ne le lui ai jamais dit.

Je restai bouche bée.

Me sentant tout à coup infiniment triste pour lui, je fis un pas dans sa direction.

— Dans ce cas, comment as-tu su qu'elle ne ressentait pas la même chose pour toi ?

— Elle n'en a jamais parlé.

— Oh ! Harry, aucune femme ne va marcher à ton bras jusqu'à l'autel et passer le reste de sa vie avec toi si tu ne lui dis pas que tu l'aimes. Tu auras beau avoir pour elle les plus tendres égards et les gestes les plus charmants, ce sera peine perdue. Et même si tu es vraiment attentionné, même si tu es la personne la plus gentille et la plus généreuse que je connaisse, elle aura besoin de t'entendre lui dire ces trois mots.

— Je le lui dirai si elle me le dit d'abord, me répondit-il avec une moue boudeuse, comme un enfant.

— Quand il n'y aura plus aucun risque d'être rejeté, c'est ça ? Quand elle t'aura ouvert son cœur ?

Quelque chose sur son visage m'indiqua que j'avais tapé dans le mille.

— Mais ça ne marche pas comme ça, Harry. Je sais que nous sommes au XXIe siècle et qu'aujourd'hui les hommes et les femmes sont égaux dans leurs relations. Mais nous, les femmes, avons toujours besoin de sentir que nos hommes peuvent se battre pour nous et qu'ils sont assez courageux pour nous déclarer leurs sentiments. Nous avons besoin de sentir que l'amour que vous ressentez pour nous vous dévore, au point d'avoir besoin de le crier sur tous les toits, pas du genre « Je t'aime » du bout des lèvres et puis basta.

Harry passa sa main dans ses cheveux, s'évertuant à fixer le sol pour ne pas croiser mon regard.

— Tu es beau, Harry. A l'intérieur comme à l'extérieur. Alors pourquoi as-tu l'impression d'avoir si peu à offrir ? Pourquoi as-tu tellement peur d'être rejeté ?

Il secoua la tête et je compris que ce n'était pas la chose à dire.

— Je n'ai pas peur d'être rejeté. Et je n'ai jamais laissé personne se rapprocher suffisamment de moi pour pouvoir me blesser. Personne à part toi.

J'ouvris la bouche pour protester, mais il n'avait pas fini.

— Peut-être que passer un peu de temps l'un sans l'autre est une bonne idée, dit-il doucement. Ça te laissera du temps pour réfléchir à ce que tu attends vraiment de moi.

Je déglutis pour tenter de faire disparaître l'énorme

boule d'angoisse qui brûlait ma gorge. Je ne pouvais pas supporter l'idée d'être loin de lui. Je cherchai quelque chose à ajouter, n'importe quoi qui aurait pu arranger les choses, mais je ne trouvai rien à dire.

Il attrapa sa valise et sortit.

Assise dans l'avion, je regardais la ville de New York disparaître sous les nuages. La boule dans ma gorge était si grosse que je pouvais à peine respirer.

J'étais seule. Mais ce n'était pas ce qui me dérangeait le plus. Quelque part, malgré ma peine, j'étais plutôt impatiente de découvrir seule le Canada, de voir ses charmes et sa beauté cachée avec un regard vierge plutôt que d'être escortée par quelqu'un qui avait déjà tout vu. Mais quitter Harry, être vraiment séparée de lui pour la première fois depuis deux ans me faisait terriblement souffrir. J'étais consciente d'être une nouvelle fois pathétique, mais il me manquait douloureusement.

— Bonjour, dit près de moi une voix au fort accent américain.

Décollant mon regard des gratte-ciel, minuscules à travers le hublot, je me tournai et découvris une grande femme brune qui me fixait sans ciller de ses yeux d'un bleu glacial.

Je toussotai pour faire descendre cette boule toujours logée dans ma gorge.

— Bonjour, réussis-je enfin à lui répondre.

— Est-ce que ça vous ennuie si je m'assieds ici ?

Elle fit un geste en direction du siège vide à côté du mien et reprit :

— Mon voisin ronfle. En prime, il vient de se blottir contre moi et a commencé à me baver dessus. Nous n'avons peut-être qu'une heure et demie de vol jusqu'à

Québec, mais elle va vite devenir pour moi une éternité si je dois supporter toutes ces nuisances.

Je lui souris en lui faisant signe que cela ne me posait bien sûr aucun problème. Elle se laissa tomber sur le siège.

— Je m'appelle Francine, dit-elle en me tendant sa main.

Je gémis en mon for intérieur. Je n'allais pas pouvoir m'apitoyer sur mon propre sort pendant le vol : Francine avait de toute évidence la langue bien pendue.

— Suzie, lui répondis-je.

Je fus surprise de constater que sa poignée de main était plutôt énergique.

— Pourquoi faites-vous une tête pareille ? demanda-t-elle soudain.

Ouah. Droit au but, elle ne perdait pas de temps.

Je cherchais encore une réponse à sa question quand elle reprit :

— Vous avez rompu avec votre fiancé ?

— Quelque chose dans ce goût-là, oui, lui répondis-je d'un ton blasé.

— Ah, ça, on peut dire que je sais ce que ça fait. J'essaie moi-même de prendre un peu de temps pour moi loin de mon petit ami pendant quelques jours. Il me rend folle et c'est bien de s'éloigner un peu pour prendre du recul et se poser la question importante : est-ce que je veux vraiment passer le reste de ma vie avec cet homme ? S'il me manque, j'imagine que la réponse est oui. Mais si je m'amuse plus toute seule que lorsque je suis avec lui, alors il est temps pour moi de faire mes valises et de le quitter.

Elle haussa les épaules avec une incroyable désinvolture. Visiblement elle n'avait pas besoin d'un homme pour se sentir accomplie, alors que moi-même je me sentais incomplète sans Harry.

Je la regardai. Je devais suivre son exemple et devenir aussi forte et solide qu'elle.

Ce moment loin de Harry allait être constructif. Il

allait me permettre de passer à autre chose. Ce qui était impossible quand j'étais avec lui chaque jour et qu'il avait toujours d'adorables et charmantes attentions pour moi.

— Quel est le problème entre votre compagnon et vous ? demandai-je à Francine, désireuse d'avoir de nouvelles perspectives.

— Il veut m'épouser, me répondit-elle en haussant de nouveau les épaules.

— Et vous ne voulez pas ?

— Hum, je ne sais pas. Ne vivre qu'avec un seul homme jusqu'à la fin de mes jours ? Un seul ? Me réveiller chaque matin face à ce même visage, faire l'amour chaque fois de la même manière, banale et répétitive… Manger du tex-mex tous les jeudis soir, des pizzas le vendredi… Oh ! je ne supporte même pas cette idée.

Je ne fis aucun commentaire. Je me demandais ce que ça serait que de passer vingt-quatre heures sur vingt-quatre avec Harry, de me réveiller à son côté, dans ses bras, comme nous l'avions fait tant de fois depuis la mort de Jack, de travailler avec lui, de sortir, de fréquenter les mêmes gens. Je n'avais rien contre cette idée. Je savais que je pourrais vivre de cette manière chaque jour du reste de ma vie. De toute façon, nous avions pratiquement vécu comme si nous étions mariés, ces derniers mois. Harry avait même laissé des vêtements et une brosse à dents chez moi. Il n'y avait seulement qu'un mois ou deux, avant d'arriver ici, qu'il avait commencé à passer moins de temps avec moi et à ne plus dormir chaque soir chez moi. La seule chose qui manquait dans notre quasi-vie maritale, c'était le sexe. Si cela devait changer dans ce sens, y aurait-il un risque pour que je me lasse de lui ? Se pouvait-il que la seule raison pour laquelle je continuais à m'intéresser à Harry soit justement liée à ce manque, ce besoin, même ?

On entend tout le temps parler de ce genre de choses.

Des couples fous amoureux se lassent lentement l'un de l'autre jusqu'à ce que l'un des deux commence à élaborer un plan pour tuer son compagnon. Une de mes amies, qui avait fait partie de ces jeunes mariées candides — yeux de biche, robe meringuée, et qui avait même affublé son mari de l'écœurant surnom de « Choupinou » — m'avait confié que ce dernier laissait constamment traîner ses chaussettes et qu'elle en était arrivée au point de rêver de les lui faire bouffer de force, jusqu'à l'étouffement.

Après leur divorce, Choupinou m'avait avoué qu'il avait, lui, de nombreuses fois rêvé de pousser sa femme dans la machine à laver, d'enclencher le cycle « essorage rapide » afin de la regarder par le hublot tourner dans le tambour jusqu'à ce que son cerveau explose. Comment des couples si amoureux pouvaient-ils en arriver là ? Le taux de divorce était impressionnant, surtout en Angleterre. Peut-être que nous n'étions pas faits pour passer notre vie entière avec une seule et même personne, après tout…

Pourtant je ne pouvais me résoudre à cette idée. Pas quand mon travail, ma vie entière, s'étaient construits autour de la volonté de former des couples. Certaines personnes étaient destinées à être ensemble, et quand elles avaient trouvé leur âme sœur, alors à coup sûr se réveiller chaque jour à son côté devait davantage être synonyme de joie que de corvée.

— Pourquoi est-ce que vous ne lui en parlez pas ? demandai-je à Francine. Expliquez-lui que vous voulez pimenter un peu les choses, commander parfois des pizzas le lundi à la place du vendredi, essayer des positions différentes au lit, sortir dans de nouveaux endroits, faire de nouvelles expériences…

L'éternelle optimiste en moi voulait que tout le monde soit heureux, même si je n'arrivais pas à trouver le bonheur moi-même.

Francine me dévisagea.

— Oh ! vous faites partie de cette catégorie de gens, c'est ça ?

— Quelle catégorie ?

— Celle qui voit toujours le verre à moitié plein, qui voit toujours le bon côté des choses. Je parie que dans votre petit monde la vie est toujours rose et que là-bas chacun vit heureux jusqu'à la fin de ses jours, je me trompe ?

Je le pris mal. J'allais protester mais elle reprit la parole.

— Que s'est-il passé entre vous et votre petit ami ?

— Il… ne m'aime pas.

— Vous voyez ! Les *happy ends* n'existent pas. Les hommes nous trompent, nous trompons les hommes, et la seule chose qui nous reste en bout de course, c'est l'envie de leur foutre nos petits coups de poing dans leurs sales petites gueules d'abrutis.

Je détournai les yeux pour regarder par le hublot. New York était loin à présent. J'avais toujours cru que si un jour Harry tombait finalement amoureux de moi, nous aurions la chance de vivre le plus parfait des *happy ends*, mais Francine avait raison. Et peut-être était-ce mieux ainsi.

BLOG SECRET

Mes chers presque fiancés et adeptes du romantisme, je commence aujourd'hui ce blog secret, car je veux vous mettre au courant de mes vraies motivations en ce qui concerne les cent propositions. Tout d'abord, je dois vous dire merci, car vous avez été un soutien incroyable dans ma quête de la proposition parfaite. Certains d'entre vous m'ont même aidé en chair et en os pour l'organisation et la logistique de quelques événements plutôt complexes à réaliser.

C'est pour ça qu'aujourd'hui, j'ai envie de partager mon

secret avec vous. Ce que je vous dis ici est hautement confidentiel, aussi j'apprécierais que tout cela reste entre nous. Je sais que je vous en demande beaucoup et qu'avec cinq cent mille lecteurs, je suis peut-être en train de me tirer une balle dans le pied en vous avouant mes secrets. Mais les mecs, je ne veux pas vous faire marcher plus longtemps.

Quand j'ai commencé cette aventure, nombre d'entre vous ont cru qu'il s'agissait d'un gros coup de pub monté pour faire la promotion de notre site Internet, et je ne vais pas vous mentir, ça a largement contribué à rendre notre petite affaire florissante. D'autres ont cru que je tentais juste de faire quelque chose de sympa pour Suzie après la mort de son frère, et c'est vrai que ça a fait partie de mes motivations.

Mais la principale raison, c'est... que j'aime Suzie. Chaque partie de mon corps vibre d'amour pour elle. Elle est la première personne à laquelle je pense le matin, la dernière qui occupe mon esprit le soir avant de m'endormir. J'aime passer du temps avec elle, la tenir dans mes bras, la faire rire ou rire avec elle de ses plaisanteries. Elle est la personne que je préfère au monde, celle avec qui je pourrais me réveiller chaque jour et me coucher chaque soir sans jamais me lasser.

Je crois que je suis tombé amoureux d'elle le jour où je l'ai rencontrée, même si je ne voulais pas l'admettre à l'époque. Mais je n'ai jamais remarqué dans son attitude le moindre signe indiquant qu'elle aurait des sentiments à mon égard. Alors j'ai commencé cette aventure des Cent Propositions pour qu'elle tombe amoureuse de moi. J'espère que l'une d'entre elles sera assez géniale ou marquante pour qu'un jour elle me réponde « Oui ».

Avec la demande « Patinage à Central Park », je pensais que j'allais enfin obtenir la réponse que j'espère tant. Mais ce ne fut pas le cas. Pourtant, je croyais avoir remarqué récemment des signes de faiblesse.

Le jour suivant, Suzie m'a envoyé un SMS me disant qu'elle voulait me parler. J'ai cru que le moment était venu, qu'elle allait me tomber dans les bras et me dire combien elle m'aimait. Jamais je ne m'étais senti si heureux et impatient. Eh bien, je m'étais mis le doigt dans l'œil…

Ce qu'elle voulait me dire, c'est qu'elle avait une surprise pour moi. Elle s'était débrouillée pour m'obtenir un boulot ici, à New York.

Ma déception s'est vite changée en colère quand je me suis rendu compte que la conversation était loin d'être celle que j'avais imaginée. En réalité, Suzie me dégageait de sa vie et m'envoyait paître à cinq mille cinq cent soixante-dix kilomètres pour être exact. Le sentiment de rejet que j'avais tant redouté me submergeait de nouveau. Et cette fois, il venait de la seule personne en qui j'avais confiance, la personne que j'aimais plus que tout au monde.

Nous avons eu une conversation à cœur ouvert hier soir. Peut-être devrais-je même dire une belle dispute. Et, dans un élan d'orgueil blessé, je l'ai envoyée à Québec toute seule.

En me réveillant ce matin, je me suis évidemment rendu compte que je venais de commettre une terrible erreur. Mais il était trop tard, elle était déjà partie depuis longtemps.

Je sais maintenant ce qu'il me reste à faire. Je dois lui avouer que je l'aime. Je dois être honnête et trouver en moi le courage de lui dire ce que j'ai sur le cœur. Même si cela signifie que je risque de la perdre.

Créer ce blog secret, c'est un premier pas vers la vérité. Si je trouve le courage de partager mes sentiments avec vous, alors j'espère que j'en aurai suffisamment pour avouer à Suzie ce que je ressens pour elle.

Mon amie Chloé pense qu'il est nécessaire de la laisser un peu respirer pour lui permettre de reprendre ses esprits, et se rendre compte éventuellement que je lui manque. Peut-être que le fait d'être seule lui fera du bien et qu'elle se réjouira de cette indépendance. Peut-être aussi que, sans m'avoir à ses côtés, elle se rendra compte qu'elle a elle aussi des sentiments pour moi…

Je lui laisse une semaine. Après, je la rattrape.

Chapitre 13

En flânant dans le quartier historique de la ville de Québec, je me sentais un peu comme dans une ville française. Ces petites ruelles pavées, ces immeubles du XVIIe siècle, ces terrasses de café animées… Et puis tout le monde parlait français, j'avais vraiment l'impression d'être en Europe. Les rues sinueuses qui se dirigeaient vers la rivière en contrebas étaient bordées de petites maisons, de restaurants, de boutiques et de magnifiques églises gothiques. Je tournais la tête dans tous les sens pour ne pas perdre une miette de ce qui m'entourait.

Le soleil, qui commençait juste à décliner, laissait des rubans écarlates dans le ciel nuageux. Il avait neigé peu de temps auparavant, et le crépuscule sur la neige donnait maintenant à la ville un incroyable éclat pourpre et lilas. Les lumières des bars, des hôtels et des restaurants scintillaient harmonieusement dans cette belle atmosphère.

Il faisait sombre maintenant, mais les rues fourmillaient toujours de badauds. Je me sentais en sécurité ici, et je savais que dans de nombreuses autres villes du monde je n'aurais jamais été capable de marcher seule dans les rues à la nuit tombée. La neige crissait sous mes pas et je ne pouvais me retenir de sourire devant la beauté féerique de cet endroit.

Je me sentais vivante. Même si Harry me manquait énormément et que mon chagrin était toujours bien présent, je voulais à tout prix tenter de surmonter cette épreuve — et être seule ici me donnait le sentiment que j'en étais peut-être capable. Et puis, j'avais maintenant une bonne raison d'essayer de passer à autre chose. Harry ne serait jamais capable de m'aimer autant que je l'aimais. Même si un jour il tombait amoureux de moi et que nous vivions quelque chose ensemble, il serait toujours sur la retenue. Et je ne pourrais jamais vivre avec lui s'il ne me donnait qu'une partie de son cœur. Je suis du genre « tout ou rien ». Si Harry n'était pas capable de m'aimer avec passion, je préférais me passer de cet amour.

De plus, force était de constater que je pouvais très bien me débrouiller toute seule. Depuis l'aéroport, j'avais réussi à aller jusqu'à mon hôtel sans encombre et j'avais trouvé un endroit pour me restaurer. Et même si je m'étais déjà perdue trois fois depuis que j'avais quitté l'hôtel, j'avais toujours retrouvé mon chemin.

L'année dernière, je m'étais tournée vers lui à chaque difficulté, mais peut-être ce temps passé sans lui allait-il enfin m'ouvrir de nouvelles perspectives. Je pouvais m'en sortir seule. A cette pensée, j'étouffai la peine qui se ravivait dans mon cœur. Oui, ce serait douloureux, même sûrement l'enfer, mais je n'allais certainement pas me recroqueviller en position fœtale et rester cloîtrée jusqu'à la fin de mes jours.

— Mademoiselle, mademoiselle ?

On tirait sur mon manteau. En baissant les yeux, je découvris un petit garçon de neuf ou dix ans qui me dévisageait.

— Mademoiselle, veuillez-me suivre s'il vous plaît, me dit-il dans un anglais guindé.

Il me montra du doigt une ruelle sombre mais je ne bougeai pas d'un pouce. Certes, il avait l'air gentil et inoffensif, mais je n'étais pas non plus complètement stupide.

— Mademoiselle, s'il vous plaît, suivez-moi. C'est *monsieur* Forbes qui m'envoie.

— Harry ? lui demandai-je, stupéfaite.

— *Oui, oui. Monsieur* Harry m'a demandé de vous conduire jusqu'à la rivière, me répondit-il en tirant de nouveau sur mon manteau. Ce chemin est le plus court, venez, nous devons nous dépêcher.

— Tu as parlé à Harry ? lui répétai-je, refusant de le suivre sans en savoir plus.

— *Oui.*

Personne ne me connaissait ici. Personne ne savait que je me trouvais dans cette ville. Et Harry n'avait aucun moyen de savoir où je pouvais être à cette heure-ci. Je ne lui avais pas parlé depuis la veille. Et il n'était même pas venu me dire au revoir ce matin… Comment cet enfant pouvait-il savoir que j'étais la femme qu'il cherchait ?

— S'il vous plaît, suivez-moi, insista-t-il.

Comme je restais immobile, il eut soudain l'air totalement désespéré.

— Mademoiselle, ajouta-t-il en tirant toujours sur mon manteau. Votre proposition.

Je le regardai droit dans les yeux. S'il était au courant de la proposition, c'est qu'il avait forcément parlé avec Harry. Et vu les merveilleuses demandes que celui-ci m'avait organisées ces dernières semaines, il n'était pas complètement invraisemblable qu'il ait eu besoin d'aide dans cette ville. Surtout s'il se trouvait à des centaines de kilomètres.

J'avais naïvement pensé que les propositions allaient s'arrêter maintenant que Harry et moi n'étions plus ensemble, mais apparemment Harry avait prévu de continuer à me torturer par procuration. Peut-être que cette proposition avait été organisée depuis longtemps et qu'il n'avait pas voulu tout gâcher. Et puis j'avais bien conscience que notre tour du monde n'était pas une lune de miel mais bien un voyage professionnel. Sponsorisé et payé entièrement par Sunlounger et *Silver Linings*. Alors, même si notre relation était en miettes, nos commanditaires attendaient chaque jour les nouvelles propositions.

Je fis un signe de tête au garçon, qui parut immédiatement soulagé, et le suivis à contrecœur. Tandis qu'il courait dans les ruelles de la ville, il jetait régulièrement un coup d'œil par-dessus son épaule pour s'assurer que je le suivais bien.

— Par ici, mademoiselle, me dit-il en empruntant une rue latérale.

Dans ma course, j'aperçus tout à coup les lumières étincelantes de la ville qui dansaient plus bas sur le fleuve Saint-Laurent. Je fermai mon manteau pour me protéger du vent glacial qui montait de l'eau. En levant les yeux, je vis que le garçon était loin mais son ombre projetée par le clair de lune m'indiqua qu'il courait le long d'une jetée. Je me dépêchai de le suivre.

Un petit bateau attendait sur le quai. Son moteur tournait déjà dans les eaux calmes.

Mes pas résonnèrent sur le pont de bois tandis que j'arrivais en courant.

L'enfant me fit signe de monter à bord.

Il n'y avait personne en vue. Ce n'était pas un bateau touristique mais une embarcation de location.

— Mademoiselle McKenzie ? me cria soudain un homme à l'accent américain qui venait d'apparaître sur le pont du bateau. Montez, s'il vous plaît, nous devons nous dépêcher, votre proposition doit débuter dans cinq minutes.

Légèrement rassurée par le fait que cet homme était également au courant de ce qui se préparait, je me dépêchai de monter à bord.

— Tenez, me dit l'homme en me tendant une tasse fumante. Je m'appelle Eddie, je suis désolé de vous presser comme ça mais nous n'avons pas beaucoup de temps. Vous êtes très en retard. J'étais censé vous faire admirer le paysage avant la proposition, mais celle-ci ne va pas tarder à commencer et j'ai peur que nous la manquions. Alors asseyez-vous s'il vous plaît, nous allons devoir naviguer assez vite.

Je m'exécutai, avec le sentiment désagréable de m'être fait remonter les bretelles.

— Je ne savais pas que je devais venir ici, lui dis-je d'un ton penaud.

— Harry a essayé de vous joindre, mais apparemment votre téléphone est éteint.

Eddie mit le bateau en branle et je fus propulsée en arrière contre mon siège. Du café brûlant éclaboussa mes mains et mes jambes, et je tamponnai rapidement les taches avec mon manteau pour tenter d'atténuer la douleur.

Harry avait essayé de me joindre ?

Je fouillai dans mon sac et attrapai mon téléphone. Effectivement, celui-ci était éteint. Soit parce que je n'avais plus de batterie, soit parce que je l'avais éteint par inadvertance en le jetant dans mon sac. Je le rallumai rapidement mais, alors qu'il reprenait vie, un énorme « boum » me fit sursauter. Une fois de plus, je renversai du café partout sur moi. Décidément, ce n'était pas mon jour…

En levant les yeux, je découvris des rubans argentés et dorés qui crépitaient dans le ciel nocturne. Un feu d'artifice. Une nouvelle fusée explosa au-dessus du fleuve, libérant des arcs de couleur bleue qui éclairèrent les rives et la ville au-delà. C'était si impressionnant que j'en eus le souffle coupé. Je me relevai pour profiter pleinement de ce spectacle incroyable. La ville de Québec, superbement illuminée, resplendissait sous le feu d'artifice. Je me demandai pour quelle occasion il était tiré. En tout cas, c'était un vrai cadeau du ciel pour moi.

Mon téléphone bipa plusieurs fois d'affilée et je baissai un instant les yeux pour lire les notifications de messages qui s'affichaient sur l'écran. Je relevai la tête aussitôt, distraite par une puissante déflagration. Des motifs écarlates et dorés tombaient en cascade de la voûte céleste en se réfléchissant dans les eaux noires du fleuve. Je me sentis incroyablement privilégiée de pouvoir savourer d'aussi près cette féerie sans même avoir payé pour y assister.

Les fusées éclataient les unes après les autres dans le ciel, laissant derrière elles de longues traînées émeraude, rubis, saphir, or et argent. Je remarquai que le feu d'artifice était tiré depuis un autre bateau situé à peu près à une centaine de mètres devant nous. Tandis que notre embarcation ralentissait, je compris qu'Eddie ne voulait manifestement pas que nous nous rapprochions trop près de celui qui nous précédait.

Soudain le bouquet final détona au-dessus de nous et des traits de lumière hachèrent l'obscurité, explosant en une succession de couleurs ardentes.

Lorsque les dernières étincelles retombèrent enfin, notre bateau se rapprocha doucement de celui d'où le feu d'artifice avait été tiré.

— Et voilà, tout ça c'était pour vous, mademoiselle McKenzie, me dit Eddie.

— Quoi ? m'écriai-je, le cœur bondissant dans ma poitrine.

— Eh oui ! C'est Harry qui a organisé tout ça pour vous.

— Le feu d'artifice ? lui dis-je d'une toute petite voix.

Il acquiesça.

— Et ça aussi, me dit-il en me montrant d'un geste l'embarcation arrêtée devant nous.

Je tournai la tête dans la direction qu'il m'indiquait et avisai le bateau, qui avait maintenant l'air de prendre feu. Des flammes blanches semblaient s'élever sur le pont. Je laissai échapper un petit cri apeuré, persuadée que quelque chose ne se passait pas comme prévu, mais, tandis que les flammes se propageaient à bord, je distinguai des mots en train de se former dans leur luminescence. En quelques secondes seulement, la phrase « Veux-tu m'épouser ? » apparut en lettres flamboyantes se détachant de façon spectaculaire sur le ciel nocturne.

Je ne sais pour quelle raison cette proposition me toucha plus que toutes les autres. Peut-être était-ce parce que, Harry n'étant pas là, j'étais libre de me laisser aller. Ou parce qu'après trois semaines consécutives de fausses demandes en mariage, je n'arrivais plus à faire semblant. A moins que ce ne soit parce que Harry se trouvait à des centaines de kilomètres de moi et qu'il n'avait toujours aucune idée de ce que je ressentais pour lui. D'autant plus qu'a priori il n'y avait aucun espoir de réciprocité dans ces sentiments. Cela devait être un mélange de tout ça. Quoi qu'il en soit, tandis que les flammes diminuaient, je me rassis et fondis en larmes.

Eddie ne m'adressa pas la parole pendant le trajet du retour. Il ne savait probablement pas quelle attitude adopter face à cette réaction si peu enthousiaste. La balade était magnifique — nous passions devant de superbes bâtiments — mais je n'avais pas le cœur à ça.

Quand enfin mes larmes s'arrêtèrent, je m'emparai de mon téléphone pour lire les messages que Harry m'avait envoyés. Ils étaient brefs. Il voulait savoir où j'étais et me disait où aller. Rien dans ses mots ne me permettait de savoir s'il m'avait pardonné ou s'il était toujours furieux contre moi. Sauf que… Je les passai en revue de nouveau. Tous les messages se terminaient par « bisous ». Etait-ce quelque chose qu'il écrivait d'habitude ? Ou est-ce que j'étais en train de chercher coûte que coûte une microscopique lueur d'espoir là où il n'y avait rien d'important ? Je fis défiler ses anciens messages. Pas un seul d'entre eux ne contenait de « bisous ».

Je me trouvai tout à coup bien pathétique de chercher à tout prix à donner du sens à un vulgaire « bisou » en fin de SMS. Moi-même j'écrivais « bisous » à tout bout de champ et cela ne signifiait jamais grand-chose. Eddie amarra le bateau au quai et, tandis que je le remerciai, il m'aida à remonter sur la terre ferme.

En retournant à mon hôtel, je commençai à taper un message sur mon téléphone :

Harry, merci pour la proposition de ce soir, c'était un geste incroyable, magnifique. Je suis très touchée que tu te donnes tant de mal juste pour moi...

J'observai les mots en me demandant ce que je pourrais ajouter pour arranger les choses entre nous.

Mais soudain le téléphone sembla s'éveiller dans ma main. Le nom de Harry apparut sur l'écran. Je décrochai sans perdre un instant.

— Tout va bien ? me demanda-t-il, manifestement stressé.

L'inquiétude que je perçus dans sa voix faillit me faire pleurer de nouveau.

— Oui, ça va, lui répondis-je en ravalant mes sanglots.

— Eddie m'a dit que la proposition t'avait bouleversée.

— Non... enfin oui, j'étais un peu émotive ce soir.

— Parce que je suis un sale con.

J'étouffai un petit rire.

— En partie, oui.

Un ange passa.

— Je suis désolé pour hier soir, dit-il doucement.

— Je suis désolée aussi, tu sais. Je ne voulais pas te blesser, tu comptes bien trop pour moi...

Il y eut un nouveau silence, plus long cette fois, et j'eus soudain peur d'en avoir trop dit. Mais, quoi qu'il en soit, toutes ces propositions commençaient vraiment à me faire du mal et je savais que je ne pourrais plus cacher très longtemps mes vrais sentiments. Ce n'était qu'une question de temps avant qu'ils n'éclatent au grand jour.

— Peut-être que je devrais venir, me dit-il d'une voix hésitante.

— Peut-être bien, oui, lui répondis-je le cœur battant.

A l'autre bout du fil, j'entendis alors quelqu'un qui lui chuchotait : « Non, non, non. » La voix était celle d'une femme.

— Je viendrai sans doute dans quelques jours, me dit finalement Harry.

De toute évidence, c'était Chloé qui était là, avec lui, en train de lui dire ce qu'il devait faire. En train de le dissuader de sauter dans un avion pour venir me retrouver. Je comprenais tout à fait combien elle tenait à lui et trouvais légitime qu'elle s'inquiète à l'idée que je puisse lui être nuisible. Cependant, il était indispensable que nous nous retrouvions, Harry et moi. Peut-être ne serions-nous jamais plus que des amis, mais chacun de nous avait sa place dans la vie de l'autre et je n'allais certainement pas laisser Chloé aller à l'encontre de notre relation.

— Tu pourrais prendre le dernier vol pour Québec ce soir, fis-je avec obstination.

J'entendis Harry éclater de rire et j'imaginai Chloé en train de secouer la tête avec véhémence.

— Nous nous verrons dans quelques jours, dit-il enfin.

Très bien. Je n'allais pas le supplier. Il me restait quand même un peu de fierté.

— Merci pour ma proposition, lui dis-je gentiment, c'était très beau.

— Bonne nuit, Suzie, me répondit-il en soupirant doucement.

— Bonne nuit.

Et puis plus rien. Il était parti.

BLOG SECRET

Alors, après nous être réconciliés hier soir, j'ai pris le dernier vol en direction de Québec pour aller rejoindre Suzie. Mon amie Chloé n'était pas du tout d'accord. Selon elle, laisser Suzie tranquille pendant une seule journée n'était pas assez long pour créer le manque. Cela a pourtant largement suffi pour que son absence à elle me pèse terriblement.

J'ai donc dû fournir à Chloé des justifications imparables pour réussir à franchir au plus vite la frontière qui me séparait de Suzie. Tout d'abord, être sur place est quand même sacrément plus pratique pour organiser les propositions. Je peux de la sorte coordonner la logistique moi-même plutôt que de devoir trouver d'autres gens pour s'en charger. Et en plus, comme Sunlounger et *Silver Linings* n'ont aucune idée de la situation complexe dans laquelle Suzie et moi sommes en ce moment, je dois donc continuer à écrire sur le Blog des presque fiancés comme si de rien n'était. Ce qui n'est possible qu'en étant sur place. Chloé a finalement cédé à contrecœur, et nous avons tous deux sauté dans l'avion direction Québec.

Pour tout vous dire, ce que je désire surtout c'est me rapprocher de Suzie. Je dois lui dire que je l'aime. Le lui prouver avec toutes ces propositions ne suffit pas. Et je veux lui avouer mes sentiments au plus vite.

Cependant, je dois trouver le bon moment. Et heureusement que Chloé est là pour m'aider à garder mon sang-froid — sans elle, je pense que je débarquerais comme un fou dans la chambre d'hôtel de Suzie pour lui hurler que je l'aime sans prendre le temps de faire les choses correctement.

Chloé et moi avons donc trouvé un compromis. Je vais continuer à organiser les propositions mais je resterai à distance et Chloé s'occupera de ma métamorphose afin que Suzie ne puisse pas me reconnaître. Voyez-vous, maquiller, déguiser, camoufler, ça, c'est le truc de Chloé. Et s'il y a quelqu'un qui peut me faire ressembler à n'importe qui d'autre qu'à moi-même, c'est bien ma chère amie.

Pour être tout à fait honnête, ça me semble quand même assez flippant tout ça, un peu comme si j'étais un pervers qui traquait Suzie. C'était quand même bien plus simple quand elle et moi vivions cette aventure tous les deux, comme de bons amis… Enfin, Chloé voit la situation de manière nettement plus objective et je pense qu'elle sait ce qu'elle fait. Car si on regarde les choses en face, c'est vrai que mes précédentes aventures avec les femmes ont été un désastre jusqu'à présent. Je lui fais donc entièrement confiance pour me guider cette fois dans la bonne direction.

COMMENTAIRES

Victoria Stones :

Pourquoi est-ce que tu ne débarques pas dans sa chambre comme un fou pour lui dire que tu l'aimes ? Si c'est ce que tu as envie de faire, alors fais-le. Ignore ce que tout le monde te dit : suis ton cœur !

Kirsty MacLennan :

Si j'étais Suzie et que tu venais dans ma chambre d'hôtel pour me dire que tu m'aimes, moi je te sauterais dans les bras avant même que tu aies eu le temps de finir ta phrase et je t'emmènerais au lit sans perdre une minute.

Megan Wood :

Oh ! Suzie et toi, vous êtes si chou ! Je vous aime teeellement. Je voudrais vraiment que vous soyez ensemble pour faire tout un tas de petits bébés aussi chou que vous ! Allez, dis-lui que tu l'aimes. Tous les moments sont bons pour entendre ces mots magiques.

Laura Lovelock :

Pourquoi est-ce que Chloé t'empêche de dire à Suzie que tu l'aimes ? Tu ne t'en rends peut-être pas compte mais je crois bien qu'elle aussi, elle a des vues sur toi.

Blog des presque fiancés.

Jour 22 : La proposition « balade en traîneau à chiens ».

Lieu : Parc national de la Jacques-Cartier.

Nous avons passé la journée à l'Hôtel de Glace aujourd'hui. C'est l'endroit le plus incroyable du monde. Je pense qu'il n'y a pas de mots pour décrire un lieu pareil, mais je vais malgré tout essayer de vous en parler.

Les chambres modestes, les suites somptueuses, les murs, les meubles et même les verres : tout est en glace. Il y a dans chaque chambre de grandes colonnes gravées de motifs variés. Les murs, eux aussi, sont finement sculptés. Des jeux de lumières multicolores illuminent les lieux telle une aurore boréale. La chapelle de mariage est magnifique, les murs scintillent comme s'ils étaient en cristal. J'aimerais me marier ici un jour… Mon épouse, radieuse, marcherait vers l'autel, enveloppée dans un long manteau de fourrure blanche. Je me demande bien où Suzie, elle, aimerait se marier. En tout cas, je pense qu'elle est tombée, comme moi, follement amoureuse de cet endroit. Il faut dire que c'est une véritable œuvre d'art, une de celles qui vous coupent le souffle. Suzie a même tenté de prendre en douce un morceau d'une des sculptures — une feuille finement ciselée — pour la rapporter chez elle. Mais quand bien même elle y serait arrivée, je pense que celle-ci aurait malheureusement fondu rapidement. Après la visite de la chapelle, nous sommes allés faire un tour sur le grand toboggan de glace, et je peux vous dire que Suzie a adoré ces glissades, elle ne cessait d'y remonter.

Malgré la beauté enchanteresse de cet endroit, ma proposition ne s'est pas déroulée ici — j'avais organisé pour le soir même une promenade en traîneau à chiens. Nous avons donc continué notre escapade hors de la ville de Québec et sommes allés découvrir un peu plus cette superbe vallée glaciaire qu'est le Parc naturel de la Jacques-Cartier. Avec ses imposantes montagnes, sa forêt de conifères qui s'étend sur les hauts plateaux et sa rivière qui serpente en contrebas, nous avons eu une vision extraordinaire du Canada, impressionnant sous son grand manteau de neige.

Les gens sur place étaient tout à fait adorables et très accueillants. Après nous avoir appris quelques rudiments, nous avons sauté sur les traîneaux et nous sommes mis en route. La balade nocturne a été merveilleuse. Les chiens qui aboyaient nous tiraient sur la neige, parcourant le chemin éclairé aux flambeaux. Suzie avait vite compris comment cela fonctionnait, elle était même très douée. C'est donc tout naturellement, et avec une vraie aisance, qu'elle a dirigé notre bande de chiens dans la forêt enneigée. Sur son visage, je lisais un bonheur non dissimulé. Et c'est lorsque nous sommes presque arrivés à destination qu'elle a découvert la proposition. Suspendues dans chaque arbre qui bordait notre chemin, de grandes lettres étaient dessinées avec des guirlandes électriques. Devant elle, les mots de deux mètres de haut se dressaient fièrement dans les arbres enneigés :

« Veux-tu m'épouser ? »

Suzie a alors affiché un si large sourire que j'ai cru qu'elle allait se décrocher la mâchoire. En tout cas, j'ai été heureux de constater une nette amélioration par rapport à sa réaction de la veille.

Nous avons ensuite passé la nuit dans une yourte — avec notre propre feu de camp et un lit entièrement recouvert de fourrures d'animaux pour nous tenir bien chaud. Je dois reconnaître qu'il n'existe rien de plus sexy que de se blottir contre le corps de sa meilleure amie avant de s'endormir.

Je regardai le blog d'un air perplexe. Je l'avais relu deux fois de suite mais je n'y comprenais toujours rien. Je venais tout juste de rentrer à l'hôtel à Québec après avoir passé une nuit délicieuse dans une yourte perdue en pleine nature. J'avais allumé mon ordinateur et passé plus d'une heure à répondre à tous les mails dont Harry n'avait pu se charger. Puis j'étais allée faire un tour sur le blog. Je ne l'avais pas lu depuis quelques jours et j'étais maintenant vraiment déconcertée. A la lecture de ce dernier billet, on pouvait croire que Harry avait été avec moi dans chacun de ces endroits. Et pourtant j'étais seule.

Harry n'avait visiblement pas prévenu *Silver Linings* qu'il ne venait pas au Canada avec moi. Et de toute façon, ceux-ci n'auraient certainement pas bien pris cette nouvelle, vu la somme d'argent qu'ils investissaient dans ce projet.

Mais comment Harry pouvait-il être autant au courant de tout ce que j'avais fait ? Oui, j'étais retournée plusieurs fois sur le grand toboggan de glace, riant et criant comme une enfant. Et oui, j'avais essayé de voler un petit bout d'une des œuvres d'art, mais la seule personne qui l'avait remarqué c'était un grand motard des Hells Angels.

J'avais aussi assisté à un mariage où la mariée portait en effet un long manteau de fourrure blanche et j'avais souhaité de tout mon cœur être un jour à sa place. J'avais adoré mon excursion en traîneau à chiens, ça avait été vraiment génial — et cette proposition féerique sur ce sentier en pleine nature avait été très romantique. Mais comment Harry pouvait-il savoir tout ça ?

Et qu'est-ce que c'était que cette remarque « il n'existe rien de plus sexy que de se blottir contre le corps de sa meilleure amie avant de s'endormir » ? Rien de plus sexy ? Vraiment ?

Mes yeux s'arrêtèrent sur un des commentaires laissés par les lecteurs en bas de la page du blog. Depuis un moment, je ne les lisais plus. Quand nous avions lancé le blog, je répondais à chacun d'entre eux avec assiduité, mais maintenant il y en avait des centaines et ils disaient tous plus ou moins la même chose : « J'adore votre blog », « Trop mignon ! », et même assez souvent de la part des mecs « Passe la seconde et couche avec elle, bordel ! »

Mais je ne sais pas pourquoi, celui-ci me sauta aux yeux :

> « J'adore ce truc des cent propositions… c'est si romantique ! Et j'adore aussi le blog secret… c'est si excitant ! »

J'attrapai mon téléphone et commençai à écrire un SMS à Harry.

Merci pour ta dernière demande. Je l'ai vraiment adorée. Au passage, est-ce que tu m'espionnes ?

La réponse fut presque immédiate.

Evidemment. Je dois m'assurer que tout se déroule sans accrocs. Ne t'avise donc pas de t'enfuir avec un inconnu, mes espions me racontent tout.

Je lui renvoyai un message.

Qu'est-ce que c'est que cette histoire de blog secret ?

Cette fois, la réponse fut un peu plus longue à arriver…

Je n'en ai aucune idée, j'ai aussi vu ce commentaire et j'allais justement te demander la même chose. Je croyais que tu avais peut-être commencé un blog, toi aussi. Certains commentaires sont vraiment bizarres. As-tu lu celui à propos de la girafe l'autre jour ? Je pense que certains de nos lecteurs n'ont plus tous leurs neurones.

Mes doigts étaient suspendus au-dessus de mon téléphone, je ne savais pas trop quoi répondre. J'avais le sentiment qu'il me cachait quelque chose. Mais avant d'avoir pu trouver quoi lui dire, un nouveau message arriva.

Est-ce que tu t'amuses bien toute seule ?

Je répondis cette fois sans tarder.

Oui, je crois que ça me fait vraiment du bien.

Et sa réponse fut quasi instantanée.

Tu vois, tu n'as pas besoin de moi.

Qu'est-ce que c'était censé signifier ? Est-ce qu'il voulait que j'aie besoin de lui ? Est-ce qu'il ne voulait pas que j'aie besoin de lui ? Cela lui permettrait peut-être de ne plus se sentir coupable ?

J'envoyai mon message suivant très rapidement, pour ne pas avoir le temps de changer d'avis.

La question n'est pas que j'aie ou non besoin de toi Harry, ce que je veux c'est que tu sois là avec moi. Tu me manques. Tu me manques même tellement que ça me fait souffrir.

Mon message resta sans réponse. J'en avais trop dit et il ne savait pas quoi répondre.

Je devais maintenant lui envoyer quelque chose pour clarifier la situation. Alors que je cherchais mes mots, j'entendis tout à coup quelqu'un frapper à ma porte. Je posai mon téléphone et courus ouvrir.

En ouvrant, je vis tout d'abord la proposition — la photo du visage souriant de Harry imprimée sur un T-shirt avec une bulle de BD dans laquelle on pouvait lire :

« Veux-tu m'épouser ? »

J'éclatai de rire et relevai les yeux pour voir qui portait le T-shirt. En le découvrant, je ne pus m'empêcher de crier de joie et de lui sauter dans les bras.

— La vue est fantastique, dis donc, me dit Badger en mordant dans son sandwich.

Nous avions commandé au service d'étage de quoi dîner et, par la baie vitrée, nous admirions maintenant le ciel qui changeait de couleur, passant d'un rose pâle à un rouge écarlate, tandis que le soleil se couchait sur la ville.

— Je n'arrive toujours pas à croire que tu sois là, dis-je la bouche pleine.

— Je devais venir filer un coup de main à Harry pour

certaines de ses propositions. Mais je n'avais pas compris qu'il serait à New York, dit Badger en levant les yeux au ciel. Je ne peux rester que quelques jours, mais ne t'inquiète pas, Harry te rejoindra très vite.

— Tu n'avais pas besoin de venir jusqu'ici juste pour moi. Je me débrouille très bien toute seule.

— Ça me fait plaisir d'être là. Et puis Harry est vraiment con de te laisser toute seule comme ça.

— Je lui ai fait du mal, tu sais, lui avouai-je d'un ton désolé.

Badger poussa un profond soupir.

— Est-ce que tu es au courant de ce qu'il a vécu dans le passé ?

— Non. Et je voudrais bien que tout le monde arrête de me poser cette question ! A moins bien sûr que cette fois tu aies prévu de poursuivre par « Il était une fois... », lui lançai-je d'un ton exaspéré.

— Je peux te dire que ça n'a rien d'un conte de fées, Suzie. Mais je ne peux pas t'en dire plus, ce n'est vraiment pas à moi de le faire. Par contre, ce que je peux te dire, c'est que ses parents étaient de véritables ordures. Ils ne l'ont pas maltraité physiquement, mais à part ça, ils ont sûrement été les pires parents de toute l'histoire des parents. Ils l'ont laissé tomber d'une manière assez spectaculaire et il ne s'en est jamais remis. C'est pour cette raison qu'il a juré de ne plus jamais faire confiance à personne.

Il s'interrompit et se frotta les yeux avant de conclure :

— Et c'est aussi pour ça que c'est le genre d'homme qui a besoin qu'on le traite avec délicatesse.

Badger regarda par la fenêtre et j'en conclus que la discussion était close. Je le regardai un instant, hésitante, puis décidai de changer de sujet. Ma tête commençait à saturer de toute cette tristesse.

— Comment va Bella ?

Quand il se retourna, son visage s'était illuminé. Je ressentis aussitôt de la colère face à cet amour affiché au grand jour pour ma nièce. Puis ce fut un fort sentiment de culpabilité qui me perfora comme la lame d'un poignard. Je voulais être heureuse pour eux et j'allais tout faire pour ça, mais ça allait prendre du temps.

— Elle est magnifique. Elle s'émerveille de tout, elle découvre, explore, touche, attrape. Oh ! je suis tout simplement fou d'elle…

Il se tut brusquement, comme s'il regrettait ses mots.

— C'est bon, dis-je d'un ton neutre. Ça me fait bizarre, c'est tout. Je pense d'ailleurs que je trouverai toujours étrange qu'un autre homme élève ma nièce et qu'elle ne puisse jamais connaître son vrai père. Mais je suis heureuse que cet homme, ce soit toi, et que tu aimes autant Bella que Jules.

Badger se passa la main sur la nuque, visiblement embarrassé.

— Je suis désolé, tu sais, je n'ai vraiment rien fait pour que ça arrive…

— Ne le sois pas… Jules est de nouveau heureuse grâce à toi, alors je ne vais certainement pas te détester pour ça.

Un silence plein d'embarras flotta dans l'air entre nous.

— Oh ! tu sais quoi, Suzie ? Sortons d'ici et allons nous soûler ! s'écria tout à coup Badger avec enthousiasme.

— Laisse-moi juste le temps d'attraper mon manteau, lui répondis-je en souriant.

Quand enfin je réussis à insérer la clé dans la serrure de ma chambre d'hôtel, je poussai la porte en grognant et m'écroulai à l'intérieur. Par la baie vitrée, je voyais les lumières de la ville scintiller en dessous de moi et les regardai un instant avec les yeux émerveillés d'une enfant.

Soudain j'entendis un bruit sourd dans la chambre

d'à côté. Manifestement, Badger venait de percuter un meuble et je pouffai en l'entendant l'insulter et le traiter comme du poisson pourri. Mais qu'avions-nous donc ingurgité ce soir ?

Je me souvenais que nous avions d'abord commandé du vin, puis les pichets qui étaient arrivés sur notre table avaient semblé devenir de plus en plus bruns. Nous en avions vidé cinq ou six au cours de la soirée, mais je ne me sentais pas encore vraiment ivre à ce moment-là. Ce n'est que lorsque nous sortîmes que l'alcool et l'air glacial vinrent me frapper de plein fouet.

Oh… Nous devions prendre un vol le lendemain pour Toronto… Heureusement qu'il décollait tard dans l'après-midi.

J'entendais maintenant Badger ronfler de l'autre côté de la cloison. En me dirigeant tant bien que mal vers la salle de bains, j'avisai mon téléphone sur le lit. Je l'attrapais pour prendre une photo de la vue incroyable que m'offrait la fenêtre et découvris que Harry m'avait envoyé un SMS. Il avait répondu à mon dernier message.

Tu me manques aussi Suzie. Rien n'a de sens quand tu n'es pas avec moi.

Je me mis à glousser — tout était tellement marrant et merveilleux ce soir ! Je fis défiler les contacts sur mon téléphone et appelai Harry. En levant les yeux, je vis sur la pendule qu'il était plus de 2 heures du matin. Pour je ne sais quelle raison, je trouvai ça encore plus drôle.

Quand Harry décrocha, je compris immédiatement que je le réveillais.

— Ouais ? me dit-il d'une voix pleine de sommeil.

— Salut, c'est moi.

— Salut, tout va bien ?

— Oui, ça va bien. Ça va même extraordinairement bien ! lui répondis-je en riant.

Je pus presque voir le sourire se dessiner sur ses lèvres.

— Tu es soûle ? J'espère que Badger s'est tenu à carreau.

— Je suis peut-être un tout petit peu mais alors vraiment rien qu'un tout petit peu complètement soûle, lui répondis-je en calant mon téléphone entre mon oreille et ma nuque.

J'essayais en vain de rapprocher mes index l'un de l'autre pour lui prouver que je n'étais pas irrécupérable mais me souvins tout à coup qu'il ne pouvait pas me voir. Et qu'il était toujours à l'autre bout du fil…

— Qu'est-ce que tu fais ? lui demandai-je en entamant quelques pas de danse.

— Je dormais, Suzie, me répondit-il d'un ton blasé.

— Je t'aime, Harry.

Oh ! mais nom de Dieu, d'où ça sortait, ça ? Les mots venaient de se jeter hors de ma bouche sans même avoir eu la politesse de me prévenir. Il n'y avait qu'une explication : mon cerveau totalement imbibé et alcoolisé venait de me lâcher. Un gloussement qui se transforma rapidement en grognement sortit de ma bouche également.

Je m'écroulai sur le lit et enfouis mon visage dans l'oreiller pour étouffer mon fou rire.

— Sympa, dit Harry d'un ton sec. Tu sais quoi ? Aussi charmantes que soient tes déclarations avinées, je vais retourner dormir maintenant.

— Tu es en colère contre moi, lui dis-je en tentant de prendre un ton sérieux.

— Non, loin de là. C'est très agréable d'entendre quelqu'un nous dire « Je t'aime. » Mais je t'avoue que j'aurais préféré te l'entendre dire sans que tu aies descendu six pichets de caribou.

Caribou, voilà ce que nous avions bu ! Une sorte de boisson typiquement québécoise, mélange de vin et de whisky. C'était délicieux et mes lèvres avaient encore le goût du sirop d'érable.

— Mais c'est vrai, tu sais, lui dis-je en constatant que ma bouche recommençait à n'en faire qu'à sa tête. Je t'aime.

— Allez, va dormir mon amour, et si tu ressens encore la même chose demain, passe-moi un coup de fil.

— Eh bien, c'est ce que je ferai.

— OK, alors je l'attendrai avec impatience. Bonne nuit.

Il raccrocha. Je lançai mon téléphone sur la chaise non loin du lit et, souriant comme jamais, je me laissai emporter par le sommeil.

Chapitre 14

— Non, non, non, non ! m'écriai-je en m'éveillant brusquement.

Mon Dieu, que ma tête était lourde. Et mon esprit embrumé. Non… Faites que j'aie rêvé… Je n'avais pas appelé Harry, je ne pouvais pas avoir fait ça…

Les rayons du soleil qui passaient par la baie vitrée m'aveuglaient autant que s'ils s'étaient réfléchis sur la neige. Je n'arrivais même pas à ouvrir les yeux… Mais c'était le cadet de mes soucis. En jetant un coup d'œil à mon téléphone, je gémis. J'avais bien passé mon dernier appel à 2 h 15 cette nuit. Et j'avais appelé Harry.

Je me sentis soudain nauséeuse. Super ! Maintenant que je lui avais dit que je l'aimais, je ne pouvais plus faire marche arrière.

Et il n'avait rien dit en retour, bien sûr. Certes, j'étais ivre morte, mais quand même, ç'aurait été sympa de sa part qu'il me réponde que lui aussi.

Je ne savais pas ce qui était le plus judicieux : l'appeler et m'excuser platement, ou faire comme si de rien n'était. Appliquer la politique de l'autruche semblait tout de même la meilleure des options.

En fait, dormir toute la journée aurait même été la meilleure des choses à faire — bon sang, cette saloperie de caribou m'avait vraiment retourné la tête.

Soudain, quelques coups furent frappés à ma porte. Je me laissai mollement tomber du lit et allai ouvrir en titubant. En passant devant le miroir, je constatai avec horreur que mes cheveux avaient tout d'une botte de paille saccagée. Et, comme je ne m'étais bien sûr pas démaquillée avant de sombrer dans un sommeil de pochtronne, mon mascara avait bavé et je ne ressemblais à rien. Enfin si, je ressemblais à un panda neurasthénique. Je priai intérieurement pour que ce ne soit pas Harry qui se trouve derrière la porte.

Quand j'ouvris, le jeune employé de l'hôtel sursauta et recula d'un pas, visiblement effrayé par la bête monstrueuse qui se tenait devant lui. Mais il reprit rapidement une expression tout à fait professionnelle.

— Une livraison de la part de M. Forbes, me dit-il en me montrant le plateau qu'il tenait dans ses mains.

Mon cœur bondit d'allégresse un instant avant de s'écraser à terre. Après ma déclaration de la veille, ça ne pouvait pas être une bonne nouvelle.

L'employé entra dans la chambre, posa le plateau sur la table et repartit en fermant la porte derrière lui.

Sur le plateau, il y avait une épaisse enveloppe, un verre de jus d'orange et une boîte noire de la taille d'une main.

J'ouvris d'abord l'enveloppe. Elle contenait de l'aspirine et une note qui disait :

« Ça devrait te faire du bien ma douce, Harry. »

Eh bien, au moins, il n'était pas fâché contre moi. J'avalai deux comprimés avec le jus d'orange et observai cette boîte noire. Il ne m'avait quand même pas acheté une bague de fiançailles ?

J'ouvris la boîte lentement… Que pouvait-elle bien contenir ? A l'intérieur, je découvris une petite breloque qui ressemblait comme deux gouttes d'eau à la feuille d'arbre en glace que j'avais tenté de subtiliser à l'Hôtel de Glace. Je soulevai l'objet avec la plus grande délicatesse et compris que, même s'il était froid au toucher, il n'était évidemment pas fait de glace. Non, il était en cristal — de minuscules arcs-en-ciel étincelaient à l'intérieur. C'est lorsque je le tendis vers la fenêtre pour l'admirer à la lumière du soleil que je découvris la proposition. Ecrite en lettres d'or, au cœur même de la feuille, se trouvait cette phrase qui m'était maintenant devenue si familière :

« Veux-tu m'épouser ? »

Il y avait une autre note au fond de la boîte qui disait :

« Au moins, celle-ci ne risque pas de fondre. »

Je souris. C'était magnifique. Et c'était également un merveilleux souvenir de mon séjour ici. C'était ça le truc avec les propositions de Harry, qu'elles soient spectaculaires, dans le genre feu d'artifice, ou toutes simples mais mûrement réfléchies comme celle-ci, chacune était parfaite à sa manière.

J'étais en train de serrer la petite feuille contre mon cœur quand de nouveaux coups furent frappés à ma porte. Harry ? Cette fois, j'avais désespérément envie que ce soit lui, tant pis pour ma déplorable apparence. J'ouvris la porte, pleine d'espoir, mais redescendis rapidement sur terre en constatant que c'était Badger, avec son teint verdâtre et son regard vitreux.

— Nous sommes en retard, me dit-il d'une voix pâteuse.

— Qu'est-ce que tu veux dire ?

— Nous devons être à l'aéroport dans une demi-heure, ajouta-t-il sur le même ton blasé.

Je serrais toujours contre moi la petite feuille en cristal avec un sourire benêt, et il me fallut quelques secondes pour que les mots de mon cousin montent jusqu'à mon cerveau afin d'y être analysés. Je pris tout à coup pleinement conscience de ce que Badger venait de me dire.

— Et merde…

— Tu m'ôtes les mots de la bouche, ajouta Badger avec un sourire.

Blog des presque fiancés.

Jour 25 : La proposition *Maid of the Mist*.

Lieu : Les chutes du Niagara.

Je sais, je sais… Vous allez dire que c'est touristique, que c'est un vrai cliché mais, décemment, on ne peut pas visiter Toronto sans aller faire un tour aux chutes du Niagara. Et on ne peut pas non plus aller faire un tour aux chutes sans monter à bord du *Maid of the Mist*, le seul bateau capable de vous emmener au pied des chutes.

Suzie était aussi excitée à l'idée de prendre ce bateau qu'un enfant qui découvre ses cadeaux sous le sapin le matin de Noël. Dans ces moments-là, je meurs d'envie de la prendre dans mes bras, elle est si enthousiaste, j'adore la voir comme ça.

Mon ami Badger nous a accompagnés, même si l'eau n'est pas du tout son élément et qu'il a le mal de mer. A bord, il était encore plus pâle que la veille, alors que je pensais vraiment que rien ne pouvait rivaliser avec une cuite au caribou.

Pendant que j'y pense, je voudrais vous dire à quel point j'aime les Canadiens et les Américains. Cette proposition n'aurait jamais pu avoir lieu sans leur aide et je tiens à les remercier pour tout ça.

Fin de la parenthèse, entrons dans le vif du sujet. La balade sur la rivière, le long de ces falaises escarpées qui nous emmènent aux Chutes américaines et à celles du Voile de la Mariée, est tout simplement magnifique.

Mais pour tout vous dire, c'est vraiment la chute du Fer à Cheval qui est la plus extraordinaire. Quand on se retrouve au pied de cet énorme mur d'eau, on se sent tout petit face à tant de beauté. C'est à vous couper le souffle. Quand notre bateau s'approcha comme prévu au plus près des chutes, la proposition débuta. Suzie, penchée par-dessus le garde-fou, tendait la main pour toucher la brume d'eau.

C'est alors que des acclamations éclatèrent derrière elle, et, quand elle se retourna pour voir ce qu'il se passait, elle découvrit une ribambelle de touristes sous des parapluies multicolores. Un par un, les touristes tendirent alors leur parapluie vers elle, révélant ainsi sous ses yeux la phrase aux couleurs de l'arc-en-ciel :

« Veux-tu m'épouser ? »

J'aime tellement surprendre Suzie… Quand cette expression illumine son visage, c'est de loin ce qu'il y a de plus savoureux dans toute cette histoire de propositions.

Enfin, jusqu'à ce qu'elle me réponde oui. Je pense alors que ça sera ce moment-là, le plus savoureux.

Encore une fois, je restai interloquée devant mon ordinateur. Je venais de faire un tour sur le blog et ne comprenais vraiment pas ce que voulait Harry. Bien sûr, il n'était pas avec Badger et moi aujourd'hui, et je savais qu'il devait continuer d'écrire pour faire comme si de rien n'était vis-à-vis de Sunlounger et *Silver Linings*.

Mais voulait-il réellement que je lui réponde « Oui » ? A quoi jouait-il exactement ? Et sous ce nouveau billet, il y avait encore une fois des commentaires pour le moins étranges. Il était encore question de ce « blog secret »…

Olivia Bloom :

« C'est trop mignon ! Et j'adore suivre aussi le blog secret. J'ai hâte de lire la suite ! »

Mia Hemsworth :

« Comment peut-elle ignorer ce que tu ressens pour elle ? Même sans lire le blog secret, ça me semble quand même évident… »

T. Hardy :

« Euh, le blog secret est censé être secret, comme son nom l'indique. Je te suggère d'effacer ton commentaire au plus vite. Si tu continues à en parler, tu vas tout gâcher, espèce de débile ! »

Dire que j'étais déconcertée serait un euphémisme.

Je n'avais aucune idée de ce qui se passait, mais si Harry avait envie de jouer, alors OK, il n'avait qu'à demander.

J'écrivis un commentaire moi aussi et le postai sans attendre :

« Oui. »

L'écran resta calme pendant un moment, puis il sembla soudain y avoir une vague d'agitation.

Mon téléphone sonna au même moment. Je décrochai, sachant pertinemment que c'était Harry.

— Qu'est-ce que ça veut dire ce « Oui » ? me demanda-t-il sans préambule.

— Je ne sais pas. Qu'est-ce que ça veut dire quand tu écris que si je te répondais « Oui » ça serait le moment plus savoureux ? lui répondis-je sans me démonter.

— Tu ne m'as jamais répondu, Suzie.

Alors là… j'étais décontenancée.

— Tu peux me dire quel genre de réponse tu voudrais ? Tu voudrais que je me jette dans tes bras et que je crie de toutes mes forces et au monde entier un immense « Oui » ?

Il se racla la gorge et prit un moment pour me répondre. Un moment qui me sembla durer une éternité.

— Eh bien, je te rappelle que nous essayons de trouver quelle serait la demande en mariage de tes rêves. Et je dois t'avouer que je ne sais même pas si je m'en approche. Malgré les petits gestes pleins de sincérité, les grandes démonstrations spectaculaires, non je n'ai toujours pas la moindre idée de ce qui te touche…

La colère monta soudain en moi et je me levai pour arpenter la pièce comme un lion en cage. Harry me torturait chaque jour avec ses propositions vides de sens, artificielles et fabriquées de toutes pièces, et en plus il voulait que cela me rende heureuse ?

— OK, OK ! Tu veux savoir la vérité, Harry ? Il y a quelque chose qui manque dans tes propositions.

— Quoi ? me demanda-t-il sur un ton qui me fit comprendre que lui aussi était furieux à présent. Des fleurs, du champagne, des chocolats, une bague de fiançailles avec un diamant de cinquante carats, dis-moi Suzie, qu'est-ce qu'il manque, au juste ?

— Dis-moi d'abord ce que c'est que ce « blog secret » et je te dirai ce qu'il manque à tes propositions.

— Je ne sais pas ce que c'est que ce blog, ça doit être quelque chose que *Silver Linings* a lancé sur son site et que les gens confondent avec notre blog. A moins qu'ils ne pensent que les deux sont liés, me répondit-il d'une voix hésitante.

Mais je savais qu'il mentait. Je le connaissais bien assez pour savoir quand il me baratinait.

— Pourquoi est-ce que j'ai le sentiment que je suis le dindon de la farce, Harry ?

— Oh non, Suzie, ça n'est pas du tout ça, me répondit-il sur un ton que je sentis sincèrement tendre. Personne ne se moque de toi, je te le promets.

Je levai les yeux pour admirer par la fenêtre de ma chambre la vue sur Toronto et l'impressionnante tour CN. Badger devait venir me chercher ce soir pour m'emmener voir un match de hockey sur glace. J'*avais été* très emballée par cette perspective. Mais maintenant, tout ce que je désirais, c'était savoir combien de personnes se foutaient de moi dans mon dos. Etre loin de Harry me rendait chaque jour un peu plus cinglée, il devait me rejoindre au plus vite.

— Pourquoi tu n'es pas là ? Je me suis excusée, tu t'es excusé. Et je doute fort que tu sois allé à cet entretien d'embauche. Pourtant tu ne m'as toujours pas rejointe. Et ça fait cinq jours maintenant, lui dis-je d'un ton pleurnichard qui m'exaspéra.

— Je voulais venir, mais Chloé pense que…

Il ne finit pas sa phrase, prenant visiblement conscience qu'il en avait trop dit.

— Est-ce que tu l'aimes, Harry ? lui dis-je du bout des lèvres en fermant les yeux pour encaisser la réponse que je devinais.

— Non. C'est juste que…

Je soupirai, prise d'un soudain éclair de lucidité.

— C'est bon, j'ai compris, Harry. Tu veux passer du temps avec elle car elle t'a beaucoup manqué. Je me suis vraiment éclatée ici, ces derniers jours, alors tu sais quoi ? Ne vous pressez pas pour moi, allez-y, rattrapez le temps perdu. Et nous nous verrons peut-être dans quelques semaines.

J'entendis que Harry commençait à protester, mais je lui raccrochai au nez. Le téléphone se remit immédiatement à sonner, mais heureusement c'est ce moment que

Badger choisit pour venir frapper à ma porte. J'ignorai la sonnerie et allai lui ouvrir.

— Tu es prête ? me demanda-t-il en souriant, vêtu d'un maillot de hockey et d'une casquette de base-ball.

Je mis sur ma tête la casquette qu'il me tendait et attrapai mon sac tandis que mon téléphone, posé sur mon lit, continuait de sonner.

— Tu ne réponds pas ? fit-il, intrigué.

— Nan.

Je claquai la porte derrière nous et ignorai le regard lourd de sens que Badger me lança tandis que nous traversions le couloir de l'hôtel. Je ne prononçai pas un mot jusqu'à ce que la sonnerie ne soit plus perceptible.

— Alors, qui est-ce qui joue ce soir ? lui demandai-je d'un ton enjoué.

Badger comprit que j'avais envie de changer de sujet et, grand prince, saisit la balle au bond.

— Les Toronto Otters contre les Dallas Demons.

— Les mignonnes et câlines Otters[1] contre les cruels et sauvages Demons[2] ? lui dis-je en lui lançant un sourire plein de gratitude. On dirait bien que le match est joué d'avance...

— C'est tout à fait ça, en plus le capitaine des Demons, Harrison Flynn, est tout simplement hallucinant...

Tandis que Badger s'emballait à propos des prodigieuses compétences de Harrison, je décidai d'ignorer avec fermeté l'immense peine qui était pourtant en train d'inonder mon cœur.

Etendue sur ma couchette, je me laissai bercer par la marche du train. Au saut du lit ce matin, Badger m'avait

1. « Otters » signifie « loutres » en français.

2. « Demons » signifie « démons » en français.

accompagnée à la gare et j'étais maintenant en route pour Jasper. Lui devait déjà être quelque part dans le ciel, entre le Canada et l'Angleterre, en route pour retrouver Jules et Bella.

Le voyage jusqu'à Jasper devait durer à peu près trois jours et j'espérais qu'il m'offrirait un peu de répit. J'avais besoin et envie de faire une pause, loin de Harry et de ses propositions. Mon téléphone ne captait plus depuis que nous avions quitté Toronto et il semblait impossible de pouvoir organiser quoi que ce soit dans un train en perpétuel mouvement. Tout cela me rendait donc très heureuse. En effet, je n'avais plus envie de participer à ce jeu que Harry jouait avec moi. Il était évident qu'il tramait quelque chose et je n'aimais pas du tout ça.

Tandis que je laissais Toronto derrière moi, le paysage devint progressivement plus vert, plus escarpé. Assise dans la voiture « salon », j'avais passé la journée à contempler les montagnes majestueuses qui défilaient sur notre chemin. Le panorama était impressionnant.

Puis la nuit était tombée et j'étais revenue dans ma cabine.

Je soupirai de bonheur en posant le roman que j'étais en train de lire. Je me sentais merveilleusement bien. Personne ne savait qui j'étais, personne ne me jetait de regards complices et sympathiques. En bref, je n'avais vraiment pas besoin de Harry pour profiter pleinement de la vie. A cette idée, je collai un sourire sur mon visage, fermai les yeux et me laissai tomber dans les bras de Morphée. Si je me répétais régulièrement cette pensée, je finirais bien par m'en persuader.

Soudain, un coup sourd me tira de mes rêves. Pendant un instant, je n'avais plus aucune idée de l'endroit où je me trouvais. Il faisait nuit noire, mais je reconnus rapidement le bercement apaisant et le doux bruit des roues du train sur les rails.

Les coups retentirent de nouveau, plus forts cette fois, et je compris que quelqu'un frappait à la porte de ma cabine.

Je me levai pour aller ouvrir. Un homme immense était debout sur le pas de ma porte. J'étais encore ensommeillée, et la pensée que c'était Harry qui se tenait devant moi m'effleura pendant une seconde. Je levai vers lui un regard endormi et vis que l'homme portait une grosse barbe noire bien fournie et un uniforme. Retour à la réalité : c'était un employé du train.

— Mademoiselle, me dit l'homme d'une voix rugueuse comme du papier de verre mais adoucie par cet accent typique des Américains. Pouvez-vous me suivre, s'il vous plaît.

— Il y a un problème ? lui demandai-je, retrouvant tout à coup ma lucidité.

— Pas de problème non, mais vous devez venir avec moi immédiatement.

Je le regardai, interdite. On était au beau milieu de la nuit. Puis, je compris.

— Est-ce que c'est Harry qui vous envoie ? lui demandai-je en poussant un profond soupir.

— Il fait souvent ce genre de choses, hein ? Vous réveiller au beau milieu de la nuit ? Si vous voulez mon avis, je crois que cet homme est totalement fou de vous, me répondit-il en esquissant un sourire.

— J'en doute fort. Il est à New York en ce moment, et moi je suis ici toute seule, lui dis-je d'un ton blasé en mettant mon appareil photo dans la poche de mon sweat à capuche et en enfilant mes chaussures.

L'homme m'attendait à la porte et, quand je fus prête, il ajouta en me faisant signe de le suivre :

— Au fait, je m'appelle Connor.

— Suzie, même si je pense que vous le savez déjà, lui répondis-je en le suivant dans les couloirs déserts.

Il n'y avait pas âme qui vive dans le train à cette heure tardive. Apparemment, tout le monde avait rejoint sa cabine pour la nuit. Après avoir traversé les voitures « salon » et « restaurant », nous atteignîmes la porte qui menait à la plate-forme d'observation, tout au bout du train. L'homme ouvrit la porte et un vent glacial s'engouffra dans le wagon.

— Nous allons à l'extérieur ? lui demandai-je, ahurie. Attendez-moi une minute, il gèle dehors, je vais chercher mon manteau.

— Ne vous en faites pas, mademoiselle, nous avons tout prévu, me répondit-il en me tendant un grand sac de couchage.

— Euh… Je préfère vous prévenir tout de suite : il est hors de question que je dorme dehors. J'aime beaucoup Harry mais il y a quand même des limites. Surtout que j'ai un lit douillet et chaud qui m'attend à moins de cent mètres d'ici, lui dis-je en regardant le duvet avec stupeur.

Il éclata de rire, et en un instant la tristesse m'envahit. Il me faisait penser à Harry. Il était aussi grand que lui, mais il y avait aussi autre chose…

— C'est seulement pour vous tenir chaud, me répondit-il en me montrant du doigt une banquette située juste derrière moi.

Je m'assis pour m'équiper. Je glissai d'abord mes pieds à l'intérieur du sac puis, après m'être relevée, zippai la fermeture Eclair en même temps que je me tortillai et réussis à remonter le duvet jusqu'à mon menton. Super, je ressemblais maintenant à une chenille géante.

Connor ouvrit de nouveau la porte et, bien que l'air de l'extérieur ne se soit pas réchauffé depuis tout à l'heure, je me sentis prête à l'affronter.

Je sautillai tant bien que mal jusqu'à la porte et, par je

ne sais quel miracle, réussis à la franchir sans m'étaler par terre. J'entendais Connor derrière moi qui par courtoisie essayait d'étouffer son rire. La plate-forme était déserte.

— Harry avait même prévu que je ressemble à ça ? lui demandai-je en regardant attentivement où je mettais les pieds — ou plutôt la queue.

— Oh ça, je ne peux pas vous dire. Mais je dois avouer que la situation est on ne peut plus comique.

Connor remonta la capuche sur ma tête et serra le cordon pour qu'elle reste bien en place. Puis il m'enveloppa dans une épaisse couverture.

Je l'observai. Même dans l'obscurité, je pouvais lire de la bienveillance dans son regard. J'eus soudain une irrésistible envie de me laisser aller contre lui, de poser un instant ma tête contre son torse. Je me demandais bien comment je pouvais avoir des idées pareilles…

— Merci, lui dis-je d'un ton chaleureux.

— Je vais devoir vous laisser maintenant, mais je reviens vous chercher très vite, OK ? me répondit-il en souriant légèrement.

J'acquiesçai puis, en me retournant, je découvris enfin la vue. C'était stupéfiant. Les montagnes se dressaient de tous les côtés, à perte de vue. La lune, qui était pleine, éclairait le paysage comme un projecteur, baignant les collines et les champs enneigés d'un éclatant manteau d'argent.

— Oh mon Dieu, c'est magnifique, murmurai-je pour moi-même.

Comment avais-je pu choisir d'aller me coucher alors que je pouvais profiter de ce sublime spectacle ?

Je me rapprochai des rails en traînant les pieds pour ne pas perdre une miette de cet instant féerique.

— Mademoiselle, ne vous approchez pas si près, s'il vous plaît, me dit soudain Connor qui n'était pas encore parti.

Il m'indiqua un siège du doigt et reprit :

— Je suis sûr que M. Forbes préférerait vous savoir assise bien tranquillement plutôt que penchée au-dessus de la voie à braver la mort.

Je lui répondis par un sourire et me traînai jusqu'au siège. Après m'avoir jeté un regard satisfait, il rentra à l'intérieur, me laissant seule sous le ciel étoilé.

Bercée par le doux tangage, je contemplai le paysage qui m'entourait. Le train semblait se frayer un chemin dans cette sauvage et paisible nature. J'ouvrais grand les yeux pour ne pas manquer un seul détail de ce tableau magique. C'était une des choses les plus incroyables qu'il m'avait été donné de voir, et, d'une certaine manière, être la seule personne à y assister rendait cette expérience encore plus précieuse.

Soudain mon regard fut attiré par quelque chose de doré dans le ciel. L'objet passa en flottant au-dessus de ma tête et je vis qu'il s'agissait d'une lanterne chinoise. La petite flamme de la bougie resplendissait dans l'obscurité. J'en aperçus une seconde, flottant doucement pour rejoindre la première dans le ciel froid de la nuit. Je me levai. C'était prodigieux. Une autre apparut alors et je vis qu'un grand V était peint sur celle-ci. Oh… Je voyais où tout cela allait nous mener… Et j'en eus la confirmation quand la suivante éclaira le ciel en affichant un grand E. Je souris tendrement. La lueur orangée de ces lanternes de papier réchauffait mon cœur et le paysage nocturne, sombre et glacé.

Je devais absolument prendre quelques photos pour le blog. Je fouillai dans ma poche et réussis à sortir mon appareil, mais je n'avais pas assez d'espace pour remonter mes bras jusqu'en haut du sac de couchage.

Alors qu'une nouvelle lanterne passait dans le ciel — sans doute le premier U —, je me pliai en deux et me tortillai pour réussir à extirper au moins un de mes deux bras de mon cocon. Mais c'était peine perdue. Je baissai alors la tête vers mes genoux pour tenter de faire glisser l'appareil hors du sac. J'espérais ainsi pouvoir le rattraper avec mon visage. Mais quand je le lâchai, il heurta mon menton, rebondit et tomba un peu plus loin sur le sol. Oh… Je me rapprochai et, en me tortillant franchement, je réussis enfin à dégager un de mes bras. Et voilà, maintenant j'avais l'air d'une licorne avec ce bras dressé en l'air. Je me baissai de nouveau pour tenter de saisir l'appareil mais à ce moment précis le train fit une embardée et je basculai en avant, tête la première.

Merde, merde, merde ! La proposition était en train de se dérouler juste au-dessus de moi et je ne voyais rien ! Je me contorsionnai dans tous les sens pour essayer de trouver un point d'appui afin de me relever mais, avec un bras sorti et un autre bloqué le long du corps, je devais me résigner : je pouvais à peine bouger. La licorne était redevenue chenille : je pouvais seulement me tordre et frotter mon nez sur le bois rugueux du plancher.

En remuant, je réussis à prendre un peu d'élan pour me retourner et me mettre sur le dos. C'était pathétique. Connor avait tellement bien serré le sac de couchage que je ne pouvais presque pas bouger mon bras. Exaspérée, je levai les yeux au ciel et découvris une nouvelle lanterne, qui affichait cette fois la lettre E.

Je la regardai avec soulagement. Il y avait trois E dans « Veux-tu m'épouser ». Je n'avais donc pas tout raté. Dans le pire des cas, c'était le dernier mais il me restait quand même le R et le point d'interrogation à admirer. Je restais là, allongée sur le plancher dans mon duvet, à scruter la nuit dans l'attente des nouvelles lanternes. Pourtant, après un long moment où il ne se passa absolument rien, je dus me rendre à l'évidence : il n'y aurait plus de lanternes. La proposition était terminée. Je n'étais pas sûre de bien comprendre… De quel mot ce E était-il la dernière lettre ?

J'entendis des pas approcher et me mis aussitôt à prier de tout mon cœur pour qu'il s'agisse de Connor. Je n'avais vraiment pas envie que qui que ce soit d'autre me découvre dans cette situation pour le moins embarrassante.

Derrière moi, il y eut le bruit d'une porte qu'on ouvre brusquement puis un silence qui dura quelques secondes.

Dans un dernier sursaut plein de fougue — ou plutôt devrais-je parler de tortillements ridicules —, j'essayai de me relever pour m'asseoir. Mais en vain. J'avais vraiment perdu toute dignité. De nouveau les pas se rapprochèrent et le visage de Connor apparut dans mon champ de vision tandis qu'il se penchait au-dessus de moi.

— Tout va bien, Suzie ? me demanda-t-il en retenant visiblement une violente envie de rire.

J'acquiesçai.

— Oui… sauf que je suis tombée, que je n'ai pas pu me relever, et que donc j'ai raté la moitié de la proposition. Enfin, un peu plus de la moitié. J'ai vu un V, un E et ce qui devait être le U, mais après ça plus rien…

— Vous n'avez pas vu la proposition ? me demanda-t-il d'un air catastrophé.

— Eh bien, comme je viens de vous le dire, j'en ai vu un morceau. Et c'était tout à fait magnifique, d'ailleurs. Est-ce que vous avez participé à sa réalisation ? Et puis j'ai vu le E à la fin, mais je ne sais pas à quel mot il appartenait, lui répondis-je d'un ton penaud.

— Ça n'a pas d'importance, dit-il d'une voix rude, qui me sembla presque furieuse. Puis-je vous aider à vous relever ?

Il m'aida à m'asseoir et défit le cordon qui fermait le sac de couchage, libérant ainsi mes bras et une partie de mes épaules.

Je me dandinai pour faire descendre le reste du duvet et réussis à sortir complètement mes bras.

En me relevant, j'aperçus les lanternes, au loin. Elles étaient bien plus nombreuses que ce que j'avais pensé. Après un rapide calcul, je comptai vingt-deux lanternes qui brillaient dans la nuit, comme des étoiles dorées. Vingt-deux ? Avec le point d'interrogation, « Veux-tu m'épouser ? » comportait quinze lettres... Quel était cet autre mot qui se terminait par la lettre E ?

— Qu'est-ce que la proposition disait ? demandai-je de but en blanc à Connor.

— « Veux-tu m'épouser ? », me répondit-il sans hésiter en me tenant la porte.

— Et quoi d'autre ? insistai-je.

Il ne répondit rien mais soupira profondément, manifestement très contrarié que je n'aie pu voir la demande.

Un mot de sept lettres qui se terminerait par un E... Ou peut-être étaient-ce deux mots ?

Après avoir jeté un dernier regard au panorama, je suivis Connor en sautillant et rentrai à l'intérieur du train.

Mais dès que nous fûmes de retour au chaud, Connor s'éloigna à grandes enjambées et, le temps que je me libère de cette saloperie de sac de couchage, il avait totalement disparu.

BLOG SECRET

Je ne peux même pas vous dire à quel point je suis dégoûté. Cette dernière proposition m'avait demandé des jours entiers de préparation. Et puis j'avais décidé que ce serait dans celle-là que je révélerais mes sentiments à Suzie.

Depuis qu'elle a quitté New York, j'ai essayé maintes fois de trouver le courage de le lui avouer. Je l'ai suivie de loin, luttant désespérément contre mon irrésistible envie de réduire cette distance qui s'est installée entre nous, de la prendre dans mes bras et de lui dire le plus simplement du monde que je l'aime. Mais je ne pouvais pas faire ça. Et si elle ne ressentait pas la même chose que moi ? Et si elle me rejetait ? Je ne pense pas que je pourrais survivre une nouvelle fois à un tel chagrin. Alors j'ai eu cette idée de génie… J'allais le lui dire par le biais d'une de mes propositions. De cette manière, je ne verrais pas sa réaction quand elle découvrirait les mots.

Grâce à Chloé, je me suis donc encore une fois déguisé, cette fois en employé du train répondant au nom de Connor, un type bourru et barbu. Si vous voulez vous faire une idée, pensez à Hagrid dans Harry Potter. Ensuite, depuis la tête du train, j'ai lancé dans le ciel des lanternes chinoises sur lesquelles j'avais pris soin de peindre chacune des lettres des phrases « Veux-tu m'épouser ? » et « Je t'aime ».

Après la demande, je suis retourné en hâte à l'arrière du train, sur la plate-forme d'observation où j'avais laissé Suzie en train d'admirer le paysage nocturne. J'étais impatient de découvrir sa réaction. Mais en arrivant, je l'ai trouvée allongée sur le sol, saucissonnée dans le sac de couchage qui était censé la protéger du froid. Elle avait tout raté.

Une partie de moi ne peut s'empêcher de penser qu'elle a tout vu et que si elle prétend le contraire, c'est seulement pour éviter de me blesser.

Cette fois, c'est sûr, je dois lui parler en face car ça me bouffe de l'intérieur. Mais Chloé ne veut toujours pas que je rejoigne Suzie. Elle est toujours très inquiète pour moi et veut me protéger.

Voilà. Je m'étais laissé aller à imaginer que, à l'heure qu'il est, Suzie et moi serions tendrement enlacés dans les bras l'un de l'autre. Au lieu de ça, je vais devoir rester cloîtré dans ma cabine pendant les trois prochains jours pour ne pas risquer qu'elle me voie à bord de ce train.

COMMENTAIRES

Laura Lovelock :

Mais dis-lui ! Fonce droit dans sa cabine immédiatement et dis-lui ! Oublie Chloé.

Megan Wood :

J'adore cette idée des lanternes chinoises pour dire à Suzie que tu l'aimes, c'est si romantique. Moi je pense que tu devrais tout simplement l'embrasser. Tu verras bien comment elle réagit. Je parie qu'elle n'attend que ça.

Victoria Stones :

Vous me rendez folle, putain ! Laisse-toi pousser des couilles et va lui dire que tu l'aimes, bordel de merde.

Erin McEwan :

Si Suzie est véritablement ta meilleure amie, alors ne crains rien, même si elle ne partage pas tes sentiments, elle restera toujours ton amie.

Kirsty MacLennan :

Je suis d'accord avec Megan, roule-lui une pelle et tu seras vite fixé.

Jasper était une ville minuscule et tout le monde ici semblait porter des shorts et des tongs malgré le froid et la neige au sol.

J'étais arrivée la veille et j'avais enfin parlé à Harry après trois jours de silence radio. Les propositions s'étaient déroulées comme prévu chaque jour dans le train. Après les lanternes chinoises, j'avais eu droit au quatuor Barber Shop qui avait chanté pour moi devant un wagon plein de gens médusés, puis à la déclaration écrite en pétales de roses parsemés sur mon lit…

Imaginer que quelqu'un s'était introduit dans ma cabine pendant mon absence pour les installer m'avait fait un peu froid dans le dos, mais bon, c'était tout de même adorable. Cependant, malgré toutes ces attentions et ces efforts, il manquait toujours quelque chose dans ces demandes…

Harry. Il me manquait de plus en plus et je n'avais plus du tout le cœur à ce truc débile de proposition. Peut-être était-ce aussi parce qu'elles me semblaient tellement superficielles, surtout depuis que Harry était à New York et moi ici, toute seule. Il ne voulait même plus être avec moi maintenant.

J'avais une journée complète pour visiter Jasper puis, le lendemain, je partirais en direction du glacier Athabasca et du lac Louise.

Je décidai de louer une voiture car j'avais entendu parler de magnifiques gorges près du canyon Maligne. Je choisis donc un petit véhicule bon marché car je ne savais pas si ce genre d'initiative serait prise en charge par *Silver Linings* et Sunlounger. Après avoir bien étudié la carte routière, je me mis en route.

Je n'avais encore jamais conduit dans un pays étranger et j'étais un peu nerveuse à l'idée de rouler de l'autre côté de la route. Mais à peine cinq minutes après avoir quitté la petite ville, les rues se révélèrent totalement désertes. La route grimpait en altitude et mes oreilles se bouchèrent tandis que je cheminais vers le sommet de la montagne. Il avait neigé peu de temps auparavant.

Même si, à certains endroits, la nappe blanche semblait assez profonde, le Canada avait l'air plutôt bien équipé pour faire face à ce genre d'intempéries. En Angleterre, il suffisait d'une petite chute de neige pour que le pays tout entier soit paralysé.

De nouveaux flocons se mirent à tomber du ciel, mais rien d'alarmant. Jasper était maintenant très loin, tout en dessous de moi. Il y avait d'autres villes, à plus ou moins grande distance, et toutes semblaient avoir été éparpillées au gré du vent sur l'immense manteau de neige. La route devant moi était toujours déserte mais, en jetant un rapide coup d'œil dans mon rétroviseur, je vis qu'un gros SUV rouge me suivait. C'était étrangement réconfortant de savoir qu'il était derrière moi alors que je m'enfonçais dans la nature sauvage.

Je roulais tout droit sur un long tronçon quand je remarquai soudain l'absence totale de barrières de sécurité, qui auraient pu m'empêcher de faire une chute mortelle dans le ravin. A cette pensée, je ralentis immédiatement. Certes, les abords de la route ne descendaient pas à pic, mais la pente était tout de même très raide. Peu à peu, tandis que je conduisais sur la route sans difficulté, je me sentis plus confiante et commençai à me détendre.

Décidément, le Canada m'enchantait et je ne me lassais pas d'admirer sa beauté stupéfiante, les falaises rocailleuses et escarpées à quelques mètres seulement de moi, tous ces lacs et ces impressionnantes montagnes visibles à des kilomètres alentour.

Que la vie était belle. J'allumai la radio et cherchai une fréquence. Cool ! Je me mis à chanter à tue-tête sur une vieille chanson de country.

L'air s'était refroidi, à cette altitude, et je farfouillai sur le tableau de bord pour essayer de trouver le chauffage… Voilà. Je tournai le bouton pour réchauffer un peu l'atmosphère.

Mais au moment où je reportai mon attention sur la route, quelque chose traversa juste devant moi. Ce devait être une sorte de cerf. Sans réfléchir, je freinai et fis une embardée pour l'éviter.

A ma grande horreur, la voiture heurta la paroi rocheuse, passa de l'autre côté de la route et bascula, plongeant droit dans le précipice.

Chapitre 15

J'essayai de reprendre le contrôle du véhicule, j'appuyai de toutes mes forces sur la pédale de frein en hurlant, mais en vain : la voiture se jeta par-dessus bord. Soudain, avant même que la gravité n'ait pu faire son job et me condamner à une mort violente et douloureuse, le véhicule s'immobilisa, vacillant au bord du gouffre, une de ses roues toujours sur le bas-côté.

Je ne respirais plus. Je ne bougeais plus. Je savais que le moindre mouvement aurait pu m'être fatal.

Tout à coup, il y eut une légère secousse. La voiture avait l'air d'hésiter : devais-je vivre ou mourir ? Moi, en tout cas, je savais très clairement ce que je voulais faire : sortir au plus vite de ce véhicule. Attendre ici qu'on vienne à ma rescousse était inenvisageable. Je défis ma ceinture de sécurité avec la plus grande prudence, mais même cet infime mouvement fit grogner la voiture qui se pencha encore un peu plus en avant. Mon estomac se noua et je me sentis soudain submergée par la panique. Comme passées en mode automatique, mes larmes inondèrent tout à coup mes joues.

C'est alors que ma portière s'ouvrit brusquement. Il y avait quelqu'un — un homme — près de moi, mais j'étais tellement paralysée par la peur que je ne pouvais même pas tourner le visage pour le regarder.

Suite à ce nouveau mouvement, la voiture tanguait maintenant dangereusement. Je voulus crier à mon sauveteur de faire attention et de se déplacer très lentement mais les mots restèrent coincés au fond de ma gorge.

Et l'homme était tout sauf vigilant. Ses gestes n'étaient ni mesurés ni prudents. Il s'engouffra précipitamment dans l'habitacle et, en un éclair, me prit dans ses bras et m'arracha hors de la voiture. Je m'agrippai à lui de toutes mes forces. Ce n'est que lorsque nous nous écroulâmes sur le sol que je compris que cet homme, c'était Harry.

— Harry ? dis-je, bien que la réponse me soit déjà connue.

— Salut.

— Oh mon Dieu, Harry..., répétai-je, éclatant en sanglots.

Traversée par un flot de sensations puissantes — soulagement, adrénaline, joie, terreur —, j'enroulai mes bras autour de sa nuque et l'embrassai avec passion. Je ne comprenais pas comment il pouvait être là, mais à cet instant précis je m'en moquais royalement. Je sentis que les larmes continuaient de couler sur mes joues tandis qu'il me serrait plus fort contre lui et me rendait mon baiser avec fougue. Ses mains caressaient mon visage, mes cheveux. Puis notre baiser devint plus urgent, presque vital, et j'entendis un son monter du plus profond de sa gorge, comme un gémissement.

Mais je ne pouvais pas m'arrêter.

— Est-ce que tout va bien, là-bas ? cria soudain une voix, quelque part au-dessus de nous.

Je décollai à contrecœur ma bouche de celle de Harry. Celui-ci semblait en état de choc.

Deux policiers se tenaient un peu plus haut sur la route. Ils s'étaient apparemment arrêtés après avoir vu ma voiture en équilibre au-dessus du vide.

Je regardai Harry. Je n'arrivais pas à croire que je venais de l'embrasser.

— Je suis désolée… J'ai juste essayé de…, lui dis-je en tremblant.

Alors que je pleurais toujours, il prit mon visage dans ses mains avec une grande douceur et m'embrassa sur le front. Puis, avec des gestes lents, il essuya les larmes qui coulaient le long de mes joues et posa ses lèvres sur les miennes. Un bref, un adorable petit baiser. Enfin, pas vraiment un baiser, en fait, rien à voir avec celui que nous venions d'échanger, avec ma langue dans sa bouche. Oh ! mon Dieu, est-ce que j'avais vraiment fourré ma langue dans sa bouche ? Voilà qui était maintenant un tout petit peu embarrassant…

— Ça va ? me demanda-t-il tendrement.

J'acquiesçai sans un mot.

— Tu as mal quelque part ?

Je secouai la tête.

— Est-ce que tu peux parler ? me dit-il ne haussant un sourcil.

— Pas tout de suite, non.

Il esquissa un sourire.

Maintenant, je voulais me dégager de notre étreinte. Cela me semblait tout à fait inapproprié d'être ainsi allongée alors que je venais de l'embrasser avec ardeur. Mais mes doigts étaient toujours agrippés à sa chemise et, apparemment, je ne pouvais plus les contrôler. Impossible de leur faire lâcher prise. En même temps, Harry n'avait pas l'air pressé de bouger.

— Nous arrivons dans une minute, cria-t-il aux agents.

Puis il reporta son regard bienveillant sur moi et me dit en chuchotant :

— Même si je ne suis pas plus enthousiaste que ça à l'idée de quitter cette position, je pense qu'il faut que nous nous relevions, maintenant.

Cependant je tremblais toujours des pieds à la tête et j'avais même l'impression que mon corps s'engourdissait.

J'étais incapable de faire le moindre mouvement. Harry sembla le comprendre. Il s'assit, me déplaça délicatement sur ses genoux et se releva en me tenant dans ses bras, me portant comme une enfant.

— Je reviens tout de suite, dit-il aux agents qui se dirigeaient vers nous.

En passant devant eux, j'entendis l'un d'eux dire à l'autre.

— Dieu sait que j'ai aidé beaucoup de femmes dans des situations périlleuses jusqu'à aujourd'hui, mais jamais, au grand jamais, aucune d'elles ne m'a embrassé de cette façon.

— Moi non plus, répondit l'autre d'un ton blasé.

Je rougis et détournai le visage pour que Harry ne puisse pas le remarquer.

Il marcha jusqu'à son SUV rouge qu'il avait abandonné au milieu de la route, m'installa sur le siège du conducteur et ôta son manteau pour m'envelopper dedans. Puis il mit le chauffage en marche, posa un baiser sur mon front et me laissa seule dans la voiture.

Ensuite il alla rejoindre les policiers et, de loin, je les entendis discuter. En les observant, je me demandais ce que Harry pouvait bien être en train de leur dire. La conversation était animée, ponctuée régulièrement de grands gestes, et les agents riaient franchement. Je songeai que le charme de Harry était toujours aussi efficace. Quant à ma petite voiture, vue d'ici, elle ne semblait pas vouloir bouger, ce qui a posteriori rendait ma réaction quelque peu disproportionnée.

Les agents attachèrent le véhicule au leur avec une grosse corde et, avec l'aide de Harry, le remontèrent sur la route. Enfin, après plusieurs nouveaux éclats de rire, Harry récupéra mes affaires dans la voiture et revint vers moi.

— Comment te sens-tu ? me demanda-t-il en me

faisant signe de passer sur le siège passager pour qu'il puisse se mettre au volant.

— Un peu gênée, pour tout te dire.

— Quoi ? Mais pourquoi ? C'était un accident. Je ne vois pas pourquoi tu te sentirais gênée.

— J'ai cru que j'allais mourir, Harry.

— Je l'ai cru, moi aussi. Et puis j'ai cru que moi aussi j'allais mourir, mais de peur, quand je t'ai vue basculer dans le vide. C'est simple, je crois que j'ai frôlé l'arrêt cardiaque.

Je le regardai tandis qu'il démarrait la voiture.

Etait-ce pour cette raison qu'il m'avait rendu mon baiser ? Parce qu'il était terrifié ? Nous allions vraiment devoir parler de ce baiser. Je sentais déjà un malaise s'immiscer entre nous.

— D'ailleurs, peux-tu m'expliquer ce qu'il s'est passé ? J'étais derrière toi, tu conduisais tranquillement, et d'un seul coup j'ai vu ta voiture foncer droit dans le ravin. Tu t'es endormie au volant ou quoi ?

— Il y avait un cerf, j'ai simplement fait une embardée pour l'éviter… Et la seule chose dont je me souvienne après c'est que je suis passée par-dessus bord.

— Les cerfs sont vraiment inconscients…

Harry souriait pour lui-même, comme si toute cette histoire était désopilante. Puis, après avoir remercié les agents d'un signe de la main, il fit demi-tour pour rentrer à Jasper.

— Et ma voiture ? lui demandai-je.

— Les policiers vont la ramener. Ils allaient dans cette direction de toute façon.

— Et toi ? Tu peux me dire ce que tu faisais ici ? Je croyais que tu étais à New York…

— Je voulais te faire la surprise.

— Eh bien, on peut dire que ça a marché.

— Ah oui, ça, j'étais loin d'imaginer que je réussirais mon coup à ce point-là, me répondit-il en éclatant de rire.

Oh ! non, le baiser. Mais comment est-ce que j'allais bien pouvoir expliquer ça ?

Toujours tremblante, je me pelotonnai dans son manteau, respirant sa merveilleuse odeur qui bouleversait chacun de mes sens. Dans sa manche, je remarquai une petite déchirure et je décidai de me concentrer dessus plutôt que sur l'explication qu'il allait falloir que je fournisse à propos de ce geste passionné...

En m'éveillant, j'entendis des voix chuchoter autour de moi. Je soulevai discrètement une paupière et compris que ma tête était posée sur la poitrine de Harry. Nous étions même allongés sur le lit. Après être rentrés à l'hôtel, je me souvenais que nous étions montés dans la chambre de Harry — il avait manifestement dormi ici la nuit précédente — et qu'il avait appelé l'agence de location de voitures pour régler les histoires d'assurance. Il avait ensuite informé *Silver Linings* et Sunlounger de ce qu'il s'était passé. J'avais dû m'endormir peu de temps après, et maintenant que j'étais tout à fait réveillée je devais me rendre à l'évidence : je n'avais pas rêvé, Harry était bien là, en chair et en os, et me serrait dans ses bras. Alors qu'il était censé être à New York... Je n'y comprenais vraiment plus rien. Et le plus déroutant dans tout ça, c'est que Chloé était également dans cette chambre, ici avec nous.

— Tu dis qu'elle t'a embrassé ? demanda Chloé à Harry à voix basse.

Je décidai de rester immobile pour ne rien perdre de la conversation.

— Oui, mais..., lui répondit Harry. Ecoute, arrête

de me regarder avec air-là, ça ne veut rien dire du tout. Elle était juste terrifiée.

— J'ai eu peur de nombreuses fois dans ma vie, et ma première réaction n'a jamais été d'embrasser l'homme qui se trouvait à côté de moi, lui répondit Chloé d'un ton exaspéré.

— Je crois qu'elle était contente de me voir.

— Ah ben ça, c'est le moins qu'on puisse dire.

Chloé semblait véritablement contrariée par ce nouveau rebondissement. Je marchais sur ses plates-bandes. Elle était folle de lui. Dans cette situation confuse, c'était la seule chose qui était claire.

— Ça ne veut rien dire, répéta Harry.

Je me relevai brusquement et regardai Chloé, puis Harry.

— Je suis désolée, murmurai-je en essayant de descendre du lit, mais Harry me retint.

— Où vas-tu ? me demanda-t-il d'une voix inquiète.

— Dans ma chambre.

— Non, je ne pense pas, non, me répondit-il avec fermeté. C'est Chloé qui va dormir dans ta chambre, cette nuit.

De toute évidence, Chloé n'était pas au courant de cela car elle jeta à Harry un regard furieux.

— S'il vous plaît, je n'ai pas du tout envie de me retrouver au milieu de cette discussion, leur dis-je d'un ton suppliant, vous pouvez me croire : je suis vraiment désolée.

Je tentai de m'échapper, mais de nouveau Harry m'en empêcha.

Chloé se leva et sortit de la chambre sans un mot.

En regardant Harry, je compris tout de suite que cette histoire de baiser allait revenir sur le tapis.

— S'il te plaît, ne dis rien, lui murmurai-je. Pas un mot. Je suis désolée de t'avoir embrassé, OK ? J'étais morte de peur et ridiculement heureuse de te voir. Ne cherche pas d'autre interprétation. Tu sais quoi ? Je voudrais que nous continuions à profiter simplement de cette aventure. Que nous continuions à voyager autour du monde et à vivre des moments incroyables sans avoir maintenant ce malaise qui plane au-dessus de nos têtes comme un nuage menaçant.

Il me dévisagea et je regrettai une nouvelle fois de ne pas être capable de lire dans ses pensées. Tout serait tellement plus simple.

— Si je comprends bien… tu veux que nous fassions comme s'il ne s'était rien passé et que nous n'abordions plus jamais ce sujet ?

— Exactement.

Oh ! je voulais tellement qu'il laisse tomber… S'il souhaitait vraiment comprendre pourquoi je l'avais embrassé, s'il continuait à chercher une explication cohérente, je craignais de lui dire la vérité et de perdre notre amitié. Même si nous ne devions jamais vivre d'histoire d'amour, je désirais malgré tout qu'il reste mon ami. J'avais tellement besoin de lui. Je n'aurais jamais été capable de surmonter les épreuves de ces derniers mois sans sa présence à mes côtés et je voulais maintenant être là à mon tour pour lui — le voir heureux, se mettre en couple, peut-être même avoir des enfants —, en aucun cas risquer de gâcher notre relation en lui déclarant mon amour inconditionnel.

— Tu m'as embrassé, Suzie.

Et merde, il n'avait pas du tout l'intention de laisser tomber.

— Comme une amie. Nous sommes amis, je te rappelle. Nous nous faisons des câlins à tout bout de champ, on ne s'est jamais demandé si c'était ambigu, si ?

— Très bien, me répondit-il d'un ton qui me sembla teinté de colère. Alors c'est tout ce que c'était, hein ? Un petit bisou entre potes ? Saches quand même que ça ne ressemblait vraiment pas à ça…

— J'étais effrayée… et soulagée. Je t'en prie, Harry, arrête de chercher une autre signification. Laisse tomber, crois-moi. Cela détruirait tout ce qu'il y a entre nous.

Il me regarda un moment avec l'air évident de vouloir creuser un peu plus, mais il n'en fit rien.

— On ferait mieux de se coucher. Il faut qu'on se lève tôt demain matin.

J'acquiesçai en reposant ma tête sur son torse. Il ne bougea pas mais garda ses bras le long de son corps. Après quelques minutes, je trouvai notre posture tout à fait gênante et, me sentant indésirable, je me laissai glisser à son côté. Presque immédiatement, il se retourna et je me retrouvai face à son dos.

BLOG SECRET

Les amis, je suis totalement largué.

Après avoir sauvé Suzie d'un accident de voiture qui aurait pu lui être fatal, nous nous sommes embrassés.

Rectification : elle m'a embrassé et je peux vous dire que je ne me suis pas gêné pour lui rendre son baiser.

C'était incroyable, aussi puissant que dans mes fantasmes les plus fous, et même bien plus encore. Il y avait de réels sentiments dans ce baiser. Et c'est à cet instant précis que j'ai compris qu'elle m'aimait aussi.

Mais juste après cela, elle a tout balayé d'un simple revers de la main en m'affirmant que ce geste ne signifiait absolument rien. Et en ajoutant que si je continuais à chercher à lui donner plus de sens qu'il n'en avait pour elle, je risquerais de détruire notre amitié.

Vous dire que j'étais déçu n'est rien à côté de ce que j'ai ressenti.

Chloé, elle, est devenue furieuse à l'idée que Suzie se permette de jouer de la sorte avec mes sentiments. Elle est repartie à New York en me demandant de la suivre. Mais je suis resté. Je dois éclaircir la situation.

Alors les gars, même si je ne suis pas toujours à cent pour cent d'accord avec votre façon de voir les choses, vous avez été si géniaux jusqu'ici, vous m'avez tant soutenu que, aujourd'hui, je ne serais pas contre un ou deux petits conseils...

COMMENTAIRES

Megan Wood :

Elle t'aime, c'est sûr. On n'embrasse pas quelqu'un comme ça si on n'a pas de sentiments pour lui. Même si on a eu la peur de sa vie. Ce baiser signifie quelque chose pour elle, c'est évident, et si elle prétend le contraire c'est simplement parce qu'elle craint que tu ne ressentes pas la même chose.

Victoria Stones :

Je vais sauter dans un avion, vous rejoindre sans traîner et en prendre un pour taper sur l'autre ! Tu l'aimes, elle t'aime, mais qu'est-ce qui te retient, bon sang ? Dis-le lui, nom de Dieu !

Harry Forbes :

J'aimerais que ce soit aussi simple que ça, Victoria. J'ai vécu des choses dans mon enfance qui m'ont laissé une phobie du rejet. J'ai essayé de surmonter ce traumatisme, croyez-moi, j'ai essayé. Plusieurs fois même, ces deux dernières années, j'ai pris mon courage à deux mains pour ouvrir mon cœur à Suzie et, chaque fois, je me suis retrouvé tremblant et transpirant. Une véritable épave. Un peu comme quelqu'un qui souffrirait d'arachnophobie et qui se retrouverait en tête à tête avec une araignée. C'était tout le but de ces propositions, pouvoir lui montrer à quel point elle compte pour moi, bien plus que je n'arrive à lui dire. Mais je sais qu'elle a besoin d'entendre les mots, elle me l'a dit elle-même. Et je les lui dirai… un jour.

Tilly Tennant :

Je suis nouveau sur ce blog secret mais même sans lire les billets précédents, je suis d'accord avec les autres commentaires. Elle t'aime, ça se voit comme le nez au milieu de la figure.

Kirsty MacLennan :

Elle t'aime. Embrassez-vous de nouveau, et cette fois n'arrêtez pas avant d'être tous les deux au lit, totalement nus bien entendu.

Laura Lovelock :

C'est sûr qu'elle t'aime, qu'est-ce que tu attends ?

Blog des presque fiancés.

Jour 31 : La proposition fossilisée.

Lieu : Glacier Athabasca.

Nous avons fait aujourd'hui un voyage magnifique sur la promenade des Glaciers jusqu'au glacier Athabasca. Sur le trajet, au milieu de ces étendues sauvages, nous avons pu voir des wapitis, des élans et même un loup. Nous étions à bord de l'Ice Explorer, une sorte de bus 4x4 très robuste aux couleurs du Canada, avec des roues énormes. C'est dans ce drôle de véhicule que nous avons traversé le champ de glace jusqu'au glacier.

La beauté de cet endroit était stupéfiante. Jusqu'à présent nous étions restés à distance de ces sommets enneigés, mais aujourd'hui nous roulions littéralement dessus, si proches que nous pouvions les toucher.

A mi-chemin, nous avons fait une pause et avons pu sortir du bus pour marcher sur le glacier et fouler cette glace et cette neige qui datent de plusieurs milliers d'années.

Tous les touristes présents en même temps que nous se sont rapidement mis à prendre des photos, à toucher la glace et à contempler ce site merveilleux. Je voulais profiter de ce moment pour emmener subrepticement Suzie vers l'endroit où se trouvait la proposition.

L'ambiance entre nous avait été un peu bizarre aujourd'hui et, après avoir été assis dans le bus ensemble sans échanger un seul mot, je sentais qu'elle était soulagée de pouvoir prendre un peu l'air, même si ce n'était que pour un court instant. Mais cela n'arrangeait pas mes affaires car notre temps ici était compté. Nous allions rapidement devoir remonter à bord du bus pour rentrer à l'hôtel et je voulais qu'elle découvre la demande d'elle-même. Pourtant, à moins de l'emmener de force sur le lieu exact de la proposition, je ne voyais pas bien comment j'allais pouvoir m'en sortir.

Soudain, des cris perçants retentirent. Alertée par les appels des touristes qui venaient de tomber par hasard sur la demande, la foule arriva en trombe pour voir ce qu'ils avaient découvert sous la glace. Heureusement pour moi, Suzie fit de même. Certes ce n'était pas aussi intime que ce que j'avais espéré, mais l'effet de masse est toujours une bonne chose.

Suzie se fraya un chemin parmi les gens pour voir ce

qui suscitait autant d'excitation et c'est alors qu'elle la vit. Dans un bloc de glace et de neige, comme si elle était là depuis des siècles, ma proposition était écrite, toute en pierres et brindilles. Pour parvenir à mes fins, j'avais demandé de l'aide à un sculpteur sur glace ainsi qu'aux employés de la compagnie de l'Ice Explorer qui étaient venus déposer le bloc sur le glacier la veille et qui l'avaient ensuite recouvert d'eau afin qu'il gèle sur place.

L'effet était stupéfiant. Le visage de Suzie, tandis qu'elle me cherchait du regard, était mémorable lui aussi. La foule comprit vite que la demande lui était adressée et, comme elle se rapprochait de moi, tout le monde autour de nous se mit à applaudir. Quand je posai un genou à terre devant elle, le silence se fit. Chacun attendait de savoir ce qu'elle allait me répondre. Et pour la première fois, j'ai bien cru que j'allais enfin le savoir.

Mais Suzie se pencha vers moi et murmura à mon oreille :

— Relève-toi et prends-moi vite dans tes bras, sinon on n'en verra jamais la fin.

C'est ce que je fis donc sous les acclamations de notre public, qui pensait évidemment qu'elle avait dit oui. Ce n'était pas tout à fait l'issue romantique que j'avais espérée, mais Suzie a quand même gardé le sourire durant tout le trajet du retour jusqu'à notre hôtel. Alors, encore une fois, je pense que le jeu en valait la chandelle.

Blog des presque fiancés.

Jour 32 : La proposition sculptée à la tronçonneuse.

Lieu : Lac Louise.

Aujourd'hui, nous sommes allés au lac Louise. Nous avions loué une voiture afin de pouvoir contempler les environs, la petite ville à côté et les sommets tout autour. L'eau du lac est d'un bleu turquoise éclatant et c'est une image saisissante que de voir se dresser en toile de fond ces montagnes si majestueuses.

Mais le lac n'était pas à l'ordre du jour. Non, je voulais faire découvrir à Suzie tout à fait autre chose. Max Cordwain est un artiste qui vit non loin d'ici. Il se sert de tronçonneuses et d'autres outils puissants pour sculpter rapidement et habilement de magnifiques œuvres d'art dans du bois.

L'allée qui menait jusque chez lui était bordée d'impressionnantes sculptures : des chevaux, des ours, des oiseaux et même de minuscules fées. L'homme avait manifestement beaucoup de talent.

Malheureusement, je me rendis très vite compte qu'il n'avait pas que ça pour lui : il était aussi l'un des plus beaux mecs que j'aie jamais rencontrés. Il avait des traits magnifiques, des muscles impressionnants et des cheveux sombres qui tombaient sur ses yeux ténébreux quand il sculptait. C'est simple, si j'avais été gay, je vous avoue que je serais sans doute moi aussi tombé sous son charme.

Car, oui, tandis qu'il sculptait ma proposition, Suzie semblait incapable de détacher son regard de lui, ne serait-ce qu'une seconde. Ce qui n'a rien arrangé c'est qu'en plus, très rapidement, il a retiré son T-shirt.

Alors, voilà, Max se tenait devant elle à moitié nu et déchirait avec vigueur le tronc de l'arbre en faisant glisser ses outils dedans comme dans du beurre. Dire que Suzie était émoustillée serait un doux euphémisme. C'est à peine si elle remarqua la proposition qui était en train de naître devant elle. Elle n'avait d'yeux que pour Max.

Je suis un grand garçon mais, tandis qu'elle le dévisageait, le regard brillant de convoitise, je vous avoue que je ne me suis jamais senti aussi minable. Je ne sais même pas si elle avait conscience que j'étais à côté d'elle. Bref, je n'avais qu'une seule envie : remonter en voiture, me barrer loin d'ici et la laisser en plan.

Et quand, enfin, Max finit la sculpture et tendit à Suzie cette belle plaque avec les mots gravés en lettres massives, eh bien, c'est à peine si elle y jeta un coup d'œil.

Permettez-moi un nouveau petit conseil, mes chers presque fiancés… Si vous faites appel à des gens pour vous aider dans vos propositions, assurez-vous avant qu'ils soient bien laids comme des poux.

Je me sentais assez lamentable suite à la dernière proposition de Harry. Certes, Max était une créature magnifique. A tel point qu'il était la première personne depuis deux ans avec qui j'aurais très bien pu envisager de faire une multitude de choses coquines et débauchées.

Depuis que je l'avais embrassé, Harry gardait ses distances. Je le sentais chaque jour s'éloigner un peu plus de moi. Nous nous parlions, et notre relation paraissait tout à fait amicale en surface, mais il y avait ce nouveau truc… Ce malaise, ce petit quelque chose que je n'avais jamais senti auparavant et qui s'était immiscé entre nous. La seule explication plausible était que Harry ait pris conscience de ce que je ressentais pour lui et qu'il essaie maintenant de me repousser sans me blesser.

Alors oui, c'est vrai que je m'étais un peu laissée aller à

reluquer le corps sublime de Max, mais peut-être était-ce pour prouver à Harry que je n'étais pas si amoureuse de lui qu'il pouvait le penser. Et puis cela avait plutôt bien fonctionné puisque Harry avait eu l'air très contrarié.

Mais malgré tout cela, je ne m'attendais pas à des réactions pareilles sur le blog. Depuis que Harry avait posté son billet sur la proposition sculptée à la tronçonneuse la veille, les commentaires des lecteurs étaient devenus extrêmement méchants et j'avais reçu une avalanche de mails pour le moins blessants...

« Harry est adorable et beau comme un Dieu et toi tu n'es qu'une sale garce qui ne le mérite pas. »

« Je n'arrive pas à croire que tu dragues comme une vraie connasse ce sculpteur, alors que Harry se donne tant de mal pour te montrer combien il t'aime »

Humm. Il y avait vraiment comme un léger malentendu sur la situation.

« Tu es aveugle, lesbienne, débile, ou tu recherches simplement de l'attention ? Je ne sais pas quel est ton problème mais ce que je sais par contre c'est que t'es une vraie salope ! Et ce qui est sûr, c'est que Harry n'a pas bon goût en matière de femmes. »

« Alors ton frère meurt, Harry passe des mois à te réconforter, il t'emmène faire le tour du monde et te demande en mariage des plus belles manières qu'il soit possible d'imaginer et toi, tu t'entiches de la première personne qui te montre un téton ? Tu veux que je te dise ? Tu es une sale petite ingrate en plus d'être une cruche coincée. »

« Harry mérite tellement mieux qu'une fille comme toi, tu me donnes envie de vomir, sale pu… »

Harry entra tout à coup dans la chambre d'hôtel et je fermai rapidement l'écran de l'ordinateur. Il semblait frigorifié et se frottait les mains pour les réchauffer. En croisant mon regard, il s'immobilisa.

— Qu'est-ce qui ne va pas ? me demanda-t-il, visiblement inquiet.

— Je répondais seulement à quelques mails, rien de très important, lui répondis-je d'une voix impassible.

Il inclina la tête et insista :

— Suzie, je vois très bien que tu es contrariée.

— Non, tout va bien.

Je regrettais aussitôt mon ton glacial. Les lecteurs du blog avaient raison : j'étais vraiment une horrible personne.

Mais Harry n'eut pas l'air convaincu de ma réponse. Il me connaissait si bien… Il s'approcha de moi et essaya de prendre l'ordinateur. J'essayais bien de l'en empêcher mais ce fut en vain, car il avait nettement plus de force que moi et réussit très facilement à s'en emparer.

Il l'ouvrit immédiatement et commença à lire les mails. Son visage s'enflamma.

— Qu'est-ce que c'est que ça ? me demanda-t-il, furieux.

— Rien de grave.

— Tu plaisantes ? Bien sûr que c'est grave. Comment osent-ils écrire des choses pareilles sur toi ?

Je soupirai.

— Tu sais, ça n'arrange rien que tu écrives tous ces billets comme si tu étais amoureux de moi. Chaque fois, je passe pour la méchante qui ne dit jamais oui à tes propositions. Je sais bien que c'est comme ça que *Silver Linings* voit ce blog, comme une belle romance avec des couronnes de fleurs, des petits oiseaux qui chantent et tout le tralala, mais toi et moi on sait que ce n'est pas du tout le cas. Nous sommes juste des amis et je pense qu'il serait temps de le dire aux lecteurs.

Harry me regarda avec un air indéchiffrable pendant un moment qui me sembla durer une éternité.

— Juste des amis, c'est ça ?

— Ecoute, Harry, évidemment que tu es bien plus qu'un simple ami pour moi mais...

Oh ! mais que tout ça était compliqué ! J'allais encore une fois devoir lui expliquer ce que je ressentais pour lui sans pouvoir lui dire la vérité.

— Harry, tu as été génial après la mort de Jack, tu es la personne qui compte le plus au monde pour moi et je...

Il me coupa la parole brusquement.

— Je vais régler ça, n'y pense plus. Et prépare-toi, nous partons dans une demi-heure.

Puis il sortit comme un ouragan de ma chambre, emportant l'ordinateur avec lui.

Notre tranquille petite excursion de cet après-midi sur le lac Louise ne semblait plus si prometteuse maintenant. J'avais espéré que nous passerions un moment amusant et qu'ainsi nous retrouverions notre complicité. Quand la porte de la chambre claqua brutalement derrière Harry, cela me sembla tout à coup totalement hors de propos.

Une heure plus tard, nous étions sur les berges du lac et l'humeur de Harry ne s'était pas arrangée. Il ne voulait pas me dire ce qu'il avait répondu aux personnes qui m'avaient écrit ces affreux commentaires, mais de toute évidence cela ne devait rien avoir d'aimable.

Nous avions loué deux canoës pour aller jusqu'aux rives les plus sauvages. Après cela, nous devions marcher une demi-heure pour rejoindre une cabane perdue dans les bois où nous passerions la nuit. Je ne pouvais pas imaginer chose plus romantique, même si, à l'heure actuelle, l'ambiance entre nous était tout sauf romantique, elle.

Harry monta à bord de son canoë et fila sur l'eau turquoise avec son aisance habituelle. C'était exaspérant ; ses bras robustes ramaient vigoureusement et il avait l'air d'avoir fait ça toute sa vie. De mon côté, je m'élançai avec un peu moins d'aplomb et remarquai très vite que j'avais beaucoup de mal à garder le cap. Le lac était immense, mais les gens qui nous avaient loué les canoës nous avaient assuré que nous pourrions le traverser en à peu près une demi-heure. Personnellement, je pensais plutôt que nous n'arriverions qu'à la tombée de la nuit. Je sentais déjà le découragement me gagner alors qu'il n'était même pas encore l'heure du déjeuner.

Je finis malgré tout par trouver un bon rythme et dirigeai mon canoë dans la bonne direction. Mais après quelques minutes à cette cadence, des muscles dont j'ignorais l'existence et que je n'avais même jamais sollicités se réveillèrent en me signalant leur extrême mécontentement. Je décidai de m'accorder un bref instant de répit.

Quand Harry m'avait parlé la veille de cette balade sur le lac Louise, j'avais tout de suite imaginé que ce serait génial. Maintenant je n'étais plus que transpiration, douleur, suffocation, et je n'avais même pas encore parcouru le tiers de la distance.

Comprenant que j'étais en difficulté, Harry revint vers moi.

— Ça va ? me demanda-t-il en glissant sans effort sur l'eau.

— C'est beaucoup plus difficile que ça en a l'air, lui répondis-je à bout de souffle.

Nous étions encore loin de notre destination, mais nous imaginer tous les deux autour du feu de camp dans cette petite cabane, seuls au monde dans les bois, me fit retrouver le courage de continuer.

Harry repartit au même rythme et fut très rapidement loin de moi de nouveau. Quant à moi, j'avais beau ramer de toutes mes forces et aussi vite que je le pouvais, ça ne changeait rien, j'avais l'impression de faire du surplace.

Harry fit une nouvelle fois demi-tour et revint vers moi.

— Je vais te tirer, me dit-il en me tendant une corde.

— Non, c'est bon, vas-y, je te suis.

— Approche-toi un peu plus de mon canoë, s'il te plaît, me dit-il en soupirant.

Il était de toute évidence toujours en colère. Soit à cause de moi, soit à cause des commentaires des lecteurs du blog. Quoi qu'il en soit, je savais quand il valait mieux éviter de discuter avec lui, et c'était le cas en ce moment même.

J'admis donc ma défaite à contrecœur et me rapprochai de lui. Un bon mètre nous séparait encore et, en dépit de mes efforts, je n'arrivais pas à saisir ses mains. Quand il se pencha pour tenter d'attraper le bout de mon canoë, le sien bascula à cause du transfert de poids et le plongea la tête première dans l'eau du lac.

— Oh ! non Harry, mon Dieu, tu vas bien ?

— Merde ! cria-t-il. Merde, elle est gelée.

Son canoë s'était retourné et je ramais vers lui pour essayer de l'aider à se remettre à flot.

— Ne bouge pas, me dit Harry en serrant les dents. La seule chose que tu vas réussir à faire c'est tomber toi aussi.

Je l'observais en me sentant terriblement impuissante tandis qu'il redressait son bateau et se hissait hors de l'eau glacée.

— Merde, qu'est-ce qu'elle est froide…, dit-il doucement.

— On n'a qu'à faire demi-tour, on arrivera plus vite à notre hôtel qu'à la cabane, et comme ça, tu pourras prendre une douche chaude, lui dis-je en pensant avoir trouvé une excellente solution.

— Non, ça va aller, me répondit-il.

Mais ça n'allait visiblement pas du tout, car il tremblait comme une feuille.

De ses doigts engourdis, il attacha la corde à l'avant de mon canoë.

— Harry, s'il te plaît, laisse-moi, fonce à la cabane et je te rejoindrai là-bas, OK ?

Il m'ignora et se mit à ramer de toutes ses forces devant moi en me tirant dans son sillon.

En approchant de la berge, je découvris un feu qui flamboyait, autour duquel avaient été installés une couverture de pique-nique, un panier et un seau à champagne. Harry était vraiment tout sauf désorganisé.

Après avoir accosté rapidement sur la petite plage de sable, il tira mon canoë à côté du sien puis nous en sortîmes pour rejoindre la terre ferme.

Harry était gelé. Serrant ses bras contre sa poitrine, il fit quelques pas chancelants jusqu'au feu de bois et tomba à genoux devant les flammes.

— Oublions le pique-nique, lui dis-je. Allons directement à la cabane et changeons-nous. Nous n'aurons qu'à revenir ici après.

Toutes nos affaires étaient déjà sûrement à la cabane ou en chemin. Et même si elles n'étaient pas encore arrivées, nous pourrions rentrer à l'intérieur, bien au chaud.

— Non, c'est à une demi-heure de marche d'ici, je dois me réchauffer avant, sinon je risque l'hypothermie.

L'hypothermie. Mon Dieu, non. Est-ce que je devais appeler une ambulance ou retourner en courant jusqu'à l'hôtel pour chercher de l'aide ?

Il dut s'apercevoir que je paniquais car il s'efforça de sourire.

— Ne t'inquiète pas, je vais me sentir mieux dans une minute.

Je fus surprise de le voir commencer à se déshabiller.

En un clin d'œil, il avait retiré son manteau, son pantalon, ses bottes, son sweat, son T-shirt. Même si je n'en menais pas large, j'oubliai tout à cet instant et, comme hypnotisée, restai debout les bras ballants à regarder son corps sublime.

Harry s'enveloppa dans une couverture des pieds à la tête et s'allongea à côté du feu de camp.

— Qu'est-ce que je peux faire pour t'aider ? lui demandai-je en sautillant nerveusement d'un pied sur l'autre.

— Tu peux retirer tes vêtements et venir me rejoindre.

Bien sûr. Les règles de base de la survie. Le corps à corps était l'une des meilleures manières d'aider une personne en hypothermie. Je n'hésitai donc pas une seconde et me déshabillai le plus rapidement possible en ne gardant que mes sous-vêtements. L'air glacial de la montagne transperça ma peau dénudée et je courus m'allonger sur Harry. Il rabattit la couverture sur nous tandis que j'essayais de couvrir son immense carcasse avec mon petit corps.

Puis je calai les coins de la couverture derrière ses épaules, retirai mon chapeau et le posai sur sa tête, sachant que la majeure partie de la chaleur corporelle s'échappe par le crâne. Puis je restai immobile, espérant que tout cela aiderait Harry d'une manière ou d'une autre.

Son corps était froid, mais pas glacé — peut-être que nous avions réagi assez vite, et que le fait de coller ma peau contre la sienne avait fonctionné.

— Suzie ?

Je le regardai.

— En fait, je plaisantais quand je t'ai dit de te déshabiller et de me rejoindre. Je m'attendais à ce que tu m'envoies balader.

— Quoi ?

— Je ne pensais pas une seconde que tu allais le faire, me dit-il les yeux brillants de malice.

— Mais tu m'as dit que tu risquais l'hypothermie ! J'ai juste essayé de réchauffer un peu ton corps, lui répondis-je en sentant mes joues s'empourprer.

— J'ai froid, ma douce, ça, c'est sûr que j'ai froid. Mais je ne pense quand même pas en être au stade de l'hypothermie. Je ne suis pas resté assez longtemps dans l'eau pour ça. Cela dit, sache que je suis très touché que tu te sois dévêtue aussi facilement pour moi.

— Tu es vraiment con, lui répondis-je en fronçant les sourcils.

Il éclata d'un rire si fort, si puissant que je sentis son corps vibrer sous le mien.

Je bougeai pour me dégager mais il me retint serrée contre lui.

— N'y comptez même pas, mademoiselle McKenzie. Il y a toujours un risque d'hypothermie, après tout. Il vaut mieux être prudents.

Il éclata de rire une nouvelle fois et je l'imitai. Et c'est comme ça que le malaise qui flottait entre nous depuis quelques jours s'évanouit.

Blog des presque fiancés.

Jour 33 : La proposition « expérience de mort imminente ».

Lieu : Lac Louise.

Le contexte est une partie fondamentale de n'importe quelle proposition, on ne peut décemment pas faire notre demande en mariage n'importe où et n'importe comment. C'est pour cette raison que j'ai cette fois organisé une pittoresque petite balade sur le paisible lac Louise. Ensuite, j'avais prévu un pique-nique romantique autour d'un feu de camp sur les berges, suivi d'une marche dans la forêt enneigée qui nous mènerait jusqu'à ma demande, devant une cabane de bois dans laquelle nous passerions la nuit.

Ce que je n'avais pas prévu, c'est que j'allais tomber dans le lac et, du coup, frôler la mort par hypothermie. Heureusement, Suzie est venue à ma rescousse, se déshabillant et s'allongeant de tout son long sur moi, sous les couvertures, afin de me donner un peu de sa chaleur corporelle.

Quand je me suis senti enfin réchauffé, nous avons décidé d'abandonner le pique-nique pour courir jusqu'à la cabane. Je n'ai jamais fait de sprint aussi rapide. Même si j'ouvrais la voie pour montrer le chemin, je pouvais entendre Suzie derrière moi, prise d'un fou rire incontrôlable tandis que nous courions nus sous nos couvertures au beau milieu de la forêt.

Nous avons à peine jeté un coup d'œil à la proposition — un bonhomme de neige agenouillé qui faisait sa demande à une femme de neige juste devant la cabane — et nous nous sommes jetés à l'intérieur, à l'abri du froid. Il y avait un feu de cheminée qui crépitait dans la pièce principale et nous nous sommes installés juste devant sur le canapé, blottis l'un contre l'autre sous les couvertures.

Le cœur de Suzie battait si rapidement que je pouvais le sentir dans sa poitrine tandis que je la serrais contre moi.

C'est ce moment précis que j'ai choisi pour lui faire ma demande.

Elle m'a avoué que, malgré tout ce qui avait cloché, c'était la meilleure de toutes mes propositions. Alors je lui ai demandé si cela voulait dire oui. J'ai senti son sourire qui naissait sur ses lèvres dans mon cou

— une des sensations que je préfère au monde — et elle m'a répondu :

« Je suis allongée contre toi, nue, en face d'un feu de cheminée… Je te laisse imaginer ce que ça veut dire. »

J'ai décidé que cela voulait dire oui.

Je me réveillai en sursaut et clignai des yeux dans l'obscurité. Le feu semblait éteint depuis longtemps et Harry n'était plus à mon côté.

— Suzie, lève-toi maintenant, l'entendis-je me dire tandis que son ombre imposante se penchait sur moi.

— Lève-toi, Suzie, c'est l'heure !

Je glissai un bras hors de la couverture.

— Il fait trop froid, marmonnai-je d'une voix ensommeillée.

— Je sais, c'est parce que le feu s'est éteint. Allez viens, lève-toi.

— Reviens te coucher, nous allons nous tenir chaud, lui dis-je en soulevant la couverture et en lui faisant signe de me rejoindre.

Mon Dieu, est-ce que je venais vraiment de dire ça ?

— Je voudrais bien, tu peux me croire, mais là, tu dois vraiment te lever et t'habiller. Vite, me répondit-il d'un ton bourru.

En levant les yeux, je compris qu'il avait dû s'habiller à toute vitesse. Il semblait émaner de lui comme un sentiment d'urgence. Aussi je repoussai la couverture et me levai d'un bond.

— Qu'est-ce qui ne va pas ? demandai-je, inquiète.

Il me tendit quelques vêtements et je commençai à les enfiler.

— Je t'attends dehors, me dit-il en sortant de la cabane.

Après avoir mis mes bottes, je lui emboîtai le pas.

Il se tenait debout sous le petit porche, le regard vers

les montagnes. Le lac Louise, en dessous de nous, brillait sous le clair de lune. Je n'avais pas vraiment remarqué cette superbe vue quand nous étions arrivés à la cabane en courant à moitié nus.

Harry se retourna, me sourit en me découvrant juste derrière lui et m'attira contre sa poitrine.

— Regarde, me murmura-t-il à l'oreille en me montrant du doigt l'espace entre les montagnes.

— Quoi ? lui répondis-je en plissant les yeux.

Les étoiles éparpillées dans la nuit et le clair de lune illuminaient le paysage presque comme en plein jour. Le ciel n'était pas si noir ici, il avait cette teinte qu'ont les premiers instants du jour. C'était l'heure bleue.

Nous n'avions pas bougé du canapé de toute la journée, à part une ou deux fois peut-être, pour remettre quelques bûches dans le feu. Et, même s'il avait semblé rapidement évident que Harry était tout à fait réchauffé, aucun de nous deux n'avait eu envie de quitter ce sofa et notre intime étreinte. Bien sûr, il ne s'était rien passé. Mais la sensation de sa peau contre la mienne, pendant qu'il jouait avec mes cheveux en regardant les flammes dans la cheminée, avait été assez difficile à ignorer.

Nous avions même mangé sur le canapé et j'avais envoyé quelques mails pendant qu'il racontait sur le blog sa dernière proposition, toujours allongés l'un contre l'autre sous les couvertures.

Dans n'importe quelle autre circonstance, cela aurait été le summum du romantisme.

Puis la nuit était tombée et nous nous étions endormis.

Maintenant, le jour n'allait plus tarder à se lever et je me tenais là, dehors, dans le froid glacial à regarder les montagnes. C'était splendide, cette lune qui se reflétait sur l'eau du lac. Mais malgré tout, je ne pouvais m'empêcher d'avoir envie de retourner me blottir contre Harry devant le feu de cheminée.

C'est alors que je la vis. Mon cœur bondit dans ma poitrine.

Au plus lointain de l'horizon, une étrange lueur verte brillait et dansait dans le ciel.

— Est-ce que c'est…, réussis-je à balbutier.

Je levai les yeux vers Harry. Il affichait un immense sourire.

— Une aurore boréale, me dit-il simplement.

— Non ? ! ? Mais nous ne sommes pas censés pouvoir en voir ici, nous sommes bien trop au sud !

— Ça arrive de temps en temps à cette période de l'année, m'expliqua-t-il, mais a priori rien de bien spectaculaire.

Je regardai de nouveau ces lignes vertes qui évoluaient comme un voile de fumée dans le ciel.

— Eh bien, moi, je trouve ça spectaculaire.

Il m'enlaça et je sentis qu'il était d'accord avec moi.

Après quelques minutes, il disparut à l'intérieur de la cabane et rapporta les couvertures. Puis il essuya la neige sur le banc et nous nous assîmes pour admirer cet incroyable spectacle, toujours blottis l'un contre l'autre.

L'aurore boréale avait beau être loin de nous, c'était un spectacle absolument saisissant de voir ces longues traînées lumineuses jouer dans le ciel nocturne, onduler entre les nuages telles des ombres dansantes.

— Merci, murmurai-je à Harry contre son épaule.

— Merci pour quoi ? Je ne suis pas responsable des aurores boréales ma petite, c'est vrai que je suis très bon mais quand même pas à ce point.

Je lui souris tendrement.

— Merci pour tout, pour être toujours là pour moi, pour toutes ces propositions, pour ça, lui répondis-je en embrassant d'un geste tout ce qui nous entourait. Et puis… je suis désolée que ç'ait été si tendu entre nous. Je ne suis pas sûre d'avoir compris pour quelles raisons nous nous sommes tant disputés ces dernières semaines alors que nous ne l'avions jamais fait jusqu'à présent. J'imagine que j'ai eu peur de te perdre.

— Ça n'arrivera jamais, Suzie, quoi qu'il se passe, où que nous soyons dans le monde, tu seras toujours ma meilleure amie, me répondit-il en souriant.

Puis son sourire laissa place à un froncement de sourcils.

— OK ?

J'acquiesçai énergiquement.

Il m'embrassa sur le front et reporta son regard vers les montagnes.

— J'aurais sûrement dû t'en parler depuis longtemps. Mais j'ai été bien amoché par la vie, tu sais, et j'imagine que je ne voulais pas que tu saches à quel point.

Je restai immobile, sentant que Harry était sur le point de me révéler tout ce que je voulais savoir sur lui. Et tout ce que je ne voulais pas savoir non plus, d'ailleurs.

Je ne me trompais pas.

Chapitre 16

— J'étais ce qu'on peut appeler un bébé difficile. Je crois que je n'ai fait que pleurer de ma naissance à mes trois ans, commença à me raconter Harry.

Je le serrai plus fort dans mes bras et il continua :

— Maman et papa n'ont jamais été très heureux ensemble. Abigail, ma sœur, avait six ans quand je suis né et elle m'a dit que, même avant que je vienne au monde, à la maison, ce n'était déjà que cris et conflits. J'étais « un accident ». C'était loin d'être un secret, mes parents se disputaient déjà à ce propos quand j'étais encore dans le ventre de ma mère. Voilà pourquoi ma sœur m'a aussi très vite détesté. Et je ne pense pas que le fait que je pleure constamment ait arrangé les choses. Mes parents m'avaient installé dans la chambre d'Abigail, car ils ne supportaient plus mes pleurs. Quand je repense maintenant à tout ce qu'elle m'a dit sur eux, je crois que c'était simplement des gens qui n'auraient jamais dû avoir d'enfants.

Il baissa les yeux vers moi, sûrement curieux de voir comment je réagissais à ses propos. Quoi qu'il lut dans mon regard, cela lui donna suffisamment de force pour continuer.

— Puis je crois que les pleurs ont cessé pour laisser place, d'après ce qu'Abigail m'a dit, à de terribles terreurs nocturnes. J'en ai d'ailleurs encore de temps en temps. Je me réveille la nuit en criant. Parfois une ou deux fois dans la même nuit. Et malgré mes appels, je n'ai aucun souvenir de mes parents venant me réconforter. Ce dont je me souviens assez bien, par contre, c'est de mon père me hurlant dessus pour me dire de la fermer. C'est à peu près le seul souvenir que j'ai de lui. J'avais presque quatre ans quand il est parti. Il est tout simplement sorti faire une course et je ne l'ai jamais revu. Je ne sais même pas s'il est encore en vie. Après son départ, ma mère a noyé son chagrin dans l'alcool. Tous les jours, pendant les quatre années qui ont suivi. C'est ma sœur qui m'a élevé, qui s'est chargée de nous faire à manger — nos repas se constituaient la plupart du temps de sandwichs ou de céréales. Nous allions tous les deux ensemble à l'école et je me suis toujours demandé comment il était possible que personne, autour de nous, n'ait jamais rien remarqué. Ma mère sortait de temps en temps de son état catatonique pour faire une lessive, quelques courses, aller toucher ses allocs et parfois même venir nous chercher à l'école… C'est peut-être pour ça que les autorités n'ont pas remarqué que nous étions victimes de négligence, Abigail et moi.

» Un jour, je devais avoir huit ans, ma mère nous a dit de monter dans la voiture. Elle a chargé deux grandes valises dans le coffre et hop, on a pris la route. Le trajet a duré des heures. J'étais excité comme une puce. Nous n'étions jamais partis aussi loin de la maison et je savais que ces valises étaient le signe des départs en vacances. Quand, enfin, ma mère gara la voiture, je découvris avec joie que nous étions devant un grand parc. L'endroit fourmillait d'enfants joyeux qui jouaient avec leurs parents. Je crois que c'est à ce moment précis que j'ai compris que notre petite famille était différente des autres. L'amour qui rayonnait ici était ce qui nous manquait cruellement. Ce qu'il faut savoir, c'est que j'aimais ma mère, évidemment. Je savais qu'elle était loin d'être parfaite, pourtant je l'aimais, d'un amour inconditionnel. Mais c'est ce jour-là aussi que j'ai compris qu'elle ne m'aimait pas. Après nous avoir tout simplement dit de sortir de la voiture — ce que nous fîmes bien sûr sans moufter — elle a démarré et elle est partie. Après ce jour, je ne l'ai plus jamais revue. »

— Oh ! Harry...

— N'aie pas pitié de moi, Suzie, s'il te plaît, tout sauf ça, dit-il en me regardant droit dans les yeux.

— Attends, Harry, tu ne peux quand même pas me demander de ne pas être désolée pour toi. Tu n'étais qu'un enfant, et ce que tu me racontes est absolument horrible.

— Ce n'est pas pour avoir de la compassion que je te raconte tout ça, c'est d'ailleurs pour ça que je ne t'en ai jamais parlé jusqu'à présent. Je veux juste que tu saches qui je suis vraiment. Et pourquoi je suis comme je suis.

— Une des plus belles personnes que je connaisse.

— Mouais... Je suis conscient que j'ai peut-être une belle apparence extérieure, vu l'attention que me portent les femmes. Et c'est sûr que c'est plutôt quelque chose d'agréable de sentir qu'elles ont envie d'être avec moi. J'ai passé ma vie entière à me sentir non désiré, mais quand j'ai eu vingt ans toutes les filles me sont tombées dessus. Cela n'a pas été facile de les repousser alors que je n'avais jamais connu ce genre d'attention jusqu'alors. Mais aucune n'a connu le vrai Harry et, pour être tout à fait honnête, je n'ai jamais voulu que ce soit le cas.

— Je voulais parler de ta beauté intérieure, Harry.

Il rit jaune et reprit :

— Tu ne sais pas de quoi tu parles. Je suis amer, je suis en colère et je suis surtout totalement handicapé côté sentiments. Je suis tombé amoureux de la plus merveilleuse des femmes et je n'ai jamais été capable de lui dire ce que je ressentais pour elle... Simplement parce que j'avais peur qu'elle me repousse. Alors tu peux me dire quel genre de femme voudrait d'un homme comme moi ?

J'avais bien une petite idée…

Je posai ma main tendrement sur son cœur.

— Ça, sous mes doigts, c'est ça qui est beau. Harry, tu es un homme gentil, généreux, intelligent et drôle, lui dis-je dans un sourire. Vraiment drôle. Protecteur, et toujours là quand on a besoin de toi. N'importe quelle femme serait plus que chanceuse de t'avoir dans sa vie. Tu sais, nous traînons tous des valises, même si c'est sûr, je ne vais pas te mentir, les tiennes sont plutôt chargées.

Harry posa sa main sur la mienne.

— Je ne pourrais pas te perdre, me dit-il si doucement que je l'entendis à peine.

— Harry, rien de ce que tu pourrais me dire ne réussirait à m'éloigner de toi. Tu es mon meilleur ami.

— Ce boulot, à New York…

— Oh ! Harry…

Soudain, tout s'expliquait : sa réaction furieuse, pourquoi il avait été si bouleversé.

— Je pensais que nous irions tous les deux vivre à New York, lui répondis-je timidement.

— Mais… tu ne me l'as jamais dit.

— Tu ne m'as pas vraiment laissé la chance de pouvoir te l'expliquer.

Penchant sa tête en arrière, il éclata d'un rire plein de soulagement.

Je me rapprochai plus près de lui. Je ne voulais pas le forcer à poursuivre, mais j'avais le sentiment qu'il fallait que je profite de cet élan de confidences.

— Et après ça, est-ce qu'on a retrouvé ta mère ?

Il secoua la tête.

— On sait qu'elle a pris un avion pour la France, quelques heures avant que la police nous récupère. Une famille dans le parc avait compris que nous étions tout seuls et avait prévenu les autorités avant que la nuit tombe. Ma mère avait de toute évidence prévu son coup et n'a pas perdu de temps. Ils ont ensuite retrouvé sa trace en Amérique du Sud, mais après, plus rien ! Alors nous sommes allés vivre chez notre grand-mère — qui s'est bien employée chaque jour à nous rappeler combien elle nous détestait et combien nous avions foutu sa vie en l'air. Heureusement, elle est morte deux ans après. Nous avons donc ensuite été placés dans des familles d'accueil pendant quelques années — mais Abigail était un véritable cauchemar : elle avait beaucoup de problèmes à l'école, elle saccageait les maisons, elle n'était que violence et agressivité. Quant à moi, j'avais toujours ces terreurs nocturnes. Aucune famille n'arrivait vraiment à supporter tout ça — les crises d'Abigail et mes hurlements la nuit. A peine étions-nous placés dans une famille qu'elle nous renvoyait quelques jours après. J'ai donc appris assez vite à ne pas trop m'attacher aux gens et à ne faire confiance à personne.

Mon cœur se brisait à ces mots.

— Il n'y a qu'une famille qui nous a eus un long moment sur les bras. Je devais avoir à peu près quatorze ans. Ces gens n'étaient pas particulièrement sympas, mais ils n'étaient pas horribles non plus. J'ai découvert plus tard que c'était uniquement parce que l'Etat leur versait une prime qu'ils nous avaient gardés avec eux pendant si longtemps. C'est chez eux que j'ai rencontré Chloé. Elle avait également été abandonnée par ses parents et vivait avec nous dans cette famille d'accueil.

— Mais… Tu m'avais dit que vous étiez sortis ensemble, que c'était une de tes ex, lui dis-je, interloquée.

— C'est le cas. Nous avons été en couple pendant à peu près deux semaines quand j'avais quinze ans. Et puis, elle m'a quitté pour sortir avec Isabel Carmichael.

— Chloé est gay ?

Il acquiesça.

Je réprimai un sourire de soulagement. Elle l'aimait donc vraiment comme un frère. Comme un frère adoptif.

— Bref, où est-ce que j'en étais ? Ah oui, ma famille d'accueil. Donc Abigail est assez vite partie vivre avec son petit copain et moi je suis resté chez eux pendant quatre ans. J'avais presque l'impression d'avoir une vraie famille. C'était loin d'être parfait, certes, mais je pensais qu'ils seraient toujours là pour moi. Quand j'ai eu dix-huit ans, la prime a cessé de leur être versée. Et le soir même de mon anniversaire, sans rire, le soir même, dès que j'ai eu soufflé mes bougies, ils m'ont dit que je devais trouver un autre endroit pour vivre. Ils m'ont pratiquement foutu dehors à coups de pied. C'est ce jour-là que je me suis promis de ne plus jamais faire confiance à personne.

Il serra ma main plus fort.

— A part à toi. Toi, je sais que je peux avoir confiance en toi. Et toi, est-ce que tu as aussi confiance en moi ?

— Oui, lui répondis-je en souriant.

— Je ne ferai jamais rien qui pourrait te faire souffrir.

— Je sais.

— Voilà, Suzie, maintenant tu sais tout ce qu'il y a à savoir sur moi, et pourtant tu es encore là, à serrer ma main dans la tienne. Alors, peut-être est-ce le bon moment pour parler un peu plus de cet étrange baiser ? me demanda-t-il en affichant soudain un petit air malicieux.

J'accusai le coup.

Oh ! non. Il venait de me confier ses secrets les plus intimes, et maintenant il s'attendait à ce que je fasse de même. Même si je savais qu'il ne piétinerait jamais mon cœur s'il ne ressentait pas la même chose pour moi, je n'avais toujours pas envie que les choses changent entre nous. Pas quand nous venions tout juste de retrouver notre complicité. Et puis il n'y avait pas d'échappatoire, nous devions rester ensemble encore deux mois à voyager autour du monde. Non, vraiment je n'avais pas envie que ces deux mois se déroulent sous le signe du malaise. Et puis je n'arrivais pas à oublier comme il avait été distant durant les jours qui avaient suivi ce baiser, comme il s'était renfermé et éloigné chaque jour un peu plus de moi. Sans compter cette remarque désagréable qu'il avait faite quand il avait imaginé se retrouver nu au lit avec moi. Certes, c'était des semaines auparavant — le fameux soir où je m'étais retrouvée couverte de nouilles chinoises des pieds à la tête —, mais ses mots résonnaient toujours en moi. Pourtant, cette manière qu'il avait de me regarder à cet instant précis... Et si nous ressentions la même chose l'un pour l'autre ? Nous pourrions rentrer dans notre petite cabane en quelques secondes et faire l'amour comme des bêtes devant le feu de cheminée... Alors qui devais-je écouter, mon désir ou ma raison ? J'étais totalement paumée.

— Harry, je...

Je vis tout à coup une lueur de peur s'allumer dans ses yeux et ce fut le signal. Je freinai des quatre fers et décidai d'écouter ma raison. De toute évidence, il ne voulait pas que les choses changent entre nous.

— Ce baiser, ce qu'il signifie pour moi, ce qu'il signifie pour toi, est-ce que nous pourrions attendre d'être rentrés chez nous pour en parler ? Je ne veux pas gâcher ce que nous vivons en ce moment, abîmer la relation que nous avons. Il nous reste encore le monde entier à découvrir et je voudrais le faire avec mon meilleur ami — sans qu'aucune gêne ne plane au-dessus de nous. Tout cela promet d'être tellement génial...

Harry fronça légèrement les sourcils puis acquiesça.

— Tu n'as pas tort. Il nous reste tant de choses à voir, tant de choses à faire, j'ai hâte de partager tous ces moments avec toi. Il faut que nous ayons cette discussion, mais je suis d'accord avec toi pour attendre notre retour. Je n'ai pas non plus envie de tout gâcher.

Je savais qu'un jour je devrais lui expliquer ce qui s'était passé. Depuis que je l'avais embrassé, j'étais bien consciente que je ne m'en tirerais pas cette fois avec une simple pirouette. Mais je venais de gagner deux mois de sursis. Nous aurions cette discussion. Je lui dirais tout. De toute manière, il faudrait bien je sois fixée, un jour ou l'autre.

Je posai la tête sur son épaule et reportai mon attention sur le panorama. Le soleil était en train de se lever, colorant d'un rose fluorescent les nuages qui flottaient paisiblement dans le ciel.

— OK, lui dis-je dans un soupir.

Il me serra plus fort contre lui et me répondit, le regard perdu vers l'horizon :

— OK.

Blog des presque fiancés.

Jour 40 : La demande de feu.

Lieu : Prince Rupert, Colombie-Britannique.

Aujourd'hui, nous étions censés prendre un avion à Vancouver pour nous rendre au Japon, mais j'ai repoussé ce vol à demain. Car lorsque j'ai demandé à Suzie si elle avait vu tout ce qu'elle voulait voir au Canada, elle m'a répondu, un brin déçue, qu'elle n'avait croisé aucun ours. Il y a une réserve de grizzlis au nord de Prince Rupert qui s'appelle Khutzeymateen. Je n'ai donc pas hésité une seconde et j'ai changé nos billets. De plus, nous avions entendu dire qu'à Prince Rupert les fruits de mer étaient délicieux. Nous avons alors sauté dans un petit hydravion pour aller y passer la journée.

J'avais pensé que Suzie en aurait un peu marre du

Canada — cela fait quand même maintenant trois semaines que nous ne sommes entourés que de montagnes, de lacs et de forêts — et j'étais plutôt excité à l'idée de l'emmener au Japon où l'environnement allait être on ne peut plus différent, surtout à Tokyo. Mais la qualité de vie ici est si paisible, si loin de l'agitation citadine... Je crois que Suzie l'a réellement appréciée et je comprends qu'elle ne soit pas si pressée de partir de ce pays magnifique.

Je n'avais que quelques heures pour préparer ma nouvelle proposition — vive les changements de programme à la dernière minute ! — et je savais que je ne pourrais pas lui préparer quelque chose de grandiose cette fois-ci. Mais c'était sans compter sur vous, chers presque fiancés et amis lecteurs, car c'est vous surtout qui avez été grandioses sur ce coup-là. Quelques minutes à peine après que j'aie posté un petit SOS sur le blog, j'ai eu le numéro de téléphone d'un pêcheur local, David Withaker, qui a été ravi de me filer un coup de main, même dans l'urgence.

Quand notre hydravion a amorcé sa descente, en survolant les petites îles dans la baie, je remarquai que Suzie était un peu nerveuse. Sûrement à l'idée de se poser sur la mer plutôt que sur la terre ferme. Je saisis ma chance et tentai de la distraire en lui montrant l'incroyable point de vue que nous avions à cette altitude sur les rivières glacées et les sommets enneigés. Et c'est là qu'elle a découvert ma demande.

Tandis que nous descendions tout droit vers les rives enneigées de Smith Island, des flammes apparurent dans notre champ de vision et Suzie poussa un cri d'effroi avant de distinguer cette phrase qu'elle connaît maintenant si bien :

« Veux-tu m'épouser ? »

Quatorze immenses lettres enflammées sur la plage enneigée, je dois avouer que c'était sacrément impressionnant. Je ne sais pas comment David avait réussi à faire tout ça en si peu de temps, mais je le remercie du fond du cœur car c'était incroyable.

Suzie resta silencieuse, le visage collé au hublot, mais je voyais qu'elle était émerveillée. Toutefois cet émerveillement se transforma vite en peur panique quand l'hydravion toucha l'eau et que les vagues recouvrirent ses ailes. Elle se mit alors à hurler, et même si je savais qu'il s'agissait de cris de peur, je décidai de prendre ça comme une réaction positive à ma demande.

Alors, merci David, vraiment.

Blog des presque fiancés.

Jour 46 : La proposition « Symphonie des Lumières ».

Lieu : Hong Kong.

Hong Kong est une ville hallucinante — les immenses gratte-ciel, les forêts sur les collines qui entourent la ville, le brouillard mystérieux qui plane au large du port, les pagodes, les ponts, les panoramas vertigineux, les gens, les bateaux-dragons, les sublimes jonques… Cet endroit est si florissant, si bourdonnant qu'il donne presque le tournis. Et pour moi, rien n'incarne mieux Hong Kong dans toute sa splendeur que la Symphonie des Lumières dans la baie Victoria. Plus de quarante immeubles participent à ce spectacle de sons et lumières, des deux côtés de la baie. Alors évidemment, la meilleure place pour profiter de ce spectacle hors du commun est à bord d'un bateau.

Je serrais Suzie dans mes bras et nous contemplions Hong Kong vue de la mer en attendant le départ de cette fameuse symphonie. Soudain le show commença. La musique retentit dans la baie tandis que les gratte-ciel s'illuminaient comme des kaléidoscopes multicolores, projetant dans la nuit des lasers et des rayons surpuissants.

Tout était chronométré à merveille pour s'accorder avec la musique, tandis que des faisceaux rouges, dorés, verts et bleus tourbillonnaient dans le ciel. C'était très impressionnant. Et j'espérais que ma demande le serait tout autant.

Je dois vous avouer que cette proposition a été la plus difficile à mettre en place depuis que nous avons commencé cette aventure. Et que c'est aussi l'une des toutes premières que j'aie organisée. Je m'y suis pris dès le début de notre voyage, ai passé des heures au téléphone, envoyé des tonnes de mails pour coordonner tout ça. Heureusement pour moi, plus le blog gagnait en notoriété et plus il y avait de gens qui avaient envie de m'aider.

Vous comprendrez donc que, lorsque ce moment tant attendu est enfin venu et que je me suis retrouvé sur ce bateau à serrer Suzie dans mes bras, j'avais peut-être l'air calme et sûr de moi, mais en réalité j'étais assez fébrile et plutôt stressé. Je n'étais toujours pas sûr que cette proposition allait fonctionner. En fait, je ne savais même pas si elle allait tout simplement avoir lieu. Quelle pourrait bien être la réaction de Suzie si ma demande n'était faite qu'à moitié ? Et s'il n'y avait que quelques lettres visibles ? Cela donnerait quoi : UZ UX SER ?

Certes, j'avais prévu une solution de secours. Une boule

à neige où la phrase apparaissait illuminée au-dessus de la ville de Hong Kong quand on la secouait — si tout se cassait la gueule, je n'aurais qu'à la lui tendre à la fin du spectacle. Mais ça ne serait pas vraiment la même limonade… Et puis après près d'un mois de préparation, je crevais d'impatience de voir cette délirante proposition en vrai.

Tout à coup, les lumières fendirent une dernière fois le ciel nocturne pour le bouquet final qui fut tout simplement à couper le souffle. Puis tous les immeubles s'éteignirent en même temps, plongeant soudain la baie dans une obscurité presque totale.

C'est à ce moment précis que quelques lumières se rallumèrent pour venir éclairer les façades de certains bâtiments pendant seulement trois secondes. La phrase, « Suzie, veux-tu m'épouser ? » apparut alors, flambant dans l'obscurité, miroitant sur l'eau. Les gens autour de nous poussèrent des cris d'excitation. Les mots disparurent et la ville replongea dans le noir. Mais en fermant les yeux, je pouvais encore voir danser les lettres étincelantes devant moi, et je savais que Suzie les voyait encore, elle aussi. Puis, lentement, la ville reprit le cours de sa vie comme si rien ne s'était passé et les gens sur les bateaux se mirent à applaudir ce final inattendu.

Je sentais Suzie trembler dans mes bras. Elle ne prononça pas un seul mot de tout le trajet du retour. D'ailleurs, elle n'a toujours rien dit. Après que le bateau nous a ramenés au port, nous sommes rentrés à notre hôtel et, excepté un « Bonne nuit » du bout des lèvres, elle ne m'a rien dit d'autre.

Je ne sais pas trop si c'est bon signe ou mauvais signe.

Blog des presque fiancés.

Jour 58 : La proposition « ambulance aérienne ».

Lieu : Népal.

Hello, c'est moi, Suzie, qui vous écris aujourd'hui. Harry va très bien maintenant, rassurez-vous. Mais il est vrai qu'il y a quelques heures il n'était pas en très grande forme. Comme vous le savez, nous faisons un trek dans l'Himalaya pendant quelques jours. Harry était vraiment impatient à l'idée de cette nouvelle aventure. Il ne pensait pas que nous serions capables d'aller jusqu'au camp de base de l'Everest mais il voulait juste être au pied de cette grande montagne et, ces derniers jours, il n'avait plus que son nom à la bouche. Nous avons passé la nuit à Monju et nous sommes levés très tôt ce matin pour marcher jusqu'à Namche. Harry ne voulait pas que nous grimpions plus haut car il avait peur que je souffre du mal des montagnes. Eh bien, je crois qu'il ferait mieux d'arrêter de tant s'inquiéter pour moi…

A peine après avoir quitté Monju, Harry commença à se sentir mal. Il se plaignait d'une grosse migraine et de vertiges et il avait beaucoup de difficultés à reprendre son souffle. Je ne cessais de lui répéter que nous aurions dû faire demi-tour, mais évidemment il avait organisé une nouvelle proposition plus haut dans la montagne. Vous le connaissez comme moi, il était donc hors de question de rebrousser chemin. Mais quand nous avons démarré l'ascension plutôt ardue jusqu'à Namche, Harry s'est mis à saigner du nez et s'est évanoui.

Je vais être franche avec vous, c'est très simple, je n'ai jamais eu aussi peur de toute ma vie !

Heureusement, un des hommes chargés de monter l'équipement jusqu'au camp suivant passait par là. Et parlait même couramment anglais. Il m'expliqua que le mal des montagnes était une chose très fréquente et que cela arrivait même aux hommes les plus robustes. Puis il m'a dit qu'il allait trouver de l'aide. J'ai alors pensé qu'il allait se rendre au village le plus proche et revenir avec une sorte de docteur local qui allait fourrer toutes sortes de plantes médicinales dans le nez de Harry. Au lieu de ça, il a juste sorti un téléphone portable de sa poche et appelé une ambulance.

On nous a emmenés Harry et moi jusqu'à l'aéroport de Lukla, où un hélicoptère nous attendait pour nous conduire jusqu'à l'hôpital le plus proche. Harry était revenu à lui mais il tenait des propos totalement incohérents. Pendant le vol, l'hélicoptère restait au ras du sol pour ne pas risquer d'aggraver son état.

Et c'est ce moment, entre ciel et terre alors qu'il délirait complètement, que Harry a choisi pour me faire sa proposition. A peine conscient, il a attrapé ma main le plus simplement du monde et m'a murmuré sa demande. Je lui ai répondu que, s'il survivait, je l'épouserais dès le lendemain.

Quand nous sommes arrivés à l'hôpital, Harry allait déjà bien mieux. Il était maintenant assis, discutant et rigolant avec l'équipe médicale. Le médecin nous a expliqué que, la plupart du temps, le mal des montagnes passait dès qu'on redescendait en dessous d'une certaine altitude. Il a toutefois exigé de le garder sous surveillance cette nuit, à l'hôpital, mais il n'avait vraiment pas l'air inquiet. Malgré tout, je pense que Harry continue de délirer, car maintenant il parle à tout le monde de notre mariage qui, selon lui, aura lieu dans les jours prochains.

Mais rassurez-vous mes chers lecteurs, je connais bien l'oiseau et je ne vais certainement pas le prendre au mot. Je ne vais pas m'emballer et courir m'acheter un voile en tulle, car je sais qu'il ne va pas tarder à recouvrer ses esprits.

Blog des presque fiancés.

Jour 64 : La proposition « tatouée ».

Lieu : Dubaï.

Nous résidons dans un hôtel coupé du monde, perdu en plein désert, et nous avons dîné ce soir à la belle étoile, entourés d'immenses dunes. Suzie était d'une beauté à couper le souffle. Elle portait une longue robe de satin argentée qu'elle a achetée au souk et avait attaché ses cheveux en arrière avec des barrettes scintillantes. Je dois vous avouer que, malgré la beauté de l'endroit, je n'avais d'yeux que pour elle. Nous avons assisté à une représentation de danse du ventre, mais de toutes les sublimes femmes qui défilèrent devant nous, Suzie était vraiment la plus belle et je peux vous garantir que tous les gens présents ce soir-là en étaient conscients. Tous sauf elle. J'ai eu beau le lui dire, de nombreuses fois même au cours de la soirée, jamais elle ne m'a cru. C'est une des choses que j'adore chez elle, Suzie ne se rend pas compte à quel point elle est incroyablement belle.

Le mélange de tous ces éléments magiques — les étoiles, la douceur de la nuit, les plats délicieux et l'odeur de l'encens qui brûlait — créait une ambiance des plus grisantes.

J'avais envie de l'embrasser ce soir. Tellement envie que ça me faisait même presque mal.

Un spectacle était organisé pendant le dîner, avec des combats à l'épée et d'impressionnantes performances à cheval. Toute une mise en scène que Suzie sembla vraiment apprécier malgré mon regard insistant posé sur elle toute la soirée.

Puis vint le moment des tatouages au henné. Suzie se fit tatouer sur les mains de belles arabesques, des spirales et des fleurs raffinées. Je me fis tatouer également.

Quand ce fut fini, je tournai mes mains vers elle et elle éclata de rire en découvrant tous ces ornements. Je pris alors ses mains dans les miennes, et c'est lorsque j'entrelaçai mes doigts avec les siens qu'elle comprit. Toutes ces lignes sur nos mains n'avaient pas l'air d'avoir de sens précis, mais quand elles se réunissaient, le tatouage parlait de lui-même :

« Veux-tu m'épouser ? »

Je vis alors dans son regard se réfléchir les flammes rougeoyantes du feu et nous restâmes ainsi pendant des siècles à nous regarder, nos mains toujours unies.

De toutes mes propositions, c'est celle-ci que j'ai préférée.

Blog des presque fiancés.

Jour 83 : La proposition « araignée ».

Lieu : Kenya.

Suzie et moi venons de passer quelques jours extraordinaires au Kenya. Au cours de notre safari, nous avons pu voir des éléphants, des lions, des rhinocéros, des hippopotames et, cerise sur le gâteau, des girafes qui galopaient dans la brousse ! Suzie était tout sourires.

La nuit dernière, nous avons dormi dans une grande tente perdue en pleine savane. Elle était si spacieuse qu'on pouvait marcher à l'intérieur et on avait même un poêle.

J'ai eu envie de m'amuser un peu et j'ai préparé une petite blague pour Suzie. Même si savais bien que mon tour ne ferait pas longtemps illusion et qu'il y avait de fortes chances qu'elle voie immédiatement la supercherie.

Sachez que Suzie a un petit problème avec les bestioles : elle les déteste ! Toutefois je n'avais pas vraiment compris que cette haine était en réalité très proche de la phobie.

J'avais donc placé une fausse araignée dans son lit. Elle était presque aussi grosse que sa tête, j'imaginais donc naturellement qu'elle allait la voir dès qu'elle se mettrait au lit et que ce serait l'occasion de partager un moment de franche rigolade.

Mais ce n'est pas du tout ce qui s'est passé.

Suzie s'est d'abord mise au lit sans voir l'araignée. Puis, tandis qu'elle s'installait confortablement sous les couvertures, elle a soudain senti quelque chose la frôler. Elle a bondi du lit comme une furie, soulevé le drap et découvert la bête tapie dans l'ombre. En poussant des hurlements de peur, elle s'est emparée d'un des maillets dont nous nous étions servis un peu plus tôt pour fixer les piquets de la tente et s'est mise à marteler avec violence la pauvre araignée. Le lit était totalement détruit et j'ai dû lui arracher de force le maillet pour éviter qu'elle ne se blesse dans ce combat frénétique contre un vulgaire morceau de plastique.

Après cela, elle s'est carrément mise à sangloter.

Pour essayer de la réconforter, j'ai donc pris ce qui

restait de la fausse araignée et lui ai montré la demande que j'avais cachée en dessous.

Le résultat, c'est que Suzie ne m'a plus adressé la parole de toute la nuit et qu'elle ne semble toujours pas disposée à me parler ce matin.

Evaluation de la prestation :

Pire proposition du monde.

Blog des presque fiancés.

Jour 97 : La proposition « lucioles ».

Lieu : Parc national de Springbrook, Australie.

Je dois vous avouer que j'étais un peu stressé quant à cette proposition, presque même plus que pour celle de Hong Kong. Car même si j'ai eu besoin d'aide extérieure pour la plupart de mes demandes, celle-ci reposait entièrement sur des insectes et, on ne va pas se mentir, c'est tout de même assez risqué.

Nous étions donc en train de visiter une grotte magnifique dans le Parc national de Springbrook. Avec le temps, la cascade avait creusé dans la roche cette grande cavité et, vue d'en bas, la chute d'eau semblait tomber du ciel. C'est ici, dans cet endroit sombre et féerique, que les lucioles avaient élu domicile.

On m'avait dit qu'on pouvait leur faire faire à peu près n'importe quoi si on utilisait un certain jus de fruits — un truc auquel apparemment elles ne pouvaient pas résister. Mais je ne pouvais m'empêcher de me demander ce qui se passerait si elles n'en avaient pas envie à ce moment-là… Et si elles étaient fatiguées ? Et si la lune n'était pas à l'endroit idéal cette nuit-là, et que les lucioles refusaient de bouger si la grotte restait dans l'obscurité ? On dit qu'il ne faut jamais bosser ni avec des enfants ni avec des animaux : j'avais donc une chance sur deux de réussir mon coup.

J'avais étalé le jus de fruits sur les parois de la grotte, en dessinant les lettres de la phrase « Veux-tu m'épouser ? » puis j'avais demandé à Suzie de me suivre en fermant les yeux.

Une fois arrivés face au bassin, dans la douce lumière du clair de lune — celle-ci au moins était en place — je dis à Suzie qu'elle pouvait ouvrir les yeux.

Elle resta bouche bée devant ce cadre splendide. Mais à part l'eau de la cascade qui tombait dans le bassin, rien ne se passait. Les minutes défilaient. Elles me semblaient interminables. Toujours rien. Puis quelques lucioles, qui avaient vraisemblablement repéré l'odeur du jus de fruits, volèrent jusqu'à ma proposition encore invisible. Rapidement, toute la colonie les suivit. Et lentement, très lentement, tandis que les bestioles se délectaient de leur friandise, la phrase prit forme distinctement sur les parois de la grotte, illuminée par le clair de lune.

Suzie était stupéfaite. Et manifestement bouleversée par la magie du moment. Il faut dire que, même si c'est un peu stressant, c'est parfois agréable de sortir des sentiers battus.

Toutefois, je ne récoltai pas de « Oui », cette fois non plus, et elle me dit qu'il manquait de nouveau quelque chose. Le temps file et je ne sais toujours pas ce que je pourrais faire de plus pour obtenir la réponse que je souhaite tant. Et il ne reste que trois propositions avant la fin de notre incroyable aventure…

A la lecture du blog, je ne pus m'empêcher de sourire. Les lecteurs semblaient adorer les tendres remarques qu'avait écrites Harry à mon propos. Ils gobaient tous ses mensonges et, plus le temps passait, plus ils semblaient apprécier les billets de Harry. Il faut dire que ces lecteurs étaient tous de grands romantiques dans l'âme et ne voulaient qu'une chose : nous voir nous marier, Harry et moi, avoir beaucoup d'enfants et vivre heureux jusqu'à la fin de nos jours.

Je me demandais bien ce que nous pourrions leur dire quand tout cela serait terminé. Ils semblaient tellement rêver d'une fin à la hauteur de cette aventure que je savais qu'ils seraient de toute façon déçus par son dénouement. Cela ne se terminerait jamais de la manière qu'ils espéraient.

Je passais en revue les anciens billets de voyage pendant que nous attendions notre bateau.

Nous en avions fait, de la route, ces trois derniers mois. A la base, j'avais des réticences et ne pensais qu'à une chose : me protéger. Une centaine de demandes en mariage de la part de l'homme que j'aimais mais qui, lui, ne m'aimait pas s'annonçaient comme la pire des tortures. Mais le temps aidant, j'étais devenue experte dans l'art de prendre ses demandes à la légère. Et beaucoup d'entre elles avaient été vraiment amusantes. En tentant de trouver la proposition parfaite, Harry m'avait emmenée dans les endroits les plus incroyables et m'avait fait vivre les expériences les plus inoubliables. Nous nous étions tenus au sommet des plus grands immeubles du monde, avions vu les plus belles plages et forêts, avions nagé dans les eaux les plus claires et goûté aux plats les plus étonnants.

Il ne restait plus maintenant que trois propositions, et ce serait la fin de mon supplice.

Harry passa son bras autour de mes épaules en s'asseyant à côté de moi sur le banc.

— J'ai tellement faim que je crois que je pourrais bouffer un cheval, me dit-il en mordillant mon épaule du bout des dents.

— Nous allons devoir retourner à la campagne pour ça, je ne pense pas qu'il y ait tellement de *chevals* par ici, lui répondis-je en faisant exprès d'écorcher le mot afin qu'il se concentre là-dessus plutôt que sur la chair de poule qui parcourait ma peau.

Même après tout ce temps, Harry continuait à me faire un effet dingue, un de ceux qui sont interdits aux moins de dix-huit ans.

— De *chevals* ? répéta-t-il en éclatant de rire.

— Chevalses ?

Il plissa les yeux, réalisant tout à coup que je le taquinais.

— Chevalos ? Chevelus ?

L'espace d'une seconde, je surpris son regard posé sur mes lèvres. Qu'est-ce que ça signifiait ?

Harry était devenu de plus en plus tactile ces derniers temps. Et ce besoin de contact physique, ajouté aux regards bizarres que je surprenais de temps en temps, commençait à me faire perdre la tête. Petit à petit, je me laissais aller à croire qu'il avait peut-être des sentiments pour moi. Mais je savais qu'il ne valait mieux pas aborder ces questions tant que nous étions encore en voyage. Imaginer son embarras si je me jetais dans ses bras suite à une des propositions, suffisait à me pétrifier de honte. Et après avoir fait ça, devoir quand même continuer à passer chaque jour en sa compagnie malgré le malaise.

Et puis, je n'avais aucune raison valable de m'emballer, Harry ne m'avait toujours pas dit les mots que j'avais besoin d'entendre. Quand il m'avait parlé de son enfance, cela avait représenté un tournant ténu mais décisif dans notre relation. Il m'avait raconté tout son passé, m'avait entièrement fait confiance malgré sa peur, et depuis je l'en aimais encore plus. Il aurait dû comprendre qu'il pouvait aussi m'ouvrir son cœur. S'il ressentait ce genre de sentiment pour moi, évidemment. Mais il n'y avait eu aucun signe, aucun mot qui aurait pu me laisser croire que c'était le cas.

Une partie de moi avait hâte qu'on ait la conversation dont nous avions parlé cette fameuse nuit au Canada, devant l'aurore boréale. Je lui avais promis que nous nous expliquerions, une fois que notre aventure serait terminée et que nous serions rentrés en Angleterre. Mais plus le temps passait, plus je brûlais de savoir ce qu'il ressentait pour moi exactement.

L'autre partie de moi, elle, continuait de redouter cette conversation et était pétrifiée par une peur monstrueuse.

— Suzie, je crois que le bateau va partir. Il vaudrait mieux que nous montions à bord si nous ne voulons pas passer la nuit ici, me dit Harry en se levant du banc.

Je refermai l'ordinateur, le glissai dans mon sac et suivis Harry sur le quai.

Nous étions en route pour aller passer quelques jours au Tangalooma Beach Resort sur l'île de Moreton. Notre itinéraire pour nous y rendre n'était pas le plus direct, mais effectuer tous ces détours était le meilleur moyen de croiser le chemin des baleines et des dauphins.

— Trois propositions…, dit Harry dans un soupir.

— Ouais, lui répondis-je, en scrutant les flots à la recherche du moindre signe de la présence d'une baleine : queue, aileron ou silhouette sombre.

— Nous allons devoir faire quelque chose de particulier pour la dernière demande, pour clore l'aventure en beauté. Je pense que les lecteurs s'attendent à une fin plutôt spectaculaire.

— Tu sais bien que les petites attentions me touchent

autant que les grandes démonstrations. Est-ce que tu as déjà quelque chose en tête ?

— Eh bien, je pense évidemment que le mariage serait la fin la plus parfaite… Tout le monde adorerait ça.

Je remarquai aussitôt l'étincelle de malice qui s'était allumée dans ses yeux.

— Je devrais donc t'épouser pour que nos lecteurs soient heureux ?

— Attends, imagine juste un instant… Tu remontes l'allée simplement éclairée par la douce lumière des bougies… Tu me retrouves devant l'autel, et je te demande une dernière fois « Suzie, est-ce que tu veux m'épouser ? »… Et tu réponds « Oui ». Ça, je peux te dire que ça vaut de l'or un truc pareil, les lecteurs deviendraient totalement hystériques !

— Et après ? lui demandai-je, tout à fait consciente qu'il se moquait de moi.

— Eh bien, rien de plus simple : nous nous marions et nous partons pour une lune de miel sensuelle et torride.

Il haussa les sourcils avec un air espiègle et ajouta :

— C'est dans le contrat de mariage.

— Et évidemment, nous racontons tout ça dans le blog, sans omettre les détails croustillants.

— Nous voulons que nos lecteurs soient comblés.

Je le poussai du coude et il éclata de rire.

— Burk… Nous ne sommes peut-être pas obligés d'aller aussi loin pour faire plaisir à nos lecteurs…, dis-je.

— Oui, mais plus sérieusement, je crois que nous devons leur donner quelque chose. Cette dernière proposition ne peut pas se finir par un « Non » comme les autres.

— Je n'ai jamais dit « Non ».

— Tu n'as jamais dit « Oui », fit-il en me regardant droit dans les yeux.

— Peut-être parce que tu n'as jamais posé la bonne question.

— Euh, Suzie, « veux-tu m'épouser ? » je crois quand même que c'est une question assez claire. Qui n'attend qu'une réponse : oui ou non.

— Ce qui est important, Harry, ce n'est pas comment tu le dis. C'est ce que tu dis.

— Donc tu veux une énorme déclaration d'amour pour la dernière proposition, c'est ça ? me dit-il en souriant malicieusement. Et alors là, j'aurai enfin mon « Oui » ? Ouhhh, je sens que les lecteurs vont adorer ça…

Il ne prenait vraiment rien de tout ça au sérieux.

— Nous pourrions tous les inviter pour assister à cette dernière demande. Et là, nous nous embrasserions avec passion et, attends, oh, tu pourrais même lever une jambe, tu sais, comme dans les films !

Soudain, un flash nous éblouit. En nous retournant pour chercher d'où il venait, nous nous retrouvâmes face à un Japonais avec qui nous avions brièvement discuté un peu plus tôt en montant sur le bateau. Il dirigeait maintenant son appareil photo dans notre direction.

— Est-ce qu'il vient de nous prendre en photo ? demandai-je à Harry, totalement stupéfaite.

— Je ne pense pas, non. Il doit essayer de photographier la vue, me répondit Harry en me poussant hors du champ.

Mais bizarrement, l'homme reprit un autre cliché de nous deux avant de disparaître dans la foule.

Avant même que nous ayons eu le temps de nous demander qui était cet énergumène ni pourquoi il nous prenait en photo, un cri retentit à l'autre bout du bateau. La plupart des gens coururent dans cette direction pour voir ce qu'il se passait, et je sentis le bateau basculer légèrement suite au transfert de poids.

Harry prit ma main et m'y entraîna également.

Pourtant, nous avions beau regarder les vagues avec la plus grande attention — quelques touristes prenaient même des photos de l'écume — il n'y avait de toute évidence aucune trace de baleine dans les environs, ou alors elle devait vraiment bien se cacher.

Un nouveau cri retentit de l'autre côté et j'entendis presque le bateau gémir tandis que nous courions en masse vers le pont opposé. L'embarcation n'allait pas tarder à basculer si nous continuions à changer de bord de cette façon. Je me dis que lorsque nous serions tous à l'eau, elle se sentirait sûrement plus légère.

Cette fois, il y avait bien une ombre dans l'eau, mais cela pouvait tout à fait être un simple rocher recouvert d'algues. La mer était magnifique. Les eaux turquoise étincelaient sous les rayons du soleil, et à certains endroits elles étaient si claires qu'on pouvait voir les fonds marins comme à travers un morceau de cristal.

Un message retentit soudain, venant des haut-parleurs :

— Quelque chose se passe à l'arrière du bateau, il semblerait qu'une baleine à bosse nous suive.

Harry me poussa devant lui et me guida à travers la cohue.

Les gens riaient et applaudissaient et je me frayai un chemin parmi eux pour voir de mes propres yeux cette grande baleine à bosse.

En arrivant au bastingage, je compris enfin pourquoi les gens riaient tant. La baleine à bosse était en réalité une grande baleine gonflable que tirait le bateau. Sur sa tête flottait au vent un ruban bleu où était écrit « Veux-tu m'épouser ? »

Je souris. La baleine était très mignonne et totalement ringarde avec ses yeux écarquillés qui roulaient dans tous les sens tandis qu'elle se balançait au gré des vagues dans notre sillage. Je sortis rapidement mon appareil photo pour immortaliser la scène.

Juste au moment où les gens commençaient à regagner leur place, une énorme baleine à bosse, bien réelle cette fois, sauta hors de l'eau, virevolta dans les airs et se laissa retomber dans les vagues en nous éclaboussant.

Tout le monde se mit à crier et se précipita vers le bastingage pour tenter de la prendre en photo. Pourtant, bien qu'elle nous ait suivis pendant un bon moment, jouant dans les vagues et donnant aux passagers de nombreuses occasions de la photographier, jamais notre baleine ne refit son joli saut.

J'avais été très chanceuse, et un rapide coup d'œil à mon appareil me révéla que j'avais bien réussi à capturer la magie de ce moment. Ma proposition avait été approuvée par une vraie baleine à bosse.

En me retournant pour rentrer à l'intérieur du bateau, je vis que Harry affichait un immense sourire.

— Tu ne recules vraiment devant rien, hein ? lui dis-je en souriant à mon tour.

— Attends un peu, ma chérie, je t'ai réservé le meilleur pour la fin.

Si vous voulez vous faire une idée de Tangalooma, souvenez-vous tout simplement de cette publicité pour les Bounty. Cette longue bande de sable doré perdue au milieu d'une forêt de palmiers couleur émeraude était un véritable petit coin de paradis sous les tropiques. La seule chose qui manquait peut-être au tableau, c'était cette sublime fille étendue sur le sable, en train de déguster sa barre chocolatée sans se salir les doigts. A sa place, le chocolat aurait fondu en deux minutes dans mes mains et j'en aurais été recouverte des pieds à la tête avant même d'avoir pu en prendre une bouchée.

Notre chambre d'hôtel donnait directement sur la plage. Par la fenêtre ouverte, je pouvais voir les pélicans dodus qui se trémoussaient sur le sable, battant des ailes tandis que le soleil se couchait dans les flots presque roses de la mer.

Nous étions arrivés sur l'île la veille, en pleine nuit, et étions partis le lendemain matin très tôt pour visiter les environs et faire du toboggan de sable — activité qui s'est révélé être l'une des choses les plus exaltantes que j'aie jamais faite. Seul petit point noir : j'ai dû rapporter avec moi près de la moitié de la dune dans ma chambre. J'avais du sable absolument partout : dans les ourlets de mes vêtements, dans mes cheveux, dans mes chaussures. Mais après une bonne douche, je retrouvai une apparence moins sablée.

J'étais en train de grignoter des morceaux d'ananas frais sur la terrasse de notre chambre quand je vis soudain Harry sortir de la salle de bains, encore mouillé, une serviette nouée sur les hanches. Soudain ma bouche fut sèche. Impossible de finir l'ananas.

Harry n'avait vraiment aucun problème avec son corps. Ni avec le fait que je pouvais le voir à demi-nu, d'ailleurs. J'avais déjà eu la chance de pouvoir admirer ses incroyables fessiers en de nombreuses occasions et je savais que je ne me lasserais jamais de détailler son physique. C'était devenu un régal presque quotidien. Oui, c'était un peu tordu de mater ainsi son meilleur ami, mais comme de toute façon rien ne se passerait jamais entre nous, ce petit moment de ravissement visuel ne faisait de mal à personne.

Je reportai rapidement mon attention sur la vue magnifique que nous avions depuis notre chambre. C'était compter sans le reflet de Harry dans la baie vitrée. J'essayai de me concentrer sur la couleur de la mer et sur l'incroyable luminosité du crépuscule plutôt que sur ce sublime corps nu qui paradait juste derrière moi.

Tout à coup, dans la vitre, je vis que la serviette de Harry venait de tomber sur le sol. Il se baissa pour attraper un caleçon, un de ces petits boxers noirs moulants qui laissaient peu de place à l'imagination. Puis il enfila une chemise blanche, cachant ainsi son merveilleux torse bronzé.

Je regardai la mer de nouveau.

Je n'avais pas eu de propositions aujourd'hui, je présumais donc que Harry allait en sortir une de sa poche ce soir quand nous sortirions pour dîner.

L'endroit où nous avions prévu d'aller n'était pas chic, c'était simplement un petit bar sur la plage qui proposait des grillades cuites au barbecue et qui servait apparemment les meilleurs burgers et cocktails de l'île. Enfin, c'est du moins ce qu'annonçaient les publicités placardées partout dans les environs.

J'avais enfilé une robe d'été vaporeuse couleur vert d'eau, une des préférées de Harry. J'adorais la façon qu'il avait de me regarder quand je la portais.

En voyant qu'il était maintenant totalement habillé, je me retournai et fus surprise de constater que ses yeux étaient posés sur moi. En remettant ma robe en place, je croisai son regard et haussai un sourcil. Cette nouvelle façon qu'il avait de m'admirer sans vergogne était vraiment des plus déroutantes.

— J'adore cette robe, me dit-il en souriant.

— C'est bien dommage qu'elle n'existe pas dans ta taille, lui répondis-je du tac au tac.

Il éclata de rire et déposa délicatement mon pashmina sur mes épaules.

— Soyons clairs, c'est toi que j'adore dans cette robe.

Je levai les yeux vers lui, pas certaine d'avoir bien compris le sens de ces dernières paroles. Il me tendit son bras, et je le saisis.

— En route ma chère, allons donc voir par nous-mêmes si ces cocktails sont à la hauteur de leur réputation.

— Je vais prendre un sex on the beach.

Harry se racla la gorge.

— Pour ça, je pense qu'on peut s'arranger.

Mon estomac vibra de désir sans raison. C'était vraiment ridicule d'être excitée par l'ombre du sous-entendu qui planait dans sa voix. Pourtant je décidai de me laisser aller à mon fantasme quelques secondes — les vagues venant s'échouer sur la plage, une étreinte torride et passionnée — jusqu'à ce que je me rende compte que Harry était toujours en train de me parler.

— Excuse-moi, qu'est-ce que tu disais ?

— Que je préfère le philtre d'amour.

J'éclatai de rire.

— Alors c'est ça ton plan, me faire boire jusqu'à ce que je ne sache plus qui je suis, et profiter de moi ?

— Je me demandais juste ce que j'allais boire, je ne vois pas du tout de quoi tu veux parler, me répondit Harry en prenant un air innocent.

— Tu as en toi la clé pour comprendre tes propres problèmes, dis-je en agitant ma main en l'air de manière théâtrale pour appuyer mes propos.

Harry me soutenait tandis que nous remontions la plage vers notre hôtel. J'étais ivre morte, j'en étais tout à fait consciente et ma bouche — je ne sais comment une telle chose était possible — semblait avoir une nouvelle fois repris son indépendance et parlait à tort et à travers sans mon autorisation.

— Tu ne réalises pas à quel point tu es foutrement génial, Harry. Tellement charmant, gentil, délicieux, doux… oh si doux… Et je ne parle pas que de l'extérieur, hein ? A l'intérieur aussi tu es merveilleux. Je veux dire, bien sûr tu es beau gosse, très beau gosse même, tu es même tellement sexy que ça fait flipper. Mais cc n'cst pas ça qui fait que tu es si beau — oh non, tu es beau Harry, à l'intérieur et à l'extérieur. Euh, où est-ce qu'on va, là ?

— Je me suis dit qu'on pourrait s'asseoir un peu sur la plage.

J'avais pensé que Harry était peut-être un peu plus sobre que moi, même si nous avions bu exactement la même chose, mais il ne semblait pas très stable non plus sur ses pieds.

Son bras toujours passé autour de mes épaules, il m'entraîna vers une zone, un peu plus loin sur la plage, située à l'abri des lumières et des regards. A part le clair de lune qui se reflétait sur la mer, cet endroit était dans le noir complet.

Je frissonnai dans l'air frais de la nuit.

— Tiens, assieds-toi là, je vais nous faire un feu, me dit Harry.

— Ohhhhh, mais quel homme !

Harry sourit et je m'installai sur le sable en le regardant chercher des brindilles et des bouts de bois entre les arbres. En levant les yeux, je vis les étoiles et m'allongeai complètement pour les observer. Il y en avait des milliers, des millions, illuminant la nuit, brillant avec tant d'éclat que le ciel ne semblait plus noir mais d'un étincelant gris charbon.

Je fus tirée de ma contemplation par les flammes orange et me rassis pour regarder le feu qui brûlait ardemment.

— Ç'a été rapide, dis donc, comment tu t'y es pris, tu as frotté deux bâtons l'un contre l'autre ou t'as trouvé un silex ?

Harry me montra le briquet qu'il tenait dans la main et j'éclatai de rire.

Les flammes devinrent vert et bleu tandis que s'enflammait l'eau salée qui avait séché sur les morceaux de bois flotté. C'était magnifique.

Harry leva les yeux vers la cime des arbres.

— Ça te dit, une noix de coco ? me demanda-t-il en sautant habilement sur ses pieds.

Je remarquai deux noix de coco qui pendaient dans le palmier au-dessus de nous, semblables à une énorme paire de testicules verts et poilus.

— Tu n'y arriveras jamais, c'est bien trop haut.

Mais Harry était déjà en train de grimper dans l'arbre. Je l'entendis farfouiller dans le feuillage pendant quelques minutes puis, d'un air triomphant, il revint avec une noix de coco sous chaque bras. Une petite poilue qu'il venait manifestement de sortir de sa cosse et une encore dans son enveloppe.

— Tiens, me dit-il en me tendant la plus petite. Essaie de la briser sur le rocher derrière toi.

Je me retournai vers la pierre et cognai la noix de coco avec force. A ma grande surprise, le fruit se fendit en deux morceaux très nets, mais il n'y avait pas du tout de lait à l'intérieur. Non, au lieu de ça, à la lumière du feu, j'y distinguai des lettres contre l'écorce. En rapprochant la noix de coco des flammes, je découvris les mots « Veux-tu m'épouser ? » écrits à l'encre noire sur la coque.

Je gloussai de joie et dévisageai Harry.

— Mais comment as-tu fait ça ? lui demandai-je.

Je lui avais posé cette question tant de fois ces derniers mois. Je reportai mon regard sur la noix de coco et vis une trace de colle sur l'une des deux moitiés. De toute évidence, elle avait déjà été coupée en deux, on avait écrit dedans et on l'avait ensuite recollée. Adorable.

C'était la numéro quatre-vingt-dix-neuf. Il ne restait plus qu'une proposition.

— Merci, Harry.

Harry brisa l'autre noix de coco sur le rocher. Mais rien ne se passa, l'enveloppe de celle-ci restait indemne. Il dut s'y reprendre à trois fois avant que du lait ne jaillisse d'une minuscule fissure. Il se dépêcha de me la tendre afin que je puisse le boire.

Je léchai le côté de la noix de coco et aspirai le liquide par le trou. C'était chaud et plus léger que du vrai lait. Je tendis la noix à Harry et l'observai tandis qu'il léchait les parois et posai sa bouche sur la fissure, fermant les yeux, visiblement en proie à un moment de pur bonheur. Il y avait quelque chose de très intime à voir sa bouche se poser à l'endroit où se trouvait la mienne quelques secondes plus tôt — aussi intime qu'un baiser. Harry poussa un minuscule et involontaire gémissement et je sentis aussitôt le désir monter violemment en moi. Comme s'il était en train de me goûter.

Tandis que je me rapprochai de lui, il me regarda, les yeux brillants de passion.

— Est-ce que je peux en avoir encore un peu ? murmurai-je.

Il s'arrêta de boire et me tendit la noix de coco, tout en la soutenant pour moi. Mes mains recouvrirent les siennes tandis que je posais mes lèvres sur la fissure et que je buvais en le regardant, mes yeux perdus dans son regard brûlant.

Cette fois, je ne sentais plus le goût de la noix de coco. Non, ce que je sentais c'était lui, son envoûtante et sensuelle saveur, son odeur puissante et épicée. J'en voulais plus, mais la noix était vide maintenant et je la reposai sur le sable. Je fis courir mes doigts sur mes lèvres et suçai les dernières gouttes de lait, tellement avide de pouvoir y goûter de nouveau.

— Ce goût est incroyable, lui dis-je, les yeux toujours plongés dans les siens.

— Tu trouves que ça a le goût de quoi ? me demanda-t-il d'une voix étranglée.

— De toi.

J'entendis un souffle profond passer dans sa gorge et,

un instant plus tard, il se jetait sur moi. Ou je me jetais sur lui. Nos bouches se mêlèrent avec violence, puis il prit mon visage entre ses mains et m'embrassa avec un peu plus de réserve — mais je sentais qu'il se retenait.

Chapitre 17

Cette fièvre folle, cette faim de lui, tout cela déchira mon cœur, traversa mon corps et fila droit vers le bas, droit vers mon ventre. Quand sa langue s'empara de ma bouche entière, je sentis toute sa saveur virile exploser en moi. Oh ! ce goût si intense ! Quel pénétrant, pur et merveilleux délice que de sentir sa langue danser avec la mienne.

M'enveloppant de ses bras, il me berça contre son corps tandis que notre tendre baiser se prolongeait, avant de se faire de nouveau plus urgent, presque désespéré même, débordant d'un désir avide.

Les mains de Harry étaient partout, sa bouche ne quittait plus la mienne. Il fit glisser mon pashmina de mes épaules. La sensation de sa peau contre la mienne était électrisante.

J'étais maintenant allongée sur le sable. Harry me maintenait au sol et me dominait de tout son poids. Son baiser, son goût, son odeur, la sensation de son corps contre le mien : c'était une folle explosion sensorielle. Embrasser n'avait jamais été si important. Oh ! cet insatiable besoin, cette envie d'en avoir plus. Nous n'étions plus qu'une frénésie pressée de mains et de lèvres.

Le bois dans le feu craqua et Harry arracha brusquement sa bouche de la mienne, comme en état de choc.

— Désolé, oh mon Dieu, je suis désolé. Tu as trop bu et je ne devrais pas profiter de toi dans un moment pareil.

— Tu es aussi ivre que moi, Harry, alors c'est peut-être moi qui profite de toi, en réalité ?

Il esquissa un sourire, visiblement partagé entre sa raison et son désir.

— J'ai tellement envie de toi, me dit-il dans un souffle.

Je caressai son visage, effleurai ses lèvres du bout des doigts. Il embrassa mon pouce, ferma les yeux puis embrassa la paume de ma main, l'intérieur de mon poignet, laissant sa bouche à l'endroit où il pouvait sentir mon pouls battre contre ses lèvres. Quand il rouvrit les yeux, ils étaient presque noirs de désir et il m'embrassa de nouveau.

Sa main fit délicatement glisser la bretelle de ma robe, et il déposa une cascade de doux baisers sur une ligne imaginaire allant de ma nuque à ma poitrine.

Mais soudain, un flash lumineux fendit l'obscurité de la nuit. Suivi d'un deuxième.

Le Japonais qui nous avait déjà pris en photo sur le bateau la veille se tenait maintenant à quelques mètres seulement de nous, et prenait la scène en photo sous tous ses angles.

— Merde ! lâcha Harry en posant immédiatement ses mains sur ma poitrine pour tenter de sauver mon honneur.

Mais c'était trop tard : l'homme venait de prendre une nouvelle photo.

— Mais qu'est-ce que c'est que ce bordel ? cria Harry, visiblement hors de lui.

— Harry et Suzie, c'est ça ? dit le Japonais en souriant bêtement et en continuant à nous photographier. Les cent propositions, hein ? Alors, elle a dit oui ?

Harry se releva d'un bond, mais l'homme était rapide et s'enfuit en courant sur la plage. Quelques secondes plus tard, il avait disparu.

J'attrapai mon pashmina pour me couvrir et plongeai

mon regard dans le vide… Cet individu venait de nous voler des clichés d'un moment très privé de notre vie.

Harry était toujours debout, manifestement déchiré entre son envie de poursuivre l'homme et celle de rester auprès de moi. Il me choisit et s'agenouilla à mon côté. Mais je vis rapidement qu'il ne pouvait plus me regarder dans les yeux. Ses lèvres étaient pincées, il avait clairement l'air dégoûté.

Je me rendis soudain compte que je tremblais comme une feuille. Cette intrusion dans notre intimité, le fait que notre étreinte passionnée ait été coupée dans son élan, me laissait comme un arrière-goût de honte.

Harry ne prononça pas un seul mot pendant le trajet du retour — mais le pire fut sûrement qu'il ne m'adressa pas un regard non plus. Ce qui venait de se passer entre nous n'était donc juste qu'un moment d'égarement alcoolisé. Un moment que Harry était manifestement déjà en train de regretter.

Alors que nous approchions des lumières vives de l'hôtel, il m'empêcha soudain d'aller plus loin, me bloquant le passage en se plaçant droit comme un I devant moi — mais sans me toucher comme il l'aurait fait normalement. Ainsi donc, il ne voulait même plus avoir de contact physique avec moi.

— Je suis désolé, Suzie, cela n'aurait jamais dû arriver.

Je croisai les bras sur ma poitrine.

— Qu'est-ce qui n'aurait jamais dû arriver ? Qu'un pervers nous prenne en photo alors que ta bouche était sur mes seins ou que tu me grimpes dessus sur la plage complètement bourré ?

Il me jeta un regard horrifié et je regrettai immédiatement la dureté de mes paroles.

— Je suis désolé de t'avoir embrassée de cette manière. Mais tu avais l'air d'apprécier ça tout autant que moi, alors sois gentille, ne fais pas comme si je t'avais forcé la main.

— C'était très agréable, oui. Jusqu'à ce que tu me regardes avec l'air d'avoir envie de vomir. Alors là, je dois t'avouer que pour moi la situation a un peu perdu de son glamour.

Il éclata de rire, me prit par les épaules et posa son front contre le mien. Son geste était si tendre que je sentis ma colère s'évanouir.

— Tu n'as vraiment aucune idée de ce que tu représentes pour moi, Suzie. J'étais furieux contre moi-même de t'avoir embrassée. Nous étions tous les deux beaucoup trop soûls pour apprécier ce moment à sa juste valeur.

J'avais la tête qui tournait. Il avait raison, j'*étais* totalement soûle — mais cet argument n'avait aucun poids. Harry n'était pas le genre de mec qui tente sa chance en étant ivre et cela me mettait hors de moi qu'il prenne cela comme excuse. Je me libérai de son étreinte car je n'arrivais toujours pas à savoir ce que signifiait réellement ce baiser.

Nous gardâmes le silence en rentrant dans le hall de l'hôtel, mais la tension semblait avoir disparu — elle laissait toutefois derrière elle le trouble et la confusion.

Une fois dans notre chambre, chacun de nous se changea sans un mot. Puis je me glissai entre les draps et, probablement par habitude, Harry vint me rejoindre et se blottit derrière moi, me serrant contre lui et passant son bras autour de ma taille. J'envisageai un instant de me dégager de son étreinte, mais sa respiration était déjà lente et profonde. Je changeai d'avis pour ne pas le déranger.

A mon réveil, le lendemain matin, je découvris avec tristesse que le lit était vide. Je me sentais toujours extrêmement mal à l'aise suite aux événements de la veille, et l'absence de Harry ne m'aida pas à me sentir mieux. Je m'assis dans le lit et jetai un coup d'œil dans la chambre pour m'assurer que j'étais bel et bien seule. Mais oui.

Sur la table de chevet, je remarquai un pot de confiture vide avec un petit bout de papier à l'intérieur. Curieuse, je dévissai le couvercle et dépliai la note.

Ce n'était pas long, mais cela me redonna le sourire :

« Suzie, tu es ma meilleure amie et je n'ai jamais regretté un seul des moments passés avec toi. Que tu me cries dessus, que tu ries avec moi, que tu dormes avec moi ou que tu m'embrasses : tous ces moments ont été les meilleurs de ma vie. »

Alors que je serrais la note contre moi, je remarquai un autre pot de confiture posé sur le sol devant la porte de notre chambre. Il contenait lui aussi un bout de papier.

Je sautai du lit, l'ouvris et dépliai la nouvelle note.

« Le petit déjeuner sera servi pour toi à la piscine. Après cela, s'il te plaît, reste là-bas jusqu'à ce qu'on t'appelle dans le courant de l'après-midi. Ce serait quand même dommage que tu surprennes quelque chose alors que je prépare ta dernière proposition ;) On se voit tout à l'heure,

Bises, Harry. »

Je me sentis immédiatement plus légère et sautai sans tarder dans la douche. Toutefois, cette dernière demande me rendait un peu nerveuse. Qu'avait-il bien pu me concocter ? Et comment allais-je me sentir quand tout cela serait enfin terminé ?

Redeviendrons-nous de simples amis qui bossent ensemble et partagent le même bureau, ou cette aventure aura-t-elle tout chamboulé ?

Après avoir pris mon petit déjeuner sous la pergola, je m'allongeai sur une chaise longue et ouvris mon ordinateur. J'allais me plonger dans le travail et arrêter de me triturer le cerveau. J'espérais quand même que j'aurais des nouvelles de Harry avant la proposition. Mais en regardant les rayons du soleil danser sur l'eau turquoise de la piscine, je changeai d'avis : finalement j'allais peut-être m'accorder une petite sieste…

Une main glissa le long de mon dos et je me réveillai en sursaut. J'étais étendue sur le ventre et, comme le temps avait passé, j'avais maintenant la tête et les épaules en plein soleil. Heureusement j'avais mis un chapeau, mais mes épaules, elles, étaient brûlantes. La main qui me caressait était celle de Harry, je n'avais aucun doute là-dessus, ce contact m'était bien trop familier.

— Tu devrais faire attention ou tu vas attraper de méchants coups de soleil…, me murmura-t-il à l'oreille en commençant à m'étaler de la crème solaire sur le dos.

Je me cambrai légèrement sous ses caresses d'expert. Ah, il avait vraiment des doigts de fée…

— C'est vrai, mais du coup il faudra aussi que tu m'enduises d'après-soleil…

Il interrompit brusquement son massage et, une seconde plus tard, je le vis s'installer dans un transat à côté de moi.

Humm… Bonjour les signes contradictoires !

Son attitude après notre étreinte d'hier soir me blessait vraiment, mais je n'arrivais pas à oublier cette façon qu'il avait eue de m'embrasser — ce souvenir était gravé dans mon corps et je ne me lassais pas de m'en repasser la scène.

Je me relevai tout à coup, m'assis sur la chaise longue et le regardai fixement. Il comprit la question sans que j'aie besoin de la poser.

— Quand tu flirtes avec moi comme ça, je ne sais jamais si c'est un flirt sincère du type : « Je veux vraiment que tes mains restent sur mon dos », ou si c'est simplement une blague de potes, me dit Harry en baissant les yeux. Je crois que ce genre de geste n'a pas la même signification pour toi que pour moi.

— Harry, tu flirtes avec moi vingt-quatre heures sur vingt-quatre, est-ce que tu t'es déjà demandé ce que ça pouvait me faire, à moi ?

— Je ne flirte jamais, en tout cas pas avec toi.

J'écarquillai les yeux.

— J'espère que tu te fous de moi ! C'est simple Harry, tu es la drague personnifiée, ton être entier est constitué de flirt à cent pour cent — chacun de tes mouvements, chacun de tes mots, chacun de tes regards est charmeur. Tu flirtes avec tout le monde — les inconnues, Chloé, moi. Crois-moi quand je te dis que tu n'es pas facile à déchiffrer. Sérieusement, Harry, je ne sais jamais où j'en suis avec toi.

— Sérieusement ? Tu n'en as aucune idée ? Aucune ? Est-ce que je ne t'ai pas donné quelques indices pendant ce voyage ?

J'eus soudain une sorte d'immense flash-back, comme dans les films. Mon esprit commença à dérouler devant moi tous les moments où Harry m'avait dit que j'étais sa meilleure amie. Etait-ce ça dont il voulait parler, toutes ces fois où il m'avait bien rappelé que nous étions amis et rien d'autre ? Mais dans ce cas-là, ce baiser d'hier soir n'était rien d'autre qu'une connerie entre potes complètement bourrés ? Non, ça ne ressemblait pas du tout à ça.

— Tu m'as embrassée, lui dis-je sur un ton un peu irrité.

— Non, c'est toi qui m'as embrassé.

— Oh Harry, qu'est-ce que tu peux être gamin ! lui répondis-je en essayant de me lever pour partir, mais il me retint.

— Et toi qui t'emportes comme une furie chaque fois

qu'on se dispute, ça n'est pas une attitude de gamine peut-être ?

Je baissai les yeux sur sa main qui tenait la mienne et ne pus m'empêcher de sourire :

— Je suis une femme, Harry, c'est comme ça qu'on réagit.

Il éclata de rire.

— S'il te plaît, ne nous disputons pas, me répondit-il en m'attirant sur le transat à côté de lui. C'est notre dernier jour et j'ai prévu quelque chose de vraiment génial pour ce soir. Dis-moi juste une dernière chose et après, je te promets que je n'aborderai plus ce sujet. Quand je te caresse comme ça, quand mes mains sont sur toi, est-ce que tu aimes ça ?

Je regardai ses yeux bruns si doux et ses lèvres que je voulais tant embrasser de nouveau et je lui répondis sans réfléchir :

— Oui.

Il acquiesça, plus pour lui-même que pour moi apparemment, puis se releva.

— Allez, il est temps d'aller se préparer maintenant.

— Attends, je viens de te confier quelque chose d'assez intime là… sur nous deux. Et toi, tu ne dis rien ?

Il sourit — de son superbe, ensorceleur et irrésistible sourire.

— Ce soir, je te promets. Mais avant nous devons finir notre comédie romantique. Nous participons à un grand spectacle, je te rappelle. Et je pense que tu vas adorer ce qui est au programme pour la soirée.

De mon côté, je n'en étais pas si certaine. Et ce qu'il venait de me dire m'inquiétait encore plus. J'avais plus ou moins espéré que notre dernière proposition se ferait en tête à tête, mais j'avais comme l'impression qu'il avait prévu quelque chose d'énorme.

Harry passa un doigt sur mes sourcils froncés. Je ne m'étais même pas rendu compte que j'avais l'air contrariée.

— Je t'ai acheté quelque chose, me dit-il en me tendant un nouveau pot de confiture.

Cette fois, il y avait à l'intérieur une grande fleur, qui prenait presque tout l'espace et dont les pétales étaient d'un tendre rose pâle. En le prenant dans mes mains, je me rendis compte qu'il était rempli d'eau, d'eau de mer à en juger par les quelques grains de sable qui flottaient. En regardant attentivement, je vis qu'il y avait aussi de minuscules étincelles d'or qui tourbillonnaient à l'intérieur.

— Harry, c'est magnifique, qu'est-ce que c'est ?

— C'est un petit indice sur la soirée à venir... Et c'est aussi pour te voir sourire, tu sais que je ne m'en lasse pas.

Je lui adressai un grand sourire et posai ma tête sur son épaule. Quoi qu'il ait en tête pour ce soir, tout allait bien se passer, je le savais.

L'une des principales attractions à Tangalooma était de nourrir les dauphins sauvages. Ces derniers venaient faire un tour chaque soir près du rivage et, apparemment, n'étaient pas si sauvages que ça, car ils venaient chercher leur dîner directement dans les mains des touristes, sans faire de manières.

Un orage se préparait au loin et l'air s'était considérablement rafraîchi. On nous avait prévenus que, la mer commençant à s'agiter, les dauphins ne resteraient sûrement pas aussi longtemps que d'habitude.

Après avoir déposé dans le sable le nouveau pot de confiture que Harry m'avait offert un peu plus tôt — et qui contenait cette fois un petit dauphin en peluche —, j'entrai dans l'eau. La nuit était tombée depuis un moment, mais la plage était toujours éclairée grâce aux lumières qui bordaient la jetée et se réfléchissaient dans l'eau sombre.

Je sentais toujours mon cœur bondir dans ma poitrine dès que je pensais à ce qui pourrait se passer ce soir, mais mon angoisse s'évanouit lorsque je vis les dauphins arriver. Les biologistes marins du « Dolphin Education Center » nous présentèrent aux dauphins qui étaient venus nous voir ce soir : Echo, Silhouette, Rani, Zephyr et Bella.

J'étais folle de joie et tellement excitée à l'idée de les voir de si près. Je sentais déjà que, dès que j'aurais commencé à leur donner à manger, je n'arriverais plus à les quitter.

Les dauphins nagèrent d'abord tranquillement autour de nous. Nous savions que certains d'entre eux chercheraient à se nourrir par eux-mêmes, car ce qu'on leur donnait ne représentait qu'une faible portion de leurs besoins quotidiens. Je les voyais fendre les flots comme des éclairs d'argent. Ils roulaient sur le dos, jouaient avec les vagues en sortant la tête de l'eau. Puis certains d'entre eux se rapprochèrent plus près de nous et, respirant par le trou au sommet de leur tête, nous aspergèrent d'eau.

Pour les nourrir, on nous avait recommandé de tenir les poissons immergés dans l'eau et de laisser les dauphins venir les chercher. Je sentis tout à coup que le poisson que je tenais fermement dans mes mains depuis quelques instants était doucement tiré par un des dauphins, Silhouette. Ravie, je jetai un regard complice à Harry qui souriait d'un air niais, visiblement touché lui aussi par la grâce de ce moment. C'était vraiment une expérience géniale, peut-être même l'une des plus exaltantes de toute ma vie.

Bientôt, il n'y eut malheureusement plus de poissons à leur donner et les dauphins nous quittèrent. Je les suivis des yeux jusqu'à ce qu'ils disparaissent au large.

Il faisait nuit noire à présent et le vent se levait. Je me rendis soudain compte que Harry n'était plus à côté de moi. Il m'attendait sur la plage… Je compris alors que c'était parti, voilà, ma dernière proposition commençait maintenant. Je sortis de l'eau pour le rejoindre et il me tendit la main.

Sans un mot, il m'entraîna sur le sable, loin des lumières et de la jetée, jusqu'à ce que nous ne soyons plus que tous les deux. C'était exactement ce dont j'avais rêvé : lui et moi, seuls au monde dans la nuit. Pas de grande démonstration, juste quelques mots. Juste quatre petits mots.

— Nous devons patienter ici un instant, ils ne sont pas encore tout à fait prêts, me dit Harry.

Je réalisai tout à coup qu'il portait une oreillette.

J'essayai de réprimer la pointe de déception que je sentis immédiatement naître en moi : non, cette dernière proposition ne se ferait de toute évidence pas en tête à tête.

Je savais bien, de toute façon, que nous finirions par nous retrouver seuls après tout ça, quoi qu'il ait prévu. Et qu'à ce moment-là, nous pourrions enfin nous parler.

— Je vais devoir te bander les yeux, me dit-il en me regardant fixement pour voir si cela ne me posait pas de problème.

Je lui fis signe que j'étais partante et il sortit un foulard de sa poche. Il le noua autour de ma tête, me plongeant dans l'obscurité.

Troublée par le contact de ses mains sur mes bras et par son souffle chaud sur mon visage, je sentis le désir resurgir en moi.

— Tu as froid ? me demanda-t-il doucement en effleurant de ses doigts la chair de poule qui parcourait ma peau.

— Au contraire.

Ma réponse sembla résonner un instant dans la nuit et Harry déplaça ses mains sur ma taille et m'attira doucement contre lui. Allait-il m'embrasser comme hier soir ? Mon cœur martelait ma poitrine. Mais il ne fit rien de plus. Pourtant la tension entre nous était presque insoutenable. J'avançai mon visage vers lui très légèrement, et soudain je sentis ses lèvres effleurer les miennes, aussi délicatement qu'un murmure.

— Ça y est, ils sont prêts, viens, me dit-il en me prenant par la main et en me guidant doucement sur le sable.

Après avoir marché quelques minutes, j'entendis soudain des chuchotements. Harry m'indiqua que nous étions arrivés et il retira le foulard de mes yeux.

Des centaines de gens se tenaient devant moi sur la plage. Chacun d'eux tenait dans la main un pot de confiture qui contenait une bougie. Des fleurs parsemées sur le sable formaient un chemin qui passait entre eux et montait là-haut, derrière, sur la colline.

Nous prîmes le sentier de fleurs, en nous frayant une voie parmi tous ces gens. Silencieux, ils me souriaient d'un air complice alors que je passais devant eux. Quand je vis que les bougies n'étaient pas des vraies — c'étaient des petites bougies chauffe-plats led qui fonctionnent avec des piles — je sentis un profond sentiment de tristesse m'envahir. Rien de tout cela n'était authentique.

Alors que nous traversions la foule et grimpions en haut de la colline, je jetai un coup d'œil derrière moi. Personne n'était placé au hasard. Les gens étaient alignés de telle sorte qu'ils formaient des lignes, mais je ne pouvais pas encore voir ce que cela représentait. Je continuai de monter en suivant Harry qui tenait toujours ma main.

Quand il s'arrêta enfin, je découvris ce que dessinait l'alignement tous ces gens sur la plage en dessous de nous. La phrase était éblouissante, éclairée par les bougies :

« Je t'aime, veux-tu m'épouser ? »

Le souffle court, je me retournai pour regarder Harry. Il était déjà à genoux devant moi. Et il portait maintenant une sorte de micro serre-tête qui lui donnait l'allure d'une pop star sur le point de commencer à chanter. Mais de toute évidence, cette chanson ne m'était pas adressée.

— Que le spectacle commence, murmura-t-il en activant le micro.

Et tout à coup, en bas sur la plage, j'entendis que des haut-parleurs s'allumaient.

— Suzie McKenzie, me dit-il d'un ton solennel.

Ses mots résonnaient dans la nuit, audibles par tous.

— Je t'aime.

La foule hurla et se mit à applaudir avec frénésie.

Mon cœur était monté dans ma gorge. C'étaient les mots que j'attendais depuis si longtemps. Mais le malaise s'était niché au creux de mon estomac et semblait bien installé.

— Je t'ai toujours aimée — le jour où je t'ai rencontrée, j'ai compris tout de suite que j'allais avoir des problèmes. Je me souviens que tu te tenais là, dans ton peignoir multicolore et dans tes chaussons à tête d'hippopotame et qu'il ne m'a fallu qu'une seconde pour tomber fou amoureux de toi. J'aime te voir sourire, c'est une des plus belles choses au monde pour moi. Quand tu me réponds par un sourire, je me prends parfois à rêver que tu ne souris que pour moi. J'aime chacune des taches de rousseur sur ton nez, la manière dont le vent fait voler tes cheveux, ton odeur, j'aime ta démarche féline, la manière dont tu fronces le nez quand tu réfléchis. J'aime que tu fermes les yeux quand tu manges quelque chose qui te plaît, j'aime être étendu à ton côté dans un lit, te serrer dans mes bras.

A ces mots, la foule se mit à hurler et à siffler. Il avait véritablement monté un grand show. Et il n'avait pas fini.

— J'aime la personne que je suis devenue grâce à toi. Je t'aime.

La foule cria un immense « Ouahhhhhhhh », comme

si nous étions réellement sur scène, devant un public en délire.

— Chaque jour que je passe avec toi est synonyme de bonheur, mais tu ne pourrais pas me rendre plus heureux qu'en me faisant l'honneur de bien vouloir devenir ma femme. Alors, Suzie McKenzie, veux-tu m'épouser ?

Ma tête bourdonnait. Les gens sur la plage recommencèrent à applaudir. Harry éclata de rire devant leur réaction. Je le regardai droit dans les yeux. Il me souriait, le regard plein de malice et d'humour. Il était en représentation. Tout cela n'était que du spectacle, chaque mot était aussi faux que les bougies. Je me sentis emportée par une immense vague de déception. Je perdais pieds.

— Alors ? me demanda-t-il en souriant toujours.

Soudain, je sentis que la bride allait lâcher, libérant les émotions que j'avais réussi à contenir jusque-là. Je tendis la main pour saisir son micro et il me le passa. J'enfilai le serre-tête ; la foule était devenue totalement silencieuse.

— Qu'est-ce que tu attends de moi exactement, Harry ? Tu joues la comédie pour ton petit public. Rien de tout cela n'est réel. Cent propositions, toutes fabriquées, vides, superficielles !

Je regardai son visage se décomposer tandis que je crachais mon venin. Mais je m'en moquais. Comment pouvait-il me faire souffrir de cette manière alors qu'il savait ce que je ressentais pour lui ?

Je continuai :

— Je n'ai pas dit non à M. Graillon parce qu'il m'avait fait sa demande en mangeant un kebab graisseux dans un restaurant miteux. Je lui ai dit non parce que je ne l'aimais pas, et parce que je savais qu'il ne m'aimait pas non plus. Je sais que je ne devrais pas dire ça, vu le genre de boulot que nous faisons, mais s'il y a vraiment une chose qu'une femme attend d'une demande en mariage, ce ne sont ni la bague, ni le lieu, ni les feux d'artifice, ni les bouquets de fleurs. Tu veux savoir ce que c'est, Harry ? Ce ne sont même pas les mots que l'homme a choisis pour faire sa demande. Non, ce que veut une femme, c'est sentir que l'homme qu'elle aime veut passer le reste de sa vie avec elle. Parce qu'après le temps de la proposition, vient le temps du mariage et du « ils vécurent heureux jusqu'à la fin des temps ». Et *ça*, Harry, *ça*, c'est exactement ce qu'il a manqué dans chacune de tes propositions. Tu m'aurais demandé de t'épouser avec un paquet de chips à l'arrière du bus 37 un jour de pluie, j'aurais pu te répondre « Oui ».

Des larmes de colère inondaient mon visage et je ne voyais plus celui de Harry, tout était flou.

— Je ne t'ai pas embrassé hier parce que j'étais ivre morte, ou parce que j'étais en manque de sexe. Je t'ai embrassé parce que je t'aime, parce que je t'aime depuis toujours. Chacune de tes propositions était parfaite car c'était toi qui me demandais en mariage. Enfin presque parfaite, puisqu'il y manquait toujours ce petit quelque chose. Car l'homme que j'aime, l'homme qui me demande de l'épouser, eh bien, dans la réalité, cet homme ne m'aime pas.

Sur ces mots, je me retournai brusquement et m'éloignai. Quand j'entendis Harry m'appeler, je me mis à courir.

J'étais assise sur la plage quand l'orage éclata. La pluie tombait violemment et je fus rapidement trempée jusqu'aux os. Mais c'était une averse tropicale, l'eau était chaude, et finalement je m'en moquais pas mal. Des nuages sombres avançaient dans ma direction, transpercés de temps en temps par des éclairs d'un bleu électrique. La foudre déchirait le ciel, le tonnerre grondait. Le vent rugissait sur la mer et envoyait des vagues à crête blanche s'écraser sur le sable.

Rien ne valait une bonne tempête. Je préférais de loin la beauté et la puissance d'un orage à la sérénité d'un coucher ou d'un lever de soleil.

J'avais beau chercher en moi, je n'avais plus la force d'être en colère contre Harry. Après tout, il n'avait rien fait de mal. Il ne m'avait jamais donné de faux espoirs, ne m'avait jamais rien promis. Nous avions commencé cette aventure comme des amis et c'était moi qui avais changé les règles du jeu. Lui avait toujours été clair : nous étions amis, même meilleurs amis, mais rien de plus. Oui, il m'avait embrassée mais à bien y réfléchir c'était certainement moi, en fait, qui l'avais embrassé en premier et comme il était soûl, il s'était tout simplement laissé aller. Et de toute façon, que pouvais-je bien espérer de plus de quelqu'un qui attirait autant les femmes ? C'est simple, elles se ruaient sur lui comme des mouches sur un pot de confiture. Je ne pouvais pas lui en vouloir de ne pas partager mes sentiments. Il m'avait fait découvrir le monde, je n'allais quand même pas jouer les ingrates.

Pourtant les choses allaient certainement devenir bizarres entre nous à partir de maintenant. Serions-nous capables de dépasser ça ? Pourrions-nous rester amis ?

J'interrompis ma pensée. Malgré le bruit de l'orage, je perçus la présence de Harry derrière moi et me tournai pour m'en assurer.

— Salut, dit-il en s'approchant.

Il avait enfilé son imperméable. J'adorais ce manteau, qu'il m'avait d'ailleurs prêté en de nombreuses occasions. Mais je doutais fort qu'il soit d'humeur galante à présent — il détestait la pluie.

— Tu es trempée.

— Il pleut, lui répondis-je d'un ton blasé.

Ouah, la gêne entre nous était plutôt épaisse.

A mon grand étonnement, il commença à déboutonner son imperméable et l'ouvrit en grand comme un exhibitionniste.

Un compromis nettement plus cohérent que de me le donner. J'hésitai un instant, puis me rapprochai de lui et posai ma tête sur son torse tandis qu'il rabattait son imperméable sur nous deux.

Je fermai les yeux en sentant son cœur battre dans sa poitrine. Si nous pouvions faire ça, peut-être que nous pourrions nous en sortir, après tout.

— Qu'est-ce que tu fais ici ? me demanda-t-il gentiment.

— Je regardais l'orage.

— Excuse-moi, mais tu ne crois pas qu'il serait plus judicieux d'ouvrir les yeux pour ça ?

En ouvrant les yeux, je constatai que Harry me regardait.

— Je crois que nous devons éclaircir deux, trois petites choses, ajouta-t-il.

— Ou faire comme si mon pétage de plombs de tout à l'heure n'était jamais arrivé ? tentai-je en grimaçant.

— Pour tout te dire, j'ai plutôt bien aimé ce moment, en fait. Même si je n'espérais pas forcément que tu me hurles dessus, tu as enfin réagi à l'une de mes propositions.

— Mais qu'est-ce que tu espérais, Harry ? Cela aurait été trop dur pour moi de m'emballer chaque fois. Je devais me protéger.

— Que tu me dises « Oui », tout simplement.

Mon cœur bondit dans ma poitrine. Harry dut le sentir car il me fit soudain un immense sourire. Il passa ses bras derrière mon dos et me serra plus fort contre lui.

— Je viens de comprendre que j'ai agi comme un con. J'ai fait n'importe quoi. J'aurais dû te dire bien plus tôt ce que je ressentais pour toi. Que je suis amoureux de toi depuis le jour où je t'ai vue pour la première fois. J'aurais même dû te le dire tous les jours. Je ne l'ai pas fait, et tu sais pourquoi. Je ne pouvais pas risquer de te perdre. J'ai perdu tous ceux que j'ai aimés.

— Mais, Harry…

Etait-il réellement en train de me dire qu'il m'aimait ? Avais-je seulement bien compris ? Je jetai un coup d'œil aux alentours, m'attendant à découvrir un quelconque public. Mais non, nous étions vraiment seuls.

— Tu ne pouvais pas me le dire en privé, quand nous étions seuls au monde dans les montagnes, cette nuit où tu m'as ouvert ton cœur ? Tu ne pouvais pas me le dire à cet instant-là plutôt que de me le dire ici, devant tous ces gens ?

— Etrangement, cela m'a paru plus facile de cette manière. Ils étaient déjà tous au courant. Je leur avais écrit ce que je ressentais pour toi sur le blog secret.

— Mais c'est quoi, ce blog secret ?

— C'était ma déclaration d'amour pour toi. Je n'arrivais pas à te le dire, j'avais si peur de te perdre. Mais je voulais que les lecteurs de notre blog sachent ce qui se passait en réalité, à quel point je t'aimais et pourquoi je faisais tout ça. Je te montrerai chaque mot de ce que j'ai écrit sur ce blog. Au risque que tu me prennes pour un taré complètement obsédé, quand tu liras à quel point j'aime caresser tes cheveux et te regarder dormir. Je suis désolé de leur avoir dit en premier à eux plutôt qu'à toi, et je suis désolé aussi que tu aies entendu ces mots si précieux pour la première fois devant une foule d'inconnus. Mais je pensais que c'était ce que tu voulais, une énorme déclaration. Tu m'avais dit à New York que ce dont les femmes rêvaient, c'était d'un amour dévorant, que l'on vous « crie sur tous les toits ». Je voulais t'offrir ça.

C'est vrai que j'avais dit ça. Oui, et il m'avait prise au mot. Mais peut-être aurais-je apprécié cette proposition s'il m'avait déjà avoué son amour auparavant.

— Je pensais chacun des mots que je t'ai dits là-bas. Je t'aime. J'aime la manière dont je me sens quand je suis avec toi. En sécurité, comme si j'avais enfin trouvé ma place.

— Oh ! Harry.

Des larmes coulaient sur mes joues et il les essuya délicatement.

La boule dans ma gorge était énorme ; j'essayais de comprendre et d'analyser tout ce qui était en train de se passer, tout ce que cette déclaration signifiait. J'avais vécu dans le doute et l'incertitude pendant si longtemps que j'avais maintenant du mal à accepter que tout cela soit bien réel. Il m'aimait depuis tout ce temps ? Mais alors, ces petites amies qu'il avait eues ? Comment avait-il pu coucher avec elles alors qu'il m'aimait ?

— Mais toutes ces femmes, Harry ?

Il détourna le regard, manifestement embarrassé.

— Je n'ai jamais voulu tomber amoureux de toi, ni de quiconque, d'ailleurs. Je ne pouvais pas me permettre d'être blessé de nouveau, c'était donc beaucoup plus facile pour moi de faire comme si je ne ressentais rien pour toi et de continuer à me comporter comme je l'ai toujours fait — passer d'une liaison à une autre, ne jamais rester trop longtemps avec ces femmes, de sorte que ni elles ni moi ne nous attachions. Mais par contre, je passais chacune de mes journées avec toi. Je te voyais tous les jours sans exception. C'est pourquoi, malgré tout ce que je faisais pour me protéger, je suis tombé très amoureux. Je n'ai pas refusé cette offre de boulot à New York parce que Jack est mort, mais parce que je ne pouvais pas me faire à l'idée d'être séparé de toi.

Oh... C'était moi cette femme dont il était tombé éperdument amoureux. Ça durait depuis tout ce temps et je ne l'avais pas compris. Il ne me l'avait jamais dit et je savais bien pourquoi. Moi-même je ne lui avais jamais avoué que je l'aimais parce que j'avais peur de le perdre. Alors que dans son cas… il avait bien plus à perdre que moi dans cette histoire.

— Harry, je t'ai repoussé devant des centaines de gens.

Il sourit.

— Tu m'as dit que tu m'aimais, c'était le plus beau de tous les refus, tu peux me croire. Après cent propositions, entendre enfin ces mots dans ta bouche, c'était le meilleur moment de toute ma vie.

— Cent propositions, cent opportunités ratées, lui répondis-je en me sentant soudain très triste.

J'enfouis mon visage dans sa poitrine en fermant fort les yeux. Chaque fois qu'il m'avait demandée en mariage, j'avais senti que mon cœur se brisait un petit peu plus face à la vacuité de ses gestes — mais chaque fois il avait espéré que je lui répondrais oui et chaque fois il avait été déçu. Il avait pourtant recommencé encore et encore, ne récoltant que du chagrin et de la douleur. J'avais envie de pleurer pour lui.

Il releva mon menton vers lui pour que je le regarde, fit glisser sa main le long de ma joue et effleura mes lèvres du bout de ses doigts.

— Je t'aime tellement Harry, lui murmurai-je doucement.

Il posa son front contre le mien en souriant.

— Lesquelles as-tu préférées ? Les grandes, les petites ? Je te les referai toutes, une par une, et cette fois tu répondras sincèrement à chacune.

— Si tu veux savoir celle que j'ai préférée, c'est celle où j'ai dit « Oui ».

— Euh, Suzie, tu n'as jamais dit « Oui ». Crois-moi, je m'en souviendrais.

— Si… C'était une nuit d'orage, nous étions tous les deux sur la plage, seuls au monde, blottis l'un contre l'autre sous la pluie battante…

Il sourit.

— Ah, celle-là !

J'acquiesçai. C'était un moment important. Il m'avait demandé de l'épouser cent fois et je ne lui avais encore jamais répondu « Oui ». J'avais besoin de l'entendre me le demander encore une dernière fois.

Harry regarda autour de nous.

— Ici, vraiment ? C'est ça ta proposition idéale ?

— Je n'ai pas besoin des petits oiseaux qui chantent, des fleurs et de tout le tralala. La seule chose dont j'aie vraiment besoin, c'est toi.

Il me serra plus fort contre lui. Le ciel s'illumina, fendu par un éclair impressionnant. Il repoussa une mèche de mes cheveux mouillés pour dégager mon visage, et mon cœur s'agita de nouveau dans ma poitrine.

Il prit soudain un air plus grave.

— Alors, je n'ai ni gadgets ni fleurs, je n'ai même pas de paquets de chips pour embellir un peu tout ça mais... Je t'aime, Suzie, je t'aimerai jusqu'à la fin de mes jours et je veux passer chaque jour de ma vie à te rendre aussi heureuse que tu me rends heureux. Est-ce que tu veux m'épouser ?

Des frissons de bonheur me parcoururent de la tête aux pieds et je bondis pour l'enlacer tendrement. Comme nous étions coincés sous son imperméable, ce brusque mouvement le fit reculer, nous faisant tous les deux basculer dans le sable.

Nous n'étions pas encore au sol que j'avais déjà posé mes lèvres sur les siennes afin de reprendre notre incroyable baiser là où nous l'avions interrompu la veille. Je gémis de plaisir tandis qu'il roulait par-dessus moi. Sa bouche quitta un instant la mienne pour aller déposer des baisers passionnés tout le long de ma nuque.

— Je prends ça pour un oui, murmura-t-il.

— C'est un oui, oui, oui, OUI ! lui répondis-je en riant.

Je sentis qu'il souriait.

— Tu devrais garder ce genre de cris pour notre chambre d'hôtel.

J'inclinai son visage vers l'arrière pour le regarder et, pendant quelques secondes, nous nous dévisageâmes. L'expression de son regard était évidente. Soudain ce sentiment d'urgence nous reprit et nous nous précipitâmes pour nous relever. Mais nous étions bloqués l'un contre l'autre et ce fut peine perdue. Déboutonnant en moins de deux son imperméable, Harry m'en libéra puis le posa sur mes épaules.

— Harry, tu vas être trempé.

Mais il affichait un sourire d'illuminé.

— Tu ne sais pas à quel point tu viens de me rendre fou de bonheur. La pluie peut faire ce qu'elle veut, je vais te dire, je m'en fous royalement.

Il me souleva de terre pour me prendre dans ses bras et commença à courir jusqu'à l'hôtel.

— Mais qu'est-ce que tu fais ? lui demandai-je en riant aux éclats.

— En fait, je crois que je viens de trouver la proposition parfaite : c'est celle qui se termine au lit.

— Oh ! mais je suis plus ou moins certaine que c'est là que se terminent toutes les bonnes propositions.

— Eh bien, ça veut dire que nous avons cent propositions à rattraper, alors.

— Je vais voir ce que je peux faire, lui répondis-je en riant tandis qu'il accélérait sa course.

En approchant de l'hôtel, je vis que la fenêtre de notre chambre était déjà éclairée par des pots de confiture contenant des bougies, puis découvris quand nous y entrâmes une multitude d'autres pots illuminés qui envoyaient leurs lueurs dansantes au sol et au plafond.

Harry me déposa par terre et m'embrassa fougueusement, commençant à me retirer mes vêtements mouillés pendant que je l'aidais à faire de même. Puis il me porta jusqu'au lit et m'y allongea, s'étendit à mon côté en m'embrassant plus délicatement.

— Es-tu sûre que tu veux faire ça maintenant ? me demanda-t-il en regardant la chambre. Si tu veux, je peux trouver des fleurs, mettre de la musique...

Je lui coupai la parole en lui rendant son baiser.

— Dis-moi juste si le Barber Shop Quartet va surgir dans deux minutes du placard.

Il rit et secoua la tête.

— Le photographe japonais zélé ?

— Non, il n'y a que nous deux, je te le promets.

— Alors, c'est parfait.

Harry m'embrassa de nouveau, et, faisant glisser son corps sur le mien, commença à me prouver combien il était un homme sacrément parfait...

Blog des presque fiancés.

Après cent jours, seize pays différents et cent une propositions différentes, Suzie McKenzie m'a enfin dit oui !

Par contre, je suis tout à fait désolé mais je ne suis pas autorisé à vous raconter comment s'est déroulée cette dernière demande. En effet, Suzie pense que cela ne serait pas bon pour les affaires si les gens savaient qu'elle a succombé sans chips ni kebab.

Mais je peux quand même vous donner quelques derniers conseils...

Dites à la femme que vous aimez que vous l'aimez. Chaque jour, jusqu'à ce qu'elle le sache et qu'elle le croie. Et après cela, continuez à le lui dire chaque jour.

Si vous êtes incroyablement chanceux, elle vous aimera aussi.

Je souhaite à chacun d'entre vous, mes chers lecteurs,

de vivre heureux avec votre compagne jusqu'à la fin de vos jours.

Et si toutefois les mots ne suffisaient pas, eh bien, vous savez où nous trouver…

Composé et édité par HarperCollins France.

Achevé d'imprimer en décembre 2018.

CPI
BLACK PRINT

Barcelone

Dépôt légal : janvier 2019.

Pour limiter l'empreinte environnementale de ses livres, HarperCollins France s'engage à n'utiliser que du papier fabriqué à partir de bois provenant de forêts gérées durablement et de manière responsable.

Imprimé en Espagne.